追求与选择

全球化时代文学理论的价值思考

李西建　畅广元　著

商务印书馆

2010年·北京

图书在版编目(CIP)数据

追求与选择:全球化时代文学理论的价值思考/李西建,畅广元著.—北京:商务印书馆,2010

ISBN 978-7-100-07190-1

Ⅰ.追… Ⅱ.①李… ②畅… Ⅲ.①当代文学—文学研究—中国 Ⅳ.①I206.7

中国版本图书馆CIP数据核字(2010)第098506号

教育部人文社会科学基金资助项目

陕西师范大学优秀著作出版基金资助出版

追求与选择

全球化时代文学理论的价值思考

李西建 畅广元 著

商务印书馆出版

(北京王府井大街36号 邮政编码 100710)

商务印书馆发行

三河市尚艺印装有限公司印刷

ISBN 978-7-100-07190-1

2010年9月第1版 开本850×1168 1/32

2010年9月北京第1次印刷 印张12 ½

定价:26.00元

目　录

引　言

全球化浪潮对我们这个时代的冲击和影响已愈来愈频繁而强烈了。正如2008年世界性的金融危机迫使人们真切感受到的那样，全球化已经成为与每一个人的生活密切相关而又使我们无法回避的客观存在，这一现象也正在不断加剧着对当代中国的文化进程和文学研究的影响。

尽管文化全球化并非像金融全球化、传媒全球化来得如此快捷与迅猛，但是，经济全球化所带来的后果必然会反映到社会文化等相关领域，以至产生文化上的全球化或趋同化现象，使得西方的文化和价值观念渗透到其他国家。西方全球化研究者罗兰·罗伯逊指出，实际上，“全球化时代”已经变成了一个司空见惯的、尽管并非没有问题的、对于人类当前状况的特征表述。美国学者弗雷德里克·詹姆逊讲得更为具体，“对我们许多人而言（特别是在文学和文化领域工作的人），这是界定全球化的真正核心：世界文化的标准化；美国的电视，美国的音乐，好莱坞电影，正在取代世界上其他一切东西。现在，这种恐惧确实弥漫在我们后面两个范畴之中：一方面，这明显是经济支配和本地文化工业被美国文化工业取代的后果；同时，这种恐惧更深层的方面在于社会，而文化现在被视为惟一的症候。换言之，这种恐惧是，特定种族—民族的生活方式在这种文化标准化的过程中将遭到破坏。”两位西方学者的观点决不是耸人听闻的宣传，而是确实存在的客观事实。他们的担忧，不仅为近期以来全球性的经济与金融危机的显性状况所证实，更为重要的是，它在提醒麻木不仁的人文研究者，我们所赖以依持的文化、传统、价值乃至思想观念，每天都在悄悄地发生着潜在的变化。正像罗伯逊所告诫的，“我们现在生活在一个全球性危险的社会里（a global risk society），在这个世界里，我们不断地面对多项选择，我们作出选择，却没有坚定的准则和传统价值，没有权威的可资信任的可靠中介。”以此反观当代中国的实际状态，我们当下的文化建设、文学研究与文学理论的生产，似乎正面临着这样一种复杂多变而又令人担忧的境况。

早在20世纪90年代，国内学界已敏锐地注意到全球化问题对人文学科研究所形成的冲击与影响。有些学者甚至指出，目前在我们的文化研究和文学研究学术话语中，全球化话语已经在相当的程度上取代了现代性/后现代性二分法，成为一个可以覆盖这两种学术话语的新视角。它在文化上的一个直接反映就是文化研究的崛起以及对传统精英文学研究构成的挑战。客观而言，文化上的全球化进程不可能不受到本土文化势力的抵制，由此所出现的人文性担忧与对抗也是十分正常的。然而，重要的不在于情绪性的抵制与防范，而在于如何确定我们应对的态度与价值选择的基点与策略。倘若着眼于一种广阔的世界文化的背景，着眼于全球化范围内不同民族文化间的广泛交流与对话，着眼于在加入全球化进程中继续保持中国特有的民族身份和文化个性，并使其在人类更广泛的领域中有所作为的话，全球化带给我们的影响同样具有十分积极的意义。因此，在我们已经融入全球化并成为世界大家庭一员的状况下，面对全球化的强有力的影响，当代知识分子的学术研究所采取的有效策略，似乎更应顺应人类社会发展的基本潮流，在接受与认同全球化现象的前提下，更多地进行有益价值甄别与价值选择工作。通过保持民族文化的身份特征，守持民族文化的价值根基，借鉴世界各民族进步的文化观念与思想，以扩大中国文化在全球范围内的影响。这种观念与主张，不仅是我们应对全球化挑战的一种姿态，也是全球化时代中国文学理论在价值取向方面应采取的一种基本的态度。

正像文化生产所面临的境况一样，全球化时代的文学理论及批评实践也在不断经历着巨大的挑战。比如，传统意义上的文学理论的范围已变得越来越宽泛，它在某种程度上已为含义更广的批评理论所取代；另一方面则是纯文学批评的萎缩与文化批评的兴起，后者显然已对前者构成了强有力的挑战。在西方理论不断渗透，中国文论话语被持续的移植性生产所占据的状态下，在“后理论”时代已经到来的背景下，讨论全球化时代中国文论的出路及走向已显得极为重要。正是基于如上思考，本书以“追求与选择”为命意，深入探究全球化时代文学理论的价值取向问题，并从如下方面展开论述。

我们的基本理解是，全球化时代文学理论的价值取向研究，是一个研究领域开阔，涉及问题广泛，并需要从理论上予以整体概括的重要学术命题。本书第一章是对全球化时代文学理论价值取向宏观背景的探讨。除了需要深入体认全球化的含义、过程、特征等基本的学理内涵外，我们特别注重从人类文化发展的规约、文化属性的重塑及人文思想生产等诸方面，进一步阐释全球化时代探讨价值取向的深层意义。第二章是对全球化时代文学理论主导价值取向的理解与认识。本部分结合中国社会的人文思想背景以及中国文学理论的发展规律，将马克思主义文学理论的发展与完善作为价值取向的重要内容，从而发掘其在全球化时代的普适性与当代意义。第三章是对20世纪西方文学理论借鉴价值的研究与分析。20世纪西方文论呈现出丰富多样的知识形态，随着全球化浪潮在世界范围内的广泛传播与渗透，其全球旅行的特征较为突出，我们从中借鉴与吸收什么，对价值取向的确立关系重大。基于以上对全球化时代人类普遍知识形态的价值甄别与判断，第四章将论题最终的立足点和逻辑置放于中国文学理论的价值建构方面。确定中国文论内在的理论出发点和价值选择路向，建设我们自己的文学理论的价值维度是本书思考的重心所在。本书的结语是对一种观念的重申：在一个多元文化并存的时代，不要为文学理论学理发展做出某种强制性规范，而是应确立一种新的治学精神，这种治学精神旨在发展“人的文学”。全球化时代的文学理论工作者应有高度的价值自觉与理性自觉，具备学术对话与交往的品性。中国文学理论只有告别“附属”，不断走向自主、自觉，才能始终保持一种发展、创新的意向。

第一章　全球化时代文学理论价值取向研究的宏观背景

文学理论价值取向的研究，随着全球化时代的到来，日益成为人们十分关注的一个重大问题。在全球化时代，一方面，全球性的学术交往和文化资源共享层面日趋扩大，增强了不同文化价值观念的相互沟通和理解；另一方面，强势文化国家利用其在文化传播上的优势，竭力巩固、扩张其文化主导地位，造成了弱势文化国家文化主权危机。这种特定时代的特定现象，在文学理论研究上的一种突出表现，就是弱势文化国家的不少学人，在一个时期里陷入价值失衡的窘境。他们追随异质文化的话语，并视他者学理为准则，在一波接一波的“新学”介绍中，其价值坐标由倾斜而位移，以致在自己的文学理论研究中，很难再提出内在于本国、本民族现实和历史的与人、与文相关的重要问题。在这种情况下，中、外文学理论的学理对话并没有展开，本国的文学理论实际上也没有得到发展。产生这种现象固然有其一定的历史必然性和某种程度的合理性，但它终究让人们强烈地意识到，不明确文学理论价值取向的真正依据，就无法确立文学理论更新和发展的路径，更无法进行新的、更高层面的学理整合。重新思考文学理论价值取向问题，必须将其置于宏观的背景之下，必须清醒地看到全球化时代对人类文化发展的规约，对人的文化属性的重塑和对人文学科建设的要求。只有具备了这样宏阔的学术视野，才有利于我们认清决定文学理论价值取向的关键所在，并为中国当代文学理论的建设创造条件。

第一节　全球化时代对人类文化发展的规约

一、对全球化时代的认识

全球化时代的到来虽然是不争的事实，但人们对它的认识却有一个复杂的过程。且不说一个国家的思想代表与其实际代表往往对全球化的认识并不一样，就是从对全球化的态度上看，既有盲目乐观主义者鼓吹全球化是绝好的机会，可以使不同的国家发展、致富，也有悲观主义者视全球化为最危险的陷阱，从而不遗余力地批判，认为不同的国家将因为它的到来而面临灾难。另一方面，起初人们更多看到的，是全球化的所谓“地球村”的特征，强调的是在诸多领域里，不同国家、不同民族的密切联系和相互依赖，似乎有一种人类的共同命运要把充满矛盾和冲突的世界统一起来。之后，在历史和现实的教训面前，人们的经验和逻辑终于让自己明白，全球化的实质并不是如某些人宣传的那样，是人类走向大同世界的通衢，而是一个不同的国家和地区在保持相互间一定的依赖与联系的前提下，为了各自的利益而使彼此间的竞争更加曲折、复杂、全面、激烈的时代。

当然，对全球化时代保持清醒认识者并不是没有。20世纪80年代后期，欧洲委员会建立了由葡萄牙、比利时、意大利、美国、日本、加拿大、法国和瑞士等国的专家学者组成的里斯本小组，集中进行全球化问题研究，并于1995年出版了《竞争的极限——经济全球化与人类的未来》一书。里斯本小组认为：(1)“全球化涉及的是组成今天世界体系的众多国家和社会之间各种联系的多样性”；(2)全球化描述的是这样一个过程，“世界部分地区所发生的事件，所做出的决策和行动，可以对遥远的世界其他地区的个人和团体产生具有巨大意义的后果”；(3)全球化包括两种不同的现象，“即作用范围（或者扩大）和强烈程度（或者深化）”，它包括空间范围的内容和彼此交往、交换，横向联系和相互依赖关系的进一步加强；(4)“全球化并不意味着这个世界在政治上已经实现了统一，经济上已经完成了一体化，文化上已经实现了同质化”；(5)全球化在很大程度上是“十分矛盾的过程，无论就它的影响范围，还是它的多种多样的结果而言”；(6)“从目前的全球化表现形式中，绝对无法做出结论说这是一个正确过程，值得政治上支持，文化上促进。它也不包含这样的意思，即人们必须对全球化的前提条件和它做出的种种限制表示承认和尊重。事实上现在由于全球化所产生的众多问题，由于它带来的人们不希望看到的后果，全球化的多数特征已引起人们的严重忧虑。”[①] 里斯本小组关于全球化时

① 张世鹏、殷叙彝编译：《全球化时代的资本主义》，中央编译出版社1998年版，第4—5页。

代的观点显示出了它的基本立场和价值取向，这就是全球化归根结底是要实现全球资本主义化，[①] 即政治上要“统一”，经济上要完成“一体化”，文化上要实现“同质化”。他们之所以能尖锐地指出作为“状态”和“过程”的全球化在当前所存在的问题，并煞有介事地提醒人们：目前的全球化并不是一个“正确过程”，人们没有必要对全球化的“前提条件和它所做出的种种限制表示承认和尊重”，完全是由于全球化的“多种多样的结果”并没有指向他们渴望的“统一”、“一体化”和“同质化”。不过，里斯本小组的观点倒有一个好处，即它非常鲜明地把西方所赋予全球化时代的使命准确无误地告诉了人们。

全球化时代的到来，固然是资本主义充分发展的结果，但这并不意味着全球化的最终结局是全球的资本主义化。里斯本小组的全球化理论，只能说明整个全球化时代是一个紧紧围绕着世界在政治上要不要实现“统一”、在经济上要不要实现“一体化”、在文化上要不要实现“同质化”问题的竞争时代。我们现在要讨论的“全球化时代对人类文化发展的规约”问题，就是在这样的前提下进行的。

二、全球化时代人类文化发展的两大思路

全球化时代对人类文化发展的规约是一个客观存在。随着

---

① 虽然他们明确地说，“全球化涉及的是组成今天世界体系的众多国家和社会之间各种联系的多样性”，似乎把全球化仅仅局限在组成今天“世界体系”的国家和社会，而不涉及其他的国家和社会。按照西方史学家的概念，“世界体系”是由资本主义的中心国家、中间地区和边沿国家组成的，但资本主义的世界体系是一个不断扩张的体系，因此，说他们的全球化的最终指向是全球资本主义化不是没有道理的。

人类交往手段的不断更新和现代化，国际间的文化往来越来越频繁，越来越深入。正是这种频繁和深入的文化往来构成了一种规约，迫使人们在促进自己文化发展时，不能不考虑到全球文化的交往和发展的态势。然而，人类文化的存在是多系脉的，由于诸多的历史原因而使这多系脉的文化的发展处于不平衡的状态，这就使得不同的文化主体（国家、民族、地区）有着不同的利益和理想。面对全球化时代日趋频繁的文化交往，弱势文化国家对国际文化交往的不平等、不公正现象的觉察特别敏锐。他们认为世界的强势文化会以自己的高科技优势和网络上通行的主导语言所组成的跨国信息流，造成不对等的信息流向，而这种不对等的信息流向有可能使强势文化多方面（不仅是经济、科技信息，而且是意识形态、价值观念、宗教信仰）乃至整体移入相对弱势的文化地区，最终遏制其他国家民族文化的发展，严重影响人类文化多元化繁荣局面。由于这种文化压制的客观存在，必然会激发弱势文化国家奋起保护和高扬民族文化，而且，为了达到这一目的，他们还会不惜强化本土文化的某种封闭性和排他性，而这种文化民族主义思潮又极容易引发世界性的文化对抗和冲突。显然，弱势文化国家忧虑的是文化的多元化发展所受到的威胁，是文化民族主义思潮的滞后所带来的对抗，他们认为造成这种文化现象的根本原因，是强势文化的霸权行为。因此，他们更加关注在全球范围内如何实现文化与历史的公平和公正的问题。强势文化国家则以世界主体的姿态思考人类的命运和全球文化的走向，他们清醒地意识到自己所面对的问题的严重性：人口与环境问题的日渐突出，暴力的普及化、民间化，恐怖势力的威胁，国家和社会治安成本的快速增加，贫富地区的鸿沟不断增大，新自由主义“神学”的失败和宗教激进主义的崛起，世界文化的深层对抗……总之，全球经济一体化使世界成为一台力量日趋强大却无法控制的发动机，而整个世界又未形成一种国际体系或架构，因而无法对人类进行管理和改造。显然，强势文化国家没有弱势文化国家的那种忧虑，在他们的认知地图中，世界已在他们的控制之下，只是这种控制尚未巩固，问题多，秩序乱，亟须建构一种能充分体现自己意志的国际体系或架构，以实现对人类的管理和改造。他们对自身的危机并非没有意识到，而且也经常谈论，但这种谈论只是为了使资本主义具有更理想的、更具前瞻性的危机应对能力。像20世纪最著名的历史学家之一霍布斯鲍姆这样有大历史眼光的学者，在谈及人类的未来时，虽然明确地指出“人类若想要有一个看得清楚的未来，绝不会是靠着过去或现在的延续达到”，“人类社会若不大加改变，将会是一片黑暗”。[①] 但这种睿智实际上是意识到资本主义这种体系，在当前和今后一个时期内，既没有一个真正的竞争对手，也没有一条真正的出路，因而不得不“大加改变”，在自身内在机制之外寻找生存和发展希望的一种理论构想。

两种截然不同的对待文化交往的态度，在世界上形成了人类文化发展的两大思路。

---

① 〔英〕霍布斯鲍姆：《极端的年代》（下），江苏人民出版社 1998 年版，第 863 页。

最能代表强势文化国家倡导全球化的政治、文化目的的，是曾任美国卡特总统的国家安全事务助理的布热津斯基。“全球化社会”这个概念就是他提出的。他的观点对理解20世纪70年代以后世界所发生的事件非常重要。在他看来，我们虽然处在一个到处谈论文化帝国主义和帝国主义立场的时代，但这已经不太重要了。“从今以后不大可能再讨论帝国主义的命题，包括文化帝国主义和经济帝国主义，尤其是文化帝国主义。因为在世界上出现了一个为所有社会的新模式——‘地球村模式’或‘全球化社会’”。他明确宣告：“美国在60年代就成功体现了全球化社会，在历史上第一个接近全球化社会和地球村平台的国家是美国。我们之所以不能再讲帝国主义因为美国向所有社会提供了一个模式：这当中没有力量关系，因为这个模式是中立的。”他举例美国输出的牛仔裤、模特儿、电视系列剧遍及全世界。按照他的说法，“在东方国家只存在着一种使人感到无聊和烦恼的文化，所以美国代表了唯一行得通的人类演变的模式。”一言以蔽之，美国“是历史上最全球化的社会”。布热津斯基从中得出的政治、文化教训是：“今后我们应通过网络外交的方式来实现炮舰外交和实力外交不能实现的目的。”① 这当然不仅仅是布热津斯基个人的观点，他实际上陈述的是20世纪后期美国所积极推行的全球战略。在这个战略中，美国是全球化的关键性的推动者，人类必须接受的“全球化社会”的模式只

---

① 〔法〕阿芒·马特拉：《世界传播与文化霸权》，中央编译出版社2001年版，第296页。

能是美国提供的据说是"历史上最全球化的社会"。因此，所谓全球化就是按照美国模式对全球进行新的整合，即实现美国所谓的人类社会的新秩序。

强势文化国家的全球化的理念，不是空穴来风。源于哥伦布发现新大陆之后的、西方史学界的"西方中心论"是它的根脉。它与1776年出现的由亚当·斯密所代表的"重商的普遍共和国"的原则相结合，又经当代跨国公司的全球性的经济运作所发展，最终把资本主义看做一种能够自我调节的、可持续繁荣和发展的稳定的世界体系。在这个世界体系中，中心地带雄踞着控制世界体系中的金融和贸易市场运转的霸权国家，而处于中间过渡地带和边缘地带的国家，由于自身经济无法摆脱资本主义全球市场的制约，再加上国际传播模式是从中心向边缘渗透的，因而不得不依赖中心地带国家（即所谓的"向心倾向"），不得不在全球分工的基础上听命于中心国家在政治、经济和文化等方面的全方位的整合。这样的世界体系理论实际上是在告诉人们："全球化"仅仅是一个新概念，它只不过是换了一个角度把历时长远的资本主义的进程作了个新描述而已。同时，它也暗示人们，全球化只能是按照某种设定的模式、循着某种支配的程序而展开的作业，这个作业的完成就是作为全球核心文化的中心地带国家的价值观、消费品和生活方式的世界化。

强势文化国家清醒地意识到，只要全球化时代对人类文化发展的规约在，人类的文化发展就必须在不同文化间频繁、深入的交往中展开。于是它们利用自己高科技领先的优越条件，尽可能地强化和扩大其文化传播的能力。最能代表强势文化国家倡导全球化的文化传播意图的，依然是美国的最高决策当局。苏联解体后，他们意识到那种“脱离大众的具体日常生活现实而灌输思想和观点的设想被证明是无力的”，这意味着在今后的历史时期内，他们将更加重视人的灵魂本身的问题。20 世纪 90 年代初，前总统布什决定重组正式的电台和电视台，以便这些“媒介保持竞争状态”，打开通向产生大众影响力的通道。布热津斯基也认为：“如果说美国成为历史上第一个全球化的社会，是因为它是第一个传播发达的社会，全球至少有 65% 的信息源和信息接收终端在美国。我们是一个最传播的社会。”后来，在回答地理政治学家米歇尔·富歇的提问时，布热津斯基在明确表示今后“经济成功和文化影响将会越来越重要”之后，再一次炫耀：“美国的强大基础在于它对世界传播市场的支配，85% 的文字和影像来自美国。”他们的实践让其深刻地意识到，要消解对手的合法话语，就应该生产自己的动员叙事和合法化叙事；要占领他者的文化市场，就必须以提供选择的自由来取代他者提供的标准。这样一来，所谓的“依赖大众文化已经实现的对各种属于不同文化背景的人的想象的投资，追寻文化的普遍观念的大门被打开”是完全可能的。他们的一些人文学者也竞相唱和，认为“西方社会的使命是在世界各地激励政治制度和自由经济的发展类同于西方，类似西方的形象”。[①] 美国就是仗着

① 〔法〕阿芒·马特拉：《世界传播与文化霸权》，中央编译出版社 2001 年版，第 119、138、151—152、234、296 页。

自己具有对世界传播市场的支配权力，仗着是世界上文化产业的强国，不仅迫使其他国家和社会不得不在一种被控制论模式操纵下的信息和传播体系中，承认美国式的“商业自由的表述”原则，而且使美国的文化产品（所谓有“普遍”作用的产品）在全球广泛传播。这样的文化传播其实是新的权力形式的特殊运作，它的可见效果是，让美国的大众文化产品作为一种异质文化规范来定义本土的文化价值，在重新意义化的过程中，把社会公民的同一性转化为消费者的统一性，进而在人际关系中渗透进广告标准和商业逻辑，让人们在自由选择各类（物质与精神的）产品中，悄然放弃未必都是过时的本民族文化的价值理性基础，弱化甚至淡忘本民族文化的优秀传统。

强势文化国家特别是美国假全球化之名，积极推行对世界的不平等整合的战略，引发了一种几乎在全球泛滥的文化同质论（换一个角度说，就是“文化趋同论”）的思潮。它的核心内容是：美国不仅是世界体系中的中心国家，而且由于它实际上已经给人类提供了一个全球化的社会模式，因此它理所当然地是人类文化发展的价值取向。所谓文化同质，就是与美国，或者大而化之地说，与西方的文化同质；所谓文化趋同，就是文化向心，趋向中心，大家都趋向中心了，文化就自然同质了。趋同可以根据各自文化的特征而殊途，但必须同归。由于承认在一定时期内的殊途的合理性，一些美国乃至西方的人文学者，都据此而有意地绕开价值趋同不说，大谈他们尊重不同文化发展道路的独立性的美好愿望。世界上相当多的国家和社会在这一文化发展思路的影响下，程度不同地都出现了宣传与

“去区域化逻辑”相呼应的所谓“向心逻辑”的倾向。这个“向心逻辑”，借用管理科学的知名人物、《哈佛商业文摘》主任西奥多·莱维特的“被观察到的有决定性影响的趋势”来描述，就是“个人主义的发展”和“青年人的美国化”。据说，这种美国化的趋势，是与“新技术压力下的需求的同质化”密切联系着，其最大特征就是把人的文化需求模式化。[①] 这倒让人们想起霍布斯鲍姆与意大利记者安东尼奥·波立陶，就新千年几个重大问题谈话时对美国的评价：“美国不是一个普通国家，而是一个致力于以某种特定方式改造世界的国家”；“总是想成为全球模式的野心和趋势，是美国体制的内秉特性”；“在美国成为世界警察或者建立一种世界新秩序这种激情的背后，潜伏着一种风险”。[②]

独尊资本主义世界体系理论的宣传，和以现代化推进者自居的强势文化国家的世界“一体化”行为，使得当今这个世界国家与国家之间、社会与社会之间，以及与此相应的文化与文化之间，不得不以前所未有的敏锐和速度，在全球范围内结构和再结构自己的生存网络。于是，一方面，它们彼此间的相互依赖关系更加紧密了，区域性和跨区域性的某种凝聚力有所增强；另一方面，霸权国家的全球性扩张和受其操纵的动荡多变的世界局势，必然会使各种各样的历史文化特性受到冲击，再

① 〔法〕阿芒·马特拉：《世界传播与文化霸权》，中央编译出版社 2001 年版，第 230 页。

② 〔英〕艾瑞克·霍布斯鲍姆、〔意〕安东尼奥·波立陶：《霍布斯鲍姆新千年访谈录》，新华出版社 2001 年版，第 72、74 页。

加上它们之间原本就客观存在的政治、经济、文化发展的不平衡性，这些都不能不在它们的生存网络的不同层面中，增加几多隐显不同、强弱有异的从属性的因素。世界变得不仅朦胧，而且极其复杂。面对这样的态势，如果要想在世界上真正不允许“狐狸在鸡窝里的自由”，每个国家或社会就必须创造并坚持属于自己的参与全球化进程的发展模式。实事求是地说，面对经济全球化，没有一种文化是能够自给自足的，特别是，在强势文化国家支配世界传播市场，致使全球信息流量不公平的状态下，一个国家因接收外来的信息流量过大而失衡，必然会给本民族文化价值带来可能被解构的威胁，或因此而走向反面，实行逆历史潮流而向的闭关锁国政策，又会自弃于国际社会。这就迫切需要不同的国家或社会应该根据自己的发展模式来找到正确的平衡度。

弱势文化国家立足自己的历史与现实，在宏观的历史反思基础上，通过对强势文化国家宣传的文化同质论的深刻辨析，意识到这种文化同质论是不符合文化发展规律的。他们明确地提出了另一种文化发展的思路。他们认为人类的文化不是趋同的，而是趋优求异的。人类发展的历史表明，文化之“水”是往高处流的。任何一个国家或社会都是要发展、要进步的，不可能永远停留在一个水平上，而想要发展和进步，就不能不与外界建立一种物质、能量和信息的交换关系。换句话说，这种发展和进步有赖于不同文明区域彼此间的交往与竞争。正是在这种交往和竞争中，不同文明区域的主体总是向比自己优越的异质文化吸取营养性资源的，各种文明区域的文化不断吸取异质文化优秀的营养性资源的历史链条，构成了人类文化之水向高处流的壮观景象。在文化的趋优过程中，虽不乏对其所认为的“优”的模仿，但从根本上来说，趋优是对“优”的一种选择、更新和重构。这种选择、更新和重构，有一个基本的、非任何人的主观意志所能修改的参照，就是本土文化的特殊历史经验和现实发展的需要。由于构成这种经验和需要的因素是独特的，由这种经验和需要在特定历史时期的综合性运作所产生的文化价值意向是极富特色的，它不可能等同于另一个文明区域的文化价值意向，因而，趋优最终在结果上呈现的是“异”而不是“同”。趋优，使本土文化与其他文明区域的文化保持了一种沟通与交融的开放态势，是本土文化争取成为优秀文化的动力。求异，使本土文化更具特色，由于是在趋优的基础上求异，这种“异”不仅使本土文化更具生命力、竞争力和影响力，而且会与异质文化构成一种不无竞争性的亲和关系。

文化的“趋优求异”，不承认命定的“优”，也不承认永远的“优”，文化上的优，永远是待完善态的，因而趋优是无止境的。文化上的“异”，是永存的，即使人类对其理想的生存方式，在抽象的思维上，可以概括出几点相似、相通，甚至相同的东西来，但在实际的存在上，也不可能进入无差异状态，因而幻想消解文化上的异，是一种天真的梦语。强调文化上的趋优求异，并不意味着否认在众多差异性文化的交往中，不会形成某种一致性，甚至共同性，但这种一致性、共同性与文化趋同论者强加给人类的所谓全球文化的普遍标准，是有根本性区别的。任何一种文化都有自己的视界、自己的方式，用这种属于自己的视界和方式来看自身，永远不会是不合理的、错误的，而引入他者的视界和方式，才能洞察自身的不足。正是基于这样的理解，我们所说的文化差异性基础上的同一性，必然是在各种文化的互认、互动、相互比较、相互选择中逐渐形成的，而不是按照某种文化制定好模式，将其命名为全球文化的普遍标准，强行扩张所致。查尔斯·泰勒说："这种观点的错误在于，它认定，一种跨文化的理论的语言必然或者是他们的，或者是我们的。倘若当真如此，那么任何想要跨文化的理解努力都会面对一个无法解决的两难境地：或者接受不可更动的性质，或者傲慢地坚持种族中心论。""但是事实上，我们在向他们自我理解的语言挑战的时候，就可以也向我们自己的语言挑战……我们能够用来充分理解另一个社会的语言并不是我们的语言，也不是他们的语言，倒更像是这样一种语言：人们可以称之为一种清楚对比的语言。用这种语言，我们可以把他们的生活方式与我们的生活方式构成可以挑选的可能性，这些可能性与在两者内部起作用的某些人类常数有关。"① 泰勒关于寻找"一种清楚对比的语言"及其功能的论述思路，与我们所说的差异性基础上的同一性的思考意向有着相通之处。我们必须尊重文化的差异性，即使在谈到对全球化的感受时，人们也不可能是一种抽象的"地球村"情感，而只能是不断发展、变化和丰富的具有民族特色的情感。可以说，没有不同文明区域的文化

① 转引自〔美〕布鲁斯·罗宾斯：《全球化中的知识左派》，中国社会科学出版社 2001 年版，第 111 页注释。

的差异性，就没有人类文化的差异性基础上的同一性，没有文化差异性的繁荣与发展，就没有文化同一性的活力。有一种观点认为文化是流动的、转型的、混合的、包容的实体。作为一种经验性的直感描述，它当然不无道理。但是，人们不能仅仅承认文化在其发展过程中的混合性、杂交性，更要看到这种混合、杂交的结果并未改变，而只是丰富、发展了文化的独特性。任何文化都要不断地再生自己，混合、杂交就是再生自己的一种途径。但混合、杂交只是使参与其中的文化的不适应部分一变再变，这种变化不是按照某种文化的指向去变，而是产生变化的文化在不同历史时期按照自身的需要所进行的吐故纳新。被纳进的“新”，要经过结构质变后方可成为该文化的构成因素。在这个过程中，虽然常有“失根”与“寻根”现象的交替出现，但优秀的、可作为传统保留下来的文化成就，仍然是与其“根”保持着具有本性特征的联系。

文化的趋优求异的特征，充分说明了在全球化时代，倡导文化的同质论和文化的特殊论，都是片面的。“同质”就得让与“质”不同的文化去“趋同”，而在“趋同”之下是明显的不平等；“特殊”既会导致排他，也有可能与另一种同质论难解难分地纠缠在一起。坂井直树说得好：“跟两边大肆宣扬的正好相反，普遍论和特殊论恰恰是互相加强、互相补充的；它们从不真正对抗；对话性的遭遇必然会危及它们那名义上是安稳和谐的一言堂世界，为了避免发生这样的对话性遭遇，它们便彼此需要，并且不得不尽一切办法来建立一种对称的、相互支撑的关系。普遍论和特殊论为了掩盖自己的缺陷而包庇对方的缺陷；

在它们的同谋关系中它们紧密地连接在了一起。就这方面而言，像民族主义这样的一种特殊论永远不可能是对普遍论的严肃批判，因为它是后者的同谋。”① 实践证明，全球化时代民族关系的狭隘性和排他性日益成为不可能，国家和民族自己发展出各种普遍关系则是可能的。因此，弱势文化国家主张在趋优的前提下，平等、公正地发展各种文化的特殊性的同时，积极参与在文化差异性基础上自然形成的人类文化同一性的建构。

三、全球化时代人类文化健康发展必须坚持的两个前提

不论是发展各种文化的特殊性，还是参与文化差异性基础上自然形成的文化同一性的建构，都必须坚持两个前提：

首先，必须批判独尊资本主义世界体系理论宣传的“向心逻辑”。把资本主义作为一种世界体系来研究，是社会学家和历史学家的一项重大学术贡献，伊曼纽尔·沃勒斯坦的《现代世界体系》，就是这方面的代表性成果。它的学术价值不仅在于对资本主义这一世界体系的形成、发展和其基本特征作了颇具创意的阐明，而且还在于作者能科学地针对资本主义无法消除其固有的不平等，和由此引起的各种紧张关系的情况，指出其必将被具有更高生产效率和更加合理的收入分配制度的新的世界体系所取代。这样的学术见解对世界发展的导向是积极的。然而，独尊资本主义世界体系的理论却把资本主义体系的历史和现实作用，竭尽其力地夸大化了、神圣化了。它把西方，特别

---

① 〔美〕布鲁斯·罗宾斯：《全球化中的知识左派》，中国社会科学出版社2001年版，第101页。

是美国确立为世界的中心，将其文化模式定为世界文化的楷模，将其社会制度说成是人类历史一体化的必然归宿；它不尊重也不承认（经常是以歪曲的陈述方式出现）不同的国家和民族有着自己独特的历史经验和发展道路，对自己的发展趋向有着不可剥夺的自主选择的权力；它无端地轻视不同国家和民族对自身不得不遭遇的既有的所谓资本主义“普遍的”大趋势所赋予的意义，把自己所谓的世界趋势视同命运；它立足于资本主义强势文化国家已得的世界地位和霸权化了的政治、经济和文化的辐射力、渗透力，抓住所谓富有世界使命的跨国公司在全球经济运作所呈现出的某些新现象，大力宣扬民族国家日趋削弱和据说是再也不会转换的“向心逻辑”。这种理论是文化帝国主义理论的重要组成部分，其遭到具有深刻历史理性的人文学者的批判是理所当然的。[①] 所谓“向心逻辑”纯然是一个伪命题。沃勒斯坦在论述资本主义世界体系时，认为它是被多元政治结构所肢解和整合的生产结构，其所遵循的逻辑，是有利于那些能够在市场网络中实现各种暂时垄断权的国家或地区的资本主义逻辑，在这种逻辑的作用下，边缘地带服从于中心地带的需要。他明确表示，这种关系是不平等交换。这与独尊资本主义

① 英国学者约翰·汤林森在《文化全球化与文化帝国主义》中写道：文化帝国主义的理论认为“全球化就是通过某种支配程序而展开的全球化作业，其中的西方（或美国、跨国资本主义）即把各类文化统统纳入自己麾下，如乔纳森·弗雷德曼所言，文化帝国主义理论，意在设定全球化的初步轮廓来让人接受，它把全球化定义为‘一种帝国主义特有的带有等级的东西，是一些核心文化所表现出的愈益膨胀的霸权主义，是美国的价值观、消费品和生活方式’”。见吴士余主编：《大众文化研究》，上海三联书店 2001 年版，第 6 页。

世界体系理论宣传的具有自觉精神倾向性质的“向心逻辑”完全是两回事。文化是趋优的，这“优”包括资本主义世界体系所创造的某些真正优秀的文明成果，但趋这样的“优”，不是无原则的依附，不是向往性的心仪所促使，更不是简单地照搬和套用，而是极具自我针对性的一种选择。它根本不是什么“向心逻辑”的作用，或者是附属于资本主义的“上向”[①]发展，恰恰是不同民族文化遵循自身发展逻辑的必然结果。人类大量的历史事实已经证明，大凡丧失了民族文化的自决机制和能力者，其亦步亦趋地追随他者的文化，几乎没有不以陷入无法克服的危机中而告终的。不少明智的西方人士也早已看清楚了“向心逻辑”的实质，正在于“强迫其他大陆的民族和文化接受西方关于文明、民主和人权的理想和观念”，而这种“做法是否有合法性是值得怀疑的”。[②] 与“向心逻辑”相呼应的，是所谓民族国家的政权力量已经被跨国公司的全球性的经济运作所削弱的议论。20 世纪 70 年代的一些作者，诸如巴尼特和穆勒就认为民族国家的权力正受到跨国公司的侵蚀。后来，安东尼·吉登斯也认可了这种认为民族国家正在失去曾有的几乎全部权力的论点。然而，主张“全球化终结”的全球经济问题研究专家阿兰·鲁格曼却根据雷蒙德·弗农的研究成果指出：“弗农发现，民族国家政权的力量并没有被跨国公司削弱，而是在政府和公

① 一种世界主义的代理人或参与者，不是西方人，但他们的动向却是朝着“先进的”西方，由此可以自我描述为一种“上向”社会流动形式。

② 〔德〕赫尔穆特·施密特：《全球化与道德重建》，社会科学文献出版社 2001 年版，第 66 页。

司之间建立了一种动态变化平衡，随着特定时期的环境变化而变化。”① 无独有偶的是，霍布斯鲍姆也认为，“我们应该明白的是，并不是国家的权力正在受到限制，至少在理论上不是这样。实际上，一个国家发现自己领土内正在发生的事情，并对此予以控制的能力，比以前更强了。”独尊资本主义世界体系的理论家们之所以煞有介事地提醒人们注意国家权力弱化问题，一个明确的意向是要按照资本主义世界经济体系的需求，建立一个“有效履行政治与军事职责的单一的全球权力机构”。② 对此，还是具有极强的现实主义学风的霍布斯鲍姆说得明白：“全球化是一种不易应用于政治活动的过程。我们可以具有一个全球化的经济体系，我们可以向往一种全球化的文化，我们当然也拥有一种全球化的技术和单一的全球科学，但是从政治上来说，我们所拥有的这个世界实际上是多元化的，而且分成了不同的领土所属国家。……在理论上，有可能建立一种全球性机构，但我认为政治活动不可能在这种真空状态下运作。实际上不存在全球性政治机构。”③ 由此可知，所谓民族国家权力被削弱的议论，其实陈述的是一种不真实的现象。批判“向心逻辑”和民族国家权力削弱论，自然寓含着反霸权的意向，但这并不意味着同意反霸权在行动上就必须坚持毫不妥协的地方性。坚持地方性虽然是一种抵抗性的历史经验，但却是消极的，也未必是

① 〔英〕阿兰·鲁格曼：《全球化的终结》，三联书店2001年版，第270页。

② 〔英〕艾瑞克·霍布斯鲍姆、〔意〕安东尼奥·波立陶：《霍布斯鲍姆新千年访谈录》，新华出版社2001年版，第52、65页。

③ 同上书，第65页。

有前途的。弱势文化国家应该清楚，我们不只是从文化差异性的角度，更是从权力不平等的角度来批判霸权的。真正的反霸权，应当激励一种竞争与超越的意识和实践，不是毫不妥协地坚持地方性，而是开放地方性，更新地方性，发展地方性，只有这样才能抗衡霸权文化，甚至超越霸权文化。

其次，必须确立公正的人类意识。这是批判文化“同质论”和“向心逻辑”的思路之必然指向。公正的人类意识，要求心悦意诚地承认世界所有国家和民族应有的尊严与正当的权利。立足于公正的人类意识，就应该把全球化视为人类的价值目标，而不是某一个国家、某一种文化的价值目标。为了实现这样的价值目标，人类必须从高度前瞻性的理性出发，恪守共处的基本准则。共处必须是彼此平等的。它不需要凌驾于人类之上的“上帝”，以唯我独尊的君临天下的姿态，来主宰不同国家和民族的命运。它也不相信“强权真理”，似乎谁称霸世界，世界的信条就是谁的！平等是以消除偏见为前提的。偏见，是历史积淀下来的一种特殊的文化隔膜。消除它，不应是针对某一个国家或某一个民族而言的。换句话说，消除偏见不是单向度、单方面的，它是面对全人类的，是人类整体精神提升的任务。因此，所有的国家和民族都有义不容辞的责任，都应对此做出自己的贡献，并且要敢于对自己国家和民族中那些热衷于把利益冲突（这是可以而且能够通过对话和协商解决的）转化为文化冲突的极端狂热分子进行抵制与斗争。但是，由于当代文化霸权的危害，直接影响到作为人类价值目标的全球化的实现，消除强势文化国家的偏见就显得特别突出和紧迫。很多西方知名人士在这方面已经开了个好头，表现出了一种难能可贵的公正态度。詹明信就认为："我们自以为世界主宰的美国人正处在与奴隶主相同的位置上。我们所形成的上层奴隶主的观点是我们认识上的残缺，是把所观物缩减到分裂的主体活动的一堆幻象。这种观点是孤立和缺乏个人经验的，它掌握不住社会整体，像一个没有集体的过去和将来的、濒死的个人躯体。"[①] 联邦德国前总理施密特在其《全球化与道德重建》一书中，严肃地批评了某些西方人的"傲慢狂妄"，在指出当代"多发的原教旨主义的危害"的同时，不无深刻地反省和批评了西方的基督教原教旨主义，并对美国"总是根据自己的政治、经济利益"来决定"该指责谁和不该指责谁"的霸道行为进行了谴责。在此基础上，他提出"在全球化时代，迫切需要树立一种对其他文明和宗教的有关学说持尊重和宽容态度的普遍意愿"，希望各国的"思想科学"能从所有文明中的"各种学说中发现更多的共识"，不仅传播这些共识，而且要帮助人们确立"每个人都能从他人那里学到些什么"的意识。[②] 西方知名人士的睿智和良知，对消除偏见起到积极的促进作用。从他们身上，人们能够感受和领略到一种对自己国家和民族、对其他国家和民族，以及对整个人类命运高度负责的崇高品德，而这种对人类高度负责的精神，正是公正的人类意识得以确立的重要组成

---

① 〔美〕詹明信：《晚期资本主义的文化逻辑·处于跨国资本主义时代的第三世界文学》，三联书店 1997 年版，第 545 页。

② 〔德〕赫尔穆特·施密特：《全球化与道德重建》，社会科学文献出版社 2001 年版，第 66—67、69、70、255 页。

部分。

坚持上述两个前提，对于全球化时代发展各种文化的特殊性，对于每一种文化参与在文化差异性基础上自然形成的人类文化同一性的建构来说是至关重要的。如果在实践中真能坚持这两个前提，人类文化的同一性的自然形成就有了可能。所谓人类文化同一性的自然形成，是针对文化“同质论”的。“同质论”的倡导者非常自负地认为，全球化时代的文化犹如整个世界未来的新秩序一样，必须而且只能由他们自觉设计和规划。他们在认识论上犯了两个错误：第一个错误，是忘记了人们的信念从任何意义上说都不是真理的标准，因为人类的知识从本质上说是易犯错误的；第二个错误，是不承认未经设计的社会规则和秩序，更不要说承认未经设计的社会规则和秩序往往是意义更加重要、作用更加巨大的社会历史现象。弗里德里希·哈耶克曾经以“乡间小路”为例，说明了未经设计的社会规则和秩序的模式的存在：“最初每个人都为自己寻找在他看来最好的路线。但是这一路线一旦被用过一次，它便有可能变得更容易通过，因此，有可能被再次利用。于是，道路变得越来越清晰，并被越来越多的人所利用，从而排除了其他可能的道路。人类在这一区域的行走逐渐适应了一个明确的模式，它虽然是许多人有意决定的结果，却不是出自哪个人的自觉设计。”① “乡间小路”的存在当然是一个简单的事例，但是它寓含着一个深

① 转引自〔英〕迈克尔·H. 莱斯诺夫：《二十世纪的政治哲学家》，商务印书馆 2002 年版，第 197 页。

刻的道理，即某种有益于社会的发展和人自身的进步的规则与制度，很可能是在没有任何全面设计组织，没有权力或政府的介入，没有强制，没有对人的自由的干涉的情况下产生的。这里有这样几个问题需要说明：第一，人类总是在设计自己的美好前程和理想社会，并从正确的、有效的设计中获益良多。设计是人类理性的最高表现之一，也是人类诸多能力中至为关键的一种，因此，最容易被人类忽视的是未经设计的现象。科技的发展使得它的产品比如电脑有序精确运作，让人面对自觉的设计不得不叹服。然而，更有令人叹服的东西，譬如未经设计产生的非社会秩序：生物有机体，还有未经设计的整个宇宙运行的秩序，小到生物有机体，大到整个宇宙，其秩序都是未经设计的，人类当然没有理由忽视自身赖以生存的社会中的未经设计的秩序和规则。第二，在人类社会，自觉设计的社会秩序和规则，是与未经设计的社会秩序和规则同在的，它们在推动社会的发展上虽然各自发挥着作用，但如果处理得好，二者可以构成一种互补关系。我们提请人们注意"乡间小路"模式的未经设计的社会秩序和规则的存在，并不是要否定自觉设计的社会秩序与规则的存在和意义，也不是如哈耶克那样，要把未经设计的社会秩序和规则奉为至尊。第三，人类文化中稳定性比较大的东西，如不同文明区域中的风俗习惯，大都不是自觉设计的产物。对未来世界人类的生存方式、人类的文化状态这样的问题，尽管有不少理论家和思想家在为人类设计蓝图、指引方向，但他们致命的弱点在于自己的设计只能根据既有的经验和逻辑，即使他们的智慧再出类拔萃，也无法预计到在一个漫长历史时期内，不同文明区域的文化在相互交往中，有多少大量不同类型的要素会互相联系在一起，并形成一种状态，而这种状态又会引发什么样的多种连锁反应和建构。也就是说，自觉的设计由于根本不可能把未经设计的社会规则和秩序的作用完整地包括进来，它总是处于一种待修正、待完善，甚至待颠覆的状态。哈耶克没有想到，当他把一切（有益的）社会秩序必定是设计的产物这一观点概括为“建构论理性主义的错误哲学”[①] 并加以批判时，这一观点却非常适用于本不是他所想批判的文化“同质论”的倡导者。第四，之所以说人类文化同一性是自然形成的，就是因为这种形成过程主要不是“建构论理性主义”哲学基础上的实践，而是“乡间小路”模式的未经设计的社会规则和秩序所起作用的结果。“乡间小路”形成的特点，是没有干涉相关的个人自由，“我们也可以设想另一种情形，乡间小路是由政府设计和建造，法律规定在当地行走的人要在这些‘官道’的某一条上行走。在这种情况下，行走的个人便没有多少自由可言：行人将被迫选择（被强制使用）少数道路中的一条，一些个人有可能不得不首先铺路。”[②] “乡间小路”是不允许干涉相关的个人自由的，否则它就失去了“乡间小路”的价值和意义，也很难形成自身。全球化时代不同文明区域的文化之间所进行的多种多样的交往，虽然是不同文化主体有意决定的结果，但最终在诸多文化的差异性基础上构成的

① 〔英〕迈克尔·H. 莱斯诺夫：《二十世纪的政治哲学家》，商务印书馆 2002 年版，第 199 页。

② 同上书，第 197 页。

那个人类文化的某种同一性，却不是出自哪一个文明区域里的文化主体的自觉设计，它就像那条形成了的“乡间小路”，是人类在彼此的文化交往中逐渐适应了、并为不同文明区域的文化所认同的一个明确的模式，是水到渠成，自然而然的。同样，在这个过程中，也是不允许强势文化国家以国际政府的姿态来干涉相关的文化的自由的。哈耶克是这样定义秩序的：秩序是“大量不同类型的要素相互联系在一起的一种状态，我们可以根据自己对整体的空间或时间成分的了解，学会形成对另一些成分的正确期待，或至少是一些大有机会证明为正确的期待”。[①] 这样的秩序观起码有一点应该引起人们的关注，这就是：为了让大量不同类型的要素相互联系在一起的状态能成为一种让不同文明区域的文化主体都比较满意的存在，关注这种秩序的不同文化主体，都应该“学会形成对另一些成分的正确期待”。

至此我们可以说，全球化时代对人类文化发展的规约，是一种客观存在，尽管强势文化国家和弱势文化国家对这种规约的主张和实践大不相同，但人们自会通过比较、鉴别，从中理解到真正体现这种规约的，不是人类文化的“同质论”，而是立足于文化发展趋优求异规律基础之上的、人类文化同一性自然形成的理论。

---

① 转引自〔英〕迈克尔·H. 莱斯诺夫：《二十世纪的政治哲学家》，商务印书馆2002年版，第198页。

第二节　全球化时代对人的文化属性的重塑

全球化时代到来的根本原因，是生产力的发展以及与之相适应的人的交往的普遍发展。在生产力得到大幅度发展的情况下，人的交往和交换活动的扩大，使得商业贸易快速繁荣起来；商业贸易的繁荣发展必然要求冲破国内市场走向世界市场；而世界市场的出现，犹如一个巨大的竞争场，把各个国家和民族都卷入普遍的竞争，并因此而促进了大工业的进一步发展。正是在这种以生产力的发展为根本动力的、由交往和交换所构成的全球市场机制最有活力的推动下，不同国家和民族之间尽管引发出相互间的激烈竞争，甚至有时是关乎生死存亡的斗争，但它最终并没有让这些国家和民族疏远、隔离起来，而是使得它们彼此间的依赖程度更有所增强。我们在前面所说的全球化时代对人类文化发展的规约也是以此为基础的。

一、全球化时代对人的文化属性的重塑

全球化时代作为一种历史的力量，它是从多方面综合性地发挥其作用的，在它对人类文化的发展进行规约的同时，也对人的文化属性进行重塑。

人是一种文化的存在。这个命题说明人既是文化的创造者，也是文化的消费者，人正是在创造文化和消费文化的过程中，使自身更加人化，这个人化的重要标志，就是只有人才具有文化属性。所谓人的文化属性，是指人在为了满足自己的系统需要而实现系统生产（实践）的过程中，所具有的性质和特点。

荷兰哲学家 C. A. 冯·皮尔森认为："文化不再是一种外在于人的、在历史中自动发生作用的非人格力量。现代人开始领悟到人性正在走向一种包罗万象的世界文化；这种文化不是自动出现的，而是必须不断地由人自己来指导和驾驭。比起以往任何时候来，今日的文化更是一种人的战略。"因为"人不是生活在一个纯粹的自然世界中，而是生活在一个历史的世界中，因而如果他不愿意被纯粹的传统或自然所强加的规则的固有性所羁绊的话，他就必须不断地争取更新。而且，人比其他动物具有更显著的个性，这就保证了他在任何特定的时期都能对他周围环境的情况做出完全不同的反应。"所以，"所有的文化，即使是最原始民族的文化也不例外，都可以看做是人对其周围力量施加影响的方式。"[①] 统观人类的发展史，我们便会发现作为人对其周围力量施加影响的方式之文化，总是处于不断提高和完善的过程中，与一定文化对应存在的人的文化属性，也是不断提高和完善的。因此可以说，人的文化属性的基本特征，就是为了趋优而创新。[②]

我们之所以说全球化时代要对人的文化属性进行重塑，是因为前全球化时代人的文化属性的形成和发展，主要是本民族文化内部活动的产物，它不可避免地由于交往的狭隘性而具有一种民族的片面性和局限性。人的发展有赖于他的学习和实践，

---

① 〔荷〕C. A. 冯·皮尔森：《文化战略》，中国社会科学出版社 1992 年版，第 16、17、23 页。

② 关于人的文化属性的基本特征是"为了趋优而创新"的论证，请参阅畅广元主编，李西建副主编：《文学文化学》，辽宁人民出版社 2000 年版，第 76—80 页。

学习和实践其实都是人的交往方式，只有人的交往方式得到了普遍的发展，人的发展才有可能逐渐地走向全面。全球化时代就是让人的交往能够得到普遍发展的时代，对于不能一下子就参与到国际或民族间交往的普通人来说，全球化时代给他们带来的一个非常重要的变化，就是视野的扩大与作为人的方式的重新选择。人的生活方式的改变，常常是从消费方式的变化悄然开始的。以往，人们并不把自己的使用品与其生活方式联系起来，因为他们没有在使用品中自觉地发现有一种人的方式存在。其实，人的使用品，特别是今天的高科技产品，绝不简单的只是一种物品，它还包蕴着人的一种方式。比如手机和电脑，它不是一般的使用品，而是要提高人的某种技能的使用品，这个要提高的技能又不能孤立地看做是一种纯技巧的发挥。凡使用过它们的人都能感受到生活节奏的加快与信息交换的重要，从某种角度讲，手机和电脑不是死物，它们对应要求它们的主体必须逐步具备其所提供给人的一种新方式。也就是说，手机和电脑的使用，是一个人由非信息的人转化为信息的人的一个鲜明标志，而非信息的人与信息的人显然是有着两种不同方式的人。一个人选择消费这两种物品实际上是在改变自己人的方式。一旦新的人的方式内化为人的生存结构的重要因素，必然要求扩大、更新自己的交往和交换的方式，并由此走向一个全新的生存状态。

我们非常重视交往在人的发展中的作用，是由于没有更新和走向普遍的交往，人的视界就难以扩大，人的方式也难以得到改变和优化，我们所注目的人的文化属性的重塑也将是不可能的。全球化时代重塑人的文化属性，并不是要否定人的文化属性的基本特征——为了趋优而创新，而是要把这一属性置于更高的状态和境界来发展。首先，由于全球化时代带来的是比囿于民族内部交往更加普遍的交往，它便有可能为人们提供更大的自由度和新的发展空间，这种自由度和发展空间使人们能够在更加真实和广阔的背景下，历史地确立其所趋之“优”的价值内涵。与以往相比，这种历史地确立集中表现在人们关于“优”的价值选择，不再是视界狭窄的、唯一的传统民族之“优”，而是有了与外域之“优”的比较和选择，有了与异民族比较后关于本民族命运的新思考。这样的历史确立，也必然为创新拓展出多种可能性途径。19 世纪中期，资本主义为了拓展它们亟须的世界市场，使世界尽快进入全球化的时代，向中国发动了鸦片战争。战争是国家和民族间的一种特殊的交往，鸦片战争虽然给中华民族带来了丧权辱国的灾难，却打开了闭关锁国的大门，让中国人在痛苦中逐渐放弃了“天朝情结”，重新思考民族的命运。一批卓有见识的人文知识分子，为了中华民族的振兴和自强，提出了一系列的见解：从林则徐的“睁开眼看世界”[①]，魏源的“师夷长技以制夷”[②]，徐继畬的“得国而传子孙，是私也”[③]的觉醒，中经曾国藩的“自强之道，以学做

① 康有为曾说：“道光二十年，林文忠公始译洋报，为讲求外国情形之始。”这是林则徐“睁开眼看世界”的实际表现。

② 魏源：《海国图志》。

③ 徐继畬：《瀛环志略》。作者在书中引述华盛顿“得国而传子孙，是私也”的观点，并给予高度的评价。

炸炮、学造轮舟等具为下手功夫”[1]，李鸿章的“机器制造一事，为今日御侮之资，自强之本”[2]的实践，到康有为的“既上书求变法于上，复思开会振士气于下”[3]的“百日维新”，人们从中能够强烈地感受到打开国门后的交往，使中国人心目中的“优”变了，求得这种“优”的实践途径多了。20世纪80年代，中国再一次地打开国门，她清醒地认识到建设社会主义是不可能在与资本主义割断联系的情况下进行，“各民族之间的相互关系取决于每一个民族的生产力、分工和内部交往的发展程度”[4]，遂自觉地对内进行改革，对外实行开放，以经济建设为中心，大力发展生产力，以思想解放、实事求是为准则，发展、提高内部交往的质量。同时，相当坚定地把自己与国际社会联系起来。中国和世界的交往与从前相比有着质的变化，正是这种逐渐改变了的，并且越来越具有普遍性的交往，在中国人的面前展示出扩大了的人的自由度和发展空间。中国开始了由传统社会向现代社会的转型，曾经视为社会主义优越性的计划经济体制被放弃了。一度坚信“被敌人反对是好事而不是坏事”，因而绝不跨越社会主义与资本主义鸿沟的中国，可以根据国家的利益与一些资本主义国家建立战略伙伴关系。人们不能不承认具有一定普遍性的交往，使得中国人再一次地改变了“优”

---

① 《曾国藩手书日记·同治元年五月初七》。

② 《李文忠公全书·奏稿》卷九。

③ 梁启超：《记保国会事》，见《中国近代史资料丛刊·戊戌变法》（四），第146页。

④ 《马克思恩格斯选集》第1卷，人民出版社1995年版，第68页。

的价值内涵，并为自己的创新活动提出了“建设中国特色社会主义”的总目标，而实现这个目标的道路是非常广阔的。我们相信，国家和民族间的交往决不会停留在目前这样的水平上，随着全世界人民在政治上的共同努力，随着人类生产力的极大发展，比现在更加优化的、更具普遍性的交往一定会到来，人的自由度和发展空间也将会更进一步地扩大。体现人的文化属性的基本特征——“为了趋优而创新”——的实践，将会很自然地再度更新其“优”的价值内涵，指向能保持一个更高水平的生产率，并能改变不合理的分配制度的、比资本主义世界体系更加美好的新的世界体系，即“各个人在自己的联合中并通过这种联合获得自己的自由”[①]的世界体系。

其次，全球化时代带来的具有一定普遍性的交往和扩大了的人的自由度与发展空间，要求人们重新定义自己。这是重塑人的文化属性的一个最内在的建设。人不可能轻易地再定义自己，常常是历史的发展和社会的进步，让人意识到必须重构自己的人生价值，否则就会成为时代的落伍者时，再定义自己的任务才会被提到日程上。能够自觉定义自己的人，大都是具有生命理性和历史理性的人，他们的人生历程中始终有一种强烈的自律意识，不仅能坚持自己的做人方式，而且能沿着一个方向稳定前进。这样的人是一种有内在深度的文化存在，他对自己的生存有一种独到的真实感的体验。从这一点讲，定义自己，意味着明确了自己的意义世界之所在，其生命是有道义动力的。

① 《马克思恩格斯选集》第1卷，人民出版社1995年版，第119页。

定义自己，既需要热情与想象，更需要立足于现实的理性与切实的行动原则。在人们意识到全球化时代对人类文化发展的规约，对人所趋之“优”价值的历史确定之后，应该说，有道义感的人们再定义自己的价值取向是明确的。但由于再定义自己，不只是一种抽象的思维活动，而且是自我生命理性的提升，自我意义世界和心智状态的优化，一种新的自觉生存的开始，因此，它必然要具体化到个体的内外精神结构的调整与更新上。任何个体都是历史的产物，他得以存在的历史过程，在其“身上储存了无限的痕迹，却未留下目录”[①]。这样，作为个体的内在结构的调整与更新，就必须紧密围绕着其意义世界新价值的确立，使这个“未留下目录”的痕迹——经验和已得的意义领域及在其影响下所形成的生活情趣、学术兴味、研究意向乃至文化人格新质化。在这个新质化过程中，由于人是在与其“有意义的他者”的对话与交往中，才被引入他得以存在的文化、生活方式和自我之中的，所以，最关键的是选择“有意义的他者”，并在与其对话、交往中使自己既有的同一性得到新的发展。与此同时，个体还必须面对全球化发展的态势，结合自身的特点，构建一个能在更广阔的空间施展自己影响力的交往、交换模式，即外在结构。这就需要更新或重组个人的社会文化圈，不仅使其具有时代的特色，而且要富有活力。它的运作既要体现个体所在民族的正当利益和要求，也要与人类根本利益和实践相联系。

---

① 〔美〕爱德华·萨义德：《知识分子论》，三联书店2002年版，第127页。

再定义自己的这种内外精神结构的调整与更新，需要人们以一种大视野、高文化和担道义的精神来支撑。大视野，不只是一个眼界的问题，它是个体的一种文化心态和文化倾向。19世纪的中国人文知识分子中“学富五车”者不是没有，但是严重得已经深入骨髓的“天朝情结”，却使他们成为“井底之蛙”。大视野是主体开放的文化心态和平等、宽容的文化倾向发挥功能的必然结果。它是理智的，也是审美的，它对来自不同国家和民族的文化见解、文化体验和文化理想，持开放和辨析的态度。大视野的核心是个体理性的前瞻度。为了真正具有这种历史远见，个体不能不把自己的知识结构科学化与前沿化，不能不把自己的发现能力、思想建构能力和对话能力发展和提高到相应的领先地位。高文化，要求人们不只是把文化理解为“名词”，仅从个体的知识与经验的积累着眼，而是更看重文化的“动词”内涵，强调个体行为的文化意义和境界。这一点对当代中国的人文知识分子来说尤为重要。“在知识和价值、观念上，中国知识分子倡导和认肯了不少，但行动上把这些知识和观念、价值落实于自己的人生道路的人却太少，这必然使得中国知识分子将在很长一段时间内的正面精神和人格史上缺席。”①高文化还意味着个体要尽可能地拥有不同文化的经验，能客观地体验和把握本土文化之外的不同文化的经验与成就，能保持探索和自我批评的精神，不做自己知识的囚犯。承认“认同”

---

① 贺照田：《制约中国大陆学术界思想界的几个问题》，该文发表于http：//www.cc.org.cn。

是主体的积极建构过程，不是消极地接受，因而对旨在扼杀主体创造精神和使其心灵碎片化的任何形式的偶像崇拜，持最坚决的反对态度。担道义，这主要是针对人文知识分子而言的。以天下为己任，是具有大视野、高文化的个体，自觉其生命价值之所在的表现。对于全球化时代的人文知识分子来说，其所担之根本道义，是推动历史的发展和社会的进步，并逐步实现“地域性的个人为世界历史性的、经验上普遍的个人所代替。”[①]“地域性的个人”的存在，按照马克思主义的理解，是前“世界历史”[②]时期的产物，其精神上的主要特征，是被狭隘的地域性生活方式所决定的狭隘性、保守性。这就使得他们不易与外界建立广泛的交往和联系。“地域性的个人”的这种精神面貌，用马克思的话说，就是“依然处于地方的、笼罩着迷信气氛的‘状态’”[③]。“世界历史性的、经验上普遍的个人”，是进入“世界历史”时期的新人，他们推动并参与了“世界历史”的到来，因此能够成为与“地域性的个人”所具有的历史特征、经验的性质与内容完全不同的崭新的一类人。由于马克思主义认为“共产主义只有作为占统治地位的各民族‘一下子’同时发生的行动，在经验上才是可能的”，而“地域性的个人”如果不被“世界历史性的、经验上普遍的个人”所取代，“共产主义

① 《马克思恩格斯选集》第1卷，第86页。

② 马克思的“世界历史”的概念，虽不同于全球化时代的概念，但他对有关世界历史的本质、特征、发展规律等一般性的理解与说明，对我们辨析和建构全球化基本理论具有重要指导意义。见丰子义、杨学功：《马克思“世界历史”理论与全球化》，人民出版社2002年版。

③ 《马克思恩格斯选集》第1卷，第86页。

就只能作为某种地域性的东西而存在”[1]。显然，在马克思看来，“世界历史性的、经验上普遍的个人”，较之“地域性的个人”更接近“全面发展的人”。我们把这两种人的更替视为当代人文知识分子所担负之根本的道义，并非是要立即向共产主义过渡，而是为人们提供一种再定义自己的历史理性和终极性的价值，使自己的思想和智慧的奉献能够有一个更具普遍性的目标。从这样的理论逻辑出发，再立足于现实，我们就需要更宽广的人道胸怀，需要有蔑视利己主义和私人占有膨胀化的勇气，需要以无偏见的分析能力，面对困惑多于解放的实际存在，为人们普遍关注的重大问题提供新答案。为此，人文知识分子要敢于向霸权说真理，敢于破除限制人们思想发展和相互交往的一切障碍。

再次，全球化时代对人的文化属性的重塑，显著地表现为让所有的民族和国家，特别是世界大国与地区大国都意识到自己的创新体系必须在竞争中向更加完善与前沿状态推进。人的文化属性能否全面、健康发展，并不完全取决于他自己。他所在的国家与社会真正地关注人的文化属性的实际状态，自觉地为人的文化属性的发展创造必要的条件和广阔的空间，则是特别重要的、不可或缺的保障性因素。发达国家把这种保障性因素的兑现，集中在对国家创新体系的建设和完善上。全球化时代所带来的不同民族和国家的相互依赖、相互竞争以及较为普遍的相互交往，不仅相当尖锐地凸显了一个民族

---

① 《马克思恩格斯选集》第1卷，第86页。

和国家的创新体系的重要性，而且，从英国到德国、美国，再到日本的这种追赶、跨越式的发展看，国家创新体系已经全面处于一种国际竞争状态。中国作为一个发展中国家已经强烈地意识到了建设和完善自己的创新体系的重要性和紧迫性。1995年5月，时任中共中央总书记的江泽民在全国科技大会上指出："创新是一个民族进步的灵魂，是国家兴旺发达的不竭动力，一个没有创新能力的民族，难以屹立于世界先进民族之林。"为了尽快缩短与发达国家的距离，中国鼓励知识创新、技术创新、知识传播和知识应用，并从这四个方面构成各自的系统，为逐渐完善有中国特色的国家创新体系奠定基础。这期间，国家对创新资源的配置和创新基础设施建设作了必要的统筹安排，特别是对制度创新和组织创新的强调，对这两种创新积极促进技术创新作用的重视，都在一个新的层面上引起了社会的高度关注。"政府、企业、科研院所及高校、技术创新支撑服务体系四角相倚的基本形态已形成。"① 最近，国家又明确地提出了尽快培养将帅人才，在经费投入和科研条件给予保障的前提下，启动完善各项人才计划。同时，以科学发展观的理念统领全局，要求"在新的发展阶段，必须适应经济全球化深入发展和我国加入世贸组织的新形势，在更大范围、更广领域和更高层次上参与国际经

① 石定寰、柳卸林：《建设我国国家创新体系的构想》，《中国科技论坛》1998年第5期。

济技术合作和竞争，提高对外开放水平”。[①] 这无疑会为国家创新体系的发展与完善创造良好的条件。

但是，我们必须看到我国的创新体系还存在着与形势发展严重不相适应的情况。真正意义上的国家创新体系，真正解决技术经济相结合的良好机制，还亟待建立与完善。创新体系各要素之间相互作用的市场化机制和外部环境的不尽理想状况，都说明我们的创新体系并不处于国际发展水平的前沿。然而始终保持着高度警觉的美国企业家却异乎寻常地关注着中国的创新动态。2003 年 11 月 17 日，美国《商业周刊》发表了 IBM 首席执行官塞缪尔·帕尔米萨诺的文章《美国如何保持住创新优势》，作者明确告诉美国人民：“创新的领域、方式和原因都在发生变化。如果我们不能注意到这一点，美国就将无法适应新的现实。”他认为，“我们要先弄清楚创新的含义。它比发明的含义要广得多。创新是发明和洞察力的交集，是新发展和新方法融合的产物。由于知识经济的出现，创新的潜力特别巨大。创新与其说是关注事物，不如说是更关注观念、协作和专业技术。”从这种观念出发，他指出，“中国、印度、韩国以及其他国家正在复制使美国成为创新中心的体制优势。这些国家越来越具有竞争力”，美国的应对办法只能是“采取必要的措施，继续营造适合创新产生的环境。”同时，他希望美国能正确回答这样的问题：“我们如何定义和衡量创新的程度？美国的大学是世

---

① 温家宝：《牢固树立和认真落实科学发展观》，该文载 http：//news. xinhuanet. com2004—02/29。

界向往的地方，但是它们能否开设一些跨领域的新学科呢？我们建设的基础设施是不是适应全球创新体系呢？我们又是如何为创新项目提供资金的呢？”[①] 美国企业家的敏感和前瞻眼光，我们不仅要学习，而且应该意识到这正是那种构成全球化时代对人的文化属性进行重塑的压力。强势文化国家为了确保自己的强势地位，非常密切地关注着世界。一旦发现自身有可能被某种力量赶超的迹象，便将其预设为竞争之“敌”，以激励内部的爆发力，不断地攀登世界科技创新的新高度。它们就是通过这种把自己的竞争对手置于或被迫应战，或被淘汰出局的地位，迫使其沿着自己的竞争意向去发展，以实现其对世界的重塑。有趣的是，就在 IBM 首席执行官的文章刊出前不久，世界经济论坛发表了最新的全球竞争力的报告，以 8% 左右的 GDP 增长率和强劲的对外出口增长率引起世界关注的中国的国际竞争力排名较上一年度下滑了，其成长竞争力指标在 102 个国家和地区中名列第 44 位，较前一年实际下降了 4 位。世界经济论坛首席经济学家卢佩斯·克拉罗斯博士对这种情况作了这样的分析：中国的排名没有处在排行榜的前列的原因在于，中国在科技方面还与日本、德国、芬兰和英国等国家的水平存在较大差距。这些国家在技术领域和科技创新方面处于领先地位已经很长时间了。以英国为例，在过去的几十年里，英国人获得诺贝尔奖的比例很高。原因何在？因为英国长期以来已经形成了一种创新和科研的传统，英国拥有这些进行研究的人才。中国的排名

---

① 《参考消息》2004 年 4 月 24 日。

下降预示着对所有中国人带来的挑战。这意味着要增加对教育的投入，把更多的人送入大学，学校要拥有更多的资源来培养人才。[①] 克拉罗斯的分析是一针见血的，他不像帕尔米萨诺用中国的些微进步去激励美国人，而是坦诚地告诫中国：必须形成自己的创新和科研的传统，必须增加对教育的投入，必须意识到这是对所有中国人的挑战。不论是反身相激，还是坦诚忠告，它们所构成的是一种重塑的合力，都是要促使中国的创新体系向完善和前沿发展。

二、创新文化的价值指向是人的生存方式的创造

全球化时代对人的文化属性的重塑——历史地确立人的趋“优”的价值内涵，要求人们在新的历史条件下重新定义自己，国家的创新体系必须完善和处于前沿——归根结底是在推动一种创新文化。人类关于文化的定义虽然很多，创新文化却独具优势，它把文化视为人的创造物和创造活动的统一，由于人的创造活动更富有生命力，所以，创新文化比其他的文化定义更看重人的创造活动。文化既有积累性、继承性，更有重构性、革新性；因为有了前者，文化必然有一种传统，又因为有了后者，文化总是要提出新的创造任务。文化的品性是既重视现实，更瞩目于未来，特别是，人的创新活动的无止境，不仅能不断地从一个新的层面继承、革新、活化传统，而且在实践上必然极大地推动历史的进程，为人的世界重新划定界限。

坚持创新文化，就要确立国家的创新意识。在一般的文化

① 《人才缺口拖累中国竞争力排名》，《国际先驱导报》2004年4月9日。

观念中，创新仅仅是科学研究人员的职业使命，它与社会中的其他成员虽不能说没有关系，但总的说来关系不大。实际上，创新文化要求全民具有创新精神，从政府到企业到学校，都必须具备创新意识。创新，实际上就是一个重要的治国理念。文艺复兴以后的西方，何以能迅猛发展？从文化的角度观察，起码有这样几点值得我们注意：首先是不神化既有的人的创造物，即使它们曾经是最具权威性和最神圣的，今天也要放在理性的审判台前接受审判或再认识；其次，宗教主要不再是麻痹人的精神的系统教义，而是一种拥有精神力量的道德观念，它激发一种自我进取的意志；再次，商业革命、科学革命和工业革命相当普遍地荡涤了人的无知与迷信所构成的愚昧，创新活动得到社会的尊重；最后，世界图式中的“上帝”的位置被富有革新和开创精神的人所取代。而所有这些成就都与创新文化的推行有着密切的关系。如果我们要研究近代以来强势文化国家的发展历史，就不能不承认坚持创新文化是一条重要的成功经验。

作为创新文化理念的“创新”不同于一般的创新概念。国家创新体系中的创新，主要指科技创新。奥地利经济学家约·阿·熊彼特在其《经济发展理论》一书中首次提出技术创新的问题，他认为“创新是一种生产函数的变动”。“创新实际上是经济系统引入新的生产函数，原来的成本曲线因此而不断更新。经济的变革，诸如成本的降低，经济均衡的打破，残酷的竞争，以及经济周期本身，都应主要地归因于创新。”熊彼特心目中的创新是与经济的发展和变化密切相关的，它所指出的生产新的产品，引入新的生产方法、工艺流程，开辟新的市场，开拓原材料的新供应源，采用新的组织方法等，都是为了推动经济的发展。这种推动经济发展的创新一定要与发明相结合，熊彼特说："先有发明，后有创新；发明是新工具或新方法的发现，创新是新工具或新方法的实施。"[①] 正如帕尔米萨诺所总结的那样，创新"比发明的含义要广得多。创新是发明和洞察力的交集，是新发展和新方法融合的产物。"总之，科技创新的直接指向是经济，它是技术与经济的中介环节。创新文化中的"创新"，就其价值的内涵来说，不仅包括技术创新，而且为其进一步地充分发展提供价值依据。不过，有一点必须强调，创新文化首先要建构的是文化精神，创新是作为其所建构的文化精神的基本品格而具有普遍意义的。马克思说："动物只生产它自己或它的幼仔所直接需要的东西；动物的生产是片面的，而人的生产是全面的；动物只是在直接的肉体需要的支配下生产，而人甚至不受肉体需要的支配也进行生产，并且只有不受这种需要的支配时才进行真正的生产；动物只生产自身，而人再生产整个自然界；动物的产品直接同它的肉体相联系，而人则自由地对待自己的产品。动物只是按照它所属的那个种的尺度和需要来建造，而人却懂得按照任何一个种的尺度来进行生产，并且懂得怎样处处都把内在的尺度运用到对象上去；因此，人也按照美的规律来建造。"[②] 人的这种"需要的体系"和其为满足需要而

---

① 陈文化：《技术创新是实现"两个转变"的根本途径》，《中国科技论坛》，1998年第2期。

② 《马克思恩格斯全集》第42卷，人民出版社1979年版，第96—97页。

建立的“生产体系”相因相成，构成人的具有创造性特征的生命活动。正是这样的生命活动在新旧生产力更替的历史过程中，不仅使人的文化精神得以产生和发展，而且使“创新”成为文化精神的基本品格。作为文化精神的创新，可以表现在人的各个实践领域，但它最根本的价值指向，则是文化以及作为文化存在的人，怎样才能在不断的优化中走向崭新的历史时期。

人类文明发展至今尚处在恩格斯所说的从物种方面把人与动物区别开来的阶段，这个阶段人的生存基本上是本能境界的生存。本能境界生存的最突出特点，是人类中心，生存竞争。人类为了自己的生存而去掠夺自然、毁灭他物或相互仇视、对抗、杀戮。人类本能境界的生存有其社会历史的必然性，在人类漫长的提升过程中，本能境界的生存不仅是一个不能跨越的阶段，而且是人至今作为文化存在的内在动力。人的为了趋优而创新的文化属性，就是在本能境界的生存阶段生成和发展的。正是这种历史的不可超越性，在特定阶段对人的本能境界的生存意识的强化，使人的自强与防御心理机制，随着自身所处之强势或弱势以及与他者之实际利害关系的变化，而成为其面对复杂现实调整自我心态所特别关注的重要（或主导）因素。全球化时代发展到今天，之所以总是在控制与反控制、扩张与反扩张、全球化与民族化这种对立思维模式中运作，固然有现实存在使然的一面，但就从其深层心理和人类的整体境界来看，却是本能生存所必然导致的。因此，不论是强势文化国家的人，还是弱势文化国家的人，都应看到人自身生存境界的局限性，进而意识到有必要从恩格斯所说的人的第二个提升阶段的高度来统观全球，为把人自身“在社会方面”（而不是物种方面）“从其余的动物中提升出来”①创造历史条件。要想在社会方面把人从其他动物中提升出来，人就必须确立新的生存意识，即生态境界的生存。人自觉意识到与其环境间的（自然的、社会的和人际的）交互关系的生存，不仅要求人应以与其他物种共存为自己生存的必要条件，还强调人际间应以人性的臻达完美为价值尺度，在相互作用中使人际生态得以和谐与健康。国际和民族生态的和谐与健康虽然是更为复杂的问题，但亦应从人的生态境界的生存出发加以认真思考。人的本能境界的生存由于是以人类为中心的生存竞争，因而其基本轨迹是对象化—异化—再对象化—再异化，对象化几乎与异化相伴而行。人的生态境界的生存由于走出了生存竞争，倡导高科技与高人文统一的生存实践，强调人应具有高尚的精神生态意识，并把人与自然、人与人之间的生态和谐与健康视为最高道德准则，因而其基本轨迹有可能是对象化—再对象化，对象化是在不断优化的历程中发展着。人的生态境界的生存较之本能境界的生存是更高境界的生存。人的第二次提升，并不是实现了生存观念的转换就可以达到的，它需要具备诸多的条件。再说，人的生存观念的转换，也不是“上帝”下一道谕旨即可实现的。要使生态境界的生存成为人类的普遍生存意识，需要一个漫长的历史过程，这期间人类要花大力气进行深刻的自我革新。我们一再要把创新文化中的“创新”与一般的创新区别开来，并凸显它作

① 《马克思恩格斯选集》第4卷，第275页。

为文化精神的基本品格，就是因为从根本上说，它是人的生存方式的创新，它作为一种总价值的本质，是要将人的全部创新成就加以规范，最终统一指向实现人的生态境界生存目标，让人获得第二次提升，获得真正的解放和全面发展。因此，从某种角度讲，创新文化的“创新”向人们表明了全球化时代的实质：作为一种“过程”和“状态”看，当前和今后一个时期，全球化确实具有资本全球化的内在特征，若从发展的最终结果看，全球化的实质是走向共产主义。①

明确了创新文化的最终目标，我们在当前就必须把人的自我革新作为文化建设的一项重要工作。“人们每次都不是在他们关于人的理想所决定和所容许的范围之内，而是在现有的生产力所决定和所容许的范围内取得自由的。”② 对于人的自我革新也不能不顾及现有生产力所决定和所容许的范围而超前激进。同时，我们还应该看到，由于历史的现在和未来的发展，是与社会制度的演变联系在一起的，这就需要对人的自我革新进行必要的制度分析。

被视为推动全球化的主导力量的跨国公司，其任务是“既要在不同的地方使资本主义的生产方式实现本地化，同时又不能损害资本的全球强制性”。这就是要通过跨国公司本地化的一系列运作，造成本地的“社会存在与社会意识的分裂，以便按

---

① 丰子义、杨学功：《马克思“世界历史”理论与全球化》，人民出版社 2002 年版，第 164—165 页。

② 《马克思恩格斯全集》第 3 卷，人民出版社 1960 年版，第 507 页。

照一种全球资本主义的图景全球性地重建社会”。[1] 跨国公司所要建构的全球文明，对人类不断增长的某些物质与精神需求，会从一个新的层面予以提高和满足，这是毋庸置疑的。它们确实“创造了完全不同于埃及金字塔、罗马水道和哥特式教堂的奇迹”，“完成了完全不同于民族大迁徙和十字军征讨的远征”；它们确实“除非对生产工具，从而对生产关系，从而对全部社会关系不断进行革命，否则就不能生存下去。”[2] 但是，这种提高和满足最终是被限制在一定的范围内的，是受资本追求利润的贪欲所制约，因而不可避免地要对人的本质进行异化，使人无法克服资本主义与生俱来的利己主义和占有性。在现有的生产力所决定和所容许的范围内，我们并不一般地否定和批判人们对利润的追求。16 世纪后期来到中国、并在中国居住了 28 年的利玛窦，发现“中国的手艺人并不为了获得更高的售价而在他创作的物品上精益求精”。[3] 利玛窦主张高售价与精益求精同步，为了获得高利润，就必须把自己制作的物品做得更精美、更具创造性、更具他人难以企及的特色，实际上就是让创造者的奉献获得应有的回报。这有什么不好？面对“利”有两种思想应予以批判：一种是先“义”后“利”，把人纯粹道德化的

① 〔美〕阿里夫·德里克：《弹性生产时代的马克思主义》（《在革命之后》），见俞可平、黄卫平主编：《全球化的悖论》，中央编译出版社 1998 年版，第 276、277 页。

② 《马克思恩格斯选集》第 1 卷，人民出版社 1995 年版，第 275 页。

③ 何兆武、柳卸林主编：《中国印象——世界名人论中国文化》，广西师范大学出版社 2001 年版，第 2 页。

思想。趋利避害是人之本性，[1] 然而人人都为了趋利而不顾一切，社会必然大乱，这就需要道德的规范和法律的制裁。但是这种规范和制裁不是一味地限制人的趋利，从观念上确立一种视“利”为“害”的意识；它只是要确立一种公德，让人们不损害他人和社会利益地趋利。在恪守公德的前提下，社会大胆承认趋利是人的一种本能需求，它就能够在人为了满足这种需求而从事的实践中，创造条件使趋利成为人创造和创新的动机，并有可能在以后的更广阔的实践领域构成一种激发创新的良性循环。然而孔子却认为：“君子喻于义，小人喻于利”，[2]断然地以“义”与“利”来区分君子和小人。《大学》又说：“德者本也，财者末也，”“知所先后，则近道矣，”致使后来的宋明理学居然将“义利之辨乃人禽之别”视为自己学说的一个核心。这种处心积虑地要把人纯粹道德化的思想，表面看振振有词，似乎不如此人就不是完人，实际上它不仅是对人性的又一种异化，而且严重阻碍了社会生产力的发展。历史上早就有人批判这种思想，汉代著名的盐铁会议，御史大夫桑弘羊针对文学儒生提出的礼义是治国之本的论调，严厉批评其是“多言而不用，情貌不相副”。[3] 南宋的陈亮和叶适针对朱熹的“义是天理之公；利是人欲之私”[4]的思想，也明确地强调重利的必要性：“既无

① 《荀子·荣辱》：“好利恶害，是君子小人之所同也”。
② 《论语·里仁》。
③ 《盐铁论·利议》。
④ 朱熹：《四书集注》。

功利，则道义乃无用之虚语耳”[①]，认为抛弃功利的那种道义，纯然是一种无用的虚词浮语。另一种应予以批判的思想，就是资本主义的利己主义和由此生发的贪婪与占有私念。在资本主义社会，追逐和占有利润是驱人竞争的鞭子，掩盖在竞争名义之下的种种骇人听闻的恶行，从某种角度说，就是人性中破坏性登峰造极的发展。人类之所以很难走出本能境界的生存，在社会方面把自己从其他的动物中提升出来，与资本主义的利己主义和占有性有着密切的内在联系。不少西方学人已经清醒地认识到了这一点，他们主张人类必须进行一种“精神改造”，目的“就是把一切方面的存在整合为一种新的发展状态。存在摆脱占有，就是从资本主义的利己主义和占有性中解放出来”。[②]西方学人所讲的这种“精神改造”，正是人类进入生态境界的生存所必经的深刻的自我革新所要解决的关键性问题，它理应是创新文化健康发展必须高度关注的焦点之一。

焦点之二，是坚持“以人为本”的人的价值取向问题。跨国资本的全球性经济运作凭借的是高科技的实力，这本身向人们表明：雄厚的资本与高科技结合在一起，就会形成一种以经济形态出现的历史的支配力，它能够打破世界一切现存的界限，走向全球经济一体化。在人类尚处于本能境界的生存状态下，生存竞争犹如警钟长鸣于耳，于是高科技的发展不仅引起普通人的关注，而且促使各国领导人形成高度重视科技事业的意识，

---

① 叶适：《习学记言》。

② 〔美〕J. 考夫尔：《马克思主义和精神》，见俞可平主编：《全球化时代的“马克思主义”》，中央编译出版社 1998 年版，第 134 页。

认为它是关乎国家前途命运的大事，愿意投入巨额资金从速、从优地发展科技。落后就要挨打，谁执掌了高科技的牛耳，谁就是人类的主宰。一时间这种观念成了某些人的共识，一种科技至上、科技为本的思潮便随之弥漫了全球。而这种科技至上的观念很容易改变人的价值意识，并能轻而易举地把科技、金钱和权力结合为一体，以体现所谓当代人的最高价值。被媒体炒得举世瞩目的世界富豪排行榜，被白领阶层标榜的世界公民，既是全球资本按照经济逻辑和科技逻辑运作的产物，又是科技至上思潮为人们推出的所谓最能体现人的价值的标本。一个尖锐的问题就这样地摆在人类的面前：全球化时代的文化究竟是以科技为本还是以人为本？这是面对人的价值被挑战的必然思考。且不说人们谈论跨国犯罪——实际上“与犯罪全球化的速度相比，仅仅是一个非常缓慢的反应”[①]——这样一个关乎到人的价值的国际重大问题，仅就“新人类”世界公民来看，其内在精神的空虚与孤独，就足以让人们忧虑：“他们属于马不停蹄世界旅行者俱乐部的先锋成员……早晨在匈牙利的一个小城市与充满疑虑的顾客或激动的谈判伙伴在一起，下午在汉堡有一个活动日程，晚上在巴黎刚刚结识的、但很快就会失去的女朋友那里。”他们在围绕地球转圈的同时，“把自己也关进了确实令人讨厌的，千篇一律的机场、连锁旅馆和连锁饭店。在装有空调的、很脏的旅馆房间里，被迫对录像带作着同样的选择。

① 〔德〕汉斯—彼得·马丁、哈拉尔特·舒曼：《全球化陷阱》，中央编译出版社 1998 年版，第 256 页。

这些片刻不闲的大忙人的灵魂追不上他们四处奔跑的身体，他们从来没有精力去过问其他陌生的但确实是新的东西。”他们到处都走遍了，一切都看到了，但却总是住在类似的地方，看着早已熟悉的东西。“就像那些长期滞留在故乡的人积攒他的电话卡、邮票和啤酒瓶盖一样，他们积攒着在航空公司那里能够享受特殊补贴的里程数目。”① 我们之所以大段引用《全球化陷阱》一书作者对世界公民生存状态的描述，就是想给人们一个深刻的印象：那些让成千上万人羡慕的、有着别人没有的灵活性、丰厚收入和广阔眼界的世界公民，其实是在过着一种畸形的人生。这只能让我们更深刻地思考：全球化时代的文化到底应该造就什么样的人，才是在真正地推动历史的发展和人自身的进步。对人的价值取向的思考有不同的层面和出发点，在本能境界的生存层面思考，可能会认为世界公民的生存状态，是一种不可避免的历史存在，自有其合理的一面；从生态境界的生存层面思考，则会认为世界公民的生存状态，是生存竞争和经济、技术至上，且全球一体化所造成的人的物质与精神、事务与生活、他者与本我的对立，对人的建设带来的恶果，它应属于人类深刻的自我革新所要解决的根本问题。法兰西学院教授皮埃尔·博迪认为：“只有在国际技术统治所偏爱的领域即经济科学领域对国际技术统治提出挑战，并同国际技术统治所利用的支离破碎的知识针锋相对地提出一种更为重视这些技术统

① 〔德〕汉斯—彼得·马丁、哈拉尔特·舒曼：《全球化陷阱》，中央编译出版社 1998 年版，第 26、27 页。

治所面对的人和现实的知识，我们才能有效地克服国际技术统治。”① 我们鲜明地提出人的价值取向问题，既是为了向国际技术统治提出挑战，又是为了让人们明白，创新文化所坚持的“以人为本”，绝不简单地是确保人赖以生存的物质财富的增加，它对人的终极指向是“自由个性”。尽管我们知道，今天的现实距离马克思在《1857—1858年经济学手稿》中所说的，“建立在个人全面发展和他们共同的社会生产能力成为他们的社会财富这一基础上的自由个性”还很遥远，但我们必须明白，只有从还很遥远的那个高度回视今天的现实，人们才能痛切地感受到在人的价值取向上所存在的问题的严重性。

创新文化健康发展必须高度关注的第三个焦点，是在世界多极主体和国内多元的利益主体所构成的不同公共领域建立相应的协商、协调和协作的机制问题。全球化的历史发展进程，是由单极走向多极，今天的全球化已经不再是单一的资本主义一极所推动，而是多极推动、多极共存的。面对这种局面，强势文化国家在鼓吹自由选择和个人独立的旗号下，以自己的强势媒体控制着人们的行为和选择，它们要建立自己的全球舆论霸权；而一些弱势文化国家的文化民族主义，为了抵制霸权舆论也相应地以意识形态的潜在对抗，为人们的普遍交往设置种种心理障碍。全球的多极推动、多极共存所迫切需要的人们公平合理的普遍交往因此而受到了束缚。在这样的全球性人文背

① 〔法〕皮埃尔．博迪：《1995年12月12日在巴黎里昂火车站对罢工者的讲话》，转引自〔德〕汉斯—彼德·马丁、哈拉尔特·舒曼：《全球化陷阱》，第310页。

景下，创新文化发现世界上的多极主体，尽管有着各种各样的利益冲突，但由于大家不得不面临需要共同解决的问题，而不能不坐在一起沟通和协调利益，并采取某种必要的一致行动。因此它们是可以构成一种公共领域（社会）的，而且在这个领域里有可能逐步建构起一种协商、协调和协作的机制。如果这个领域里的这种机制得以形成并正常运转，这种公共领域就会成为既有所一致又保留多元、既相对稳定又可以灵活的动态结构，甚至将其达成的某种共识及其相应的凝聚力与含有充分理由的替代性选择，作为人们共生互利、互动合作的依据。可以肯定地说，这样的公共领域的形成和发展，是人类由本能境界的生存向生态境界的生存迈出的重要一步。但是人们不能忘记，这样的公共领域的形成和其作用的发挥，是有先决条件的。这就是人们进入公共领域必须恪守"超越（被看做是社会形式、习惯信念和实践之）文化的人类的普遍原则"，即"富有同情心的公正原则"。[①] 正是这一原则忠告人们一定要对历史和现实的跨文化压迫的思想和行为保持高度的警觉，努力排除其干扰和破坏；还是这一原则提醒参与者跨文化的可理解性是存在的。为此，人们既要看到历史上为不同人群所接受的价值观的差异和对世界的不同感受，已经繁衍出多种不同形式与内容的文化，更要看到媒体技术、交往工具的巨大进步不仅使得人们的交流和亲近成为可能，而且使得文化评价和创造性吸收得以迅速普及。在这种情况下，参与者让自己的行为在尽可能多的时候都

---

① 〔美〕K. 怀尔都：《文化的普遍原则是否存在》，《哲学译丛》1999 年第 3 期。

对他人的利益表现出关心，并宁可偏爱那使意见不一致缩小到最低程度的解释理论，公共领域里的对话、讨论才可能本着民主程序和交往理性进行，并体现出平等参与的精神。应该指出，这个美好的人类的普遍原则寓含着对人类应进入生态境界生存的强烈要求，它与资本主义的利己主义和占有性是格格不入的，在人的价值取向上表现出一种深切的人文关怀，希冀的是人的进步与提升，既重视现代化的高科技在改变人类生存状态方面的积极作用，又不囿于经济与技术的逻辑而将其纳入并服务于建构人类理想的公共领域的逻辑。这的确是创新文化所激发的人类深刻的自我革新所取得的重大成就之一。但是，作为道德规范的这个人类的普遍原则，在公共领域的执行、运作从一开始就必须置于监督机制的监督之下，同时，要在公共领域成功解决问题经验的基础上，把彼此间协商、协调和协作的相关原则与行为程序化、制度化，并使其具有国际法律的效力。这样，公共领域的正常运转就不单纯寄托在参与者的道德自律上，而是有相对稳定的保障机制的维护。国内多元利益主体所构成的需求意向尽管非常复杂，各种公共领域的组成及其在不同层面上的交往尽管多样，但由于基本上是在同一种文化中运作，有传统文化积淀下来的某种共同性的制约，其公共领域里的协商、协调和协作机制的建立较之在世界公共领域要容易得多。由于我们所处的时代是由财富源于物质资源的时代转化为财富源于人力资源的时代，我们诸多公共领域里的协商、协调和协作，固然要有利于推动各项工作的发展，但更根本的则是要通过这种多形态的协商、协调和协作，“营造健康向上的人文环境，廉洁高效的治理环境，透明公正的法制环境，规范诚信的市场环境，安定团结的社会环境，绿化洁净的生活环境，逐步开放的国际环境，整体优化的人口环境”。[①] 我们所希冀的一代具有参与全球性竞争与合作能力的人才，能够主动适应、积极推进，甚至引导一系列社会变革的人才，即具有事业进取心、社会责任感和历史使命感，有着丰富的想象力、深刻的洞察力和科学精神，既能正视挑战、参与竞争，又能关心他人、合作共事的创新型人才，正是从这种环境中走出来的。

全球化时代对人的文化属性的重塑，让人们意识到必须历史地确立其趋“优”的价值内涵，必须根据时代发展的需要再定义自己，必须使民族和国家的创新体系在竞争中向更加完善与前沿状态推进。这种强大的历史重塑力，使创新文化应运而生。创新文化的价值指向，让人们明白人的生存方式的创造是最根本的创造，虽然新的生存方式的创造，并不是人的建构性理性主义所可规划、设计清楚的，但要真正进入人的新的生存方式的历史时期，人自身必须进行深刻的自我革新这一点，却是肯定无疑的。坚持批判资本主义的利己主义和占有性，坚持“以人为本”的人的价值取向，在国内与全球的公共领域建立对话的民主程序和交往理性，是今天全球化时代对人的文化属性重塑、推动创新文化发展、造就新型创新人才不可动摇的重要理念。

---

① 尹继佐主编：《文化发展与国际大都市建设》，上海社会科学院出版社 2002 年版，第 212 页。

第三节 全球化时代对人文学科建设的要求

一、全球化时代意识形态领域面临的挑战

从全球化时代对人类文化发展的规约和对人的文化属性的重塑论述中，我们已经看到了这种“规约”和“重塑”，实际上多是以挑战的方式显示的。美国《外交政策》2004 年 3 ~ 4 月号发表了美国外交学会高级研究员沃尔特·拉塞尔·米德的题为《粘性实力：美国霸权的另一支柱》的文章，再一次明确地表示：“美国意识形态上的影响力也一直是全球性的，而且美国人一直认为他们的宗教和政治价值观应该在全球各地盛行。”作者高度赞扬哈佛大学政治学家小约瑟夫·奈关于美国的硬实力和软实力的理论，认为“软实力——文化的力量、榜样的力量、理念和理想的力量，更能潜移默化地起作用；它能够使其他人想要你想要的东西。软实力支持着美国的世界秩序，因为它影响其他人，使得他们喜欢美国的制度，并出于他们的自由意志而支持这种制度。”① 米德重申了他们在意识形态领域里的挑战决心，而且显得信心十足。我们所要论述的全球化时代对人文学科建设的要求，正是通过强势文化国家在意识形态领域里的挑战提出来的。对人文学科发展的要求，之所以能通过对意识形态的挑战提出来，是由于作为人类价值和精神表现的人文学科，不论从实践的因素，还是从理论的因素来说，都与作为观

① 《粘性实力：美国霸权的另一支柱》，《参考消息》2004 年 4 月 4 日。

念体系的意识形态有着一种内在的联系，甚至从某种角度说，二者是互为一体的。接受强势文化国家的意识形态的挑战，当然不是说我们的意识形态和人文学科的发展要接受强势文化国家挑战的导引，而是认为这种挑战会激发出一种应战的活力，正如在《历史研究》中发展了斯宾格勒的文化形态史观，提出一种根据挑战和回应来分析各种文明的循环发展和衰落的历史哲学的汤因比所说的那样，真正的挑战“不仅刺激它的对象产生一次成功的应战，而且还要刺激它积聚更大的力量继续向前进展一步：从一次成就走向另一次新的斗争，从解决一个问题走向提出另一个新问题，从阴过渡到阳。”①

为了实现真正成功的回应，我们必须清醒地看到全球化时代意识形态领域竞争的格局与态势。

苏联解体与东欧剧变，的确让西方崇尚资本主义世界体系的知识分子们欣喜若狂于一时，一系列代表性的著作纷纷发表：布热津斯基于20世纪80年代出版了《实力与原则——1977—1981年国家安全顾问回忆录》、《运筹帷幄：指导美苏争夺的地缘战略构想》，美国前总统尼克松发表了《1999，不战而胜》，弗朗西斯·福山出版了《历史的终结》，塞缪尔·亨廷顿发表了《文明的冲突》。这些著作在当时虽引起了广泛的争论，但其总的倾向和其在意识形态领域里的作用，却是非常鲜明的，即肯定以美国为首的西方国家的冷战思维及资本主义全球战略的胜利，并为其今后的斗争方式和预设之敌作了构想。“资本主义制

① 〔英〕汤因比：《历史研究》（上），上海人民出版社1986年版，第236页。

度虽不是完美的，却是人类社会至今最好的制度”的观念，就是在这些——也不仅仅是这些——著作的造势下而风行于世的，它们是资本主义世界意识形态的主导声音。这里需要特别指出的，是丹尼尔·贝尔的《意识形态的终结》① 这部著作。从书名上看，作者似乎是想通过对20世纪“五十年代政治观念衰微之考察”，来提出终结一切意识形态主张的。其实并不是这样。贝尔自己认为：“《意识形态的终结》并不是孤立的。作为一部惊世录，它是当时正发生在知识分子中间的，尤其是正发生在欧洲知识分子中间的，关于苏联和斯大林主义的前景所展开的一场观念论战的一部分。”他又说：“‘意识形态的终结’一语的语境是发生在法国社会党内部的一场争论。在那场争论中，一派竭力重新肯定马克思主义是历史的不可动摇的逻辑。另一派则把马克思主义重申为一种道德力量。加缪写道：‘最近的党代表大会的主要任务是，用比屠杀更高明的手段来确保人们对于马克思主义的信仰，以迎合新的道德愿望。但是一个人无法把难以调和的东西调和起来。’”由于西方右翼知识分子有感于他们所谓的“把意识形态看做一种自欺欺人的把戏的论题在一些强有力的主观论断和思想见解中得到了重大发展”②，便在此后

① 《意识形态的终结》中文版译者“序”说：《意识形态的终结》1960年由自由出版社出版，1961年再版时贝尔作了修订。1988年，该书交由哈佛大学出版社出版，贝尔写了一个长篇的“跋”，对近30年人们围绕这部著作而展开的争论作了辩护和回应。因此，我们现在可以读到三种版本的《意识形态的终结》。不过其基本精神并没有发生太大的变化。

② 〔美〕丹尼尔·贝尔：《意识形态的终结》，江苏人民出版社2001年版，第470、471、472页。

将其批判的方向，相对地锁定在苏联教条化的马列主义和其意识形态高度同一性所导致的思想、理论的禁锢与对权力的迷恋上。1955年，由西方右翼知识分子组成的国际文化自由协会发起，并于米兰召开了一次以意识形态时代是否已经终结为主题的国际会议。19世纪的传统意识形态已经过时，已经被新的历史事实和社会条件所否证，几乎成了这次大会的共识。贝尔的《意识形态的终结》就是在这样的背景和右翼知识分子的普遍心态下写成的。在《不安的自负》这篇为《意识形态的终结》所写的“序言”里，贝尔声称：“我不是把‘意识形态’当做‘信念体系’，而是把它看做在19世纪产生的一组特殊观念和情感……我注意到我大体上把这一术语应用到左派思想上，因此限制了它的范围。……‘意识形态’一词是‘左派’的产物，并在那个语境下获得了有区别意义的反响。并且，这曾是我讨论的焦点。我还增加了讨论新的‘革命修辞学’的一些章节，一些‘新左派’成员曾经采用那种修辞学论证新型国家镇压自由的合理性。”① 贝尔的一系列陈述，证实了《意识形态的终结》的批判锋芒，是指向19世纪以来左翼所坚持的“革命”和“阶级斗争”的社会发展理论的，是为西方的冷战需要服务的。② 他所希望终结的意识形态是马克思主义为人类提供的理

---

① 〔美〕丹尼尔·贝尔：《意识形态的终结》，江苏人民出版社2001年版，第6—7页。

② 美国《洛杉矶时报》2004年3月29日发表了尼克松中心主任迪米特里·西梅斯的题为《实用主义在对外政策中很重要》的文章，作者说：“在冷战时期，美国无可争辩的目标是遏制并（如果可能的话）打败苏联。但我们在明确划定的界限之内很谨慎地接近这个目标。”《参考消息》2004年4月5日。

想社会的理论，他所希望能得到进一步发展的意识形态，是能够维护像美国那样的常规的市民社会，而且必然会取代“意识形态政治学”的“市民政治学”[①]，他所看到的新的启示、新的意识形态，是摆脱了终结的意识形态困扰的“工业化、现代化、泛阿拉伯主义、有色人种和民族主义”，这些“亚洲和非洲的大众意识形态则是地区性的、工具主义的，并且是由政治领袖创造出来的。”它的“驱动力则是为了发展经济和民族强盛。”[②] 很显然，丹尼尔·贝尔的“意识形态终结论”是资本主义世界主导意识形态的话语，它虽然能从某些方面提醒我们应该严肃、冷静地重新认识和对待历史上的一些论争，但其总的意向却是否定社会主义意识形态的。正如沃勒斯坦所言：“第二次世界大战以后，丹尼尔·贝尔表达了曼海姆笔下知识分子对意识形态和乌托邦的厌倦。当贝尔宣布意识形态终结时，基于对政治局限的认识，他指的主要是马克思主义，他认为，马克思主义已让位于一种温和的、非意识形态的自由主义。”[③]

与资本主义世界主导意识形态话语不同的，是世界体系理论的主将伊曼纽尔·沃勒斯坦提出的“新左派意识形态”。沃勒斯坦创建世界体系理论不是为了巩固资本主义的世界体系，而

---

① 〔美〕丹尼尔·贝尔：《意识形态的终结》，江苏人民出版社 2001 年版，第 482 页。

② 同上书，第 463 页。

③ 〔美〕伊曼纽尔·沃勒斯坦：《三种还是一种意识形态?》，《全球化与现代性批判》，广西师范大学出版社 2003 年版，第 204 页。

是为了建立“能保持一个高水平的生产效率，并能改变分配制度的唯一可替代的世界体系”①。作为社会学和世界史学家，他认真研究了19世纪中叶所形成的三种重要的意识形态：保守主义、自由主义和社会主义。之所以要这样做，是由于“在意识形态所存在的两个世纪里，这一概念一直被消极地理解，它就像某种必须被人们丢弃或取代的东西。”在沃勒斯坦看来，“一种意识形态其本身并不是世界观，相反，倒是对我们称之为现代性的那种新型世界观来临的一种反应”，“是处理现代性问题的政治纲领”。正是从这一理解出发，他历史地辨析了法国大革命以后两个世纪的不同意识形态间的较量。他认为，“在1789—1848年的历史时期，重大的意识形态的斗争是在保守主义和自由主义之间进行的，前者最终都没能找到一种完整的形式，后者则在寻求文化霸权。在1848—1914年（或1917年），自由主义占据了统治地位，没有遇到大的敌手，而马克思主义此时正在试图把社会主义意识形态建设成独立的一极，但没能取得完全成功。人们可能会接着断言（这种断言可能最富有争议性），1917—1968年（或1989年）标志着自由主义在世界范围内达到了顶峰。”② 然而，达到顶峰的自由主义，在资本主义世界经济体系结构危机的冲击下，正处于崩溃的过程之中。沃勒斯坦的智慧就在于他不仅看清了1968—1989年这一时期是意识形态上

① 〔美〕伊曼纽尔·沃勒斯坦：《现代世界体系》第1卷，高等教育出版社1998年版，第462页。

② 〔美〕伊曼纽尔·沃勒斯坦：《三种还是一种意识形态?》，《全球化与现代性批判》，广西师范大学出版社2003年版，第205、207、215页。

倾向于自由主义的一致性渐次消失的时期，更在于他鲜明地提出了超越作为资本主义世界经济体系的意识形态的自由主义。他认为人类正在进入一个过渡时期，“这可能会持续50年左右，我们可以把这一时期看成一个重大的‘分叉点’”[①]，虽然即将从我们目前体系的废墟中产生的新体系所具有的世界观人们尚无法预测，虽然会有新的意识形态出现而我们也无法对它的内容与数量进行预测，但是，超越自由主义这种意识形态是必然的，无可怀疑的。沃勒斯坦紧紧抓住资本主义世界经济体系中心与边缘（北南）之间的对抗和冲突进行分析，认为北方有可能形成两极强势：一极以日美为中心，中国将与之相联；一极是泛欧中心，俄国将与之相联。在竞争中两极均集中发展其主要的半外围地区中国和俄国，而南方则将进一步边缘化，因此，关键的问题不是北方如何发展，而是反对现行世界体系的力量——南方和其他支持南方的地区以及左翼知识分子们——“在资本主义世界经济体系解体的时代”怎样行动。就新的意识形态建设而言，沃勒斯坦提出了这样几点构想：“创建一种殊异之世界体系：人人得以分享其好处的世界体系；可以通过将排斥在外者全部纳入组建起来的、有自我意识的、确认其错综复杂交叉特性的群体，来创建这一世界体系”的纲领。其原则：1. 意识形态的主体不会再是自由主义所推崇的个人了，而应该是群体，“形成足够大的群体，以发挥出所有的潜能”；2. 群体

① 〔美〕伊曼纽尔·沃勒斯坦：《三种还是一种意识形态?》，《全球化与现代性批判》，广西师范大学出版社2003版，第216页。

在各种各样的社区层面上发展真正的社会群体，在更高的层面上以一种非一体的形式组成集群（并不断重组）；3. 集群和群体内部是各有其特点，相互平等，民主相处；4. 绝不把集群纳入统一的运动中去，而是在各条战线上展开斗争；5. 首先是偏离先夺取政权，再发展国家的观点；6. 基本策略就是让现行世界体系的主导阶级陷入政治上的困境；7. 群体中的知识分子要认真研究“有托之乡”论(“有托之乡不是乌托邦的奇想”)，对实现民主、平等新秩序的困难与实践要进行论证和阐释，对现行世界体系的困境进行冷静思考，对替代机制进行坦率设想。①创建新“左”派意识形态不是一件轻而易举的任务，没有理由乐观，但也没有理由悲观。沃勒斯坦认为：“我们在谈论我们的崇高理想、向前奋进时，必须脚踏实地，做一个像葡萄园里实干的、出成果的、持之以恒的工人那样的人。”②

与上述两种意识形态并存的，是以中国为代表的、日渐成熟并在全球领域产生了广泛影响的社会主义意识形态。社会主义意识形态的发展道路是极其曲折、极不平坦的。从历史上看，自从马克思和恩格斯创立了科学的社会主义意识形态以后，中经十月革命后的苏联社会主义革命和建设的具体实践，以及20世纪50—60年代以来的国际共产主义运动中的多次论争，直到中国共产党领导的“无产阶级文化大革命”，都可以看做社会主义意识形态发展的探索时期。苏联、东欧剧变时，正是中国的

---

① 〔美〕伊曼纽尔·沃勒斯坦：《自由主义的终结》，社会科学文献出版社2002年版，第243、244、245—248页。

② 同上书，第214页。

改革开放能否迈进到新阶段的关键时刻，从不同寻常的1989—1990年初邓小平南巡讲话发表，中国共产党经过痛彻的反思，在意识形态领域得出的深刻结论是：1. “不坚持社会主义，不改革开放，不发展经济，不改善人民生活，只能是死路一条”；2. “姓‘资’还是姓‘社’的问题，判断的标准，应该主要看是否有利于发展社会主义社会的生产力，是否有利于增强社会主义国家的综合国力，是否有利于提高人民的生活水平”；3. “社会主义的本质，是解放生产力，发展生产力，消灭剥削，消除两极分化，最终达到共同富裕”；4. “现在，有右的东西影响我们，也有‘左’的东西影响我们，但根深蒂固的还是‘左’的东西。……中国要警惕‘右’，但主要是防止‘左’”；5. “世界上赞成马克思主义的人会多起来的，因为马克思主义是科学。它运用历史唯物主义揭示了人类社会发展的规律”；6. “社会主义要赢得与资本主义相比较的优势，就必须大胆吸收和借鉴人类社会创造的一切文明成果，吸收和借鉴当今世界各国包括资本主义发达国家的一切反映现代社会化生产规律的先进经营方式、管理方法。”“我们要在建设有中国特色的社会主义道路上继续前进。”① 社会主义的意识形态经过深刻的反思阶段，在中国共产党第十六次代表大会明确提出中国共产党是中国工人阶级的先锋队，同时是中国人民和中华民族的先锋队，是中国特色社会主义事业的领导核心后，进入了自己的发展阶

① 《邓小平文选》第3卷，人民出版社1993年版，第370、372、373、375、382、383页。

段。进入发展阶段的社会主义意识形态的一个非同寻常的自觉意识，是把一个什么样的中国带入21世纪？中国和整个国际社会将把一个什么样的世界带入21世纪？作为新时代社会主义意识形态总纲的“三个代表”重要思想，不仅反映了当代世界和中国的发展变化对社会主义意识形态的新要求，而且为“和平崛起”理论和“科学发展观”的提出奠定了理论基础。“和平崛起”理论，是社会主义意识形态步入发展阶段，为社会主义中国确立的国际活动新理念。它向世界宣告并承诺，中国在与经济全球化相联系中独立自主地建设社会主义，而且和历史上的大国通过扩张和战争来实现其崛起不同，中国是在充分发挥13亿人口积极作用的基础上，以和平方式崛起，再由自己奋力崛起所获得的成就来支持和平。它不只是要平息“中国威胁论”，纠正全球性的“弱肉强食”的心态，更重要的是，它以中国的开放性、参与性和创造性所达到的新境界，在优化自己的价值取向的同时，以“和平崛起”消解“霸权主义”，重构全球化时代人类的价值。“坚持以人为本，树立全面、协调、可持续的发展观”，也是社会主义意识形态步入发展阶段，为社会主义中国所确立的国内建设的新理念。“坚持以人为本。这是科学发展观的本质和核心。以人为本，就是要把人民的利益作为一切工作的出发点和落脚点，不断满足人们的多方面需求和促进人的全面发展。具体地说，就是在经济发展的基础上，不断提高人民群众物质文化生活水平和健康水平；就是要尊重和保障人权，包括公民的政治、经济、文化权利；就是要不断提高人们的思想道德素质、科学文化素质和健康素质；就是要创造人们平等发展、充分发挥聪明才智的社会环境。以人为本，体现了马克思主义的基本观点。马克思说过，未来的新社会是‘以每个人的全面而自由的发展为基本原则的社会形式’。”① 科学发展观是一个鲜明的标志。它把社会的全面进步和人的全面发展作为经济建设的根本目标，是中国走出诸多理论与实践误区后的清醒总结，是在以往基础上把马克思主义成熟地运用到建国方略中的突出表现，是真正地迈向健康发展的开端。同时，它也无可置疑地强化了社会主义意识形态在全球范围的亲和力和竞争力。

但是，从目前世界意识形态格局的发展与竞争态势看，社会主义意识形态不是强势而是弱势。这种弱势主要还不是指苏联、东欧剧变所导致的国际社会主义运动的衰退，不是指对方的意识形态的传播技术和手段先进、队伍庞大、资金雄厚，具有强大的综合国力的支持，而是指意识形态本身。弱势是针对构成意识形态核心的，关于人类的、国家的、民族的、社会的和人的价值观念体系，被人们同情、理解、吸纳、接受和实践的实际状况而言的，是指支撑意识形态的重要学科的理论和科研创新以及其成果在全球的影响而说的。造成这种弱势状态既有难以超越的历史因素，亦有意识形态主体自身的失误。社会主义意识形态作为中国这样一个有着13亿人口的发展中国家的主导意识形态，对内要保持自己的主导地位，对外要与干扰、

① 温家宝：《牢固树立和认真落实科学发展观——在省部级主要领导干部“树立和落实科学发展观”专题研究班结业式上的讲话》，http：//news. xinhuanet. com。

渗透力强大的资本主义意识形态相抗衡，实在不易。由于历史的和现实的原因，社会主义意识形态基本功能的发挥，在一个时期，片面地执著于直接的功能效应的追求，几乎把全部力量都用在维护和巩固自己赖以存在的经济基础上了，没有真正发展生产力，反而把本来是任何一种意识形态都无法回避的“以人为本”的核心理念，奉送给资本主义的意识形态。其结果是，社会主义视人为驯服的工具，一切都为了巩固无产阶级专政，从而把“以人为本”和无产阶级专政对立起来。正是由于这一“左”的指导思想作祟，致使社会主义的意识形态在相当长的一个时期里处于非人性化的状态，并且严重影响到人文社会科学的健康发展。今天，我们强调“以人为本”时，虽然指导思想正确了，可相应的理论研究、策略构想和更高层面上的整体学科建设，均未能达到社会主义意识形态所要求的水平。起码在目前，社会主义意识形态还处于一种尚待充实、发展和完善的状态，与新的发展阶段，必须适应经济全球化深入发展和我国加入世贸组织的新形势，在更大范围、更广领域和更高层次上参与国际经济技术合作和竞争，提高对外开放水平的要求极不相称。2004 年 3 月 12 日法新社专门报道了“中国在大多科研领域仍处落后地位”的消息，其中美国加利福尼亚大学分子生物学家、中科院上海生命科学研究所所长蒲慕明尖锐地指出，“要被公认为一个科技大国，中国还有很长一段路要走。”他在英国《自然》周刊发表的一篇评论文章中进一步批评说：“屈从权威、尊崇师长、墨守成规等儒家传统却使中国科研深受其害”。欧洲的一位学者认为中国科学家在国际研讨会上“以谨言慎行甚至遮遮掩掩而著称”，究其原因，虽有中国人自古以来就害怕因承认错误而丢面子的心态因素，“但来自政治方面或上级领导的压力也可能起到了一定的作用。”报道还指出，“辩论和学术性挑战的匮乏极大地阻碍了成千上万名支付高额费用在国外受训的中国科学家回国”。[①] 法新社的报道虽然重点在谈我国自然科学研究的现状，但却相当深刻地折射出我们在人文社会科学方面所存在的同样的问题。如辩论和学术性挑战的匮乏，政府控制研究方向，鼓励快速而肤浅的成果，正是人文社会科学所存在的、直接涉及价值观念和理论、科研创新，乃至影响我们意识形态实力的几个突出问题。这是我们在全球意识形态竞争中需要认真思考和对待的。

二、必须增强社会主义意识形态在世界的竞争实力

为了持续地增强社会主义意识形态在全球领域里的竞争实力，实现真正成功的回应，我们对于意识形态的建设不仅应作全面而深刻的理解，而且要在实践上迈出新的步伐。首先，必须重视理论创新。理论创新不是口号，是扎实认真的科学研究之根本特征。研究中的创新主要不是国家号召出来的，它是主体于研究中独具的新观念和新发现的结合。真正重视理论创新，就应该在新观念与新发现同既有的观念发生冲突、并被事实证明其是正确的时，坚定地支持创新。马克思主义是社会主义意识形态的理论基石和指导思想，在面对和研究新的问题时，我们必须坚持其立场、观点和方法。同时，我们也不能忘记，马

① 《中国在大多科研领域仍处落后地位》，《参考消息》2004 年 3 月 25 日。

克思主义也是我们的研究对象，有这个意识和没有这个意识是大不一样的。在研究新问题时，没有指导思想可能会在复杂的形势面前失去方向，但如果被指导思想的具体的立场、观点和方法制约住，新问题却得出了旧结论，那就不仅不是创新，而且是生命本身的浪费。试想一下，当年马克思和恩格斯是在什么思想指导下创建马克思主义的？他们又是如何对待自己的理论研究及其成果的？在手无尺寸之权的情况下，怎样以自己所发现的真理，来与当时工人运动中的形形色色的思想理论进行对话，并最终超越了它们？除了在满腔热情地参与工人运动基础上，严肃认真地吸收和批判前人的研究成果，直面严峻的现实，冷静、客观、实事求是地研究外，最值得我们牢记不忘的，就是他们作为伟大学人的学术人格。他们超越了黑格尔，超越了费尔巴哈，建树起自己的学说，又热切地呼唤后人超越自己。这就是马克思！现在，我们谈论全球意识形态竞争下的理论创新和怎样理解指导思想与创新的关系，最好在我们的心灵里先要走近马克思。要鼓励学术性的挑战。创新需要充沛的活力，意识形态的发展需要内在的动力，这活力和动力的一个重要来源就是辩论和学术性的挑战。能真正向社会主义意识形态提出学术性挑战的，必然能从多方面激发或深化意识形态的相关研究，并使整个意识形态处于一种生动活泼、探索提升和求真务实的状态。没有富于创造性的挑战和回应，社会主义意识形态要想获得自己的生命力是很难想象的。历史的教训告诉人们，对马克思主义就是在迎接挑战中产生和发展的这一颠扑不破的真理，必须有深刻的认识，而且要在社会主义意识形态的发展中自觉地恪守这一规律。有一种心态——“好使人同己”——是不愿意鼓励学术性挑战的，特别是在今天，意识形态的多元存在已经是一个客观事实，有着“好使人同己”心态的人们，常常以保持和维护社会主义意识形态主导地位为由，在指导思想一元化的名义下，对不同观点的学术性挑战以所谓“冷处理”的办法，令其销声匿迹。这是不符合马克思主义的行为。在意识形态多元并存的现实中，保持社会主义意识形态的主导地位是绝对不能动摇的，但这种保持不只是靠政治的、行政的力量的支持，更是依据自己的科学性、人民利益的代表性和日益走向完善的亲和性。因此，社会主义意识形态不仅应当允许人们提出不同的意见和批评，允许学术性的挑战存在，而且理应对这些不同意见和学术性挑战做出自己的高水平的回应。“好使人同己”，既不现实，也显得狭隘、专制和霸道。当年宋朝的王安石就“好使人同己”，苏东坡批评他说：“王氏之文未必不善也，而患在于好使人同己。自孔子不能使人同；颜渊之仁，子路之勇，不能以相移。而王氏欲以其学同天下。地之美者，同于生物，不同于所生；惟荒瘠斥卤之地，弥望皆黄茅白苇，此则王氏之同也。”[①] 后来乾隆《御选唐宋文醇》论及苏东坡对王安石的批评时说：“论王氏之学好人同己，此正君子小人分歧处……篇中虽止论文字，而政事即在其中，惟其好人同己，而人之强与己同者至矣，彼其不惜强与己同，岂真与己同哉？亦欲各得

① 高海夫主编：《唐宋八大家文钞》《东坡文钞·答张文潜书》（上），三秦出版社 1998 年版，第 4993 页。

其所欲耳，既已各得斯所欲，彼亦将欲人之同己，夫然后终亦不与己同矣。吕惠卿既执政，万方以蕲致安石死，奚能终同耶？”[①] 看来“好使人同己”，不只是对理论创新不利，而且害己误人亦误国，理当消除它。全球化时代意识形态的竞争，已经迫使我们不能再像过去那样把研究新问题仅仅当做一种装饰门面的时髦口号，它呼唤实际行动，需要看到具有世界影响力的实际成果。

就理论研究来说，我们的人文社会科学队伍基本上是马克思主义理论的保存者和消费者，比起曾经被我们视为非正统马克思主义派系的西方马克思主义者，我们在某些方面的贡献却不如他们。在我们这里，除了党和国家的最高领导人可以在一定的场合讲马克思的某个观点有局限性外，[②] 一般的学者则视其为敏感区，不是想不到，往往是不敢想。路易·阿尔都塞却从“现存的生产关系的再生产”出发，认真思考马克思关于“基础和上层建筑”的理论，发现了理解“国家”的新角度。他认为，不能把国家仅仅理解为镇压性的机器，应该把国家政权的归属与国家机器分开，这样就容易看清与镇压性国家机器并存的还有一个意识形态的国家机器。两种国家机器各以不同的方式发挥功能。为了确保现存的生产关系的再生产，意识形态国家机器就必须把每个个人传唤为“不得不这样”的主体，以确保他们在各自的社会岗位上按生产关系再生产的要求，保证生产关

① 《御选唐宋文醇》卷39，《唐宋八大家文钞》，《东坡文钞》（上），三秦出版社1998年版，第4996页。

② 如毛泽东谈马克思关于对农民问题的论述不适用于中国。

系再生产正常进行下去。[1] 阿尔都塞的观点当然可以商榷，但是，他那种大胆研究理论新问题，自觉地丰富和发展马克思主义基本理论的精神是值得我们学习的。就实践的理论化来看，我们确实具有自己的优势，足以在世界上竖起一面旗帜。从毛泽东的"农村革命根据地、农村包围城市"的理论，邓小平的"一国两制"的构想，到"和平崛起"理论与"以人为本"的科学发展观，都在世界上产生了广泛而深刻的影响。但是，我们也不能不看到，这些有着重大世界影响的理论，特别是后面的几种，作为一个体系来看，还有待更进一步的完善。历史已经证明，从革命和建设的实践中发现问题、研究问题并将其理论化是我们的一个优良传统，我们理应将其发扬光大。实事求是地说，我们面对的新问题很多，需要我们以新的视角、新的观念、新的方法来认真研究它们。社会强大后与政府的关系，就是其中一个相当紧迫的问题，它不仅关乎国家的国际形象，也与更充分地调动社会各阶层的积极性，更有效地增强民族的、社会的凝聚力关系极大。一个现代化的国家，不能只是政府强大而社会弱小，它应该是政府强大，社会也强大。与我国实行计划经济时期不同，那时政府是经济发展计划的策划者、制定者和广大实施者的领导者，它同社会的关系主要是支配与被支配的关系，政府行动多是指令性的，而社会对它的行为方式基本上是服从。市场经济时期虽然政府仍然具有强大的宏观调控

① 陈越主编：《哲学与政治——阿尔都塞读本》，吉林人民出版社2003年版，第320—375页。

的权力，但由于市场经济本身的运作规则使然，社会正由计划经济时期的相对被动的状态向主动的、第二主体（政府是第一主体）的地位转换。行业正在形成、发展和壮大，自治的愿望日渐增强；社区的不同利益、需求和特点日渐显著，希望社会上能够听到他们的声音；社会不同阶层随着经济的发展和变化，其社会地位与作用也发生了相应的变化，期望在国家的相关机构中有他们利益的代表者。凡此种种，都显示出了社会正在走向强大，它不再满足于从前的那种单一的服从地位，不仅要求与政府平等对话，而且希望在法律的保护下直接监督政府。谁也阻挡不住社会的强大，谁也不能置社会的普遍要求于不顾。其实这种现象正强烈地呼唤着意识形态生产者们的关注和研究，以便提出有中国特色的社会主义国家政府与社会关系的新理论，丰富中国的马克思主义。

其次，关键在于制度的创新。制度作为一定的历史条件下形成的政治、经济和文化等方面的体系，虽然不是意识形态，但却是意识形态的物质存在。阿尔都塞说，“一种意识形态总是存在于某种机器当中，存在于这种机器的实践或各种实践当中。这种存在就是物质的存在。”又说，“个人具有这样那样的行为方式，采取了这样那样的实践的姿态，而且，更重要的是参与了特定意识形态机器的某些常规实践，他作为主体在完全意识到的情况下自由选择的观念就‘依赖于’这个意识形态机器。”换句话说，“仅就单个的主体（某个个人）而言，他所信仰的观念具有一种物质的存在，因为他的观念就是他的物质的行为，这些行为嵌入物质的实践，这些实践受到物质的仪式的支配，而这些仪式本身又是由物质的意识形态机器来规定的——这个主体的观念就是从这些机器里产生出来的。”① 正是基于对作为意识形态的物质存在的制度及其功能的这样一种理解，我们才非常重视制度的创新在全球意识形态竞争中的实际作用。为了确保制度的创新与更加全面、系统和科学的社会主义意识形态，保持一种各自不断趋向完美的互动关系，我们理应关注这样几个问题：(1) 制度的创新要显示出社会主义国家的优越性。我们是要建成社会主义的，从人类历史发展的阶段看，社会主义的国家体制是要优越于资本主义的国家体制的，在当前，这一点尤其重要。自苏联、东欧剧变后，西方资本主义的主导舆论一直在宣扬人类的历史将要终结在资本主义，认为20世纪最大的胜利就是社会主义的失败。这当然是一厢情愿的主观梦幻。社会主义的中国不仅屹立在世界的东方，而且取得了举世瞩目的辉煌成就。全世界人民几乎都把中国看做社会主义的代表和象征，他们对资本主义制度的优长与自身难以克服的种种矛盾都非常清楚，渴望着社会主义的中国能在国家制度的创新上显示出比资本主义更多的优越性来。而中国人民更是翘首企盼：他们虽然体验到了新中国带给自己做一个中国人的尊严和骄傲，但也清醒地意识到，要真正使国家实现现代化，现行制度还必须在多方面进行创新。尽管目前我们尚处在社会主义初级阶段的建设时期，我们也应该让国家制度的运作程序及其规范所产

① 陈越主编：《哲学与政治——阿尔都塞读本》，吉林人民出版社2003年版，第356、357、359页。

生的对社会与人民的影响力和塑造力，能够推进社会的物质文明、政治文明和精神文明的提升。从全球化时代我国所面临的复杂激烈的竞争局面来看，期望制度创新能体现出社会主义的优越性，既是合情合理的，又是非常紧迫的。（2）制度创新要有自我革命的勇气和魄力。社会主义事业是人类历史上开天辟地的新事业、大事业，不要说在一个时期走了一段弯路，就是有那么几个大的反复（我们当然并不希望如此），用历史眼光看，未必都是不正常的。当年马克思对资本主义制度的尖锐批判，固然引起了该制度愚昧的卫道者的惊慌和愤怒，但明智的资产阶级思想家与政治家们，还是能够冷静地对待马克思的批判的，他们从维护资本主义制度的长久生命力出发，从马克思的批判中吸取对自己有用的东西，对直接影响资本主义发展的主要矛盾中的关系，于制度层面进行了必要的更新和调整，从而获得了他们所需要的稳定。历史肯定了他们的某些成功，这是需要胆识与魄力的。同样，自社会主义国家在世界上出现起，资本主义的理论家们就没有停止过对它的妖魔化和批判，他们甚至把法西斯主义与所谓的斯大林主义联系在一起进行批判，认为以社会和人民的名义行使极权，虽然使第一次世界大战后的德国出现了经济奇迹，消除了失业，建立了“新秩序”，在极短的时间里一洗战败的萎靡而成为欧洲的军事强国，然而旷古未有的灾难也随之而来，以怎样的热情创造奇迹，就以怎样的热情创造灾难。面对这样的批判，以理论的武器进行理论的批判容易，但把它当做一种警示，从完善社会主义的制度体系，使其永葆生命的蓬勃朝气出发，进而看到我们现行制度的不足，并着手进行改革，则需要比理论的批判更大的胆识和魄力。明智的资产阶级理论家能够意识到，如果明白了自己制度的缺陷而不去改革，那就意味着在与社会主义的竞争中自取灭亡。应该承认，他们的竞争意识常使他们的视野具有一种历史前瞻性。面对这样的竞争对手，我们理应拿出更大的自我革命的勇气和魄力来革除自己制度的痼疾。（3）制度创新的价值指向，主要不是便于管理国家和人民，而是要赢得最大范围的人民群众情感上最大限度的国家认同。中国现行制度的合理性与其不合理性是共存的。它的合理性最突出地表现在三个方面：能以权力高度集中所具有的最强大的资源配置能力，不失时机地在改革开放基础上，采取快速增长的方式，实现了国家经济的大发展，提高人民群众的物质、文化生活水平；能以权力高度集中所具有的最强大的物质与精神的组织能力，在全球化时代复杂的国际斗争形势中维护国家的根本利益；能以权力高度集中所具有的最强大的宣传舆论手段，坚持并在一定程度上发展社会主义的意识形态。它的不合理性最突出的表现，恰恰就是由于对既有国情的并非真正全面、科学的理解，而没有实现历史所允许的监督、限制这种高度集权的高度民主。由于这种不合理性的实际存在，使得人们在理解制度与人民的关系时，常常把“人民”不是（在这种制度下也无法）具体化，而是概念化或被代表化。以“三农”问题为例，写出真实深刻的、有说服力的农村调查研究报告的，敢于向“总理说实话”的，千里迢迢上访维权的，主要不是被层层选举出来的、被各方认真协商推举出来的人民代表与政协委员们，而是有良知的知识分子、农村基层干部以及从农民队伍中走出来的敢为天下先的农民利益的维护者。我们当然不会简单地认为人民代表和政协委员都没有代表农民的利益或为农民代言，而是要说明我们现行的制度本身并没有一种机制，促使代表和委员们去真正地、直接地关注具体的活生生的人，缺少一种尊重民意、善解民意、争取民望的机制，让人民群众有直接表达自己意见的场所和机会。加之中国特有的“官”文化的影响，代表和委员们本来意义上的责任感被所谓社会地位与荣誉感所磨蚀，失去了其应有的敏锐感，他们同政府保持一致的积极性，远远大于对政府进行严肃监督的积极性。这种现象（与以往相比，时下也有些许变化）长久存在，所造成的种种弊端，导致人民群众对国家的情感认同，有了不同程度的疏离。这是我们在制度创新时一定要认真对待的问题。人民对国家的情感认同度越高，作为国家机器的意识形态的功能便发挥得越好，构成整体的意识形态的综合力量也会越大，在这种情况下，我们面对全球化时代意识形态挑战的处境便会大不一样。

最后，一定要在“立人”上下工夫。确立了“以人为本”的社会总体价值取向后，就必须重视立人。“没有不借助于意识形态并在意识形态中存在的实践；没有不借助于主体并为了这些主体而存在的意识形态。”立人，就是借助意识形态，“把具体的个人呼唤或传唤为具体的主体”，被传唤为主体的人，“就在完全意识到的情况下按照他的信仰来行动了”①。安徽阜阳三

① 陈越主编：《哲学与政治——阿尔都塞读本》，吉林人民出版社 2003 年版，第 360、364 页。

合镇南唐村的农民杨云标，从上访维权者到成为村庄管理者，已经非常清醒地意识到立人的重要性。目前他正在着手做的事，是“促进社区公民参与社会发展项目”。在一份建议书里，这位已经不再激愤的青年农民写道：“对解决‘三农’问题，最具动力、最有发言权的是中国农民。我们想在这个小小社区内，通过一些普通具体的工作，如普法、依法维权、文化启蒙、科学致富来‘立人’，让农民成为社会改革的主人。”① 立人，是为了让人成为社会改革的主人，这是由一位青年农民呼喊出来的愿望。为了实现这个愿望，为了让社会主义意识形态的功能得到更好的发挥，在意识形态把“人传唤为主体”时，人们千万不能忽视意识形态关于人的理念是否科学这样一个重要问题，因为它直接关乎其所立主体的性质和价值。当意识形态中人的理念是“驯服工具”时，它所传唤成的“主体”其实只是真正主体手中会说话的工具，不可能是社会改革的主人；当意识形态中人的理念是理想的“集体主义者”时，它所传唤成的主体必然把一个共同的目标体系凌驾于一切之上，而且为了实现这一目标还不得不把最大的、超越一切的权力给予集团的领导。在整个人类还处于从物种方面和其余动物区别开来的本能境界的生存阶段时，这种万众一心的激情和至高无上的权力，虽然可能在社会改革方面有着非常有效的作用，但却是极具灾难性危险的；当意识形态中人的理念是绝对的“个人主义者”时，它所传唤成的主体必然把个人的权利和个人的自由神圣化、绝

① 易颖：《今天，别忘了为梦想而努力》，《南方周末》2003 年 7 月 31 日。

对化，致使社会得以存在和发展所必具的、起码的共同价值体系遭到瓦解。意识形态中人的理念，应该既是实存的又是价值（理想）的，是实存的，就不能不看到、不尊重具体人的实际利益，“‘思想’一旦离开‘利益’，就一定会使自己出丑。”然而，真正要认识人们的利益，特别是“得到历史承认的群众的利益”[①]，并将其寓含在人的理念中绝非一件容易的事。“实存的”意义在于，当意识形态传唤人成为主体时，它提醒其不能在实践中把人的理念抽空为无利益的符号。是价值的，就不能不在人的理念中为人的进一步提升规定出目标。实存的人未必都是社会改革的主人，这中间就有一个人的自觉提升过程。需要说明的，是这种人的提升绝不是一种不顾及人的实际利益的、对某种理想中的人的精神境界的攀登。人的这种提升应该是一种内在的需求，是人的物质与精神利益发展的必然结果。“价值的”意义在于，当意识形态传唤人成为主体时，它提醒其不能在实践中把人始终局限在当下的实存状态，而是要在一个新的层次上把人的物质的与精神的利益予以重构。具体地说，社会主义意识形态中人的理念应该是：1. 民族意识和人类意识的统一。面向现代化、面向世界、面向未来，这是当代人应该具有的价值追求。作为一个现代人，既要置身于本民族发展的历史之中，也不能脱离世界进步的洪流；既要正确对待本民族的文化传统，又要学习、吸收人类文明的精华。一个思想健康的人，不能背弃民族文化的优良传统，而去做无根的“世界公民”，同

① 《马克思主义经典作家论历史科学》，人民出版社1964年版，第148页。

时也必须清醒地意识到民族的狭隘性与局限性是要坚决摈弃的，把民族意识与人类意识在维护人的尊严、推动人逐渐走向全面发展的价值指向上统一起来，是现代“人”的理念的重要特色。2. 科学精神与人文精神的统一。美好的“人的世界”在今天必然是科学精神和人文精神统一在一起的。这两种精神的统一全靠人对真理的追求，真理不是教条而是追求真知的过程，追求真理的人都在希冀着人自身的进步和发展，因为追求真理的过程总是与追求更高的人生境界密切相关的，它高扬的是人的自由之思想、独立之人格，是人的创造性和创新意识，光大的是人的理性精神和审美精神。3. 社会价值与自我价值的统一。人在其生存的常态下都是一个利益主体，关注生存对自身的意义，即关注自我价值几乎是人的本能。要把自己的生存意义和社会的需要联系起来，自觉地追求个人的社会价值，特别要有个体与社会的共同努力。只有当人所实际生存的文化环境，真正把做人的准则确定在这样的原则上：“在选择职业时，我们应该遵循的主要指针是人类的幸福和我们自身的完美”，“历史承认那些为共同目标劳动因而自己变得高尚起来的人是伟大人物；经验赞美那些为大多数人带来幸福的人是最幸福的人”[①]，它才有利于人的社会价值与自我价值统一的实现。意识形态关于人的理念具有这样的民族意识与人类意识、科学精神与人文精神、社会价值与自我价值统一的特征，其所传唤的主体才可能是我们所渴望的社会改革的主人。不过，人们一定要意识到“立人”

---

① 《马克思恩格斯全集》第40卷，人民出版社1982年版，第7页。

是一个艰巨的、漫长的历史过程，而且，不是所有的人最终都可以成为社会改革的主人的。“立人”要有一种品格上的规约，诚信是“立人”品格的一个不可逾越的底线。为了给“立人”创造一个良好的环境，在当前，不论在物质生产领域还是在精神生产领域，不论在政治领域、经济领域还是文化领域，都要花大力气解构欺骗性人格。当一个人、一个群体，甚至一个国家的相当一部分人，为了某种私利而自觉地制假造假、以假充真、掩盖真相、虚语骗人时，这个人、这个群体、这个国家的意义世界就会萎缩、灰暗，乃至卑贱！2004 年 4 月 4 日法新社以“中国服装展出现假冒品”为题，严肃批评中国，认为“中国以假冒品帝国而著称”，“据外国专家进行的研究表明，仅中国一国就至少集中了全球假冒产品的 70%”。[①] 能获“假冒品帝国”这样的“殊荣”，足见中国做假的精神生态环境，也就是说，具有欺骗性人格及其行为的人已经相当普遍了，而这正是成年人和未成年人道德严重滑坡的一个不容忽视的原因，是政治信仰缺乏感召力、生命意义失去进取力、意识形态与社会现实相脱节的真正根源所在，是我们“立人”工程之大敌。在解构欺骗性人格的同时，我们还要纠正以往为了“立人”而强行灌输政治观念的某些做法。马克思和恩格斯特别强调“群众的政治‘观念’”与“自己的实际‘利益’的观念”的一致性。在他们看来，与群众实际利益相一致的政治观念需要的是说明而不是灌输，他们举例说，为什么资产阶级在 1789 年的革命居

① 《参考消息》2004 年 4 月 6 日。

然“顺利地征服了马拉的笔、恐怖党的断头台、拿破仑的剑，以及教会的十字架和波旁王朝的纯血统”，就是因为当时资产阶级的利益，“在‘思想’或‘观念’中远远地超出自己的实际界限，很容易使自己和全人类的利益混淆起来”。以人类利益的名义，才使“它‘压倒了’一切，并获得了‘实际成效’”。马克思和恩格斯由此得出结论说，革命的原则如果不代表群众的“实际利益，不是他们自己的革命原则，而仅仅是一种‘观念’，因而也仅仅是暂时的热情和表面的热潮之类的东西”①，是绝对不行的。要知道，只有真正符合群众实际利益的观念、理论或原则，人们才能在自己参与的社会实践中，将其内化为自我的行为准则，这些观念、理论或原则才能实实在在地发挥其效能。与群众实际利益有距离的观念、理论和原则，由于接受主体逻辑在先地有着一种抵触情绪，即使是在强大的舆论宣传攻势下，也只能是一般认知层面上的接受，而不可能是真正的内化。诚如马克思、恩格斯所言，“仅仅是暂时的热情和表面的热潮”而已。历史的教训已经多次警示过我们，人们理当铭记不忘。

三、人文科学需要认真研究的重大问题

为了持续地增强社会主义意识形态在全球化时代的竞争力，作为国家机器的意识形态，必然要对人文学科提出相应的要求。这种要求既是社会主义意识形态发展的需要，也是全球化时代人文学科本身发展的趋势。

---

① 《马克思主义经典作家论历史科学》，人民出版社1964年版，第148、149页。

第一，要认真研究人文精神的现代化问题。不同的文化语境下，其人文精神的内涵是不一样的，但它们都是对人自身在不同时代所应具有的文明方式与文明度的一种回答。人面对动物可以确定一种属于自己的文明方式与文明度，这是最低层次的人文精神；人面对“上帝”可以确定一种属于自己的新的文明方式与文明度，这是西方近代以来所确立的人文精神；人面对未来还可以为自己确定一种具有价值追求意味的文明方式与文明度，这是较高形态的人文精神。人对自己的文明方式与文明度的理解是与其对人性的理解密切相关的，而“人性”是一个历史的概念，当西方人要从中世纪教会所鼓吹的“上帝”的神性那里争取自己的人性时，他们往往更多地看重人的自然属性，把自然属性与人性解放、思想自由结合起来，进而将自然属性能否真正地归属于人，视为人性获得解放的重要标志，这也是其尊重人、把人当做人的人文精神的重要内涵。中国文化虽然承认饮食、男女是人之所欲的自然属性，但从来不把它突出强调；它强调的是以“礼乐”来“立人伦，正情性”[1]。人之所以与动物不同，就在于人性是经过“礼”的规范和塑造的，孔子所说的“兴于诗，立于礼，成于乐”[2]，讲的就是“‘诗’启迪性情，启发心智，使人开始走上人性之道”，“‘礼’使人获得行为规范，具体培育人性，树立人格”，“‘乐’则使人得到人性的完成”。[3] 因此，在中国谈人性，即使在今天，也和谈

---

① 《汉书·礼乐志》。

② 《论语·泰伯》。

③ 李泽厚：《论语今读》，安徽文艺出版社 1998 年版，第 203 页。

一个人的文明方式和文明度是一致的。从某种角度讲，中国的人文精神就是规范化的道德精神，它关注的是人的理想、情操和精神生活状况。[①] 在全球化时代我们不能滞留于传统的人文精神，必须认真思考和研究人文精神的现代化问题。人们知道，世界经济秩序是全球新秩序的基石，而世界经济秩序赖以存在的现代市场经济，特别重视利益在人的行动中的激励作用，对个人价值独立发展有着强烈的要求。在这种情况下，不论是经济学家还是人文学者，都意识到了经济秩序的核心是如何实现公正、公平的问题。在西方，虽然社会的基本价值与社会秩序的政治原则是自由、民主和人权，但它们的体制实现形式在西方各国有所不同，因而它们在人文精神现代化的进一步提升所面临的问题主要是，"德性与利益的关系，涉及个体价值与社群价值的平衡问题；普遍主义与多元背景主义的对立，涉及西方基本价值的普遍性与特殊经验的关系；西方基本价值如何在宪政中实现社会的整合"[②]，而首当其冲的，是个体的自律怎样才能德性化的问题。中国建设的是社会主义市场经济体制，尽管目前人们在市场经济运作下，利益驱动行为，个人价值独立发展已经成社会的普遍现象，但作为国家机器的社会主义意识形态，本着实现社会全面进步和人的全面发展的宗旨，正在积极

---

① 作家李天芳曾给我讲过一个在德国留学的中国姑娘同当地的一个青年谈恋爱的故事，当两个人的情感已经发展到非常亲密的程度时，德国青年提出要与这个姑娘上床，却遭到姑娘的拒绝，这个德国青年感到非常地不理解。

② 《增进中西伦理对话 促成相互沟通理解——第 2 届"中西对话"国际研讨会》，《国外社会科学前沿 1999》，上海社会科学院出版社 1999 年版，第 956 页。

构建适应市场经济发展的公共生活伦理和制度性道德体系。在新的生活伦理和制度性道德体系确立的过程中，当代中国的人文精神实际上处于一种待塑状态。一方面具有相当广泛性的个体受自己实际利益的驱动，人性中破坏性的一面在悄然膨胀和发展，另一方面不少先进人物坚持自我确立的德性化自律原则，正在以自己的实际行动为新的人文精神的内涵提供实践性的依据。总之，从全球来看，人文精神伴随着人的发展处于一种关键性的重塑阶段，这是人类的生存在本能境界时期的一次至关重要的提升。这其中也包含着一种竞争：是西方的在自由、民主和人权的政治文化氛围中，坚持个体德性化自律的人性解放、思想自由的人文精神优越，还是以追求社会的全面进步和人的全面发展为目的的、既有个人自由、又有崇高理想和美好情操的人文精神优越？人类的不同人文精神的现代化及其共存、共荣，及不断地优化，就将在这种竞争中展开。当然，作为社会发展的一项重要任务的人文精神的现代化，绝不仅是精神领域里的事。人文精神本身是人的发展程度的反映。人的发展程度是一种历史的屏障，不要说人文精神，就是生产力和社会的发展也无法逾越人的发展程度的制约。大量的历史事实已经证明，"在人的发展上，需要有稳定发挥作用的社会的、智力的主宰机制"①，这就是庞大的社会教育和文化传播体系的不断优化的正常运转，以及国家为智力资源和高水平人才加速增长所采取的

---

①〔俄〕谢列兹尼奥夫：《物质生产与非物质生产》，《国外社会科学前沿1999》，第580页。

持续有效的政策措施保障。只有确保这样的主宰机制能够处于先进的状态或处于世界领先的水平，人的发展程度所构成的历史屏障，才有可能转化为人文精神现代化的历史推动力。作为个人，要使自己的生存方式能够体现出具有现代性的人文精神，需要自觉地进行好两种对话：一种对话，是今天与明天的对话[①]。对话，是人的一种生存方式和能力，运用它能达到一种什么样的效果，关键看主体为其规定了什么性质的价值取向和将其置于一种什么样的基础之上。一般地说，没有人不重视自己的现实利益，也没有人不去想象自己的未来。人类历史启示人们，人是按照对世界和自己的解释性想象的未来组织生活的，一个人如果能理智地认识自己，切合实际地把握自己所面对的世界，他便会据此在意识里形成一种构想自己未来的意愿，并展开想象，这种想象出来的未来，解释了、也展示出了他对人生意义的新理解、新追求。然而，在现实中，对自己未来生活的想象，不少人是平庸的、狭隘的、以单纯的物质享受为价值指向的，和这样想象出来的未来进行对话，是自我误导，有害无益。时代呼唤人们的，是与自觉提升自己并且有着重构自我意义世界的愿望、因而选择了特定的积极进取的文化语境下的对话，只有后一种的今天与明天的对话，才能让一个人真正意识到，在自己身上已经体现出的某种不健康因素的精神危害，才能使其生存愿望和整体精神状态与人类现代文明的今天与明

---

① 个体的今天与明天的对话有多种式样，我们在这里主要是就主体对世界和自己的解释性想象的未来的对话而言的。

天相一致。做好今天与明天的对话，一个人的生存信念便会更加坚定，对于自我价值的实现和文化环境的优化便会充满信心。另一种对话，是消解隔阂的对话。这是在主体间进行的对话。人们在生活中的遭遇、活动以及由此而形成的利益和话语、思想与情感的表达方式的特殊性，常常造成人际交往间的一些隔阂。由这种隔阂衍生的误解、对立甚至彼此鄙视、仇视的现象，相当严重地污染着精神生态环境，它不仅是社会消极氛围弥漫的契机，也是对人文精神的现代化和进一步发扬光大的威胁。今天我们讲人文精神的现代化，要一反过去那种冠冕堂皇的空论，把人文精神真正地体现在生活中，成为人的一种行为规范，一种人性化的存在。果真做到了这一点，人们的生存环境便会是审美化的。主体间进行旨在消解隔阂的对话，迫切需要的，是彼此间真诚的主动，相互渴望着的理解和热切追求着的关爱。若一个社会人际间消解隔阂的对话能够经常进行，它必然是一个充满着人文情趣的和谐社会。这两种对话是相互补充、相互促进的。主体自我的今天与明天的对话，追求的是自觉的进步，是自我的人文化水平的提高；主体间进行的消解隔阂的对话，是精神生态环境的优化，也是主体自觉进步作为一种存在的确证。这两种对话保持一种良性互动，便会构成人文精神现代化的内在机制，同时也从根本上改变了把人文精神理论化而非实践化的缺陷。

第二，要认真进行个案研究。在相当长的一个时期里，中外人文学者大都喜欢从事抽象的学理研究，这种理论研究当然是十分必要的，但是，人们不把人文学科当做一种探寻规律的实验科学，而是视为一种探求意义的科学。意义的探寻需要理解的方法，从内心理解去把握一种意义，固然是人文学科的正当方法，它却容易囿于研究主体理解的特殊性中，使自己的理解思路坠入一种纯粹的自我性，进而在对意义及其产生的解释中陷入抽象的思辨，脱离了不同历史境遇中的活生生的人文现象和实践。美国人类学家福德·格尔茨在《模糊的类型：社会思潮的再塑》一文中说：人文社会科学近年来有3个基本趋势：一是学科与学科间的界限越来越模糊；二是人文社会科学的学者越来越远离对通则的追求，而倾向于个案的深度诠释；三是人文社会科学的理论也发展出成熟的“类比”，以解释所谓的社会事实。[①] 格尔茨所说的“个案的深度诠释”应该说点出了人文学科研究的一个重要特征和基本方法。对个案的深度诠释，起码有两层含义：一是要对个案独具的意义有一个较为准确的把握，这种把握是寓普遍于特殊之中的把握；二是对其意义的诠释，不是为了确证逻辑在先的一种理论或观念，不是为了强行灌输一种神圣化了的人的生存模式，不是为了把某种传统浪漫化、本体化，而是要真正展示一种关于人或社会的新的发现，哪怕这种发现与既定的信仰、观念、风俗、习惯有矛盾，也要对它进行切近其本身的与众不同的意义阐释。如果说人是悬浮在自我编织的意义之网中的动物，那么这种个案的深度诠释，就是对所编织的意义之网和它的主体的发现或再发现。它的价值在于把人的视界引向未知的新领域，把人的精神整合到一种

① 陈立旭：《都市文化与都市精神》，东南大学出版社2002年版，第4页。

新境界。对个案的深度诠释要求人文学者不能只在自己的书斋和课堂里讲人文关怀，他们需要走向社会，需要深切地理解人民大众的疾苦，再不能把人文关怀，仅仅停留在一种学理层面，或理智化了的、不无装饰性的道义层面上。现在看来，真正的人文学者，在其一生中没有关于若干个案的深度诠释，很可能会成为“墙上芦苇，头重脚轻根底浅；山间竹笋，嘴尖皮厚腹中空”[①] 的人。

第三，要对具有人类意义的价值观念的规范问题，进行阶段性的细致研究。对人类具有普适性的价值观念，伟大的思想家们从不同的角度、不同的层面已经提出了许多，但是对人类历史的发展有着至关重要的规范意义的研究却并不多。我们不能由于这样的价值观念诸如“全面发展的人”、“在社会关系方面与其余的动物区别开来的人”，在目前具有一定的指向性意义，而不去细致地研究它在现实中的规范作用。不错，今天的人类还没有发展到直接用这样的价值观念来全面规范自己行为的时候，但我们要明白，与人类社会走向自由人的联合体必然要经过若干历史阶段相对应，在每一个阶段都应该有与其价值目标相一致的人的精神和行为的提升。这就需要有阶段性价值目标的提出和研究，否则，具有一定终极性的价值目标不仅永远是价值目标，而且它也会由于被忽视而使其具有现实意义的价值规范失去效应。特别在目前，由于社会主义初级阶段的多种经济成分的存在，在意识形态的多元共存已经成为事实的情

① 《毛泽东选集》（一卷本），人民出版社 1966 年版，第 800 页。

况下，为了保证社会主义意识形态的主导地位，我们不能忽视这里所强调的“阶段性的细致研究”。“阶段性”的内涵是清楚的，它告诫我们研究必须是实事求是的、切合现实需要的；“细致”的提出是针对过去这方面实际存在的问题而强调的。如果人们仔细地思考一下封建社会的一些价值观念是怎样得到巩固的，或许会对“细致”的分量有所感受。“天子重英豪，文章教尔曹，万般皆下品，唯有读书高”。把一种价值观念固化在可感觉的形式中，这种形式按照格尔茨的看法，就是用有序排列的符号来构成独具特色的“文化模式”，以作为人的外在信息源，在社会上起到为组织普遍心理过程提供可复制的程序，进而达到塑造公众模式化行为的目的。封建社会的统治者和其思想家当然不会停留在这样的“文化模式”上，他们还创造了一种行之有效的科举制度，把自己所想要人们内化的价值观念通过教育的、科举的以及与之相对应的一系列的物质和精神的褒奖行为层层予以强化，就是经过这样一番意识形态机器的运作，这种价值观念至今还以不同的形式出现在我们的现实生活中。封建社会的思想家在研究他们的价值观念的规范作用时，有一个非常突出的特点，就是从不把价值观念抽象化，而是将其紧密地同人们的切身利益联系起来，使其成为人的一种需要。马克思说：“在现实世界中，个人有许多需要”，“他们的需要即他们的本性”①。封建统治者能够把一种价值观念转换成人的“本性”，不能不说这中间蕴涵了他们曾经付出过的对人的精心细致

① 《马克思恩格斯全集》第3卷，人民出版社1960年版，第326、514页。

的研究。我们面临着全球化时代意识形态的挑战，面临着巩固社会主义意识形态主导地位的艰巨任务，然而我们对人的真正细致全面的理解与研究，对人性的科学把握，都远远没有达到“阶段性细致研究”所需要的水平，这是不符合历史要求的。

全球化时代对人文学科的要求是通过意识形态的挑战提出来的，为了成功地回应这种挑战，我们在这里只是从一个角度提出了人文学科需要认真进行研究的三个方面。这三个方面中的第一与第三所说的研究具有一定的宏观性，也有其内在的联系，区别只在于一个是谈具有一定普遍性的人文精神，一个更多的是在讲具有终极性的价值观念在现实中如何发挥其应有的规范作用。第二个研究表面上看是一个方法论的问题，但它还涉及人文学者的治学精神和态度。不管怎么说，在一个时期能把这三个方面的研究提高到理想的水平，相信会对回应意识形态的挑战产生积极的效果。

我们从三个方面——全球化时代对人类文化发展的规约，全球化时代对人的文化属性的重塑，全球化时代对人文学科建设的要求——较为全面、系统地论述了全球化时代文学理论价值取向研究的宏观背景。它告诉我们，既然人类的文化是“趋优求异”的，那我们在文学理论价值取向的研究中，就应该认真关注其“趋优”与“求异”的态势，从其所趋之“优”，所求之“异”中，把握其价值取向的坐标；既然强大的历史重塑力，使创新文化应运而生，而创新文化的根本使命，是为人创造更高境界的生存方式，为此，人类必须进行精神上深刻的自我革新，那么，文学理论的价值取向就不应该脱离人类精神上这一深刻的自我革新历程而另辟蹊径；既然在全球化时代人文学科必须研究人文精神的现代化和终极价值观念在现实的规范作用问题，那么，文学理论就理应以对这两个问题的清醒回答作为自己价值取向的基本依据。

第二章 全球化时代文学理论的主导价值取向

在全球化时代提出文学理论的“主导价值取向”问题，目的不是要让不同文化领域里的文学理论“同质化”，也不是要为具体的文学理论的学理，规范一种务必恪守的价值指南，而是意识到人类终究要走向自身的全面发展。为此，在一个相当长的历史时期里，人类精神上深刻的自我更新历程，需要文学和文学理论提供营养性资源。这种资源当然愈丰富、愈多样愈好，但这种丰富和多样理应在多元文化价值共存的基础上，形成一种主导的价值取向。这种主导价值取向的形成过程，必然寓含着多种因素、多种关系的相互作用，而人类文学理论得以发展到今天，不同文化领域里代代相传的、最基本的价值指向和全球化时代人类对文学、文学理论的价值期待的相互融通与重构，则是其中关键性的决定因素。依照这样的思路，我们认为，作为文学理论主导价值取向的理论基础，应是马克思主义。时代的变化和人类社会的进步，要求马克思主义必须与时俱进地发展、更新，但至今对资本主义做出最清醒、最透彻批判的还是马克思主义，对人类历史发展规律揭示最充分的也是马克思主义。作为文学理论的主导价值取向，在我们看来，也要以马克思主义文学理论为出发点来研究。马克思、恩格斯关注的是无产阶级和全人类的解放，其文学视界不是国别的、族别的，而是世界的；其所提出的文学理论的基本论题，也是对人类文学发展普遍规律的概括和总结，具有鲜明的人类意义。列宁和毛泽东的文学理论，虽然在其发展过程中走过弯路，在一个时期里提出过一些和文学发展规律不相符合的论题与见解，但这些理论上的失误，已经纠正或正在被转换为切近时代要求的、符合文学发展需要的观念。因此，以马克思主义文学理论的价值取向为出发点，研究全球化时代文学理论的主导价值取向，不仅有较为丰厚的正反两方面的经验作基础，而且也能为人们提供一种走出迷途、增强自身学理辨析能力的路径。这在此后漫长的文学和文学理论发展历程中有着不可低估的、深刻的启示价值。

第一节　全球化时代文学理论主导价值取向的形成

全球化时代文学理论主导价值取向的形成，既不能脱离以往文学理论发展过程中的普遍价值，也不能无视全球化时代人类对文学和文学理论新的价值期待。为此，我们就有必要通过对以往文学理论的学科要求、文学理论学理的“真”和文学理论发展机制所呈现出的人文学科属性与功能效应的分析，来明确其普遍价值，并在此基础上，思考其与全球化时代人类对文学和文学理论新的价值期待的契合点。

一、既有文学理论的普遍价值指向

文学已然成为一种人可终生为之的事业，从事文学的人相应地构成了文学社会。在这个“社会”里，既有物质层面的组织制度设施，又有精神层面的诸种活动：个体的文学文本创作、接受与研究活动，群体的文学文本研讨、交流活动，社会传媒的文学舆论活动和文学理论的研究活动。文学理论在文学社会里处于理论研究与批评层面；在整体社会里，它与相关的人文学科一样，把人自身的社会特质（审美认知、建构和传播）客观化于精神产品中，旨在实现人的价值。文学理论的这种学科定位，客观地规定了文学理论的基本价值取向，同时对文学理论家提出了严格要求。

首先，文学理论家要为人的文学活动确定基本范式，并在此基础上概括和阐释文学活动的基本原理。这是文学理论家的基本任务。确定文学活动的基本范式，应该依据人与文学的互建关系所规定的文学的内在结构与外在功能的特征。既然文学是人为了提升自身而以审美的方式呈现出的一种创造话语新系统的活动，那么，以审美的方式“提升人自身”，就很自然地成为文学活动基本范式的核心内容。基于这样的思路，文学活动的基本范式就应该是人道主义。我们所说的这种人道主义，把人类从事全部实践活动的基本目的，即建构一个（在人与自然、人与人以及人与社会之间）更加美好、更加完满、更加和谐和能满足人类不断增长的需要的对象世界，当做人之所以为人的核心价值，并用来规范人的行为，使其更加人化。[1] 坚持这样的人道主义，有利于强化人类作为主体的地位、素质和能力，有利于人的才智和潜能在其全部实践活动中的正确实现和发挥。如果说，把人和人的价值置于首位是人道主义的根本内涵，那就应该把人类从事全部实践活动的基本目的置于首位，无论社会、群体，还是个人，都应该创造条件，自由自觉地投入到创造一个美好、完满、和谐和能满足自身需要的对象世界的实践中去。与此相悖，即妨碍、反对乃至破坏社会、群体和个人投入到创造美好的对象世界的实践中去的一切思想、观点、行为，乃至经济制度、政治制度、文化制度，都是不人道的或反人道主义的。人们之所以把人的尊严，爱、友谊和幸福，人格独立，个性解放，意志自由，人人平等，政治民主等作为人道主义的具体内容，就是由于在不同的社会历史条件下，人的本质、人的价值的实现，虽是一个非常复杂，甚至有着十分尖锐的矛盾过程，却总是具体的，不是抽象的。随着社会基本矛盾的辩证运动，人的本质、人的价值的实现也将不断向前发展，上述人道主义的诸多具体内容也会有所演化。文学理论家应该注意到，这些人道主义的诸多具

---

① 可能有人不同意这种观点，认为把创造一个理想的对象世界作为人之所以为人的核心价值，而不是把人自身当做目的，这就不是“以人为本”。这其实是对“以人为本”的一种误解。创造理想的对象世界，就是为了人的进步和不断地走向人的全面发展。我们相信，人是在改造世界的过程中，在创造自己理想的对象世界的过程中，不断得到提升和进步的。人不可能离开对理想的对象世界的创造而去孤立地追求自己的幸福，所谓“以人为本”，就其终极意义来讲，人之本乃是人的存在与其本质实现的统一，而建设理想的对象世界，正是要让人的本质得到最充分的实现。

体内容，是从实现人的本质、人的价值的活动的不同层面提出的，就其深层来看，它们仍然是与人类从事全部实践活动的基本目的紧密地联系在一起的。

将这样的人道主义作为文学活动的基本范式，文学理论家对文学活动基本原理的概括和阐释就有了明确的价值取向：推动人类全部实践活动的基本目的的实现。文学理论家关注文学活动也有了一个基本的视野：始终注目于文学对人在其全部实践活动中的命运的展现，看其能否为完善和提升人在其全部实践活动中的整体精神境界而进行能动的创造。如果说，“文学是人学”、“文学是心学”的话，那么，文学理论的价值取向和文学理论家审视文学的基本视野，就应该统一在对人的人格建构及其审美化上。因为，人格作为一种心理存在，实际上是人之所以为人的一种“内在尺度”。它具有自律力，能够激发人全面的自觉性，一个人的人格是高尚的，是审美化了的，就意味着他的“状态”和“境界”是美的，他便能自由自觉地投入到创造美好的对象世界的实践中去。即使这期间，人的本质、人的价值的实现，是一个非常复杂，甚至有着十分尖锐的矛盾过程，人格审美化了的主体一般也能较为正确地处理诸种关系，努力成为创造自己命运的主人，走出一条自我实现的路径。当然，人格的审美化，只是文学理论人文价值的总指向，它本身并不能取代文学理论对人的文学活动的基本原理的概括和阐释。但是，明乎此，则从文学理论的研究对象上，便可以做到“正反互补，择优立论”；从研究方法上，便可以做到“方法多元，万变有宗”；从理论构想上，便可以做到“百家争鸣，明义是归”。

文学理论的学理体系就会呈现出以人为本，以文为用，文理与人道相通的学科特色。

其次，文学理论家要评论家化。文学评论是文学理论价值得以实现的关键性中介环节。文学理论家从事文学评论工作，便会在特定的理论与实践的对立统一过程中，深入考察文学活动各方面的特殊规定性，具体研究文学主体在文学活动各个阶段中的行为过程及行为状态，进而不断地从整体上对文学活动在人类全部实践活动中的价值和作用做出新阐释。同时，他也才能充分发挥其学理对文学活动的积极作用：一方面促进作家更好地用自己所创造的“美”来鼓舞人们朝着理想的人格提升，真正实现其文学文本在人的精神建设中的价值；另一方面，使读者通过对文学文本的阅读，不仅要在创造中把握文本所提供的关于人生的价值，还要通过这种把握来展示自己的情感价值和人格价值，并在其实际文化水平所提供的最大限度中，既满足审美需要，也满足自我精神建设的需要。文学理论家在与作家和读者保持这种学科性的心理联系的基础上，在获得验证性的审美体验的同时，理解人类、社会和自身，并按照美的规律对文学文本所表现出的真、善、美进行评价，既丰富、活化了自己所掌握的学理，又实现了自我人格上的新超越。文学评论活动本质上是一种人格建构活动，它为文学理论家提供了一个以更多的自由性、超越性和建构性能动交往的机遇，使他能在一系列的倾听和对话中，优化其心理整合和行为调节能力，而这正是作为文学理论家不可或缺的心理机制。

再次，文学理论家的知识结构要多学科化。知识结构关乎到文学理论家学术人格的品位问题。20世纪文学理论的发展态势已经告诉人们，多学派的文学理论很可能趋向于更高层面上的综合。这种综合势必要在多学科的基础上构建新体系的范畴、概念和原理，以求理论体系涵盖的普遍性。因此，文学理论家应自觉地高扬自我的创造和探索精神，大胆地由已知领域向未知领域拓展，努力调整、更新、丰富和发展自己的知识结构。我们强调多学科性并不是搞"大杂烩"，而是旨在通过学科间学理的相互补充，为文学理论建构一个有机的综合的学科基石，并将它内化为文学理论家逻辑化了的思维方式。有了这样的思维方式，必然有相应的方法论上的更新，文学理论家的学术视野、学术胸襟、学术气度也将随之有所变化，文学理论家的主体间性自然也会得到提升。当然，知识结构应该永远是开放态的，任何层面上的一成不变都会给自我的学术发展和学科建设带来危害。在追求知识结构多学科化的过程中，文学理论家要处理好三种关系：本土文化与异质文化的关系。这里重要的是怎样才能把中外文学理论的精粹加以融合与创造，使我们的文学理论能科学地把握和阐释文学活动的基本规律，使人与文学的互建关系不断得到健康发展；文学理论家学术个性与社会需求的关系。在文学理论研究和文学评论活动中，出现个体价值序列与社会价值序列的冲突，是不足为奇的。对此，文学理论家务必审慎辨析，只要不与真理相悖、不与文学理论基本价值相谬，自觉反思自己的学术个性，以求学术人格社会性的增强也是必要的。学人间的治学关系，即文学理论家的主体间性的优化，要求文学理论家的知识结构多学科化，学术个性鲜明化，自然会在学人间构成不同性质的学术关系。文学理论家们应该本着学术互补的信念，即使需要争论，亦应增强相互理解，坚持古人所倡导的“原情准势”的原则，实事求是，辨明是非，互见其长，互弥其短，方是上策。健康有益的学术争论是学术发展的动力，但争论在什么档次上进行，既与学人的学术水平有关，亦与其学术人格的境界相系。我们之所以在论述文学理论家知识结构的多学科化时，要说明处理好上述三种关系，是因为只有在有益的学术交往实践中，多学科的知识结构才可能形成。我们相信，随着文学理论家知识结构的完善和学术人格的提升，会有一个生气勃勃的、平等对话的学人们的主体间性出现在学界。这其实也是从事文学理论研究应有的价值所在，即文学理论家学术人格的审美化。

任何学科都有自己的基本学理。学理是一种观念形态，它的“真”应该是与客观对象的本质属性相符。但是，文学活动是一种以审美方式呈现的提升人自身的话语创造活动，人们往往由于对人的生存境界的价值取向不同而赋予文学活动以不同的性质和功能。这种主观赋予反转为人们观察文学活动的基本尺度，这就导致文学理论学理的“真”的内涵与价值的不同。这样一来，文学理论学理的“真”，很难具备自然科学原理的“真”的那种跨国界、跨文化的普遍性，在目前它多是因为研究主体鲜明的意向性所构成的相对性才显示了自身的存在和价值。只是这种存在和价值总是伴随着相应的局限性：

第一，历史观的局限。这里所说的“局限”，主要不是从历史观所属阶级的革命与否着眼，而是就其本身的科学性考察。

曾经在我国盛行一时的"工具论"，在西方时髦了一阵的精神分析文学批评理论和女权主义文学批评理论，确实在不同的历史条件下，赋予文学活动以不同的性质和功能，并对文学活动的本质、特征及其社会作用作了特定的阐释。有的从一个崭新的角度论证了被人们忽视或尚未发现的文学现象，成为文学理论的新学说，而且对以后的文学理论研究产生了较大的影响。但是，由于它们赖以确立的历史观的某种局限，使得其学理的"真"总带有"深刻的片面性"。

第二，方法论的局限。艾伯拉姆斯在《镜与灯》一书中列举了文学活动的四个基本因素之后，发现所有的西方文学理论都可以分别从其中一个定向关系中得到展示，这就是他概括出的模仿理论、实用理论、表现理论和客观理论。他从一个定向关系概括一种理论特点，主要就是从方法论着眼的。这些理论各有所长，也各有所短，虽彼此不能取代，而且还能各自独领风骚于一时，但却很难说它们之中的任何一种是对文学活动做出了全面科学阐释的理论。这无疑与其方法论上把文学活动的一个定向关系不同程度地绝对化有关。

第三，文学活动自身的不稳定性使然。作为人的一种特殊精神活动的文学，可预测性与不可预测性同时存在，自身的结构及其演化的有序性和变异性同时存在，这就造成了文学活动整体的不稳定性。这种不稳定性不断启示研究主体，不能简单地只从已发现的某种因果关系来"决定"一种文学的本质论而不变，同时它又积极召唤研究主体继续进行自由选择。意识到文学的非稳定性并不是纯然的混乱无序，它在某种情况下的不同样态，也并非完全的偶然，这就有可能使研究主体在与其相互作用中，极自然地产生一种新的研究意向，并据此对文学活动进行再认识，进而梳理出新思路。新的在某些方面可以站得住脚却从整体上不无局限性的文学理论体系就会再产生。

文学理论学理的“真”的相对性与局限性所造成的理论体系上的“揭示”与“遮蔽”共存的现象，对文学理论的更新与发展有利。从长远看，运用不同的方法，从不同的角度和层面所建构的诸多的文学理论体系，正是从新的更高层面进行学科整体综合所亟须的知识的和心理的基础。尽管这种综合的真正实现尚需时日，但无论如何我们应该看到为它的到来所进行的学理的某种整合已经开始。因此，从目前看，一方面，不同学派在对立互补中，有可能彼此补其缺欠，使各自的理论体系趋于严谨周密；另一方面，相互部分证伪，有可能造成各自体系内的更新；再一方面，彼此启迪，在文学理论整体价值取向不同程度地相互沟通的基础上，有可能构建出既显示民族特色，又具有较高普遍性的新的理论体系。所有这一切都是一种积极的准备，它将在未来的不同性质的文化碰撞、融合与发展中见出应有的成效。文学理论家们理应看到这一点，并从学术人格的建设上同样做好准备。

尤为重要的，是文学理论学理的“真”的相对性与局限性并没有排除这样的共同性，即文学理论的根本宗旨在于提高人的审美品位。为此，不同的文学理论学理大都有着一个基本一致的指向：努力培养人的高尚的审美意向。这种高尚的审美意向不论是对作家、读者，还是评论家、专门研究者，都是以审美感受力、审美判断力和审美建构力为基础的。而这三种能力本质上又是一种特定人格力量的外化。因此，可以说文学理论学理的“真”，虽然集中表现在对人们所从事的文学活动的基本特征的概括与阐释的科学性上，但这仅是学科理论知识层面上的要求。从学科实践功能层面上讲，则要求这种“真”有利于培养和提升人的人格力量，使个体的人格和社会基本人格审美化。特别是对个体来讲，文学理论学理的“真”，应该启迪他们对现实的自我生存状态有较高的自觉度。任何个人的最贴近的生存境遇，是他在自身的历史活动中所创建的意义世界，它的性质和功能直接反映一个人对自我生存状态能动把握的水平，是他的主体性的重要标志。文学理论学理阐述的诸多审美原则，还原到人自身的建设上，就应该让人们明白建构什么样的意义世界才是真正属人的意义世界。这其实就是帮助人们确立一种价值人格的问题。当人们真正认识到了自我现实人格的某种缺憾时，追求具有提升意义的价值人格的自觉性就会被激发。可见，人对现实自我生存状态的自觉，就是对建构和更新自我意义世界的自觉。与此密切相关的，是文学理论学理的“真”，应该通过对人们实际审美活动的范导，培养其美丑观念的实践能力，即对干扰和破坏人们生存文明度的各种不良社会现象有敏锐的批判能力，对有利于人逐步走向全面发展的社会价值准则有自觉维护的行为。这实际上是深化对审美活动的认识问题。审美活动固然不能没有情感上的愉悦，固然不能强行带有具体实用的功利目的，但陶冶和净化审美主体心灵的功能，也不能在片面的愉悦和无目的的情感活动的掩盖下淡化、遗忘。特别是审美主体本身在这方面的自觉、自律至为重要。文学理论学理的“真”理应强化人的审美意识在自身建设中的实践能力，只有这样，其价值的实现才不至于落空。

这里需要说明的是，人格的审美化作为文学理论学理的“真”的总体价值指向，并不意味着人格的审美化，只能在文学活动中完成。人格的内在结构是由人的需求、规范评价和行为设计等心理活动过程构成的，外部则是一种对象性的存在。它的审美化有赖于人的全部实践水平的不断提升，而文学活动只是其重要的一个方面。另外，人格审美化固然更多的是一种精神建构，但它的实施领域不能仅限于精神，很多与人格审美化密不可分的精神现象，不能脱离相应水平的物质生产方式的支撑。因此，我们不能把人格审美化看成单一学科的任务，从而在历史观上陷入精神万能的误区。

任何学科都必须发展。学科发展的共同基础，是社会总体实践水平，为了较为具体地探讨文学理论的学科发展机制，我们不妨把该学科发展的共同基础暂且悬搁。

作为文学理论研究对象的文学活动，是人的总体精神活动的一部分，它自不免要受到其他艺术活动、科学活动，特别是人文社会科学活动的影响。但是，文学活动是人的一种最富有创造性的感性凸显的活动，具有最活跃、最易更新变动的特性。因此，从根本上讲，是文学理论要适应它的发展，而不是它被文学理论的原则、原理所拘囿。文学文本的创造与接受活动的实际态势，构成了文学理论赖以发展的重要根基。

人文社会科学研究与文学理论的发展关系极为密切。它从不同的学科领域持续不断地揭示人的生存奥秘，深化对人自身的理解和体悟。它既可以直接为文学理论范式的更新提供学科性依据，促使其向新的维度发展，亦可通过影响文学文本的创造与接受活动而间接地推动文学理论对新的文学现象的思考与研究。因此，人文社会科学的更新与发展也构成了文学理论发展的重要条件。

从文学理论自身看，文学理论研究要取得新进展，文学理论家就必须密切关注文学活动中的新问题；熟悉相关的人文社会科学所研讨的前沿问题；理解时代的民族的整体精神需求，特别是审美需求。为此，文学理论家应该在建设和完善自身学术人格上下工夫，处理好学术认知过程中的同化与顺应的辩证关系，使自己的学术感受、选择、判断和整合的诸种能力保持应有的敏锐性和科学性。这样，自我的学术视野的广阔性、新颖性，理论思维的犀利性、深刻性才可能充分发挥作用，创造出有学术价值的成果。所谓有学术价值的成果，不只是从现时态的学科理论体系的科学性、系统性、全面性上去考察，而且要从它为人的文学活动所提供的实际发展的可能性来考察。一部优秀的文学理论著作，理应给作为文学活动主体的作家和读者，提供充分发挥其能动性与创造性的多种可能性。维特根斯坦提出的“家族相似”理论的积极意义，在于启示人们不可把一种理论体系绝对化。“没有固定的本质”，“没有固定的外延”，这似乎与学科的规范性相抵牾，但却避免了一旦出现新情况，原有的理论体系就不适应了的困窘。我们当然不是期盼写出一部一劳永逸的文学理论著作，而是旨在强调文学理论研究确有一个对人的基本文化属性——为了趋优而不断创造和更新——的尊重问题。由此看来，文学理论的发展固然不能没有它的根基，也不能没有它的重要条件，但关键在于人，在于文学理论家是否具有名副其实的学术人格，是否尊重人的基本文化属性。这两者不是对立的，它们的和谐一致，恰恰是学术人格审美化的必然结果。学术人格是学人作为一种创造主体为自我确定的生命价值目标。它既是一种自我提升的方式，又是完善自我所应达到的目的。就其结构看，它是学人的学术观念、治学原则和学术行为组成的有机整体，展现着学人进入学术活动的总体精神风貌，凝聚着学人对历史文化、现实人生、学术功能和学术研究中自我所独具的特色的认知和情感，并以一种意志化了的“内在尺度”存在着。正是基于这样的认识，我们认为从文学理论的发展机制看，文学理论家学术人格的审美化是保证文学理论学科建设取得成就的关键。

二、全球化时代人类对文学理论的价值期待

通过对文学理论的学科要求、文学理论学理的“真”和文学理论发展机制所呈现出的人文学科属性与功能效应的分析，我们认为以往文学理论的普遍价值指向，是为了实现文学活动主体的人格（包括文学理论家的学术人格）审美化。现在的问题，是以往文学理论所具有的这种价值指向，能否适应全球化时代人类整体精神发展的需求呢？换句话说，文学理论所具有的这种价值取向，同全球化时代人类对文学和文学理论的价值期待是否一致呢？

我们在前面分析全球化时代对人的文化属性的重塑时就已

经指出，创新文化昭示人们，人类要想取得自身的进步和解放，就必须走出历史的、本能境界的生存，就必须为进入新的历史的生态境界的生存，而对人的精神作深刻的自我革新。这种革新的基本指向是摆脱资本主义的利己主义和占有性，是在高科技和高文化相统一的实践基础上，正确认识人的价值，促进人的全面发展。在当前，形成一个坚持富有同情心的公正原则的人类公共领域，有利于人的自我革新向健康的方向发展。全球化时代现实发展的这种大趋向，正在通过重构人对文学和文学理论的期待来揭示文学应有的价值取向，即以审美的形态把人的一切方面的存在，逐步整合为一种努力向生态境界生存发展的新状态。全球化时代重构的这种对文学价值的期待，对文学的要求必然是全方位的。

就文学作为一种特殊的精神活动而言，它并不是人静态的心灵运作，而是人最充分的存在——内、外积极性所构成的最大能动精神——表现为超越自我的一种愿望与活动，因此，它应在自身的文学性中蕴涵着对直接或间接地影响人类进步的本能境界的生存状态的怀疑和批判。这是一种敏锐的、深刻的历史智慧，它可以以各种形式的艺术否定见长，也可以以为人们提供关于世界的新视界、新感知、新感情和新向往为特色的新的人生境界为宗旨，让文学活动的参与者既能在不同的审美境遇中获得各自不同的愉悦，又能在最终引发其对确立新的生存价值尺度的思考，因而不仅能促使人对自我现实生存状态的反思和自觉，还有可能在此基础上激励人对自我的超越。从某种角度讲，文学的这种怀疑和批判的智慧，是非常关注意义后果的智慧，它的着眼点不是让人们局限于私利的满足，把自己的生活方式片面地建立在消费模式基础上，而是努力通过更新人们的审美理想，使其在建构自我意义世界时能自觉地把生态境界的生存作为人生的根本追求。较之跨国公司企图通过营销策略的更新来不停息地建构和再建构他们理想的全球生存观念来说，文学的这种智慧使人进入高境界、大视野，而跨国公司所想建构的全球生存观念，已被证明，带给人们的是"社会优势地位的滥用，金钱势力的无法无天，权和钱力量的结合，完全引导着世界的发展方向"[1]。

就文学创作而言，主体应该从不同角度深切感知并把握人类对文学的新期待，让文学作品更真实地面对人的历史和现实，同时，要充分发展不同民族和国家的不同流派的文学。正如《共产党宣言》所说，这种发展是为了让"各民族的精神产品成了公共的财产"，使"民族的片面性和局限性日益成为不可能"[2]。马克思和恩格斯所说的"世界文学"，是以资产阶级开拓了世界市场，使一切国家的生产和消费都成为世界性的为前提。今天，这个前提随着跨国资本推行全球经济一体化而具有了新的特征，它虽然仍是我们所希冀的全球化时代的文学得以存在的一个前提，但被全球化所激发起的创新文化已经表明，全球化时代的文学不应是跨国资本的文学，而是呼唤人类走向生态境界生存的文学。这种文学的本质特征，在于面对跨国资

---

① 〔英〕霍布斯鲍姆：《极端的年代》（下），江苏人民出版社 1998 年版，第 827 页。

② 《马克思恩格斯选集》第 1 卷，人民出版社 1995 年版，第 276 页。

本生存斗争的控制能保持自身的独立性，并对人类出于本能境界的生存作全新的审美把握。因此，在当前要特别警惕受跨国资本控制的“大众文化”，它以把一切变得轻松、快捷和简单的方式，来支配对审美趣味、行为准则和生活信念有着重大作用的人的价值判断。媒体巨擘迪斯尼公司总裁和董事会主席米歇尔·艾斯纳明确地说：“美国娱乐业把一种多样化的个人机遇、个人选择和个人表现介绍给大家，这些是所有地方的人们都十分渴望的。”这是一种事实，但也是在巧言下掩盖了资本话语对其他话语的统治。基于这样的事实，纽约人、录像艺术家柯特·罗伊斯顿认为，文化领域的最终产品就是一种无聊的、全球化的统一的美国音调：“刺耳的噪音”①。这些现象不仅说明了文化市场将会成为全球市场的重要组成部分，而且提醒人们必须对文化（包括文学）的创新能力、评价能力和传播能力予以高度重视。在这种情况下，全球化时代的文学创作，一定要意识到自己历史的和文学的使命，让文学的“天平自商人的手中转入天使的手中”（里尔克语），自觉地为人类提供比跨国资本所描绘的更好的世界图景，并在人类的审美领域创造实现这一广阔图景的可能性。

就文学接受和文学（理论）批评而言，主体有必要确立大学术眼光，从层出不穷的文学理论思潮和流派中走出，在一个科学的而不是庸俗社会学的层面，把文学与时代、社会和人自

① 〔德〕汉斯一彼得·马丁、哈拉尔特·舒曼：《全球化陷阱》，中央编译出版社 1998 年版，第 18—23 页。

身的进步联系起来，把宏观的历史要求和微观的个体审美趣味、研究爱好尽可能地统一起来，让文学接受、文学研究和文学（理论）批评，担负起时代赋予的责任，提高其对全球文化的渗透力和影响力。在已经过去的20世纪里，文学理论研究取得了巨大的成就，新的艺术哲学大多与相应的哲学体系有密切的联系，并能与人类学、文化学、社会学、心理学、语言学所思考的重大问题相呼应，甚至在学科上有相互融合的趋势。文学理论研究的繁荣对全球化时代文学的形成与发展起到了积极的促进作用，但也毋庸讳言，由于后现代主义的一些学者对元叙事的怀疑，特别是对启蒙运动的元叙事的批判，对他们所谓的某种宏大叙事，诸如意义的解释学，理性的或起作用的主体的解放的质疑，虽然给人们创造力的发挥拓展了更大的空间，但也确实导致了对人的理想和信仰的消解，让人们在面对未来时感到更加迷茫。人类是不能没有理性（当然，我们不是唯理性主义者）、理想和信仰的，深刻地认识到这一点，对“后现代主义哲学在认识论、伦理学、形而上学等等方面对传统哲学的攻击，已被证明是彻底失败的。后继者借助于大量精确自然科学分支在哲学上向文艺或社会学的大量冲击也没有成功”，因而，“传统哲学确定无疑地击败后现代主义哲学”的“判决”①便不会让人感到突然。判决后现代主义哲学失败，或许是一家之言，但人们会从中吸取一种教训，即人虽然在价值追求上是

① 《美国哲学季刊》，1999年第2期社论：《谁赢得了20世纪哲学大战的胜利》，载《哲学译丛》2000年第1期。

多元的，但这种追求总是以趋优为前提的，尽管人对“优”的理解会呈现出纷繁万千的差异，它却总会在人的历史的进程中，通过比较和汰劣而逐渐趋同，这种被人类多数认同的“优”正是人类理想和信仰的根。我们之所以把生态境界的生存作为人类追求的生存目标，是相信它是能够经受住比较和汰劣考验的“优”。全球化时代的文学说到底还是为人的文学，对它的接受和研究理当有利于这种“优”的实现和发展，而不是把文学文本转换成无限延宕的能指链去“游戏”，因为，真正的艺术增值总是严肃的审美意义的建构，总是把文本的审美价值与人的提升结合在一起思考的成果。

人们若照此理解全球化时代人类对文学和文学理论的价值期待及其实际影响，就很容易看清楚其与以往文学理论所形成的普遍价值取向的一致性。全球化时代人类对文学的价值期待所建构的文学观念，要求把文学的价值效应，同人为进入生态境界的生存所必须进行的、人的自我革新紧密地联系在一起，而这实际上与以往的文学、文学理论旨在“实现文学活动主体人格的审美化”——这已经成为格尔茨所说的“文化模式”——之与时俱进所必然包含的时代内容相通。因为，从根本上讲，人类全部实践活动所要创造的理想的对象世界，原本就与人类从本能境界生存走向生态境界生存的大趋势是一致的。这正是全球化时代文学理论主导价值得以形成的社会基础。

理解这种一致性，并不意味着具体的文学理论的价值取向，就只有这唯一的维度，“一致性”是从“道”的层面讲的，不是从“器”的层面说的。人类赖以生存的时空，早已被不同的文化切割成不同的状态。在每一种文化所主宰的时空里，没有任何一种文化是教唆人走向堕落、向动物退化的，所有的文化都是教育人上进的，希望人能真正人化。但是，由于不同的文化对人的存在、人的本质和人的历史的理解的不同，其所构成的“文化模式”为人们提供的可复制的文化行为，作为继续创新的依据，便显示出了各自不同的特征。因此，尽管不同文化的人都可以在不同程度上认同人类全部实践活动的目的是为了创造一个理想的对象世界，都可以不同程度地认同人类走向生态境界生存的必要性，但是，具体到文学理论的学理建设，在阐明什么是人类所要创建的理想的对象世界，什么是人类的生态境界生存、人格的审美化、人格审美化的意义及其社会效应时，却会有着很大的差异。正是这种文化上的本质特征，使得不同价值取向的文学理论体系不仅得以存在，而且获得了各自的发展。

三、全球化时代文学理论价值之所在

文学理论价值取向在“道”的层面上的一致，在“器”的层面上的不一致，对文学理论的发展是非常有利的。马克思一再强调，不能把实践仅仅理解为主体和客体的关系，还应该重视主体和主体间的关系。他认为：“人们在生产中不仅仅同自然界发生关系。他们如果不以一定方式结合起来共同活动和互相交换其活动，便不能进行生产。为了进行生产，人们便发生一定的联系和关系；只有在这些社会联系和社会关系的范围内，才会有他们对自然界的关系，才会有生产。”[1] 马克思所讲的这种“交往实践”对文学理论研究来说，表现在两个相互关联的阶段：首先，主体在形成自己的认知结构时，不能无视社会的和跨文化的交往。一定时代的民族语言、民族心理、社会思潮、社会风貌、时代精神和异质文化间的交往，都将通过主体的实践活动影响和作用于其认知结构的形成。其次，文学理论研究虽是以个体活动的方式进行的，但它是人们以“一定方式结合起来共同活动”为背景展开的。研究过程中有交往，一旦有了成果，必然要进入更高层次的交往实践。这就是互相交换其活动。互相交换是以彼此的成果既有联系又有区别，因而能够构成相互需要为前提的。不同文化领域里的文学理论存在的必要性，正是这种互相交换的活动得以发展和提高的保证。基于这样的认识，人们就应该意识到文学理论的研究，虽然在“道”的层面有一个终极的价值指向，但在“器”的层面上，永远不可能是完成态的。文学理论并不是要为文学活动规定一系列务必遵守的法则、原理，而是对以往的文学创作、文学阅读、文论研究，做出属于本时代的总结，目的在于为文学的新发展，引出有益的启示与借鉴。这种启示与借鉴，可以以法则、学理的形态出现，但它却没有终极性，它也不是法典中的条文，具有务必恪守的约束力。它的某些部分，甚至是为了新的发展而具有试错性；因此，文学理论学理的真正价值在于，把过去的文学现象尽可能总结得科学，对本时代文学现象的考

---

① 《马克思恩格斯选集》第1卷，人民出版社1995年版，第362页。

察，尽可能全面、准确，在找到传统文化视野与现代文化视野适度的交汇点的基础上，在阐释法则、学理时，尽可能为未来的文学和文学理论的发展，做出多种可能的想象，留下更为广阔的空间。

第二节 马克思主义文学理论的价值取向及其实践意义

马克思主义文学理论是马克思主义的重要组成部分。马克思主义文学理论的基本原理的建构、重大命题的提出和理论本身的发展，是与马克思主义这一伟大的思想理论体系的建构和发展密切相关的。而马克思主义理论体系的建构和发展，总是和无产阶级政党所领导的革命与建设事业紧密联系在一起的，这就决定了作为人文学科的马克思主义文学理论的基本研究对象，是马克思主义的经典作家马克思和恩格斯，以及不同时代的无产阶级执政党领袖列宁、毛泽东和邓小平等关于文艺的论述。是他们在革命和建设的实践中建构和发展马克思主义理论体系的同时，建构和发展了马克思主义的文学理论。这自然不意味着其他马克思主义者，对建构和发展马克思主义与马克思主义文学理论没有贡献而不应研究，而是为了强调和突出马克思主义及其文学理论发展的主导脉络与代表性，并把马克思主义文学理论的研究和社会主义国家的意识形态的完善与发展结合起来。就主导脉络看，马克思主义的发展经历了不同的历史阶段，即马克思主义、列宁主义、毛泽东思想和邓小平理论。

这些阶段标志着马克思主义在不同的时代所具有的理论特征，人们绝对不应忽视这一点，但终究因为它们在理论上同源、在实践上同根、在奋斗的终极目标上同一，因此，仍可以用“马克思主义”统而名之。

马克思主义文学理论也是人类文化的重要组成部分。在相当长的一个时期里，马克思主义者强调自己理论体系的阶级性，认为它是适应无产阶级及其革命事业的需要并专门为其服务的。这虽然在某种程度上符合马克思创建自己理论的原初意图，但从马克思主义的根本价值指向看，不解放全人类，无产阶级也难以解放自身，无产阶级与全人类的命运休戚相关，能为无产阶级及其革命事业服务的理论，也理应是属于全人类的。在我们看来，凡进入人类文化宝库的精神产品，都不应仅仅归属于某个阶级所有，它是全人类的。事实上，马克思主义在今天不仅指导着社会主义的实践，而且对资本主义的实践也产生了巨大的影响。作为马克思主义重要组成部分的马克思主义文学理论也应如是观。这就是说，对马克思主义文学理论的阐释和说明，必须考虑到两种视界，一种是马克思主义的独特视界，这是基本的视界，没有它就不是马克思主义文学理论了；另一种是人类文化的普遍视界，这种视界是以人类的普遍需要为基础的，没有它就不是当代人对马克思主义文学理论的阐释和说明了。这两种视界的融合，要求我们在阐释和说明马克思主义文学理论时，应尽可能地构成一种新的视界，即既要把马克思主义文学理论置于马克思主义发展的背景下，又要把马克思主义文学理论置于全球化时代人类文化的需求和发展的背景下。在这种新视界中阐释和说明马克思主义文学理论的目的，是为了运用马克思主义文学理论科学地阐明人类文学艺术的普遍规律，促进人类文艺的繁荣和发展。马克思主义文学理论与其他非马克思主义的、但却具有相应学科价值的文学理论的关系，既是对立的，又是互补的，彼此有着不同角度、不同学理与方法的相互启示和彰显。忽视或片面理解这种对立与互补关系，只能有害于马克思主义文学理论的发展。

必须重视并认真研究“西方马克思主义”者关于文化与文艺的论述。“西方马克思主义”不是地域性的概念，而是一个意识形态的概念。它代表着作为世界性的思想理论体系的马克思主义，在非社会主义国家的存在状态。我们不应再重复以往那种所谓为“捍卫马克思主义的纯洁性”，而只认为自己的理论是唯一正确和有价值的狭隘、排他与盲目地自以为是的错误了，应该承认它们是发展着的马克思主义的重要一翼。“西方马克思主义”在政治上持激进的态度，在思想上坚决反对教条主义，在组织上淡化了与社会革命实践和有组织的工人运动的联系，在理论上主动接受西方各种思潮的影响，试图用现代资产阶级的哲学、美学和文学理论“补充”和“完善”马克思主义，在文艺上把人的文化、文艺活动与反对资本主义社会的异化，追求个体自由、解放和全面发展相联系。我们一定要科学地认识和鉴别西方马克思主义的这种既与经典马克思主义相联系，又与当代西方某些文化思潮相结合的二重性，要承认他们所面对的社会和世界与我们不同。要求他们和我们一样地用一种思路来运用马克思主义研究和解决现实问题是不切实际的。我们首先要看到它们在自己独特语境下的创造与发展，看到它们的贡献，而不是逻辑在先地将其当做糟粕抛弃或视而不见。实事求是地说，了解它们、研究它们，会促进我们探究思路的拓展与深化，把它们纳入马克思主义范围，对我们沿着马克思主义发展的主导脉络，在新的历史时期里建构和发展马克思主义的文学理论，只能起促进作用，对此我们理应有充分的信心。

一、马克思主义文学理论创始时期的价值取向及其实践意义

马克思和恩格斯是马克思主义文学理论的创始人。他们两位是伟大的思想家、理论家和革命家，其文学理论的形成有着鲜明的特征。首先，他们倾其毕生精力，全面研究了资本主义社会，研究了由资本主义社会向社会主义社会过渡，进而向共产主义社会发展等关乎人类命运的重大问题。他们对文学艺术的思考与研究，不是游离于这一总体研究之外的孤立现象，而是从属于总体研究，并成为其不可缺少的组成部分。换句话说，马克思和恩格斯对文学艺术的研究与其研究哲学、政治经济学和科学社会主义的总目标是一致的，即不只是要在这些学科领域掀起一场革命，而且要将其转化为一种精神武器，为实现人类的理想社会去奋斗。这就决定了马克思和恩格斯对文学艺术的研究，不可能拘囿于单纯的审美，而不去从历史和社会的角度观察文艺；不可能仅限于对文艺文本的一般化的思想阐释，而不去追索作者的存在价值与其创作的政治文化意义；不可能把重点研究停留在对文艺的“内部规律”的探讨上，而不去把文艺功能的实现，与社会每一个成员个性全面发展基础上的全人类的解放相结合。理解了这一点，我们便会对马克思在

《评〈普鲁士人的普鲁士国王和社会改革〉一文》中，高度评价西里西亚织工起义前夕流行于纺织区的革命歌曲《血腥的屠杀》[①]，有一个准确的把握；对恩格斯称赞德国画家许布纳尔[②]和诗人海涅[③]，肯定其在作品中表现"穷人和受轻视的阶级"的"生活和命运、欢乐和痛苦"的"新流派""是时代的旗帜"[④]，有一个深刻的领悟。进而对他们关于文艺价值的诸多论述，如称赞巴尔扎克的现实主义的胜利；强调"工人阶级对他们四周的压迫环境所进行的叛逆的反抗，它们为恢复自己做人的地位所作的极度努力"，"都属于历史，因而也应当有权在现实主义领域内要求占有一席之地"[⑤]；要求在"小说主要是面向资产阶级圈子里的读者"的情况下，"具有社会主义倾向的小说"，能够"通过对现实关系的真实描写"，"打破关于这些关系的流行的传统幻想，动摇资产阶级世界的乐观主义，不可避免地引起对于现存事物的永恒性的怀疑"[⑥] 等等，有一个清醒的、历史的认识。而更为重要的，则是让我们明确认识到，马克思主义文学理论所建构的文艺观、文艺批评观，从一开始就不是纯文艺的、超功利的，而是二者的统一，既要客观地认识文艺本身的

---

① 《马克思恩格斯全集》第1卷，人民出版社1956年版，第483页。

② 卡尔·许布纳尔（1814—1879），德国19世纪民主主义现实主义画家，恩格斯对他的一幅油画《西里西亚织工》评价很高，认为"从宣传社会主义这个角度来看，这幅画所起的作用要比一百本小册子大得多"。

③ 亨利希·海涅（1797—1856），德国革命民主主义诗人。1843年和马克思相识，并在马克思的影响下写成《时代诗歌》，其中最著名的是《西里西亚织工》。

④ 《马克思恩格斯全集》第1卷，人民出版社1956年版，第594页。

⑤ 《马克思恩格斯选集》第4卷，人民出版社1995年版，第683。

⑥ 同上书，第673页。

规律，又要运用这一规律，推动文艺朝着有利于无产阶级和全人类的解放事业发展。

其次，马克思和恩格斯不是只关注既有的文学艺术现象，把文学艺术仅仅作为一种确定的精神事实来研究。从某种角度讲，马克思和恩格斯是立足于未来，立足于无产阶级和全人类解放的高度，来审视人类文学艺术的发展历程的。他们通过专论、兼论和散论等方式，梳理文艺的发展史，研究对人类精神产生过积极影响的作家、作品，批判那些妄图阻碍人类精神朝着健康方向发展的作家、作品，同时还热诚地支持具有一定社会主义倾向的作家，帮助他们不断地提高创作水平。马克思和恩格斯的用心是清楚的，他们要把已有的进步文艺与人类未来应有的文艺之间，内在地联系起来，以构成人自身的一种重要的精神历程，使未来的新文艺既有其赖以存在的历史根据，又有其明确的、不应移易的发展方向。在《共产党宣言》中，他们明确地告诉人们，“资产阶级，由于开拓了世界市场，使一切国家的生产和消费都成为世界性的了”。“世界性的”，这正是他们构建人类未来文艺的一个不容忽视的出发点。在他们看来，一旦“过去那种地方的和民族的自给自足和闭关自守状态，被各民族的各方面的互相往来和各方面的互相依赖所代替”，必然会导致精神生产的相应变化，“各民族的精神产品成了公共财产。民族的片面性和局限性日益成为不可能，于是由许多种民族的和地方的文学形成了一种世界的文学”①。这种“世界的文

① 《马克思恩格斯选集》第1卷，人民出版社1995年版，第276页。

学”虽然是“由许多种民族的和地方的文学”所构成，但都应不同程度地体现出人类对理想社会的向往。因为，“人也按照美的规律来建造”①。这种追求尽可能完美的意识，既是人避祸趋福本能的升华，又是人关于“我”的意识在诸种关系中愈来愈凸显，要求全面发展的自觉度愈来愈鲜明的表现。它最终将促使人的社会实践进入理想状态。显然，马克思和恩格斯非常重视对人类既有文艺的研究，希望从中梳理出人类精神走向的脉络，但他们更关注人类未来的新文艺，并希望它的建构和发展能与人类为理想社会的实现而奋斗的历史过程统一起来。恩格斯在《致斐·拉萨尔》中明确表示，“具有较大的思想深度和意识到的历史内容，同莎士比亚剧作的情节的生动性和丰富性的完美融合”，“正是戏剧的未来”②。这“意识到的历史内容”直接涉及作品的“思想深度”，而它本身所包含的基本东西，无论如何是不能与人类为理想社会的实现而奋斗这一历史内容相背离的。

再次，马克思和恩格斯不是把文学艺术与理想的人割裂开来，仅把文艺当做既定人性的表现来研究。马克思和恩格斯提出的理想社会，是为了满足人间普遍的需求和幸福，是为了发挥所有人的潜能，是为了所有人的真正解放。他们的社会理想和人的理想是统一的。恩格斯在论述人的两次提升时，特别指明人的第二次提升，将使“人自身以及人的活动的一切方

① 《马克思恩格斯全集》第42卷，人民出版社1979年版，第97页。
② 《马克思恩格斯选集》第4卷，人民出版社1995年版，第557—558页。

面……都将突飞猛进，使以往的一切都黯然失色”[①]。这就是说，从整体上看，人性的完美度是与社会的文明度同步的。文学艺术深刻地描写既定人性的复杂性是完全必要的，但是，不可否认的历史事实是，推动历史发展的社会力量，往往体现着人性完美的方向，所以，马克思和恩格斯对文艺更殷切的期盼，是在文艺作品中最充分地描写推动历史发展的社会力量所体现的美好人性。恩格斯之所以批评哈克奈斯，就是因为她不具有洞悉当时美好人性之所在的慧眼和意识，而并不是要求作家不加区别地在任何情况下，都把工人写成支配自己命运的主人。他向哈克奈斯指出的巴尔扎克的“最重大的特点之一”，恰恰就是“他看到了他心爱的贵族们灭亡的必然性，从而把他们描写成不配有更好命运的人；他在当时唯一能找到未来的真正的人的地方看到了这样的人”[②]。哈克奈斯和巴尔扎克相比，本质性的差距，就在于她对人类历史的发展以及这种发展所寓含的人性完善的新趋向，不自觉、不敏感，这就不可能不使她对现实的观察失去应有的深邃历史感的支撑。正是这种精神状态和生存境界，才使得哈克奈斯只能在其作品中描写既定的人性，还难免不时显露出目光短浅所带来的捉襟见肘。如果我们统观马克思和恩格斯对一些作家、作品的批评，便不难发现他们的审美理想、社会理想和人的理想是完美地融合在一起的，他们对作家的要求是严格的、高标准的。

---

① 《马克思恩格斯选集》第 4 卷，人民出版社 1995 年版，第 274—275 页。

② 同上书，第 684 页。

马克思和恩格斯在创建自己的文学理论时，是非常重视文艺自身的特点和规律的。他们都有一定的文艺创作经验[①]，对不同时期的作家、作品的研究和评价，有着自己独到的角度和方法，他们对文艺特点和规律的理论概括与论证阐释，具有一般文艺理论家所少有的特色。这里我们强调一点，就是他们对文艺的特殊性的把握，不是对文艺孤立地观察、研究的结果，而是从人的整体掌握世界的方式着眼，在区别不同的掌握世界的方式中，思考文艺这一掌握世界的独特方式。这种在一般中见个别、普遍中显特殊的认知原则，既不忽视文艺作为意识形态的普遍属性，又能深刻理解文艺之所以是文艺的特殊本质。在《〈政治经济学批判〉导言·政治经济学的方法》中，马克思颇有深意地指出："整体，当它在头脑中作为思想整体而出现时，是思维着的头脑的产物，这个头脑用它所专有的方式掌握世界，而这种方式是不同于对于世界的艺术精神的，宗教精神的，实践精神的掌握的"[②]。这是马克思主义文学理论的一个基本出发点。"掌握世界的方式"这一命题具有重要意义，它不仅告诉人们，人掌握世界的思维方式有多种，它们虽是有联系的，甚至可以相互渗透，但彼此却有着质的差异，不可相互混同；而且引导人们应该把主要精力放在所研究的对象的创造者的头脑，是如何"用它所专有的方式掌握世界"上。只有这样，人们才可能对对象的质的规定性有个准确的把握。马克思早年在《莱

① 马克思、恩格斯在青年时期都曾从事过文学创作，他们写过诗，马克思还写过一个悲剧《奥兰尼姆》，恩格斯也写了一出喜剧和一部小说。

② 《马克思恩格斯选集》第2卷，人民出版社1995年版，第19页。

茵报》上发表论文，认为“用诗句来说明神学的争论，是“愚蠢的想法”，而“一个作曲家会想到把教义学搬到音乐里去”，简直是“对于艺术规律的……胡说”[①]。因为他们混淆了人掌握世界的不同的思维方式。至于艺术地掌握世界的方式，马克思虽没有明确和直接的论述，但从他对人的想象力在促进人类发展的作用的论述中，可以清楚地看出，艺术想象是人对世界的艺术掌握的思维方式的基本特征。马克思说：“在野蛮时期的低级阶段，人的较高的特性就开始发展起来”。“极简单的诗歌创作”，就“属于这个时期的东西”。“想象力，这个十分强烈地促进人类发展的伟大天赋，这时候已经开始创造出了还不是用文字来记载的神话、传奇和传说的文学，并且给予了人类以强大的影响”[②]。马克思还说：“任何神话都是用想象和借助想象以征服自然力，支配自然力，把自然力加以形象化”，“希腊艺术的前提是希腊神话，也就是已经通过人民的幻想用一种不自觉的艺术方式加工过的自然和社会形式本身”[③]。在马克思看来，对自然和社会进行艺术方式的加工过程，实际上就是运用艺术想象掌握世界的过程。深刻领会马克思关于人们掌握世界的不同方式的思想，并在此基础上体悟艺术想象是艺术地掌握世界的方式的基本特征，我们便会更全面地、辩证地、有机地认识马克思和恩格斯所提出的许多重要论述，诸如：文艺应该“更加莎士比亚化”，而不是“席勒式地把个人变成时代精

---

① 《马克思恩格斯论艺术》（四），第178页。

② 《马克思恩格斯论艺术》（二），第5页。

③ 《马克思恩格斯选集》第2卷，第29页。

神的单纯的传声筒”[①]；“倾向应当从场面和情节中自然而然地流露出来”，“作家不必把它所描写的社会冲突的历史的未来的解决办法硬塞给读者”[②]；“作者的见解越隐蔽，对艺术作品来说就越好。我们所指的现实主义甚至可以不顾作者的见解而表露出来”[③]等等。需要特别指出的，是马克思从人们掌握世界的方式这一角度，研究文学艺术的特殊规律，不仅使其文学理论具有极大的理论概括性，而且为其理论本身的进一步发展留下了广阔的空间。人类掌握世界的各种方式总是要发展的，与其相应的思维的方式和特征，也不会凝滞不变。但是再怎么变化，“掌握世界的方式”总不会废弃，它永远是人们认识文学艺术的一种具有方法论特征的视界。

总之，马克思和恩格斯在19世纪无产阶级登上历史舞台的时代，建构起了以解放无产阶级和全人类为终极价值的文学理论。它既是一种学理，更是一种精神武器；既是对现有的文艺现象的科学概括和总结，又是对人类未来的新文艺的呼唤和构想；既是社会的理想、人的理想和审美的理想相互融合的理论体系，又是对人类艺术地掌握世界的方式的经典阐释。我们只有辩证统一地认识它、理解它，才能真正领悟它的真谛，并根据新的时代的需要创造性地发展它。

从上述马克思主义创始人，在创建自己文学理论的过程中所显示出的独特性上，我们便可以看出他们是怎样选定文学理

---

① 《马克思恩格斯选集》第4卷，第554—555页。
② 同上书，第637页。
③ 同上书，第683页。

论的价值取向的。价值是客体对主体的效应。文学理论作为客体，对主体即作家、读者和文学社会的效应，在一般意义上是什么，这是马克思和恩格斯必须考虑的，而思考这个问题，又必须逻辑在先地确定创建理论的主体自身的价值地位。这直接关系到理论主体的价值视野的性质问题。马克思、恩格斯是这样为自己定位的：不仅要以新的方式解释世界，而且要以新的方式改造世界，为此，就必须坚定地做先进的社会力量、资本主义社会的掘墓人、无产阶级的思想家。这一历史性的选择，标志着他们作为利益主体，不再是纯粹的个人利益的代表者，而是体现人类根本愿望的无产阶级的利益代表者。从无产阶级利益出发思考作为客体的文学理论应该给作家、读者和文学社会带来什么效应，那就不可能不对既有的文学理论进行一场革命。第一，马克思主义文学理论固然要在学理层面继承以往文学理论的某些知识话语，但从根本上讲，它是一种彻底的创新。它不再把文学视为纯粹个人的事业，不再只从个人的爱好去审视文学，而是把文学与无产阶级的、乃至全人类的解放事业密切地联系起来，希望作家创作出的文学作品，能够为读者提供消解资产阶级世界的乐观主义。第二，马克思主义文学理论要给予作家和读者以崭新的历史观，要为无产阶级在文学中赢得应有的历史地位，要倡导全新意义上的文学现实主义的胜利，鼓励作家和读者一定要意识到，在文学作品中表现对社会和历史的发展起积极推动作用的阶级及其代表人物的意义。第三，马克思主义文学理论绝不可能在被允许的知识话语，或权威化了的知识话语中建构自己的话语。为了在学理层面上对不断发展着的人的文学活动提出一个新的科学说明，为了对作为人文学科的文学理论的人文价值确定正确方向，为了使人的文学活动在其社会（实践）效应方面真正能够起到精神升华的作用，马克思主义文学理论不仅要超越既有的文学理论，而且必须保持不断超越自己的生命活力，保持自己的开放性，让自己的知识话语始终具有时代的张力。让我们稍稍回味一下恩格斯对巴尔扎克的称赞就能充分地体悟到这一点：

“不错，巴尔扎克在政治上是一个正统派；他的伟大作品是对上流社会无可阻挡的崩溃的一曲无尽的挽歌；他对注定要灭亡的那个阶级给予了全部的同情。但是，尽管如此，当他让他所深切同情的那些贵族男女行动的时候，恰恰是这个时候，它的嘲笑空前尖刻，它的讽刺空前辛辣。而他经常毫不掩饰地赞赏的人物，却正是他政治上的死对头，圣玛丽修道院的共和党英雄们，这些人在那时（1830—1836）的确是人民群众的代表。这样，巴尔扎克就不得不违反自己的阶级同情和政治偏见而行动；他看到了他心爱的贵族灭亡的必然性，从而把他们描写成不配有更好命运的人；他在当时唯一能找到未来的真正的人的地方看到了这样的人，——这一切我认为是现实主义的最伟大的胜利之一，是老巴尔扎克最重大的特点之一。”①

细细地体味恩格斯的这一段话，人们便会感受到一种被恩格斯高度认同的巴尔扎克精神：以深邃的历史眼光，洞悉复杂的社会现象，发现真正体现历史发展方向的人，勇敢地超越自

① 《马克思恩格斯选集》第4卷，第684页。

己政治的、历史的偏见，真诚地把他们活动的历史意义展示给人们，向人类贡献最好的作品。这种保持创新活力、敢于超越狭隘的阶级私利、向进步阶级利益靠拢的精神，其实正是马克思主义文学理论创始人的基本精神。如果说，是什么样的内在精神使马克思和恩格斯能够坚定地为其所创建的文学理论选定了这样一种具有永恒意义的价值取向，那就是：既是巴尔扎克的，更是他们对象化在巴尔扎克身上的这种精神。

马克思主义文学理论创始人，对其理论价值取向的选定，从三个方面显示出了自身独具的意义：首先，从文学理论的价值信念看，它坚信，通过对有着社会主义倾向的文学和未来真正的与无产阶级和全人类的命运休戚相关的文学的支持与召唤，并尽可能地让它们得到繁荣，是能够推动社会的发展和人自身的进步的，因此，作为人类精神价值创造的一个重要方面的无产阶级的文学活动，理应成为世界上一切进步社会力量倾力支持和关爱的对象；其次，从文学理论的价值目标看，它把以历史唯物主义为基础的“美学观点和史学观点”作为“最高的标准来衡量”[①]文学作品，这就意味着，让具有或努力朝着这个标准奋斗的文学，成为人类文学的主潮，这是马克思主义文学理论根本性的价值目标。但是，我们必须清醒地认识到：“人们借以进行生产、消费和交换的经济形式是暂时的和历史性的形式。随着新的生产力的获得，人们便会改变自己的生产方式，而随着生产方式的改变，他们便改变所有不过是这一特定生产方式

① 《马克思恩格斯选集》第4卷，第561页。

的必然关系的经济关系。”而与此相应的便是人们生产出的“各种观念、范畴”，也是“历史性的和暂时的产物”[①]。因此，作为马克思主义文学理论价值目标的、有着“美学观点和史学观点”价值的、人类文学主潮的文学，就应该是与时俱进的文学。再次，从文学理论的价值标准看，它把能帮助文学活动主体面对复杂的文学现象，辨析文学作品的优劣、区别文学活动的雅俗，选择正确的创作意向，更好地活化优秀的文学传统，更有效地进行文学交流活动的文学理论，视为最有价值的。换句话说，能为人们提供正确的文学观念和高尚的审美理想，并能积极促进人的文学活动不断地朝着提升人的方向发展的文学理论，才是最有价值的。

有一个问题需要进一步研究。在19世纪，马克思和恩格斯为了创建自己的学说，一种学理内在的逻辑使得他们不得不对在他们看来是错误的理论进行批判。这就是我们过去常说的“不破不立”，“破字当头，立就在其中”。否定、批判，当然有一个“度”的问题，彻底否定、彻底批判，是否就意味着消灭？这种彻底否定与彻底批判所引发的实际后果对批判者的学说或理论到底是好还是不好？换句话说，一种学说或理论的确立，固然需要对先在、同在的某些学说或理论中的观念和见解进行必要的梳理、批判，不如此就不能使自己的学说或理论得到深化和普适化，但这是否就意味着被批判的学说或理论从此就失去了自己的存在价值呢？为了思考这些问题，我们不妨看看“挑了一个好时候向马克思致敬”的雅克·德里达为什么要批评

① 《马克思恩格斯选集》第4卷，第533、539页。

马克思。马克思、恩格斯在《德意志意识形态》中，“对费尔巴哈、布·鲍威尔和施蒂纳所代表的现代德国哲学以及各式各样先知所代表的德国社会主义”作了批判。德里达在《马克思的幽灵》中对马克思揪住施蒂纳的幽灵不放，表示了一种批判态度。他说：“为什么要进行如此无情的追逐？为什么要对诸幽灵进行这种围猎？马克思发怒的原因是什么？为什么他要用如此不可抗拒的嘲讽抓住施蒂纳不放？由于马克思的批判显得是如此之坚定和丰富，既锋芒毕露又沉着有力，致使人们觉得他似乎可以永远不停地投出他的利器置敌人于死地。他似乎永远不会放过他的牺牲品。他以一种令人战栗的方式和对手联系着。他的猎物吸引着他。猎人的穷追不舍就在于布置一个动物诱饵以诱骗他的猎物，在这里，那诱饵乃是一个幽灵的没有生命的活的躯体。”在德里达看来，马克思对施蒂纳幽灵的批判过于简单和快捷，“马克思……也许不应该过快地驱逐如此多的幽灵。既不该立即驱逐它们，也不该如此简单地借口它们不存在（它们当然不存在，那又如何呢？）——或者借口所有这一切都是或应当是过去的（‘让死者埋葬它们的死者’等等）而加以驱逐。”这样的批判不可能成功，反而会导致一种转换：由马克思追逐他人的幽灵转换成他人追逐马克思的幽灵：“由于自己单独追击这个急于敷衍了事因而根本不可靠的同类，马克思一直都有以这种方式追逐他自己的幽灵的危险：一个既是思辨的又如镜子般反射的幽灵。”[①] 对德里达批评马克思的这一现象，有学

① 〔法〕雅克·德里达：《马克思的幽灵》，中国人民大学出版社 1999 年版，第 195、198、238 页。

者认为："德里达之所以如此详尽地分析马克思当年对幽灵的追逐，旨在说明：一、当年马克思用来追逐幽灵的办法正为今天许多人用来对付马克思的幽灵；二、当年马克思对幽灵的围剿并没有取得成功，今天对马克思的幽灵的围剿也不会成功。"[①]这样认识德里达对马克思的批评，当然是有一定道理的，但我们要从中汲取的历史经验，是怎样才能把理论批判与理论价值的关系处理得当。首先，不论是在马克思的时代，还是在今天，对施蒂纳的批判都是必要的。施蒂纳为了超越青年黑格尔派中施特劳斯和鲍威尔关于精神实体和自我意识谁是历史动力的争论，明确表示社会发展的动力，既不是精神实体，也不是自我意识，而是他所认为的只考虑自己利益和个人绝对自由的个体的自我。施蒂纳并没有超越那两位，而是把鲍威尔的思想推向了极端。马克思和恩格斯批评他说：施蒂纳的"全部活动只限于就他从哲学传统中承袭下来的思想世界玩弄一些陈旧不堪的诡辩的把戏，所以不言而喻，现实世界对他说来根本是不存在的"[②]。其次，德里达提出的"不应该过快地驱逐如此多的幽灵"的问题，倒是值得我们认真思考。这涉及一个关乎理论发展规律的问题。任何一种理论的发展，都不可能在完全否定或排斥与自己不同的理论体系的所谓纯洁的空间里进行。理论间的交锋之所以能够构成，是由于各自都有着自己存在的价值，没有一种理论愿意和没有价值的理论进行交锋。理论交锋的最

① 陈学明、马拥军：《走近马克思》，东方出版社2002年版，第45页。

② 《马克思恩格斯全集》第3卷，第341页。

终裁决，不是交锋双方中的任何一方，就人文社会科学来说，它是要由人类的历史社会实践来宣告的。面对重大的、关乎人类命运的问题，人类历史社会的实践往往需要一个相当长的历史时期来反复考量，在这个阶段里，交锋双方的理论的继续存在和发展都是必要的、是有利于历史社会实践的鉴别的。从这一点出发看德里达的批评，其寓意还是相当深刻的。再次，也许有人会说，德里达的批评是十足的知识分子情趣，而不是政治家的意志。这话说得也不无道理，但却暴露出了说者的政治功利与科学真理的某种不一致。我们注意到了这样的历史事实：面对强大的敌人、面对艰巨而又繁重的革命与建设的历史任务，领导革命和建设的政党，既要在计划的时间内赶超"敌人"，又要在革命理论上有自己的创造和发展。因此，它总希望自己的革命队伍，在思想上、精神上始终保持一致，并且能一以贯之地高扬战斗气概。这样，他就很自然地对理论和舆论能否保持纯洁、一致，处于高度敏感和警觉的状态。于是，攻乎异端，钳制舆论，不是"驱逐如此多的幽灵"，而是"消灭"如此多的幽灵。结果，政治家追求的短期效应，的确有某种实现，但却潜藏着巨大的危机，而且，所谓的理论上的创造与发展，也在潜藏危机爆发之日而烟消云散。马克思主义发展的历史教训已经证明，在马克思主义内部已经取得主导地位话语权的理论，如果"过快地驱逐如此多的幽灵"，便会在不经意中使自己的理论建设的价值取向走向片面，走向某种绝对化，甚至给革命和建设事业带来危害。联共（布）党对反对派及其理论的清洗与批判，中国在一个时期里对所谓的右派分子、右倾机会主义分子及其理论的彻底批判，最终都没有提高各自理论的价值，而是降低和削弱了自己理论的价值。这种教训值得人们深思。最后，我们一定要全面认识理论的批判和理论的价值的关系。在理论的交锋中批判对方是常有的事。实事求是地批判他人的观点与见解，有可能使自己理论的内容更加丰富和充实，同时也展示出自己理论的价值所在。但这并不意味着被批判的理论从此就没有了任何自己的价值，必须扫进历史的垃圾堆。马克思超越了、也严肃地批判了黑格尔和费尔巴哈的哲学，可后者并没有因此而失去自己的意义与价值。理论、学术、文学艺术，皆天下之公器，倘若没有黑格尔，没有费尔巴哈，哪儿来的马克思！他们三人和诸多的先贤圣哲们并立于绵延不绝的人类思想史的山峦上，闪耀着各自的光辉，展现着人类精神与思想发展的脉络和走向，少了谁才是正确的呢?！历史不喜欢绝对和极端。一种理论的价值之基础，不在于它批判了多少已有的理论或学说，而在于它的理论能否对时代所需要解决的问题，做出真正科学的回答，并由此而引导历史与社会的进步和发展。理论的批判是一种科学精神与力量的显示，是对真理的发现、再发现，符号化和再符号化，不是权力的扩张，更不是对一种理论或学说的歼灭。理论的批判，永远呼唤的是对真理的敬畏，对理论主体间对话平等性的尊重，对理论创新的张扬，对新的理论价值的期待，而不是为在理论或学术界树立霸主，营构霸气，维护“只此一家，别无分店”的独霸局面。一种理论如果凭借着理论外的力量的支撑而尽力自我神圣化，至高无上化，把本来是理论与学术发展的正常交锋，简单化地一律视为阶级斗争，并运用一方吃掉另一方的所谓“综合”手段，实现理论与学术上的价值一元独尊，历史最终是会让它自省的。我们由德里达的批评所引发出这几方面的分析，虽然从表面上看离开了文学理论的价值研究，但实际上这几方面的分析，也包括对马克思主义文学理论发展中所同样存在的问题的一种认真思考，起码对我们认识怎样才能获得理论的真正价值有所启示。

二、马克思主义文学理论建设时期的价值取向及其实践意义

马克思、恩格斯去世后，无产阶级革命运动的中心向东方转移。随着列宁和布尔什维克党所领导的俄国十月社会主义革命与毛泽东和中国共产党所领导的新民主主义革命的胜利，马克思主义成为这些国家执政党的指导思想，也成为国家从事政治、经济和文化建设的行动指南。这是一个翻天覆地的变化。新的历史境遇把马克思主义推进到崭新的建设时期。从这个时期社会主义已经走过的和将要走的道路来看，真可谓曲折复杂、艰难漫长。二次世界大战之前，社会主义苏联处于资本主义世界的包围之中。战后虽然有了一个社会主义阵营，整个世界却进入了“冷战时期”。20 世纪 60 年代，中、苏论战开始，社会主义阵营名存实亡；80 年代末 90 年代初，苏联、东欧剧变，“冷战时期”的结束几乎是与国际社会主义运动的低潮同步到来。之后，就是由发达资本主义国家的跨国公司所直接推动的经济全球化时代。现在，世界上坚持以马克思主义作为指导思想的国家已经不多。时代的反复和变化，却没有阻止马克思主义的发展。中国已进行了 30 年的改革开放事业，取得了举世公认的辉煌成就，马克思主义及其文学理论，依然在自己的建设

时期向前迈进。就目前看，马克思主义文学理论的建设时期有这样几个阶段：以列宁、毛泽东为代表的“党的文学”时期，以邓小平为代表的“人民的文学”[①]时期和准备走向“世界的文学”时期。在这后一个时期里，随着时代的发展还可以分为几个不同的阶段，社会主义国家的文学理论与西方马克思主义的文学理论，在一个全新的层面上综合，很可能就在这个时期里实现。

（一）以列宁、毛泽东为代表的“党的文学”时期

列宁、毛泽东时代是社会主义革命在生产力不发达国家取得胜利的时代。当时，摆在无产阶级政党面前的中心任务，是在资本主义一统的天下里，克服重重困难，千方百计地战胜国内外一切敌人，夺取政权、巩固政权，建设新的社会主义国家。面对这样的历史任务和无比艰难的实际条件，列宁和毛泽东很自然地要特别强调革命的功利主义，把文艺作为无产阶级政党的一种战斗武器，用以“团结人民、教育人民、打击敌人、消灭敌人”。[②]现在看来，他们对马克思主义文学理论的发展，集中体现在文艺与人民、文艺与革命（包括文艺与无产阶级政党、文艺与无产阶级政治）和文艺与社会主义文化等重大问题的论述上，至于文艺怎样才能更好地以艺术的方式掌握世界，他们虽然从文艺应该为无产阶级的政治服务好的角度出发，提出了自己的具体要求，但他们对这一问题的基本态度，是“政治标

---

① 我们做出这样的阶段性划分，旨在突出这两个阶段的主要特征，而不是把“党”和“人民”有意识的对立起来。

② 《毛泽东论文艺》，人民文学出版社 1983 年版，第 47 页。

准第一，艺术标准第二”。

对文艺与人民的关系问题，马克思和恩格斯在他们那个时代就极为关注，只是由于当时的文艺作品主要是供资产阶级圈子里的读者阅读的，所以他们仅仅提出了如何在现实主义的文艺领域里为工人阶级争得一席地位的主张。是列宁旗帜鲜明地提出了“艺术是属于人民的”[①]，文艺应当“为千千万万劳动人民”[②]服务的命题。是毛泽东坚定地把这一命题具体化为“文艺为工农兵服务”，并以此为革命文艺的基本价值和方向。为了将这一方向贯彻到底，毛泽东还相应地提出人民生活是“一切文学艺术的取之不尽、用之不竭的唯一的源泉”[③]的观点，要求对工农大众的思想感情并不熟悉的文艺工作者，投入到工农兵火热的斗争生活中去，让自己工农化。不论是在俄罗斯，还是在中国，文艺在无产阶级政党指引下与人民大众相结合，在无产阶级夺取和巩固政权的年代里，最充分地发挥了文艺的战斗作用，并为无产阶级革命文艺的发展积累了宝贵经验。于是，“艺术是属于人民的”，便成为马克思主义者的理性审判台，一切文学艺术的进步与否，都将经过它的审定。马克思主义文学理论与非马克思主义文学理论的基本界限，也就由这一命题的确立而泾渭分明。

文艺与革命的关系问题，由于历史并没有为马克思和恩格

① 〔德〕蔡特金：《回忆列宁》，《列宁论文学与艺术》（二），人民文学出版社1960年版，第912页。

② 《列宁选集》第1卷，人民出版社1995年版，第666页。

③ 《毛泽东论文艺》，第58页。

斯提供直接领导无产阶级革命的机遇，他们显然对这一重要问题言说得不多，但就这一问题所包含的文艺与无产阶级政党的关系来看，他们还是有所涉及。恩格斯在《致斐·拉萨尔》中非常坦诚地说道："您看，我是从美学观点和史学观点，以非常高的、即最高标准来衡量您的作品的，而且我必须这样做才能提出一些反对意见……几年来，在我们中间，为了党本身的利益，批评必然是尽可能坦率的；此外，每出现一个新的例证，证明我们的党不论在什么领域中出现，它总是显出自己的优越性时，这始终使我和我们大家感到高兴。而您这次也提供了这个例证……"①。恩格斯这段话显然有一个潜在的前提，即党员的文艺创作活动，已经不仅仅是个人的事业了，它与党所担负的历史使命和党在社会上的影响有着密切的关系。正是从这一点出发，恩格斯对拉萨尔的剧本《弗兰茨·冯·济金根》的批评，采用了最高标准，而且认为必须坦率提出一些反对意见。这是"为了党本身的利益"，为了再一次地显示党的先进性、优越性。可以这样说，恩格斯对拉萨尔讲的这些原则，为列宁、毛泽东论述文艺与革命、与党、与无产阶级政治的关系奠定了基础。列宁认为，俄国的十月社会主义革命"正在解放那向来被束缚的一切力量，正在把它们从生活的深处推到表面上来。……在一个以私有财产为基础的社会里，艺术家为市场而生产商品，他需要买主。我们的革命已经把艺术家们从这一最无聊的事态的压迫下解放出来了。革命已使苏维埃国家成为艺

① 《马克思恩格斯选集》第4卷，人民出版社1995年版，第561页。

术家的保护人和订购者。每一个艺术家和每一个自己想做艺术家的人，都有权利按照他的理想独立自主地来自由创作”①。但是，这并不意味着无产阶级“要有非阶级的文学和艺术（这只有在社会主义的没有阶级的社会中才有可能），而是为了要用真正自由的、公开同无产阶级相联系的写作，去对抗伪装自由的、事实上同资产阶级相联系的写作”②。为此，列宁明确地提出了“党的出版物的原则”，即“对于社会主义无产阶级，写作事业不能是个人或集团的赚钱工具，而且根本不能是与无产阶级总的事业无关的个人的事业。……写作事业应当成为整个无产阶级事业的一部分，成为由整个工人阶级的整个觉悟的先锋队所开动的一部巨大的社会民主主义机器的‘齿轮和螺丝钉’。写作事业应当成为社会民主党有组织的、有计划的、统一的党的工作的一个组成部分”③。在列宁奠定的理论基础上，毛泽东公开申明“世界上没有什么超功利主义，在阶级社会里，不是这一阶级的功利主义，就是那一阶级的功利主义。我们是无产阶级的革命的功利主义者”④。基于这样的出发点，毛泽东断然指出，“为艺术的艺术，超阶级的艺术，和政治并行或相互独立的艺术实际上是不存在的”⑤。文艺必须接受党的领导，而“党的文艺工作，在党的整个革命工作中的位置，是确定了的，摆好

① 蔡特金：《回忆列宁》，《列宁论文学与艺术》（二），人民文学出版社 1960 年版，第 911 页。

② 《列宁选集》第 1 卷，第 666 页。

③ 同上书，第 663 页。

④ 《毛泽东论文艺》，第 62 页。

⑤ 同上书，第 63 页。

了的；是服从党在一定革命时期内所规定的革命任务的”[①]。因此，作家的创作活动首先要解决的一个问题就是“立场问题”，必须“站在无产阶级的和人民大众的立场。对于共产党员来说，也就是要站在党的立场，站在党性和党的政策的立场”[②]。列宁和毛泽东关于文艺与革命的关系问题的论述，的确是史无前例的。在无产阶级夺取和巩固政权的特定历史时期内，俄国的布尔什维克党和中国共产党正是在这一理论的指导下，从无到有地组建并壮大了自己的革命文化队伍，以文艺为武器，为无产阶级政党领导的两国人民的革命事业做出了应有的贡献，这是不可否认的历史事实。

文艺与社会主义文化问题，也是当年马克思和恩格斯认真思考过的问题。他们认为，只有在彻底摆脱了私有制观念的一切束缚的共产主义社会，全面发展的人不仅能创造出标志着高度发展水平的科学文化，而且还能创造出极为丰富多彩和瑰丽烂漫的文学艺术。他们谈到文化，一个至关重要的着眼点，就是看人及其生存状态。在共产主义社会，是全面发展了的人在创造人类美好的新文化；在资本主义社会，一切发现和进步，似乎结果是使物质力量具有理智生命，而人的生命则化为愚钝的物质力量。于是就出现了资本主义社会的反文化现象：不从属于资本的创造性劳动者，是非生产劳动者。“弥尔顿出于同春蚕吐丝一样的必要而创作《失乐园》。那是他的天性的能动表

① 《毛泽东论文艺》，第63页。

② 同上书，第47页。

现。后来，他把作品卖了5镑。但是，在书商指示下编写书籍的莱比锡的一位无产者作家却是生产劳动者，因为他的产品从一开始就从属于资本，只是为了增加资本的价值才完成的"①。马克思把弥尔顿的天性的能动表现视为创造性的、无私劳动的象征，既揭示了资本主义文化的畸形状态，又启示人们，建设社会主义文化最根本的一点，就是要为弥尔顿式的活动开辟道路。列宁和毛泽东直接面对的，是在错综复杂的国际、国内斗争的环境中，怎样建设崭新的社会主义的文化问题，他们虽然注意到了马克思关于文化的一系列论述，但现实最紧迫的需要却要求他们首先要为无产阶级及其政党，确立一个适合本国国情的、具有指导意义的文化纲领。列宁在《论无产阶级文化》中坚定地要求苏维埃工农共和国的文化事业，"都必须贯彻无产阶级斗争精神，以便顺利地实现无产阶级专政的目的"②。为此，文化事业必须置于马克思主义世界观的指导之下，"因为它并没有抛弃资产阶级时代最宝贵的成就，相反地却吸收和改造了两千多年来人类思想和文化发展中一切有价值的东西。只有在这个基础上，按照这个方向，在无产阶级专政（这是无产阶级反对一切剥削的最后一次斗争）的实际经验的鼓舞下继续进行工作，才能认为是发展真正无产阶级的文化"③。毛泽东沿着列宁确立的无产阶级文化纲领的思路，结合中国革命斗争的实际，提出了新民主主义的文化纲领。他比列宁更明确地在理论

① 《马克思恩格斯全集》第26卷，第1册，第432页。

② 《列宁论文学与艺术》（二），第611页。

③ 同上书，第612页。

上提出“一定的文化是一定社会的政治和经济在观念形态上的反映”[①]这一命题，并据此分析了当时中国社会的文化现状及其发展趋势，认为新民主主义的文化“就是无产阶级领导的人民大众的反帝反封建的文化”[②]，“就是民族的科学的大众的文化”，“就是中华民族的新文化”[③]。正像马克思以弥尔顿为创造性的、无私劳动的象征，来揭示从事新文化创造者所应具有的品格一样，毛泽东为中国的文化人树立了鲁迅这一楷模，指出“鲁迅，就是这个文化新军的最伟大和最英勇的旗手。鲁迅是中国文化革命的主将，他不但是伟大的文学家，而且是伟大的思想家和伟大的革命家。鲁迅的骨头是最硬的，他没有丝毫的奴颜和媚骨，这是殖民地半殖民地人民最可宝贵的性格。鲁迅是在文化战线上，代表全民族的大多数，向着敌人冲锋陷阵的最正确、最勇敢、最坚决、最忠实、最热忱的空前的民族英雄。鲁迅的方向，就是中华民族新文化的方向。”[④] 毛泽东全面肯定鲁迅的文化价值，寓意是深刻的，不仅有把新民主主义文化建成的决心，更有面对强大的、世界性的资本主义文化，倡导中国的文化人理应发挥鲁迅的硬骨头精神，以民族的科学的大众的文化抗衡资本主义文化的意味。中华人民共和国成立后，毛泽东提出了著名的“双百方针”：“百花齐放、百家争鸣”，他说这“是促进艺术发展和科学进步的方针，是促进我国的社会

① 《毛泽东论文艺》，第9页。
② 同上书，第13页。
③ 同上书，第22页。
④ 同上书，第12页。

主义文化繁荣的方针"[①]。"对于科学上、艺术上的是非，应当保持慎重的态度，提倡自由讨论，不要轻率地作结论。我们认为，采取这种态度可以帮助科学和艺术得到比较顺利的发展"[②]。从以上的概述中，我们可以觉察出，列宁和毛泽东是把文学艺术作为文化的重要组成部分看待的，他们主要着眼于文化整体的普遍性，而不是将文艺作为文化的一种结构性因素，从促进文艺（部分）的发展而使文化（整体）得到繁荣，即不是从文化内部的构成因素彼此相互作用的角度，来论述二者的关系的。这样，无产阶级关于文化的纲领，实际上也就是文艺的纲领。这既是一种宏观的理论视界，又是无产阶级政党指导政府行政行为的实践准则。

列宁对托尔斯泰的评价，最充分地体现了这一时代马克思主义文学理论的基本特征。列夫·托尔斯泰是批判现实主义的一位杰出的代表作家，在文学史上占有重要的地位。列宁对他的评价，主要是从当时俄国革命斗争的需要出发，运用唯物主义的反映论，对其进行政治文化的批评，目的在于启示无产阶级正确地认识托尔斯泰这一文化现象。因此，列宁并没有将其批评的重点放在对托尔斯泰文学文本的意义解析上，而是把作家的文学的与非文学的文本、学说，作家的文化人格、文化心态及其赖以产生的社会历史文化条件和相应的人文现象联系在一起，作总体性的剖析。这种批评，视野宏阔，思想犀利，政

---

① 《毛泽东论文艺》，第89页。

② 同上书，第90页。

治目的鲜明，文化阐释深刻，既有深邃的历史感，又有强烈的现实性，并直接促进了革命、文化、文学事业朝着无产阶级政党所需要的方向发展。

总之，列宁、毛泽东在无产阶级夺取和巩固政权，开始创建社会主义新文化的时代，建构起了以服务于革命需要为核心价值的文学理论。这一理论高扬在无产阶级政党领导下的革命的建设精神和批判精神，既有对革命的文艺创作、文艺运动和文艺批评的概括和总结，又有对人类创造的丰富的文化、文艺经验的借鉴和继承，也有对腐朽的剥削阶级的文化、文艺思想和作品的批判与否定。这是人类走向理想社会这一漫长历史中一块重要的文化、文艺的里程碑。

当然，我们也应该清醒地意识到，在以列宁、毛泽东为代表的“党的文学”时期，把党作为绝对的价值主体，在文学理论的价值取向上是有值得我们吸取的深刻教训的。列宁—斯大林—毛泽东时代，是一个“以阶级斗争为纲”的时代。如果说，无产阶级在夺取政权前后，为了夺取和巩固自己的政权，把阶级斗争作为党的基本活动方式，把取得阶级斗争的胜利视为自己所要完成的中心任务，是有必要的。那么，在国家进入全面建设阶段，无视革命与建设两个不同时期的区别，无视革命党与执政党的区别，不去建设和完善社会主义的民主制度，不去对革命政党所存在的诸多不利于自身进一步健康发展的非社会主义因素，在深刻的精神革新中加以荡涤，而是继续大搞阶级斗争，甚至把阶级斗争扩大化，那就不能不在政治上犯严重错误。而且这种错误由于党所创建的“社会主义制度”本身的弊端，不仅很难及时地予以纠正，反而会助错成势，扩大蔓延，造成极其严重的历史性后果。今天，当我们重新回顾这一历史时期的马克思主义文学理论的发展状态时，由于看到了当时的冷战状态所造成的、不得不在国内强化阶级斗争的局面，对不得不在意识形态领域采取某些非正常手段，来巩固党在理论思想阵地上的领导地位的做法，在思想和情感上始终有一种排斥不掉的“能够理解”与“实在难免”的心绪，但是，从严格的科学态度出发，我们还是清醒地注意到了以下一些问题：

第一，关于价值依据。列宁有一个基本观念：“群众是划分阶级的……在大多数情况下，至少在现代的文明国家内，阶级通常是由政党来领导的；政党通常是由比较稳固的集团来主持的，而这个集团是由最有威信、最有影响、最有经验、被选出担任最重要职务而称为领袖的人们组成的。”由于“战胜强大而集中的资产阶级，要比‘战胜’千百万小业主容易千百倍。而这些小业主用他们日常的、琐碎的、看不见摸不着的腐化活动制造着为资产阶级所需要的，使资产阶级得以复辟的恶果。”因此，在“无产阶级政党的内部需要实行极严格的集中制和极严格的纪律，才能抵制这种恶劣影响，才能使无产阶级正确地、有效地、胜利地发挥自己的组织作用（这是它的主要作用）。”①列宁的这个基本观念，由于当时阶级斗争的复杂性和艰巨性，得以在实际的运作上更加严格地执行，一切权力高度地集中在党的领袖手里。

---

① 《马克思主义经典作家论历史科学》，人民出版社1964年版，第156、159页。

党与自己的领袖的一体化，甚至在更多的情况下，作为党的“伟大舵手”的领袖还要凌驾于党之上，使得领袖的思想和言论成为国家与社会最高的、也是最终的价值依据。列宁关于党的领袖的这一观念，由于有着权力的支撑与严密的制度控制，便可作为意识形态国家机器发挥作用，不仅可以扩大再生产制度所需要的生产关系，并且能够把人“召唤”为自己所需要的主体。这种机制往复循环地发挥作用的结果，就是把党及其领袖置于至高无上和没有任何监督的地位。其实，党的领袖也是人，即使他再伟大，也不能排除他会犯错误、甚至犯严重的错误的可能性，这种机制恰恰在这一方面无能为力。在这种大的政治历史背景下，原本具有某些合理性的观念和理论，诸如“写作事业应当成为社会民主党有组织的、有计划的、统一的党的工作的一个组成部分”；“党的文艺工作，在党的整个革命工作中的位置，是确定了的，摆好了的；是服从党在一定革命时期内所规定的革命任务的”，都被绝对化了。这种绝对化的后果，就是否认文学艺术和文学理论的相对独立性，不承认文学活动的主体具有价值主体的资格和地位。也就是说，文学艺术和文学理论没有自身的价值依据，只有党所赋予的工具价值依据，它们本身的价值依据，基本上已经被消解，并被服从党的革命任务取而代之了。一旦把具有某些合理性的观念与理论，绝对化到真理的对立面，规律本身就会摧毁它。当中国的“无产阶级文化大革命”，疯狂到把原本都是党赞扬和肯定过的文学艺术作品，统统斥之为“反革命修正主义的文学艺术”的时候，把一大批曾经具有革命文艺工作者称号的文学艺术家们，统统打成“修正主义黑作家”的时候，人们再也不能不怀疑、不能不思考，这样的价值取向所赖以存在、并得到支持与发展的那个依据的真理性了。从大量的历史教训中，从平反了的大量冤假错案中，从一些作品的重新出版中，人们强烈地意识到文学艺术和文学理论，不仅有着相对的独立性，而且有着自己的价值取向的依据，即对人的心灵和命运的矢志不移的关怀，对人性不断趋向和谐与完美的真诚呼唤。这实际上也就是要把人文价值与在一定程度上是合理的工具价值，在有利于社会的发展和人自身的进步的前提下统一起来，从而作为文学艺术和文学理论的价值依据。

第二，关于价值的追求。执政党的行为都是有着明确的价值追求的，作为党的文学艺术的价值追求必然要反映在党的文学理论上。“党的文学”时期，在文学理论上有两个重大问题的论争值得人们关注。一个是关于社会主义现实主义定义的论争，另一个是关于“百花齐放，百家争鸣”的讨论。

1934 年 8 月“全苏第一次作家代表大会”上通过了“苏联作家协会章程”，在这个章程里明确规定了社会主义的现实主义的定义：“社会主义的现实主义，作为苏联文学与苏联文学批评的基本方法，要求艺术家从现实的革命发展中真实地、历史地和具体地去描写现实。同时艺术描写的真实性和历史具体性必须与用社会主义精神从思想上改造和教育劳动人民的任务结合起来。”① 这个关于社会主义的现实主义的定义，被以高尔基为

① 《苏联文学艺术问题》，人民文学出版社 1959 年版，第 25 页。

代表的苏联作家们所接受后，很快便在苏联的文学理论教科书中得到反映，并占据了非常重要的地位。毛泽东在延安文艺座谈会上的讲话中，也明确表示赞同社会主义的现实主义。新中国成立后，社会主义的现实主义同样也是中国作家所恪守的创作与批评的方法，在文学理论教学中同样占据着重要的位置。日丹诺夫在说明社会主义的现实主义时，特别指出：社会主义的现实主义"不是琐碎地、不是死板地、不是简单地描写'客观的现实'，而是要从其革命发展中描写现实"。又说，社会主义的现实主义是以"下面一点为前提的：革命的浪漫主义应当作为一个组成部分列入文学的创作里去，因为我们党的全部生活、工人阶级的全部生活及其斗争，就在于把最严肃的、最冷静的实际工作跟最伟大的英雄气概和雄伟的远景结合起来。我们党之所以始终是强有力的，就是因为它过去和现在都把加倍的实事求是精神和实际性，去跟辽阔的远景、不断前进的志向、为建设共产主义社会的斗争经验结合起来。苏联文学应当善于表现出我们的英雄，应当善于展望到我们的明天。这并不是乌托邦，因为我们的明天已经在今天被有计划的自觉的工作准备好了。"[①] 从日丹诺夫的解释中，人们能够意识到，苏共之所以要提出社会主义的现实主义创作与批评的方法，就是由于被精心构想的这一方法中，包含着它们对文学事业的最大化的价值追求，把文学重构为自己的得心应手的工具：让苏联作家能够

---

① 〔苏〕日丹诺夫：《论文学和艺术》，人民文学出版社1962年版，第9、10、11页。

创作出全面肯定社会主义现实及其伟大理想的文学作品，并通过这些来持续不断地激励人们对布尔什维克党与共产主义的信念和乐观主义。今天看来，对运用社会主义的现实主义创作方法创作出的作品，仍然不能简单地一概否定，它们自有其存在的价值和意义。但是，不可否认，这个创作方法也的确导致了苏联文学对现实批判精神的削弱和无冲突论思潮的泛滥，并且对“个人迷信”的滋生与发展起了推波助澜的作用。苏联文学界的不满情绪在增长。斯大林去世后，苏联作家 K. 西蒙诺夫于 1954 年发表了他的著名论文《苏联散文发展的几个问题》，尖锐地提出了对社会主义的现实主义创作方法的批评。他认为，那个定义的前一部分——社会主义的现实主义，作为苏联文学与苏联文学批评的基本方法，要求艺术家从现实的革命发展中真实地、历史地和具体地去描写现实——“是完全正确的，经得起时间的考验，并且表达出我们的社会向文学作品提出的最主要的要求的实质。”不必要的或者说是错误的，是定义的后一部分——同时艺术描写的真实性和历史具体性必须与用社会主义精神从思想上改造和教育劳动人民的任务结合起来。他说，“这个本意是想作明确规定的第二句是不确切的，甚至反而容许有歪曲原意的可能。它可能被了解为一种附带条件：是的，社会主义现实主义要求艺术家真实地描写现实，但是‘同时’这种描写必须与用社会主义精神从思想上改造人民的任务结合起来；那就是说，好像真实性和历史具体性能够与这个任务结合，也能够不结合；换句话说，并不是任何的真实性和任何的历史具体性都能够为这个目标服务的。对这条定义的这种任意解读，在战后时期在我们一部分作家和批评家的作品里特别经常地发生，他们借口现实要从发展的趋向来表现，力图'改善'现实。"[①] 西蒙诺夫指出的那种在自己作品中"力图'改善'现实"的现象，其实未必就是定义"不确切"所必然导致的结果的一种证明，它原本就是定义所包含的应有之意。

无独有偶，像日丹诺夫那样理解革命浪漫主义与社会主义现实主义关系的，在毛泽东提出"两结合的创作方法"——革命的现实主义与革命的浪漫主义相结合——之后的中国，也是极其普遍的。翻开"大跃进形势下的一个产物"，"最真切、最生动地反映""我国劳动人民在1958年以排山倒海之势在各个战线上做出了惊人的奇迹"[②]的《红旗歌谣》，读一读"天上没有玉皇，地上没有龙王，我就是玉皇！我就是龙王！喝令三山五岳开道，我来了！"[③] 我们依然能够感受到那种"把加倍的实事求是精神和实际性，去跟辽阔的远景、不断前进的志向、为建设共产主义社会的斗争结合起来"后所产生的"气势"的空泛与虚假、苍白和无力。

在社会主义的现实主义旗号下，之所以会出现"力图'改善'现实"的创作倾向，会出现无生命力的"排山倒海"之势，就是由于这一创作方法和批评方法本身所具有的狭隘性及其不可避免地带来的对理想不切实际的那种虚妄性。1932年的10月26日，斯大林在高尔基的寓所讲了他对社会主义现实主

① 《苏联人民的文学》上册，人民文学出版社1955年版，第83—84页。
② 《红旗歌谣·编者的话》，红旗杂志社1959年版，第1页。
③ 《红旗歌谣》，第172页。

义的理解，他说如果艺术家"真实地表现我们的生活，那么他在生活中就不能不看到，不能不表现使生活走向社会主义的东西。这就是社会主义的艺术。这就是社会主义现实主义"。[①] 看来，社会主义现实主义的关键，就是要"表现使生活走向社会主义的东西"。在当时的苏联，"使生活走向社会主义的东西"，就是苏共领导的社会主义革命和社会主义建设事业（这已经把文学艺术的表现对象大大地缩小了）。而表现这样的东西，又必须"从现实的革命发展中"来表现，即不仅"斗争应该被表现为走向社会主义的前进运动"，而且，这种表现还必须是"同悲观、阴沉、绝望、消极、厌世主义、神秘主义、虚无主义、宿命论等等是完全绝缘的。"[②] 如此这般的价值追求，怎能不使文学艺术走向狭隘和虚妄！又怎能不让文学理论陷入教条主义的泥淖！

我们不能不记住历史的教训。由于未能正确认识和深刻理解马克思和恩格斯在《共产党宣言》所论述的人类历史的进程，没有正确的"先锋党"的建党原则，又要急切地在意识形态领域里战胜资产阶级，要创造出全新的、优越于资产阶级文学的社会主义的文学，要不断维护和巩固党在人民群众中的崇高威望，并使人民具备所谓社会主义的精神状态，这一切导致认识上的片面性、政策上的极端性和功利上的紧迫性。正是这些违背马克思主义的东西的作祟，才使社会主义的现实主义这一价

---

① 苏联科学院哲学研究所、艺术史研究所：《马克思列宁主义美学原理》下册，三联书店 1962 年版，第 698 页。

② 姚文元：《论文学上的修正主义》，新文艺出版社 1958 年版，第 86 页。

值追求，失去了它本来所应具有的准则，致使其没有可能为社会主义的文学艺术带来更加广阔的、健康的发展空间和真正鼓舞人的前景。

“百花齐放，百家争鸣”是中国共产党指导我国科学技术和文学艺术发展，促进社会主义科学文化事业繁荣的重要方针[①]。这个方针倡导不同的形式和风格艺术可以自由发展，不应强制推行某种风格，禁止另一种风格；科学上的不同学派可以自由讨论，不能强制推行某一学派，禁止另一学派；艺术和科学中的是非问题，应当通过艺术界、科学界的自由讨论去解决，通过艺术和科学的实践去解决，而不应采取简单粗暴的方法去解决；为了对正确的东西和错误的东西做出判断，需要接受时间的检验，要保持慎重的态度，不应轻率地做出结论。一句话，这个方针是要发扬社会主义的艺术民主和科学民主的，是要让人们的思想更加活跃，让科学和文化的各个部门能够有独立思考、自由讨论、创作自由和批评与反批评自由的生气勃勃的景象的。这也可以说是党管理科学和艺术的一种价值追求。

这样的价值追求是有利于社会的发展和人自身的进步的，也是有利于巩固中国共产党的执政地位的。但是，几乎与这一方针同步到来的 1957 年的“反右斗争”，却从根本上抛弃了这

① 中共中央在讨论毛泽东于 1956 年 4 月 25 日所作《论十大关系》讲话内容的过程中，决定把“百花齐放，百家争鸣”作为指导科学文化工作的重要方针。1957 年 2 月，毛泽东在《关于正确处理人民内部矛盾问题》一文中，对“双百方针”作了不同于以前的阐述。

样的价值追求。毛泽东试图通过这一方针的贯彻、执行，来解决“社会主义和资本主义之间谁胜谁负的问题”[①]，于是，一方面是广大的文艺工作者和科学技术人员，从对“双百方针”内容的质朴理解，来指导自己的思想和行为，认为自由、民主的文艺创作、科学研究的机遇到来了，真诚地“放百花”、“鸣百家”；另一方面，作为无产阶级“一家”的，由于内定的目的性异乎寻常的明确，便非常警觉地注视着那些自以为自由、民主的机遇已经到来的资产阶级的另“一家”，是怎样按照自己的世界观改造世界的。斗争显然是不可避免的。正像毛泽东所说：“资产阶级、小资产阶级，他们的思想意识是一定要反映出来的。一定要在政治问题和思想问题上，用各种办法顽强地表现他们自己。”[②]

严格说来，“双百方针”只是执政党管理科学、文化的一种政策，并不是文学理论这一学科本身的问题，但是，“反右斗争”结束后，文学理论却必须把它作为一个重要的专题置于显赫的位置。当时普遍宣传的是“双百方针”所提出的“六条标准”[③]，即对《在延安文艺座谈会上的讲话》所提出的“政治标

① 《毛泽东论文艺》，第94页。

② 同上书，第97页。

③ 即“有利于团结全国各族人民，而不是分裂人民；有利于社会主义改造和社会主义建设，而不是不利于社会主义改造和社会主义建设；有利于巩固人民民主专政，而不是破坏或者削弱这个专政；有利于巩固民主集中制，而不是破坏或者削弱这个制度；有利于巩固共产党的领导，而不是摆脱或者削弱这种领导；有利于社会主义的国际团结和全世界爱好和平人民的国际团结，而不是有损于这些团结。”《毛泽东论文艺》，第98页。

准第一，艺术标准第二”的创造性发展。把六项纯粹的政治标准直接用来作为文学批评的标准，尽管没有明言勾销艺术标准第二，实际上人们在评价文学作品时已经不再考虑艺术性的问题了。而诸如像六项标准中的“有利于”、“不利于”、“破坏”、“削弱”等等至关重要的、关乎作家、作品命运的词语的实际内涵，弹性很大，极其模糊，文学艺术工作者根本无法掌握它，无法把它感性化到其艺术构思和形象描写中。结果，关于文学作品的定论，只能属于相关的各级领导，广大的文艺工作者是无权置喙的。在这样的情况下，文学理论和文学批评的价值追求，只能是按照“长官意志”去肯定或者批判。“党的文学”也并没有因此得到发展和繁荣，而是随着想彻底解决“谁胜谁负”问题的阶级斗争的不断升级和恶性扩张，凋零到仅仅剩下了八个所谓的“样板戏”。这是“党的文学”时期文学理论在价值追求方面最沉痛的教训。

第三，关于价值捍卫。坚持“以阶级斗争为纲”的“党的文学”时期，在中国有一个非常突出的现象，那就是为了捍卫党在意识形态领域里的绝对领导权，为了从世界观上彻底改造资产阶级的知识分子，为了尽快地培养出无产阶级自己的知识分子队伍，确保马列主义和毛泽东思想作为指导思想的理论基础的地位，而在全国范围内开展了一系列的思想批判运动。在这一系列的运动中，文学理论以“大批判”的形式，为捍卫自己所坚守的价值，而对所谓的“异端”价值（思想）进行了“最深刻”的揭露与批判，党在文艺领域里充分发挥了“哨兵”

的战斗作用。在诸多的运动①中，具有典型意义的是对胡风文艺思想的批判。胡风的文艺思想确实在不少方面与毛泽东的文艺思想不同，他不认为“作家要从事创作实践，非得首先具有完美无缺的共产主义世界观不可”，也不相信没有共产主义世界观的作家，就“不可能望见和这个‘世界观’‘一元化’的社会主义现实主义的创作方法的影子”；他认为“哪里有生活，哪里就有斗争”。“只有工农兵的生活才算生活；日常的生活不是生活，可以不要立场或少一点立场，这就把生活肢解了，使工农兵的生活成了真空管子，使作家到工农兵生活里之前逐渐麻痹了感受机能，因而使作家不敢也不必把过去和现在的生活当做生活，因而就不能理解不能吸收任何生活，尤其是工农兵生活”；他怀疑“只有思想改造了才能创作，这就使作家脱离了实践，脱离了劳动，无法使现实走进自己的内部，一天一天干枯下去，衰败下去，使思想改造成了一句空话或反话”；他不承认“题材有重要与否之分”，并指责“所谓‘重要题材’，又一定得是光明的东西。革命胜利了，不能有新旧斗争，更不能死人，即使胜利以前死的人和新旧斗争。革命胜利了不能有落后和黑暗，即使经过斗争克服了的落后和黑暗，等等。这就使作家什么也不敢写，写了的当然是通体光明的，也就是通体虚伪的东西。取消了尚待克服的落后和黑暗也就是取消了正在前进的光

① 如对电影《武训传》的批判，对俞平伯《红楼梦研究》的批判，对胡风文艺思想的批判，对胡适思想的全面批判，对右派分子文艺思想的批判，美学领域关于美的本质问题的争论与批判，文艺领域关于“写中间人物”的争论与批判，“文化大革命”中对“反革命修正主义文艺黑线”的批判，等等。

明，使作家完全脱离政治，脱离人民为止。”[①] 胡风的这些基本观点，尽管与相应的毛泽东文艺思想的命题不同，但不论从政治上，还是从艺术上，长远（大历史眼光）看来，与党所坚持的毛泽东文艺思想的根本价值并不是完全对立的，然而，残酷的批判和斗争还是发生了，这种历史性的悲剧不能不让人们追思这样的问题：

在思想理论上捍卫一种价值观念，是否就一定要把表达其他价值观念的思想理论予以干净、彻底地消灭？在一个时期里，我们坚定地认为正确的东西总是在同错误的东西作斗争的过程中发展起来的，由此我们想象的理论斗争的路径就是：正确的一定要取代错误的，错误的一定要被人们所抛弃，然后人们又在新的层面上进行正确与错误的斗争。从人文学科的理论、学说的发展史看，这样的路径是不切实际的。大凡一种理论、学说的价值，只要曾经被人们有所认可，新的理论、学说的发展也只能是对它进行必要的科学的“扬弃”，而不是抛弃或消灭。更何况理论、学说间的这种斗争，在正常的研讨对话中，是极富有挑战性的，它会激发出双方超强的创造欲望，致使它本身成为一个极其复杂的过程。在斗争中，彼此的变化、相互间的吸纳，以及在此基础上的各自发展，都不是人们在一个比较短的时间里所可料定的。不同理论、学说间的这种以正常研讨对话的形式所显示的“斗争”，是它们本身得以发展的不可缺少的机制，这样的机制是由价值多元的理论、学说所构成的。既然

① 胡风的观点均引自《胡风集体冤案始末》，人民日报出版社 1989 年版。

理论、学说的发展需要这样的机制，而这样的机制又必须由多元的理论、学说所构成，那当然就不能为了捍卫一种思想理论上的价值观念，便把表达其他价值观念的思想理论予以消灭，否则，那就只能堵死自己思想理论发展的路子。我们曾经响亮地提出了“兴无（无产阶级的思想）灭资（资产阶级的思想）”的口号，但是，实践证明，资产阶级的思想并没有被灭掉，而无产阶级的思想也未见得就“兴”好了。无产阶级的思想虽然和资产阶级的思想是对立的，二者相比较而存在，相斗争而发展，但发展的过程和最终的结果到底是一种什么状态，只要认真地思考一下全球化时代不同文化间的关系，我们起码不能在现时代简单地用“兴”、“灭”来描述它二者的关系。从某种角度讲，正是由于我们在“党的文学”时期，有了“灭”对方的强烈的意识和愿望，才导致了一系列扼杀民主的“思想斗争”。在失去民主的氛围里，在不允许被批判者于一种安静的、平等的、能够充分说明自己理论，并坦诚地进行对话的境遇中，胡风的思想理论以本人的几次检讨表示它的被消灭，而我们所捍卫的理论的价值却也因此而悄然地贬值——在意识形态全面专政的胜利欢呼中，我们的文学理论家们再也不敢越雷池一步，开始向教条主义的绝路上走去！

（二）以邓小平为代表的“人民的文学”时期

马克思主义文学理论突破性的发展，是在中国的改革开放时期。

邓小平是中国共产党处于重大转折时期的卓越领导人，他的睿智和果决，在于他站在时代的前沿，高瞻远瞩，不仅看到了社会主义国家所取得的成就，而且更清醒地认识到了它的历史局限和严重失误；不仅看到世界资本主义国家存在的诸多矛盾和弊端，而且更清醒地认识到它在世界范围内取得大发展的影响和意义；因而下决心为中国的社会主义事业重构了振兴的蓝图，让中国走上改革开放的道路，并在与世界的多方位交往中，强大地自立于和平发展的新时代。至于在文化和文学艺术领域，重要的首先不是邓小平具体地论述了什么，而是他为中国共产党和中国人民提供了一个"面向现代化、面向世界、面向未来"[①]的大视野，提出了"以经济建设为中心"的建国方针，明确了建设有中国特色社会主义的总战略，就是要"有利于发展社会主义社会的生产力"，"有利于增强社会主义国家的综合国力"，"有利于提高人民的生活水平"[②]。所有这些都为我们在新时代重新认识文化和文艺，置放了一个创造性的前提，它不仅促使我们转换思维方式，而且让我们在重建中国文化时，既瞩目于社会主义的轨道，要沿着社会主义运动的方向发展，又不忽视世界现代文明的发展而与其相偏离。有这个前提，还是没有这个前提，对马克思主义文学理论的发展来说是大不一样的。

"发展才是硬道理"[③]。这是邓小平的一个基本思路。早在1978年9月他就大声疾呼"马克思主义要发展嘛！毛泽东思想

① 《邓小平文选》第3卷，人民出版社1993年版，第35页。
② 同上书，第372页。
③ 同上书，第377页。

也要发展嘛！否则就会僵化嘛！”[①] 显然，在邓小平看来，马克思主义的价值和意义，不仅在于总结过去，说明世界，而且在于继往开来，改造世界，它的生命力就在于发展和创新。因此，马克思主义者必须开拓新视野，发展新观念，进入新境界，认清马克思主义新的大发展是现时代的大趋势。就是在这一大思想背景下，他强调科学技术是第一生产力，论证知识分子是工人阶级的一部分，力主“尊重知识、尊重人才”[②]，满腔热情地指出“文艺工作者理应受到党和人民的信赖、爱护和尊敬”[③]。同时他还果敢地做出调整党的文艺政策的决定，不再提文艺为无产阶级的政治服务，把文艺为人民服务，为社会主义服务，确定为社会主义文艺事业的根本方向。这就有效地解放了文艺生产力，迎来了社会主义初级阶段文艺发展、繁荣的春天。

“要有高度的精神文明”[④]，这是邓小平建设社会主义所要达到的总目标中的一项基本内容。他认为“我们要建设的社会主义国家，不但要有高度的物质文明，而且要有高度的精神文明。所谓精神文明，不但是指教育、科学、文化，而且是指共产主义的思想、理想、信念、道德、纪律，革命的立场和原则，人与人的同志式的关系，等等。”“没有这种精神文明，没有共产主义思想，没有共产主义道德，怎么能建设社会主义？”[⑤] 可

---

① 《邓小平文选》第2卷，第128页。
② 《邓小平文选》第2卷，第40页。
③ 同上书，第208页。
④ 同上书，第367页。
⑤ 同上。

见，高度的精神文明既是事关社会主义兴衰成败的大事，又是社会主义社会的一个重要特征。而它本身又要求把思想建设和文化建设统一起来，这样才能完成自身担负的战略任务，即“教育全国人民做到有理想、有道德、有文化、有纪律”①。文艺与思想建设和文化建设关系至为密切，邓小平关于建设高度精神文明的思想，实际上也是为社会主义的文学艺术和马克思主义文学理论在新时代的发展，确立了价值目标。正是从这一点出发，他要求“我们的文艺，应当在描写和培养社会主义新人方面付出更大的努力，取得更丰硕的成果”②，进而“为建设高度发展的社会主义精神文明做出积极的贡献”③。如果说以前的社会主义文艺和马克思主义文学理论价值的根本点，在于把人的关注中心，聚集在革命事业上，把人的价值定位在阶级斗争中的表现上，因而它对人的思想方式、行为方式和评价方式等各方面的规范，更多的是革命性的和阶级性的，那么，新的文艺和文学理论的价值的根本点，则在于把人的关注中心，聚集在解放生产力和经济建设上，把人的价值定位在“有革命理想和科学态度、有高尚情操和创造能力、有宽阔眼界和求实精神”④上，因而它对人的思想方式、行为方式和评价方式等各方面的规范，更多的是科学性的和开放性的。相对于列宁和毛泽东为文艺确立的“党的文学”的价值观来说，邓小平的文艺价

---

① 《邓小平文选》第3卷，第110页。

② 《邓小平文选》第2卷，第209—210页。

③ 同上书，第209页。

④ 同上书，第210页。

值观更切合社会历史发展的实际，不仅为文艺的发展开辟了广阔的空间，而且为人自身的发展、为人的存在与其本质的实现指明了方向。

明确“社会主义文艺事业兴旺发达的根本道路”，是邓小平发展马克思主义文学理论的最大贡献。这条道路从理论上概括地讲，就是坚持为人民服务、为社会主义服务的方向，围绕着实现四个现代化的共同目标；坚持百花齐放、推陈出新、洋为中用、古为今用的方针，在文艺创作上提倡不同形式和不同风格的自由发展，在文学艺术理论上提倡不同观点和学派的自由争论；保持文艺与人民之间的血肉联系，文艺工作者要自觉地在人民的生活中汲取题材、主题、情节、语言、诗情和画意，用人民创造历史的奋发精神来哺育自己①。坚持这条道路的关键有两点：一是“文艺的路子要越走越宽，在正确的创作思想的指导下文艺题材和表现手法要日益丰富多彩，敢于创新。要防止和克服单调刻板、机械划一的公式化概念化倾向。”② 二是“人民是文艺工作者的母亲。一切进步文艺工作者的艺术生命，就在于他同人民之间的血肉联系。忘记、忽略或是割断这种联系，艺术生命就会枯竭。”③ 纵观马克思主义文学理论发展的主导脉络，我们便会深切地感受到，邓小平提出的社会主义文艺事业兴旺发达的根本道路，是对马克思、恩格斯、列宁和毛泽东的文艺思想，较为完整的科学概括。它不仅体现了审美理想、

① 《邓小平文选》第2卷，第207—214页。
② 同上书，第211页。
③ 同上。

社会理想和人的理想的统一，把“艺术是属于人民的”这一社会主义文艺的根本原则，党对文艺事业的领导原则和更好地运用艺术的掌握世界的方式，作了比较切合实际的贯彻，而且还在坚持文艺的社会主义大方向的前提下，注意到了防止和克服了教条主义、庸俗社会学、狭隘短视的功利主义和资产阶级自由化等不良倾向对社会主义文学艺术事业的侵蚀。这条道路蕴涵着丰富的正、反两个方面的经验和教训，是无产阶级革命、社会主义运动和社会主义文化建设整体实践的总结，是社会主义国家在全球化时代，实现马克思、恩格斯提出的“世界文学”的理想，坚持文化多元并存的一项基本方针。

邓小平的文艺思想是邓小平理论的一个重要组成部分。邓小平建设有中国特色社会主义理论，不是一个封闭的、远离当今世界发展的思想体系，而是一个开放的、积极参与世界历史进程的思想体系。我们正通过建设有中国特色的社会主义，创造新的社会和新的文化，使中国能以一个具有鲜明特色的、勇于负责的国家，在世界文明发展的大道上迈进。因此，可以说，邓小平文艺思想作为一种革新精神，将会更广泛地、更深刻地激发人们的创造、创新的潜力，在我国的精神生产（包括文艺生产）领域中形成一种富有活力的内在机制，使我们真正跨出历史的、空前的新步伐。

邓小平理论是在马克思主义（主导脉络）发展历程中的重大转折时期形成的。如果说，马克思和恩格斯时期，是马克思主义的创始阶段，那个时候由于还没有一个国家是实现了无产阶级专政的国家，因而，马克思主义在欧洲乃至世界影响的力度，从总体上讲，还是有限的。那么，列宁和毛泽东的时代就与他们不同了，这时，无产阶级已经在两个世界大国夺取了政权，并且在一个时期还形成了社会主义阵营，马克思主义的影响力也随之具有了世界性。但不可否认，这个时期的马克思主义由于两个大国执政党政治路线上的严重失误，其自身的革命性和创造性都受到不应有的压制和束缚，马克思主义在无产阶级专政的国家里，实际上并没有得到充分的发展，甚至还在某些方面被曲解、被篡改。邓小平以改革开放的姿态面对世界，面对无产阶级专政的历史经验，确立了贫穷不是社会主义的理念，下决心把中国从计划经济的轨道引向市场经济的道路。在确保无产阶级政党的执政地位的前提下，邓小平大幅度地调整、革新了无产阶级政党的价值观念，使社会主义事业真正进入了一个崭新的历史时期。价值观念的调整、革新，必然要引起激烈复杂的思想和理论上的斗争。由“党的文学”走向“人民的文学”所引发的深层价值裂变，也不可能不呈现出来。

要真正尊重人民、倾听人民的心愿，确立人民为国家的价值主体。文学艺术和文学理论上的价值取向从来都不是孤立的，社会的经济形态和人民基本的生存方式是它得以存在的基础，对理想社会和人性的完美追求，是它得以确定的关键性参照。据此我们就可以知道，由“党的文学”时期进入“人民的文学”时代，意味着社会经济形态和人的生存方式，已经把人民推到了历史舞台的前面；人民关于理想社会和人性的完美追求，固然还需要他们的思想代表与实际代表去创造和实践，但更主要的是，他们要在历史舞台上直接表达自己的心愿。然而，有一种现象是值得人们注意的。一项重大的方针政策一经被决定，它本身便具有了生命力，具有了极大的能动性，这种生命力和能动性常常不为它的决策者、执行者所意识。换句话说，被决定的方针和政策会反过来强烈地要求它的决策者和执行者，必须根据它的特性提高自己，改变自己已经习惯了（内化了）的、但却与新的方针政策所要求的精神状态、工作方式不协调的东西。由于这种不自觉现象的存在，新的方针政策的贯彻与执行中，首先表现出来的矛盾，总是与管理层的不适应有关。“人民的文学”，是以两个基本观念作为标识的：一是“文艺为人民服务”；二是“人民是文艺工作者的母亲”。这两个观念凸显了人民的不可动摇的价值主体地位。习惯了“党的文学”时期工作方式的人，只承认党是唯一的价值主体，看不到、甚至不承认人民是价值主体，他就不可能真正地尊重人民，真正地倾听人民的心愿。唯上、唯书，就是不贵民，这是中国管理层的千年恶习，一下子要把“人民”内化为自己心目中的“上帝”，的确不是一件容易的事。现在看来，国家管理层发自内心地尊重人民的价值主体地位，不仅承认人民是文艺工作者的母亲，而且更认为人民就是党的母亲，放下“人民大救星”的架子，它自身才有可能把民主口号转换为名副其实的民主制度、民主习惯。回想改革开放初期的“伤痕文学”和“反思文学”，以及向生活真实靠近、向人民心愿靠近的艰难，回想文学艺术和文学理论每向前发展一步，都少不了和不同形态的“左”的思想、理论进行的较量、斗争，我们便会更清醒地认识到，走进“人民的文学”时代，首当其冲的，是国家的管理层必须确立人民是价值主体的理念。

人民是价值主体的理念，必须依赖强大社会的支撑。在中国历史上，“民可使由之，不可使知之”[①]是统治者的基本观念。一旦出现了载舟之水有覆舟的危机时，“民为贵，社稷次之，君为轻”[②]的论调便会不厌其烦地警示统治者，千万不可忽视人民的利益和要求，待时过境迁，却又一切照旧。历史上中国的社会总是被不同制度的政府所支配，尽管有无数次的农民起义，看起来似乎很强大，却由于它在根本上并不彻底反对或更新统治和奴役自己的旧政体、旧文化，最终只能成为改朝换代的工具。中华人民共和国成立时，毛泽东向世界庄严宣告：“占人类总数四分之一的中国人从此站立起来了！”[③]中国人民在新中国，不论从政治上、经济上，还是从文化上，与旧中国相比，确实有着不小的变化。但是，人民是国家价值主体的理念，并没有确立起来。“无产阶级文化大革命”时，群众“自己教育自己，自己解放自己”的口号满天飞扬，大大小小的群众运动一个接一个地进行着，无产阶级专政已经落实到每个单位里的群众专政了。这一切，按毛泽东的理论，群众是真正发动起来了，但群众仅是庞大的“毛泽东思想宣传队”中的一颗“小小的螺丝钉”。整个国家的狂热，并不意味着社会的强大，反而揭示出了人民的自主性丧失后，社会不可避免地要呈现出盲从与轻信，

① 《论语·泰伯》。

② 《孟子·尽心下》。

③ 《毛泽东选集》第5卷，第5页。

孱弱和乏力这一不可移易的规律。历史事实已经证明，当一个国家的社会还没有强大到可以与自己的执政党和政府平等对话的状态时，人民当家做主就不可能真正实现，人民作为国家的价值主体的理念也就不可能真正确立。社会的强大绝不是社会的无序，更不是无政府状态，它显示的是人民群众整体精神境界普遍提高后，必然会在不同的公共领域表现出的一种综合性的社会交往的特征：社会的自主性增强；社会的自治能力提高；体现民意且具有权威性的传媒监督经常化，在"众意"基础上能按民主程序形成"公意"的制度较为完善等。今天的中国，由于执政党明确地提出了"立党为公、执政为民"和"以人为本"的战略思路，特别是，人权入宪①，标志着党和政府已经下决心积极改善中国的人权状况，因此，整个社会正在走向强大。但是，这个过程却是艰难的。从执政党和政府方面说，让社会强大起来，对于执政党来说，决不简单地是一个观念更新的问题，而是重塑自己在国家和人民心目中的形象问题。政党是有愿望、有感情、有意志的。一个具有绝对领导权威的政党，突然要面对自己治理下社会的日趋强大，这个政党即使再清醒地意识到这是时代发展的必然趋势，并且已经"与时俱进"地更新了自己的政治纲领，对自身不适应时代需求的滞后机构和机

① "由于我国的宪法还不具有可诉性，这就使得一些违反宪法的法律、部门规章和地方政府规章长期存在。它们是目前保护中国公民人权的最大障碍。另外，行政权力的不受节制问题依然严重，公民的不安全感随着行政权力的不断扩张而变得比较突出。人权入宪，标志着我们敢于正视现实生活中这一切的问题，积极改善人权状况。"《南方周末》2004年4月8日。

制也愿意大胆进行改革，并尽快地全面提高党的干部现代化管理水平，这个过程也仍然不是那么风平浪静和轻而易举的。“1989年春天，中国共产党的理论权威胡乔木在访问美国期间，做了一次出人意料的演讲，他说中国共产党犯了20年‘左倾错误’。20年是指从1958—1978年。他详细分析了‘左倾错误’的原因，其中包括‘相信经济建设离不开阶级斗争’、‘对国际环境的过火反应’、‘文化的落后和民主的缺乏’、‘制度的缺陷’等。”① 这后两个原因至今也还未能得到根本的解决，这不仅说明犯“左倾错误”的可能性还存在，而且也反映出执政党的自身革命并不轻松。从社会本身的发展来说，“文化大革命”前，国家处在闭关锁国状态，在“舆论一律”的强大宣传控制下，在计划经济的全面运作下，社会基本上处于一种不觉醒状态。改革开放后，伴随着思想理论上的“拨乱反正、正本清源”，整个社会也在悄然苏醒；市场经济的确立和逐步正常运作，中产阶层崛起所引发的中国社会各阶层地位的调整，利益主体多元化现象出现，使社会的自我意识渐趋鲜明，并逐渐形成一种自觉的力量。与中国国际地位提高的同时，国际社会对中国的制约也在增强，在中国人的面前，有了一个“联合国眼里的中国问题”，它向国人提供了一个新视角：“一个现代化的国家应该是小政府、大社会，政府管得过多过死，只能导致社

---

① 陈哲夫等：《二十世纪中国思想史》下，山东人民出版社2002年版，第1170页。

会力量衰微。”[①] 因而不能让社会力量衰微，只能发展它、强大它。正是这些国内国际的诸多原因，使得中国的社会更加明白了必须为人民这一真正的价值主体担负起坚强后盾的责任。如果人们实事求是地回忆一下，“人民的文学”时代所发生的几次“自上而下”的文艺批判，其实际效果与其相应的副作用，便不难意识到社会处于强大过程中所必然产生的那种辨析与过滤作用的存在。但是，社会的强大过程也肯定会带来不少错误的思想和粗俗文化的扩张与泛滥，从而危及人们整体精神生态的健康发展。这就提醒社会，在努力使自己强大起来的同时，一定要建设和完善社会的净化机制，并让它始终保持着必要的机敏与活力。要防止这样的片面认识，以为社会强大就是为了与政府相抗衡。毫无疑问，社会强大了，肯定会增大对政府监督的强度和力度，但从根本上讲，政府和社会的正确做法，都是要“激励公民支持共同的目标并为之努力”[②]。为此，社会的强大特别要提高社会自我的理性调控能力，以确保人民这一价值主体的需要能够得到合理的满足。

对人民审美的精神追求的关注和维护，是文学理论最具体的价值取向。从理论逻辑上说，这是不言自明的。既然在“人

---

① 2004 年 3 月 25 日，联合国驻华机构发布了《中国实施千年发展目标进展情况》的报告，在其几乎每项建议中都提出要加强 NGO（非政府组织）和 NPO（非营利组织）的建设，分担政府承担的繁重的管理职能和道德重负。在“经济与贫困”部分中，联合国机构认为，中国下一阶段改革的优先领域中就包括，“向协商/参与式的治理方式转变，使非国有部门和公民社会成为政府的伙伴，帮助制定和实施政策。”《南方周末》2004 年 4 月 1 日。

② 《中国实施千年发展目标进展情况》，《南方周末》2004 年 4 月 1 日。

民的文学”时代，理应确立人民的价值主体地位，而社会的强大也会积极支持和维护人民的价值主体地位，那么，把发展和繁荣人民的文学当做自己义不容辞责任的文学理论，当然要对人民审美的精神追求关注和维护了。但在实际上，这其中需要辨析的问题还值得人们注意。首先，怎样确定人民审美的精神追求？人民是谁？13亿多人审美的精神追求是怎样知道的？谁来最后确定这个至关重要的审美的精神追求？这些问题在“党的文学”时期不会存在，那时候党是唯一的价值主体，一切均由党来裁定。现在提出这个问题，似乎有点“老虎吃天”的感觉。其实这是一个模糊中见清晰的事。恩格斯认为：“（绝对分明的和固定不变的界限）是和进化论不相容的——甚至脊椎动物和无脊椎动物之间的界限，也不再是固定不变的了，鱼和两栖类之间的界限也是一样；而鸟和爬虫类之间的界限正日益消失……‘非此即彼！’是愈来愈不多了……一切差异都在中间阶段融合，一切对立都经过中间环节而互相过渡，对自然观的这种发展阶段来说，旧的形而上学的思维方法就不再够了。辩证法不知道什么绝对分明和固定不变的界限，不知道什么无条件的普遍有效的‘非此即彼！’”[①] 我们应该看到并且承认事物的复杂性，其清晰形态也不会是单一的，而是多样的。关于“人民”，以统计数字为标识的是一种清晰，用几个阶级和阶层的综合来标识的也是一种清晰，以人们的实际经验为基础的那种“模糊意向”所指的人民还是清晰的——人们在实践中有意识地

① 《马克思恩格斯选集》第3卷，第535页。

利用一种模糊性来达到目的，并获得对事物认识的准确性、清晰性，如模糊数学那样，以丰富经验为基础，自然而然地向理性认知飞跃。至于人民审美的精神追求，同样可以在实际的审美活动经验的基础上，不仅能够感受和认识到它，而且还会在人际间的各种不同交往中，逐渐形成一种关于人民审美的精神追求的某种共识。更何况，人民中自有“劳者歌其事，饥者咏其食”的文学人士直接表达其审美的精神追求，以及与人民有着真诚的情感联系的文学家们的自觉揭示。人民、人民审美的精神追求，人民都明白，他们完全能够自定，不需要人民之外的谁来最后敲定一个“人民审美的精神追求”。当然，在认知人民审美的精神追求过程中，常会出现“公意”与“众意”的争论。党的领导作用，不在于圈定争论中的某一方是正确的，而在于引导人民在相互争论中提高自己（因为争论本身就是一种精神追求的体现），真正在各自的艺术实践中优化其审美的精神追求。这样的与人民共同思考和探求的领导方式，比通过“自上而下”地点名批判、禁止某书的发行和对所谓“异端”文学文本以媒体“冷处理”方式来维护一种价值取向，要亲民、爱民得多，而且符合文学发展的规律。

其次，人民自己决定的审美的精神追求不是单一的而是多样化的。选择，是人民审美的精神追求存在的最好证明。文学艺术家创作了那么多的作品，究竟有多少是人民喜爱的，投放到市场上让人民去选择，然后让人民在自己的文化交往中，一次又一次地、一代又一代地去评说，分晓便会见出。在2003年的文学创作座谈会上，评论家雷达说他读了张平的《国家干部》，陈桂棣的《中国农民调查》，还有章诒和的《往事并不如烟》等，“震动很大，它们促使我重新思考文学与现实，文学与政治，文学与时代的关系问题，同时思考什么是‘文学本身’和‘回到文学本身’，什么是文学的活力之源和创新之途？”他的结论是：“我们的文学迫切需要一批关注现实，关注政治的优秀作家，优秀作品。”[①] 雷达希望文学家关注现实，关注政治，因为从这两个关注中，作家不仅可以获得文学的活力之源和创新之途，还能为其创作出符合人民审美的精神追求的作品奠定一个良好的基础。陈晓明教授却有着不同于雷达的看法。他强调作家“个人的现实”和“个人的经验”的重要性，重视“个人化痕迹”鲜明的作品。在他看来，“文学的现实只能是书写的现实，只能是我的现实，没有主体的意向的现实，不是真正的文学现实，没有文学性的现实，并不是文学的现实”。为了更好地说明自己的观点，陈晓明认为，“只能说当今那些个人化痕迹过重的作品，并没有真正把个体的生命融入现实之中，个人的现实体验并没有达到深度，因而才不能把个人的经验与现实的存在结合在一起，创造出有力度的作品”。陈晓明赞赏近年来年轻一代的作家对底层民众困苦生活境遇的关注，与那些描写时尚、个人体验的作品相比，他更青睐于前者。雷达和陈晓明的不同见解固然各有其出发点，但从人民审美的精神追求的角度来看并不矛盾。人民的胸襟不是狭隘的，他们审美的精神追求是广阔的、多样的。把社会重大问题写得好的作品，他们喜欢；

---

① 雷达：《文学的版图是否正在缩小》，《社会科学报》2004年2月26日。

有意味儿、有情趣，而且耐人思索的个人感受的作品，他们也爱读。两位的文学观念人民都可以接受，关键是要写出好作品，写出人民大众喜闻乐见的好作品。广大人民心目中的现实，就是他们的认识和实践范围所及的那个实存的境遇，这个境遇的地理面积可能不大，却有着比海洋、比天空更广阔的人的心灵，因而它依然能演出各种各样的、激烈复杂的"人间喜剧"来，雷达所希望的，陈晓明所赞赏的，只要我们的作家真心实意地关爱人民，这个"境遇"都有他想开掘的矿藏。文学理论家不要轻易埋怨文学社会对"现实"、"苦难"、"人民"这些概念的"过分关注迷恋"[①]，不错，这些概念是宏大的，但它不该被消解，面对今天的中国现实，我们的作家真的记住并理解它们了，他们的两只脚就会坚实地站在大地上。

再次，人民审美的精神追求总是向前发展的。人的审美经验的积累，会通过社会的文化承传系统，一代人一代人地传递下去，形成人的精神生命中的审美生命系列。中外文学史、艺术史，就是这一系列的符号化存在。打开它们，人们便会发现，站在人类不同时代文学艺术高峰之上的伟大文学家、艺术家，都是自己人民的儿女，代表着不同时期人民在审美精神上的追求和向往。如果说，重复自己和重复他人，是人的审美生命的天敌；如果说，为了趋优而创新，是人的基本文化属性，那么，人民审美的精神追求就必然包含着一种对未来的审美活动的构

① 陈晓明：《为当代文学作一点有限的辩护》，《社会科学报》2004 年 2 月 26 日。

想，而且这种构想会被敏锐的文学艺术家们感觉和理解。新的文学艺术形态的出现，很可能会在人民的审美过程中引起诸如不理解、不满意，甚至反对的现象，但只要文艺家的作品确实蕴涵着有价值的艺术创新，它终究会被人民接受，并成为人民审美的精神追求的一部分。自由艺术家张念面对“一个国家，一个社会还处于不能容纳现代艺术的”现实，依然坚信“艺术要发展，就要超越以前的价值观念，艺术家应该打破旧的框框，不断寻求新的语言”。本着“重要的是艺术家关注什么”的精神，他在认真思考了北京近10年的城市变迁和社会转型后，强烈地意识到“城市变化太快，楼房‘种’得太多”，便创造了自己的一件、旨在批评城市现代化进程中出现的、盲目求快的建设倾向的“行为艺术”作品《种植》——“我在北京望京一带被闲置的工地里，把自己打扮成农民，制造了很多房屋模型，然后浇水，最后一片乌七八糟”[①]。这样的现代艺术，的确是寻求到新的语言了，它不仅符合人民审美的精神追求，而且对这种精神追求还有所发展。张念说的对，艺术要发展，就要超越以前的价值观念，不论在文学艺术形式上，还是在其所表现出来的价值追求上。《西厢记》中的张生与莺莺演出的“待月西厢下”，《红楼梦》里贾政痛打贾宝玉，二者所引发的审美情感的力的方向尽管截然不同，却都是要让人深刻地反思和批判既有的文化规范的，是呼唤人超越以前的价值观念的。这种超越和批判，还不是那种“体制本身的运作”，如“朱熹批评皇帝模范

① 《关于艺术生态的对话》，《南风窗》2004年4月16日。

汉高祖、唐太宗‘假仁借义行其私’”那样的“循规范批评”[①]。我们这样强调非“循规范批评”，当然不意味着属于“体制本身的运作”之批评的无意义。既定文化的二重性，使得人民审美的精神追求，既需要对其失去价值的文化规范进行批判，也需要对其还具有积极意义的文化规范作必要的维护，即批判那些违背这种规范的思想和行为。对于一个决心要振兴的民族来说，保持对自己文化的清醒反思态度，是人民审美的精神追求的基本内容。

最后，文学理论工作者有必要校正自己的价值坐标。20世纪80年代西学再次东渐，一直被禁锢在狭隘视界中的中国文学理论界，迅速掀起了一个介绍和学习西方文学理论的热潮，同时展开了关于文学观念、文学研究方法的大讨论，这是中国文学理论界走向新时期的一个重大举措。之后，中国文学理论一直在自我反思与接受西方文学理论成果中探索前进，但一种视西学为“显学”的意识，与此同时也悄然滋长。“20多年来，文学理论不断处于危机之中，先是韦勒克一批人的理论大行其道；然后是福柯、德里达、后现代文化研究的思想广泛传播，真是神州何处不福柯；现在是第三波的冲击，费塞斯通、鲍德里亚等人成了我们的理论前驱与偶像，要用泛文化研究替代文学研究与文学理论研究。”[②] 我们绝不反对与西方学术的交往，

---

① 赵毅衡：《礼教下延之后中国文化批判诸问题》，上海文艺出版社2001年版，第2页。

② 钱中文：《文学理论面临“合法性危机”》，《社会科学报》2004年2月26日。

也非常主张学习西方文学理论中的优秀成果，更渴望着当代中国的文学理论能够在这种学术交往中获得自身的丰富和发展。但是，使我们深切忧虑的是中国某些文学理论工作者价值坐标的西化。如果人们认真注视一下困扰中国的西化生活方式，就不难明白导致这些学者价值坐标西化原因的复杂性了。价值坐标西化，使得不少文艺家和文学理论工作者，对他们脚下土地上发生的一切越来越疏远，除了用西方那些观念、学理对当今现实生搬硬套外，对底层劳苦大众并不真正熟悉，对正在发生的政治运作并不了解，对老百姓想什么不清楚，对当今的政治架构和政治模式也知之甚少①。价值坐标西化，使得中国的文学理论研究在一些方面表现出一种乏力现象：由于要使用某些西方观念或知识话语，对中国的现实生活和文学文本的解读出现了“隔”的状态和言说；由于要证明西方某些观念和知识话语的普遍意义，对中国社会文化现象的阐释几乎失去了历史感和现实感。特别是，这种未经科学辨析的跨学术系统的知识话语的挪用，不仅使应有的学术规范受到损害，而且严重伤害和抑制了学术研究的原创精神。一种隐含的逻辑似乎是，中国人民审美的精神追求的价值和意义，只有凭借西方的观念或知识话语才能说明白。很有意思的现象是，这种价值坐标西化所导致的理论世界与现实生活世界的脱节，同我们思想理论界长期存在的、把理论禁锢在自己精心营构的“漂浮的言说世界”，有着

① 张平：《国家干部·后记》，参见雷达：《文学的版图是否正在缩小》，《社会科学报》2004年2月26日。

异曲同工之妙。它们价值坐标的共同点，就是和人民审美的精神追求与生存价值取向相脱离。“漂浮的言说世界”，是只供人们在“理智”层面言说的，由于理论的价值坐标或与人民的利益、或与自己文化的精髓、或与人民的实际生存状态相隔膜，它无法、也不可能创造出可以把自身“内化”到人们心灵的机制，于是，在那里，传递出的审美经验，与人民的实际人生感受不相符，而反复宣传的思想理论，由于理论主体自身的“知行相悖”，而并不能取信于民。这种价值坐标上的失误，必须得到校正。在校正文学理论价值坐标时，还必须注意这样一种现象，就是在“人民的文学”时代，有必要注意从执政需求出发来处理文学艺术的“合目的性”同文学艺术创作本身的“合规律性”的不统一方面的问题。文学艺术原本就是饥者歌其食，劳者咏其事的，这样的“歌”和“咏”，毫无疑问与一定的社会政治、经济和文化有着密切的关系。这种关系，由于执政者总是希望文学艺术作为意识形态国家机器，尽可能地再生产既定的生产关系，并把人召唤为自己需要的主体，从而呈现出复杂多样的情况。这就需要文学理论工作者认真辨析，一定要用大历史眼光研究对象，不被当下的某种政治利益所遮蔽，而是要敏锐发现对象中真正有价值、有意义的东西。只有这样，才能维护人民审美的精神追求。

马克思主义文学理论的主导脉络，由“党的文学”时期，发展到“人民的文学”时代，这是自身的一大进步，但这并不意味着在全球化时代它就不需要发展了。实事求是地讲，全球化时代马克思主义文学理论面临着严重的挑战和新的发展机遇。

所谓挑战，是指既有的理论涵盖性在缩小，对新的世界性的文学现象的某些方面的说服力在减弱。挑战并不标志理论本身的终结，而是为其提供新的发展机遇。为了正确地对待挑战和机遇，我们必须清醒、冷静和客观，要有一种求“是”精神。20世纪的90年代，苏、东剧变后，国际上有一次关于社会主义的反思浪潮，它促使一批严肃的学者将其研究的重点，从揭露资本主义的弊端，转向分析社会主义不成功的原因，认为这是“社会主义学者和活动家的头等大事”①。不可否认，这当然是一件亟须做的事情，它直接关系到世界社会主义运动，今后能否在新的时代、新的层面更有效地发展的问题，但这仅是面对全球化时代马克思主义者所应做的重要事情的一个方面。因为严重挑战的出现，与其说是苏联、东欧的剧变，不如说是全球资本主义的最新发展。换句话说，不存在苏联、东欧的剧变，并不削弱挑战的严峻性。面对世界的大趋势，我们的视界要具有前瞻性，要全面、科学和准确。在我们看来，当前，马克思主义文学理论必须充实和扩大自己的知识背景②，它不是对共产主义理想的再描绘，也不是对社会主义必然取代资本主义的新宣传，而是对当代资本主义全球化的动力、运作及其实际状态的实事求是的调研；对资本主义与社会主义共存和竞争的规律

① 俞可平主编：《全球化时代的“社会主义”》，中央编译出版社1998年版，第31页。

② 充实和扩大马克思主义文学理论的知识背景，需要文学理论家做很多工作，下面列出的几项，并不是让文学理论家去实际调研，但它作为不同的知识话语，却是文学理论家应该知道的，应该与自己的学理研究相融通的。

与发展走向的调研；对社会主义初级阶段经济发展规律与人的解放的调研；对社会主义意识形态的建设与优化的调研等。在此基础上，马克思主义文学理论需要认真思考和回答的主要问题是：在多元化的世界格局中，马克思主义文学理论的价值观，获得人类普遍意义的新方式是什么？在人类的要求主要不再是重新分配物质财富，而是实现劳动解放，维护其创造性时，马克思主义文学理论怎样促进人类文学（精神）生产力的不断解放？在全球化挑战面前，人类的各种不同文明都不得不被重新选择的境况下，马克思主义文学理论在重建中国新文化的历史进程中，怎样才能使社会主义的文学艺术具有世界性的竞争力，使社会主义的新文化具有世界性的吸引力？与资本主义的重构和扩张的各个时期相伴随，国际上出现了各种现代的或后现代的对马克思主义及其文学理论的新阐释，它们不仅试图对资本主义一些出乎意料的新趋向进行理论概括，而且也力图据此对资本主义文化进行相应的批判。在当代资本主义把自身定位于既是全球的动力，又是国内发展态势的结果的情况下，马克思主义文学理论在对上述诸多新阐释进行符合实际的辨析的基础上，应与它们保持一种什么样的关系，才有利于在多元化世界格局中，实现自己朝着人的理想、社会的理想和审美的理想完美统一方向的发展？思考和回答这些问题，不仅要求马克思主义者及其文学理论家们，对全球化时代社会主义新的发展方向有坚定、明确的认识和信念，要深刻总结社会主义在历史上的经验与教训，而且要求其对高科技推动下的新工业革命所引起的世界结构转变和文明转变，以及与此紧密相连的资本主义及其垄断政治倾向与文化扩张的影响等，做出科学的分析与说明。同时，这也提出了马克思主义文学理论家自身的建设问题。如果说，马克思主义的创造性就在于它能准确、科学地提出新问题，那么，当代马克思主义者为了具备这种能力，就既要有科学的求实精神，科学的知识结构，科学的研究方法，还要有科学的全球交往意识，敢于坚持真理，修正错误。从某种角度讲，这是全球化时代马克思主义文学理论面临挑战和新的发展机遇本身，为马克思主义者规定的一种生存境界。我们没有理由不应对挑战，没有理由不抓住这新的发展机遇，创造性地发展马克思主义文学理论。为此，我们就应该有勇气丢掉一切影响和压制自己思想解放、实事求是的精神包袱，大踏步地前进在马克思主义指引的大道上。

三、西方马克思主义文学理论的价值取向及其实践意义

西方马克思主义者是资本主义世界非常重要的左翼力量，他们身处资产阶级意识形态的包围之中，却坚持着他们所理解的马克思主义的批判立场，对资本主义社会的政治、经济和文化现象进行严肃认真的研究，这种精神是很宝贵的。由于他们所处的具体历史环境与我们不同，其理论研究只能作为非主流意识形态存在于社会，再加上他们的研究大都不是有组织的、能与群众的政治实践相结合，而是一种独立自主的个人学术研究，其社会影响虽不可磨灭，却不可能对社会的重塑产生根本性的影响。西方马克思主义文学理论是他们关于哲学和上层建筑理论研究的重要组成部分，由于他们从整体上不再坚持激进的社会革命论，而是相信从意识形态层面革新人的内化机制、

改变人的精神取向，就可以使人们意识到自身走向全面发展的重要性，进而促使社会得到相应的改造，所以，其文学理论从总体价值上已经不再强调革命性。可以这样说，西方马克思主义文学理论的价值取向是锁定在人的提升上，是把文学艺术作为建设人和改造社会的重要方式看待的，不论他们批判资本主义的技术理性，还是批判资本主义对文化工业的操纵，他们的根本关注点始终不离开人的现实状态和应有的价值追求。换句话说，马克思主义创始人提出的“动摇资产阶级世界的乐观主义”，“引起对于现存事物的永恒性的怀疑”，这一点西方马克思主义文学理论还是在不同程度上坚持着。

西方马克思主义者的队伍比较复杂，他们彼此的人生道路、不同时期的政治倾向、学术背景、研究方法等，都有很大的差异，甚至就一个人来说，其前后期往往也不尽相同。我们对其诸多的差异性作了暂时的“悬搁”，目的仅是为了重点观察并把握他们文学理论的总体价值取向。

卢卡奇在《审美特性》中明确指出：审美活动是人“认识你自己”的循环运动。“一切属于人、人的关系的东西都是内在的，只有当它在这一艺术门类的特定形式中产生感性的纯粹外在形式的效果时，才能成为——审美的——存在。正如我们通常所见，这种形式的联系只是一种深刻内容性的直接表达，也就是人本身所能认识到的他所生活、所活动的周围世界实际是怎样的，这一伟大生活真理的直接表达。这种审美的真理由自我认识和对世界的认识构成了一个循环的运动：‘认识你自己！’的正当冲动把人引向世界，使得他对他的同伴、对他们在其中活动的社会、对作为他们活动场所和基地的自然界有所认识，并使他转向外部。”据此，他强调：“艺术形式把人提高到人的高度。艺术的自身世界，不论在主观意义上还是在客观意义上，都不是什么空想，不是什么超越人及其世界的超验的存在。它就是人的自身世界，正如我们所指出的，不论在主观意义上还是在客观意义上，在他面前的、他为之奋斗的是处于感性直接现实中人和世界的最具体的可能性。”① 正是在这种最具体的可能性中，恰恰展示着一种以完满的形式表现的理想的世界。毕生恪守着文学应该为提升人而奋斗的卢卡奇，在意识到社会主义的现实主义这一创作方法，有可能走向美化生活的歧路时，便意味深长地告诫人们：“文学，如果要作为文学留存下来，那必须具备许多的东西，但却不需要撒谎，也不要自己欺骗自己。一个作家，如果陷入美化、任意着色和虚伪的泥潭，那不但会把民族引入歧途，而且作为作家，自己也必然会遭受到失败。”同时，他还极富历史感地向作家们说：“真实是一个整体，而且这个整体是动的、发展的，是产生罪恶与美德、繁荣和不幸的一个整体。我们知道，正视这一真实，而且毫无妥协地表现它，那并不是容易的，在今天来说，更是不容易，在整个民族经历了过去的时代以后，更是不容易。今天生活最大的危险，确切地说，就在于：对未来产生幻想，与此同时，又美化过去，为过去的错误、罪恶、缺点进行辩解，并得出这样的解释：这些

① 〔匈〕卢卡奇：《审美特性》（一），中国社会科学出版社 1986 年版，第 442、443 页。

会慢慢地形成为一种美德。”[①] 卢卡奇对文学的现实主义的研究，实事求是地说，是颇有自己的见解的，但对现实主义的发展，特别是面对现代主义艺术的崛起及其所引发的、不可回避的理论问题的思考，却不无某些保守色彩。倒是与他暗中争论的布莱希特比他认识得深刻：“既然我们心里想的是进行战斗的、改变现实的人民，那我们就不可死抱住‘行之有效’的叙事规则、令人景仰的文学典范以及永恒不变的美学原则不放。我们不能从特定的现存作品中推出现实主义的结论，而应当使用一切手段，以便使人民能够驾驭现实，不管这些手段是旧的还是新的，是行之有效的还是未经考验的，是来自艺术的还是来自其他别的方面的。”[②] 认为作家必要时应该拿起武器来保卫，使散文获得意义的民主领域的萨特，特别强调“真实的世界只在行动中才能展现，又由于人们只在为了改变这个世界而超过它时才感到自己置身于这个世界，因此小说家的领域如果不是在一种超越这个世界的运动中展示出来，那么就会显得十分浅薄了。”[③] 从卢卡奇提出艺术应该把人提高到人的高度，文学艺术家不应撒谎，中经布莱希特要求现实主义文学理应大胆走向多样化的道路，到萨特强调作家应在改变和超越这个世界的运动中显示现实主义的真实，西方马克思主义文学理论关于现实主义的思

① 《卢卡奇文学论文集》（一），第322页。

② 转引自马驰：《“新马克思主义”文论》，山东教育出版社1998年版，第149页。

③ 陆梅林选编：《西方马克思主义美学文选》，漓江出版社1988年版，第467页。

想和价值的论述就相对完整地表达出来了。

瓦尔特·本雅明在认真思考了电影的艺术特征之后，提出了必须用心灵的高度集中来承受的、大众文化新的审美效应“震惊”[①]，而且进一步指出了机械复制时代的艺术品，之所以不同于无法复制的艺术，就在于它改变了艺术同人民大众的关系。“复制技术把被复制的对象从传统的统治下解脱出来，它制造出了许许多多的复制品，用众多的摹本代替了独一无二的存在。它使复制品得以在观众或听众自己的特殊环境里被观赏，使被复制的对象恢复了活力。这两种进程导致了作为和现代危机对应的人类继往开来的传统的大崩溃。这两种进程，都跟现代群众运动有着紧密的联系。”[②]“最保守的关系（例如毕加索）变成了最进步的关系（例如卓别林）。这里，进步的特征在于，在对艺术的进步关系中，观照和体验的快感与行家鉴赏的态度有着直接的统一关联，这个关联就是一种重要的社会标志。”[③]“一旦真确性这个批评标准在艺术生产领域被废止不用了，艺术的全部功能就颠倒过来了，它就不再建立在仪式的基础之上，而开始建立在另一种实践——政治——的基础之上了。”[④]这一切都说明，本雅明的艺术理论的价值指向，并不在于对艺术的

---

① 本雅明认为，电影改变了人们的审美效应，“观众的思绪确实被那些不断而又突然变化的形象所打断。这就形成了电影的震惊效果。像一切震惊一样，必须用心灵的高度集中来承受。”

② 陆梅林选编：《西方马克思主义美学文选》，第243页。

③ 董学文、荣伟编：《现代美学新维度》，北京大学出版社1990年版，第190页。

④ 陆梅林选编：《西方马克思主义美学文选》，第248页。

可复制性的一般性思考，而在于指出它从根本上改变了艺术和人民大众的关系，真正把艺术从资产阶级的垄断中解放出来。出版过本雅明著作多卷集的阿多尔诺，把自己的艺术批判锋芒，直指资产阶级垄断文化消费以实现其意识形态的霸权。“音乐的非理性成分，直到有声电影、无线电和歌唱的广告节目时代，才被商业社会的逻辑所没收。对一切文化商品进行工商业管理的一套完整制度建立，同时也取得了对美学上不顺从的一切的生杀大权。由于传播音乐的垄断工具几乎全部听任艺术糟粕和妥协的文化价值观使用，迁就听众受社会左右的癖好，激进音乐到了工业化末期便陷入完全孤立的境地。对于那些挣扎求生的作曲家来说，孤立成为他们乞降求和的道德借口和社会借口，从而出现了一类大言不惭地自称‘现代派’和‘严肃音乐’，其实是意志薄弱者力求适应大众文化的那种音乐创作。”① 他希望处在资本主义社会的艺术采取与社会对立的立场，认为艺术的价值就在于拒绝顺从被形式原则高尚化了的社会。“艺术之所以成为社会的，既不仅仅是由于它的生产方式——这一方式集中体现了生产力与生产关系的辩证法——也不是因为它的题材内涵的社会渊源，而是由于它采取了与社会对立的立场。这样一种立场只有当它作为独立的艺术而存在时才能采取。换言之，犹如清教徒拒绝任何形式的忏悔一样，艺术只有作为自为之物在自身中保持其纯洁性，而不顺应现存的社会规范并成为‘社

---

① 〔德〕西奥多·威逊格朗德·阿多诺：《〈现代音乐的哲学〉序和导论》，载《外国美学》第3辑，商务印书馆1988年版，第378页。

会有用的'，才可能通过它单纯的存在对社会进行批判。没有一种纯粹的、遵循自身的内在规律使自己变得完善的事物不是无声地做出批判，并以一种超越于彻头彻尾的商品交换社会的姿态控诉凌虐的：在艺术中，一切都是为他的。艺术的反社会性恰恰在于对确定社会的确定批判。"[①] 与马克思、毛泽东并称为"三M"（Marx、Mao、Marcuse）的马尔库塞强烈要求艺术超越现实、变革现实，他说："艺术的基本品质，即对既成现实的控诉，对美的解放形象的乞灵，正是基于这样一些方面，艺术在这里超越了它的社会限定，摆脱了既定的言行领域，同时又保持其势不可挡的存在风貌。""一件艺术品借助于美学形式改造，在个人的典型命运中表现了普遍的不自由和反抗力量，从而突破被蒙蔽的（和僵化的）社会现实，打开变革（解放）的前景，这件艺术品也可以称为革命的。"艺术社会功能的发挥一定要以美学的形式来体现，"艺术并不因为它为工人阶级或为'革命'而写，便是革命的；艺术只有从它本身来说，作为已经变成形式的内容，才能在深远的意义上被称为革命的。"[②] 把文学艺术超越、变革现实的功能以最坚定、最激越的态度表达出来的，是"存在主义的马克思主义"者让—保罗·萨特。萨特明确主张"不管你是以什么方式来到文学界的，不管你曾经宣称过什么观点，文学把你投入战斗；写作，这是某种要求自由的方式；一旦你开始写作，不管你愿意不愿意，你已经介入了。"

① 陆梅林选编：《西方马克思主义美学文选》，第367页。
② 〔美〕赫·马尔库塞：《现代美学析疑》，文化艺术出版社1987年版，第4、7页。

基于这样的文学观，他毫不犹豫地批评康德的艺术的“无目的性的目的性”的见解，“我以为康德的说法：‘没有明确目的而却又符合目的性’，用在艺术品身上是完全不合适的。这一说法指的是审美对象只在表面上具有符合目的性，它只限于引起想象力的自由的、有规则的游戏。这样说就忘了观赏者的想象不仅有调节功能，还有构成功能；它并非在做游戏，它只是被吁请越过艺术家留下的痕迹，重组美的对象。想象与精神的其他功能一样不能享用它自身；它总是在外面活动，总是投入某一业举之中。”[①] 这种将艺术创作活动与精神之外的社会联系起来的思想，直接促使萨特提出为时代写作的口号，“我们必须为我们的时代写作，像那些伟大作家这样做过的那样。可是，这不等于说，我们应该关闭在我们的时代里面。为我们的时代写作，这并不是消极地反映它。这是说，我们应该力求若不是维护它，就是改写它——从而向未来继续前进”[②]。为了真正向未来前进，萨特以与资本主义不妥协的态度表示：“我断定资产者都是坏蛋，我相信我恰恰可以通过对资产者说话，毁坏他们的名声。”“我的立场扼要地说，在于把资产者作为坏蛋来谴责。”[③]“要是把这个世界连同它的不公正一起授给我，我不会对这些不公正漠然置之，而会用我的愤怒使之变活，我会揭露它们，将它们照其本来面目创作出来，也就是，把它们作为有待克服的

① 《萨特研究》，中国社会科学出版社 1981 年版，第 3、24 页。
② 《存在主义述评》，上海人民出版社 1981 年版，第 160 页。
③ 《萨特研究》，第 104 页。

弊端创作出来。”[①] 从本雅明到萨特，西方马克思主义文学理论不仅确立了把艺术从统治阶级的垄断中解放出来的较低层次的价值目标，而且随着社会历史的发展，还能从较高的层次坚定地把批判资本主义社会的不公正，作为文学艺术这一重要社会存在的基本价值[②]。这就表明西方马克思主义文学理论在自身的价值取向上仍然属于社会主义的范畴，它们并没有加盟资产阶级的阵营。

为了实现他们确定的文学理论的价值，西方马克思主义者特别强调文学活动的这样几个方面：

首先，他们非常关注文学活动在“改造个人的倾向和需要”上的作用。马尔库塞认为：“实现无阶级社会，其先决条件是根本改造个人的倾向和需要，在社会——历史范围内来一个有机的发展。所谓休戚相关，利害与共，如不扎根在个人的本能构造中，那是靠不住的。”[③] 这个观点的提出，是和马尔库塞受到弗洛伊德关于人的深层无意识思想影响有密切的关系。有学者指出：马尔库塞把马克思主义的消灭私有制、物质的力量必须以物质摧毁的原则，修改为性欲“生命本能的社会解放”实在是荒唐的。这当然是很有道理的。只是我们在这里的视点集中在文学活动上（马尔库塞也是这样），文学活动作为一种人的精神活

---

① 陆梅林选编：《西方马克思主义美学文选》，第468页。

② 我们也要看到西方马克思主义者中的一些人过分夸大文艺功能这一点，如马尔库塞就认为“美有力量遏制侵略：它能禁止侵略者行为。”“为了解决政治问题，美学是必由之路”。

③ 陆梅林选编：《西方马克思主义美学文选》，漓江出版社1988年版，第264页。

动，原本就代替不了物质的力量所起的作用，它只能潜移默化地对人的心灵起作用。马尔库塞的观点值得人们注意的地方，是他希望文学活动所产生的审美力量，应该入人身、化人心，直化到能“扎根在个人的本能构造中”，即“根本改造个人的倾向和需要”。关注于人的倾向和需要，要求有社会主义倾向的作家，尽可能地把人的倾向和需要引导到关注工人阶级的解放斗争上来，这是马克思、恩格斯的一贯思想。在我们看来，马尔库塞把“生命本能的社会解放”，作为要求文学活动影响力最大发挥的一种可能性，虽然看起来有些玄虚，却比我们一般化地谈论文学活动与人的心灵关系要耐人思索得多，它有利于人们更深刻地思考，文学活动潜移默化作用，有无一个层次问题？如果有，它又是怎样递进的？反过来，它又会对文学创作起一种什么样的影响？特别是文学的审美特性。我们尤其感兴趣的，是他认为文学活动的审美效果，“如不扎根在个人的本能构造中，那是靠不住的”这样的想法。他显然把审美效果分为靠得住的和靠不住的两种了，虽然靠不住的，不见得都是有害的，但追求那种以“坚持要求从地球上清除资本主义精神所产生的物质垃圾，清除这种精神本身”[①]为宗旨的文学之靠得住的审美效果，却对实现无阶级社会更加有利，因而是应予以大力张扬的。

其次，他们非常强调文艺家和读者的艺术责任，认为这是和文学活动的实际效果密切相关的根本问题之一。西方马克思主义文学理论中谈文艺家的责任问题的不少，有讲政治责任的，

① 〔美〕马尔库塞：《现代美学析疑》，第51页。

有说社会责任的，唯独萨特特别重视文艺家和读者的艺术责任，而且，他还把这种责任和创作、道德与自由联系在一起，构成一个自律机制，希望它能完善文艺家和读者自觉的心灵活动。萨特说："艺术作品作为一个有待完成的任务出现，从一开始它就要求担负明确的责任。你完全可以把一本书丢在桌子上不去管它。可是你一翻开那本书，你就对它承担了责任。因为享有自由并不是指享有自身主观的行动自由，而是指在一种由责任要求而进行的创作行为中享有自由。这个绝对目的，这个必须履行的责任——它是超验的，却又是被默许的，它被自由自身所接纳——就是我们所谓的价值。艺术作品是一种价值，为它是一种吁求。"[①] 萨特把艺术作品视为一种价值吁求，吁求读者的一种责任，再由这种责任启动一种富有自由精神的创作活动。读者的这种富有自由精神的创作活动，其实是与作家"建立了一种辩证的交往关系"[②]，它的一个最大特点，就是在阅读这一创造过程中，作家和读者彼此都向对方提出了更多、更高的要求。萨特举例说，"人们可以想象一位美国黑人撰写了一本优秀小说，尽管书中充满了对白人的仇恨，因为他通过这种仇恨，要求得到自己种族的自由。由于他邀请我采取慷慨大度的态度，一当我感到自己是一种纯粹的自由时，我就不能容忍把自己放在压迫者的种族一起了。因此，我需要一切的自由都要求有色人种得到解放，反对白人种族，如果我是白人之一，那么也反

---

① 陆梅林选编：《西方马克思主义美学文选》，第457页。

② 同上书，第463页。

对我自己……因为，当我一感觉到自己的自由与其他所有人的自由紧密相连不可分割时，就不可能再要求我用自己的自由来同意对这些人中的某部分人进行奴役了”。[①] 可见，文艺家和读者的艺术责任，就是把自己的自由与其他所有人的自由紧密的、不可分割的联系起来，这种联系还伴随着主体发自内心的强烈愿望和坚强意志。这样的愿望和意志有着巨大的能动性，它既能以严格的自律理性规范人的欲求，又能创生一种新的精神因素来支配人的思想和情感。理解了这样的责任内涵，就不难明白萨特所说的“尽管文学和道德是截然不同的两码事，但在艺术责任的核心中，我们看到了道德责任”[②]的意义了。和萨特所说的艺术责任有相同之处的，是奥地利著名的政论家和评论家、曾为奥共中央委员的恩斯特·费歇尔。他认为，社会主义艺术和文学的对象，“不仅是社会主义者，而且是一切向往一个适合人生活的世界的人。它们的对象是上升过程中的人类。正因为如此，它们的责任是重大的，它们对新事物的探求是缺少不得的，它们的前途是无限的”。[③] 自觉地意识到自己艺术的对象是“上升过程中的人类”，仔细想来，其实也是萨特所说的艺术责任理所当然的一个内容。

最后，他们强调文学文本不是一个封闭、稳定的体系，并以这样的观念来提高文学活动主体审美建构的创新意识和能力。伊格尔顿认为：“‘固有的’价值是不存在的，即不互易的价值

① 陆梅林选编：《西方马克思主义美学文选》，第469页。
② 同上书，第468页。
③ 同上书，第341页。

是不存在的。文学价值，是用对本文的思想见解，用作品的‘消费性生产’，亦即解读行为，所制造出来的一种现象。它所表示的永远是由相互间的关系所确定的价值：‘交换价值’。”①这种交换价值的质量，毫无疑问是与主体的文学文本观念和解读文本的方法有着密切的关系。卢卡奇继承了黑格尔认为文学作品应该形成统一的整体的观点，皮埃尔·马歇雷却摒弃了这一见解。他说，“每部作品中都有‘隐藏着的珍宝’，评论家的任务理所当然地就是要去发掘这些珍宝。”②伊格尔顿在《马克思主义与文学批评》中对马歇雷的文学文本观念做了这样的概括：“一部作品之与意识形态有关，不是看它说出了什么，而是看它没有说出什么。正是在一部作品的意味深长的沉默中，在它的间隙和空白中，最能确凿地感到意识形态的存在。批评家正是要使这些沉默‘说话’。作品似乎在意识形态方面受到约束，不能说出某些事情，例如，当作家试图按照自己的方式说出真理时，他发觉自己不由自主地暴露出他写作时所受的意识形态方面的限制。他不得不显示空隙和沉默，即不能明白地说出的东西。由于作品含有这些空隙和沉默，因而它永远是不完全的。作品无从构成一种圆满一致的整体，反倒表现出含义上的冲突和矛盾，但作品的意义就在于这些含义之间的歧义，而不是它们之间的一致。……在马歇雷看来，作品永远是‘离心’的，它没有中心的要素，只有含义的不断冲突和歧义。‘分散’、

---

① 陆梅林选编：《西方马克思主义美学文选》，第705页。

② 同上书，第619页。

‘消散’、‘不同’、‘不规则’，这些就是马歇雷用来表达他的文学作品观念的形容词。”① 我们无意否定卢卡奇的文学文本观念，因为它确实从文本的外在结构上概括出了文本特征；在这里，我们之所以突出马歇雷的观点，是由于他是从文学文本与意识形态的关系出发，来说明一种深刻的精神现象的。马歇雷认为，意识形态作为一个结构体，有着自身内在矛盾，一方面，它只能在有限的范围内说明或解决问题，它不可能不是一个封闭体；另一方面，它总是夸大自身的作用，把自己说成其力所能及范围内人们须臾不可离开的、最具权威、而且是全能（无限）的东西。加之，在一个历史时期里不可能只有一种意识形态，这些多元的意识形态在不可避免地相互冲撞中，还会引发不同历史时期意识形态的参与，最后必然会形成一个极其复杂的意识形态体系和格局。与意识形态有着密切联系的作家的创作活动，常是意识形态冲突集中的场所，它出现不能提及和不能言说的事物便成为具有规律性的现象。面对这种精神现象，马歇雷希望超越结构主义，他问道：“能不能有这样的文学批评呢？它不是评注，而是科学地分析，对作品的语言增加真实可靠的理解，同时还不否定它的存在。能否有一种积极的文学批评，而不是阅读的艺术呢？这种积极的文学批评应当谈论写出一部作品的条件。科学不是解释它所研究的对象，而是要转换它，指明它本身最初并不具有的意义。”为了具体地说明他心目中的这种积极的（科学地分析）文学批评，他以“落体运动”为例说道：

① 陆梅林选编：《西方马克思主义美学文选》，第693页。

“下落物体的运动（它是‘承认’或‘遵守’地心引力定律的自然现象），本来没有什么（自然界不是一个王国，也没有国王能将他的这个自然王国置于地心引力定律之下）。物体过去下落，今后还将永远下落，而不宣告它们之所以下落的定律。是知识才发现了这一定律。换句话说，这条定律不是在下落物体之中，而是在别处，在它们旁边，在不同的层次上，那是科学知识的领域。”[①] 积极的批评就要像科学知识发现地心引力那样，从沉默的文学文本中发现它的“地心引力定律”。为此，积极的批评就要改变方法，不是在解释对象上下工夫，而是要在“转变”对象上有创新；不是脱离作品语言的实际存在架空胡说，而是“对作品的语言增加真实可靠的理解”；不是面对“对象的沉默、否定和抵制”便却步，而是要发现“那种使得这部作品成为可能的，绝对先于作品存在的，并且不可能在作品中找到的条件”；[②]“不是填补作品，而是寻找作品含义冲突的原则，说明这种冲突是怎样由作品与意识形态的关系产生的。”[③] 积极

---

① 陆梅林选编：《西方马克思主义美学文选》，第631—632页。

② 同上书，第632页。

③ 同上书，第693页。伊格尔顿举例说，在《董贝父子》中，狄更斯在描绘事件时使用了许多相互冲突的语言：写实的，夸张的，牧歌式的，讽喻的。这种冲突在著名的“铁路”一章中达到顶点。在这一章，由于写到对于铁路的种种矛盾的反应（恐惧、抗议、赞成、兴奋等），以互相抵触的文体和象征来反映这一切，小说的含义结果被弄得模糊不清了。资产阶级照例赞赏进步，而小资产阶级则担忧工业进步必然会带来破坏性后果，小说牵涉在这两者之间，这就是这种含义模糊在意识形态上的基础。小说在赞美淘汰小人物的工业资本主义长足进步的同时，同情那些被新世界淘汰的精疲力竭的小人物。因而，我们在发现作品含义冲突的原则的同时，也就分析了它与维多利亚时代意识形态的复杂关系。

批评的所有这些要求，从价值取向上看，其实就是一个目的：把人们的审美领域理解为一个自由的、变化多端的、创新建构的场所，让人在这个场所里尽可能地发展和完善自己的本质力量。

西方马克思主义文学理论的价值取向，与其总体理论旨在批判资本主义文化的价值取向相一致，在“一个单向度的社会几乎不需要传统的独裁国家所必备的赤裸裸的镇压机器”中，在“福利和战争国家、传播媒介以及现代技术的发展产生了一种广泛的同一性（趋同现象），同时抑制了改变现状的真正抉择的发展”[①]的资本主义现实里，我们理应看到西方马克思主义文学理论价值取向所具有的积极意义。

第三节　马克思主义文学理论价值取向的普适性

马克思主义文学理论作为一种人类文化，不只对社会主义国家的文化建设起着积极的促进作用，而且对人类的精神文明建设也将产生重大的影响。其价值取向的普适性，绝不是我们从个人的理论偏爱逻辑推导出来的，而是能够从中外文学理论发展史得到实证的。

从中外文学理论发展史来看，马克思主义文学理论的价值

---

① 〔美〕罗伯特·戈尔曼：《“新马克思主义”传记词典》，重庆出版社 1990 年版，第 568 页。

取向是具有普适性的，它相当全面地涵盖并提升了以往文学理论的价值追求。中国古代文学理论在汉以前，关于文学的社会价值（功能），强调的是其“教化”作用，以孔子的“兴、观、群、怨”[①]说为代表；关于作家与文学的关系，突出的是“人品”决定“文品”，倡导有德者立言；关于读者与文学的关系，关注点是审美主体的精神状态，所谓“载使然也”[②]。魏晋至唐，文学的教化作用，不仅没有减弱，反而突出了文学的经国济世的功能。明道、载道的功能，陶冶性情，泄导人情，被视为文学的重要价值；白居易主张“文章合为时而著，诗歌合为事而作”[③]，“但伤民病痛，不识时忌讳”[④]，体现了当时文学理论的最高价值。宋、元、明、清时的文学理论价值，教化作用依然一以贯之，但突出了文学活动中的个体视角和个体感悟。“夫诗者，所以自乐吾之性情也”[⑤]，这是重文之娱乐性；“观诗各随所得”[⑥]，“书一也，而观者异焉”，[⑦]这是强调审美的主观性；“未有真境之为所欲为，能出幻境纵横之上者——我欲做官，则顷刻之间便臻富贵；我欲致仕，则转盼之际又入山林……”[⑧] 这是注意到文学艺术的创造性想象的艺

① 《论语·阳货》。
② 《淮南子·齐俗训》。
③ 白居易：《与元九书》。
④ 白居易：《伤唐衢二首·其二》。
⑤ 刘将孙：《九皋诗集序》。
⑥ 刘辰翁：《题刘玉田题杜诗》。
⑦ 刘将孙：《四库辑本别集拾遗下〈读书处记〉》。
⑧ 李渔：《闲情偶寄》。

术建构作用所具有的精神补偿意义的见解；而把明代兴起的历史演义小说看做“羽翼信史而不违”[①]的东西，则是要凸显文学的认识价值。近代时期的文学理论价值取向，最重要的是意识到了文学的真正价值在于“立人”，特别是要造就“精神界之战士”[②]；面对救亡的忧患、启蒙激发的奋进，文学的战斗作用得到突出强调。不论是着眼于个人，还是着重于群体，文学理论家都视文学艺术为武器，认为文学艺术一定要促使社会发生巨大的变革。从以上简要的梳理中，便能看出马克思主义文学理论的价值取向，对中国古、近代文学理论的价值取向，不仅从总体上是涵盖了的，而且是在一个全新的世界观、更高的境界上作了质的升华。

古代西方文学理论的价值取向，不论是讲愉悦、讲美善、讲和谐、讲高尚快乐，最终还是指向净化人的心灵。从“希腊化”到中世纪，文学的价值观一直沿着两条思路发展：文学要成为使人更成为人的东西，它让人感到愉悦、受到教育，最后使人崇高；文学是与“神性”相通的东西，它要体现统一于神的真、善、美。文艺复兴时期的人们，明白了文学的主题是人，文学要在人的个性解放与心灵净化上发挥作用，要让人产生一种惊奇感。这一时期的文学理论家，把亚里士多德的净化说和贺拉斯的寓教于乐说，与当时的实际需要结合，作了新的

---

① 修髯子：《三国志传通俗演义·引》。

② 鲁迅：《摩罗诗力说》：“旧染既深，彻以习惯之目光，观察一切，凡所然否，谬解为多，此所为呼维新既二十年，而新声迄不起于中国也。夫如是，则精神界之战士贵矣。”《鲁迅全集》第1卷，人民文学出版社1963年版，第233页。

发挥。新古典主义时期，文学理论积极推崇理性，“凭着理性获得价值和光芒”①。启蒙运动的时候，文学理论更看重的是文学与生活的相互作用，在世俗生活的层面强调文学的真、善、美的统一，强调文学艺术的移风易俗的作用，甚至如席勒，认为改革社会、实现自由，必须通过审美教育。康德、黑格尔至19世纪的文学理论，把净化说与寓教于乐说在文学艺术是属于让人民大众快乐、愉悦的前提下再度融合。“净化”就是把人当做有道德、有智力的人，上升到一个更加崇高的领域中去；“乐”是让奴隶高兴，让暴君害怕②，这也正是当时文学人道主义的基本内涵。20世纪前半期，在价值取向上有一定代表性的文学理论，是马斯洛的“自我实现”基础上的文学社会责任思想，以及罗曼·罗兰要求艺术家置身于时代的“巨大的战斗中心”，充当时代的眼睛，做“新大陆的发现者”③ 的观点，还有弗洛伊德的性升华与本能补偿说所开拓的理论新领域。④ 从西方文学理论发展的大致脉络中，我们能够意识到，虽然不同时期的价值取向的具体表述千差万别，但其主导的基本理论基础，是净化说和寓教于乐说，而且随着时代的进步，人民在文学艺术中的地位越来越重要。创生于19世

① 〔法〕布瓦洛：《论诗艺》，伍蠡甫主编：《西方文论选》（上卷），上海文艺出版社1963年版，第290页。

② 中国社会科学院文学研究所文艺理论研究室编译小组：《现代外国文艺理论译丛：美国作家论文学》，三联书店1984年版，第24页。

③ 《西方古今文论选》，复旦大学出版社1984年版，第489、492、494页。

④ 中、西文学理论价值取向思路的梳理，我们参阅了敏泽、党圣元合著的《文学价值论》，在此向他们二人致谢。

纪的马克思主义的文学理论，是名副其实的前马克思主义文学理论精粹的集大成者。

通过对马克思主义文学理论发展过程中，不同历史阶段所展示的价值取向和意义，以及其在实现自己价值时不可避免地出现的诸多教训的分析，特别是，通过把马克思主义文学理论和中外文学理论发展史相联系的考察，我们可以说，马克思主义文学理论的价值取向是全球化时代最具普适性的。我们相信，它的价值取向最终也会成为全球化时代文学理论的主导价值取向，尽管人类多样态的文学理论之具体价值表述可以千差万别，但其核心指向终归会是一致的。

第三章 全球化时代西方文论的多元价值借鉴

全球化时代西方文论知识系统中值得借鉴的资源十分丰富，问题在于我们的选择。按照一些学者的看法，全球化理论并不是一种理论而是一个理论群，它的发展基本上是和全球化进程同步的。其理论源头可以追溯到17、18世纪的西欧，从当时兴起的现代西方社会科学诸学科的前身中可以清晰地看到关于全球化认知的萌芽。20世纪60年代后，随着全球化进程取得的实质性推进，全球化理论开始基本形成，罗马俱乐部的报告和沃勒斯坦的世界体系理论就是这中间最系统的代表。延至20世纪80年代，全球化理论已成燎原之势，围绕全球化这一主题，社会科学中几乎所有学科都给予它不同程度的关注。[①] 这一梳理基本上勾勒出与全球化理论相关的社会科学的研究背景，其关注的时间维度也许可以更久远一些，但重心仍在20世纪及其60年代以后。研究文学理论的学者甚至认为，如果我们将全球化当做一种历史和文化批评话语，那么它所显示出的对有着鲜明欧

---

① 杨雪冬：《全球化：西方理论前沿》，社会科学文献出版社2002年版，第15页。

洲中心主义色彩的现代性的强有力消解和批判作用就应得到关注。同时，它作为现代性话语的对立物，与现代性以及其自然的延伸和悖逆——后现代性，又有着某种反拨和交合作用。全球性话语已经在相当程度上取代了现代性/后现代性二分法，成为一个可以覆盖这两种学术话语的新的视角。它在文化上的一个直接反映就是文化研究的崛起，以及对传统精英文学研究构成的挑战。① 总括以上看法，我们的基本理解是，全球化视野下对西方文论的借鉴，应更多地关注现代性以后，尤其是20世纪中后期西方文学理论话语的变化，诸如从对现代性、后现代性及文化研究这些理论话语的分析中，透视其在价值取向、知识构型与跨文化研究等方面所呈现的多重意义。

第一节　人文价值取向与文学理论观念的生产

一、重申人文价值取向问题的学理依据

在对西方文论多元思想资源的借鉴中，我们之所以将人文价值取向与观念的生产，作为十分重要的内容来看待，不仅有学理方面的依据，也包含了我们对文学理论作为一种典型的人文学科形态的基本理解。

早在20世纪80年代，伊格尔顿在其著名的《二十世纪西方文学理论》中，曾对现代文学理论的特质进行过深入分析。

---

① 王宁编：《全球化与文化：西方与中国》，北京大学出版社2002年版，第2—5页。

他说，“在本书中，我从头到尾都在试图表明的就是，现代文学理论的历史乃是我们时代的政治和意识形态历史的一部分。从雪莱到诺曼·N. 霍兰德，文学理论一直就与种种政治信念和意识形态价值标准密不可分。的确，与其说文学理论本身就有权作为理智探究的一个对象，还不如说它是有以观察我们时代的历史的一个特殊角度。因为，与人的意义、价值、语言、感情和经验有关的任何一种理论都必然会涉及种种更深广的信念，那些与个体和社会的本质、权力和性的种种问题、对于过去历史的种种解释、对于现在的种种理解和对于未来的种种瞻望有关的信念……而纯文学理论只是一种学术神话。”① 在对文学理论价值取向的理解中，伊格尔顿尽管极端推崇政治批评的作用，强调政治取向的重要性。但客观而论，伊格尔顿对政治的理解并非是一种制度层面的狭义概念，而是包含了一种人文性的内容。正如作者在第二版序中所指出的，书中所勾勒的任何一种理论，从现象学和符号学到结构主义和精神分析，都并非仅仅与“文学”作品有关。相反，它们皆出现于人文研究的其他领域，并且都具有远远超出文学本身的意义。②

在对20世纪后早期西方文学理论走向的分析中，英国学者拉曼·塞尔登等人在《当代文学理论导读》中指出，在“当代文学理论”的语境中，最近出现了一个更令人瞩目的转变，那就是向“文化理论”的发展，“文化理论”成了整个领域中学

① 〔英〕特雷·伊格尔顿著，伍晓明译：《二十世纪西方文学理论》，北京大学出版社2007年版，第196—197页。

② 同上书，第3页。

术研究的一个笼罩一切的术语。特别是关于后现代主义、后殖民主义、同性恋与酷儿理论等——都大大超越了“文学的”范畴，看到这一点是很重要的。这些理论在全球范围内促进了对一切话语形式的重新阐释和调整，形成了激进的文化政治的一部分，而“文学的”研究和理论只不过是其中一个多少有点意义的再现形式。《当代文学理论导读》充分认识到这些转变，尽管对这些新的理论做了简要的论述，但却始终注意在广阔多变的文化史进程中保持一个文学的焦点。[①] 拉曼·塞尔登也强调文学理论作为激进的文化政治的一部分，这实际上是西方人文主义在20世纪的一种重要转向，它更多地以介入和干预社会公共文化实践的姿态，体现理论的价值与作用。所以作者说，“本书最根本的一个信息是，能够理解和调动理论即能使自己的实践理论化，也就是在当代文化政治中获得了公民权。”[②] 值得注意的是，作者在该书的结论中进一步阐释了后理论时代文学理论的价值取向问题。作者指出，新千年的开端开启了一个“后理论”转向的时代的开始，如民连京·卡宁汉（Valentine Cunningham）的《理论之后的读解》（2002）、让—米歇尔·拉巴尔特（Jean Michel Rabate）的《理论的未来》（2002）、特里·伊格尔顿的《理论之后》（2003）以及《后理论：批评的新方向》（1999）、《理论还剩了什么》（2000）、《生活：理论之后》（2003）等文集。且不论我们能不能有意义地进入“后理论”，

---

① 〔英〕拉曼·塞尔登等著，刘象愚译：《当代文学理论导读》，北京大学出版社2006年版，第10页。

② 同上书，第13—14页。

但这一预告更像是在重定方向，因为大家的共识是20世纪70和80年代盛期的“理论”已经被取代，或者完全被吸纳进新的理论或种种理论中，这些理论更应该被理解为一种行动而不是文本或立场观点（着重号为该著作者加）。如乔纳森·卡勒说，理论是“对常识观念充满战斗气息的批判”，它“提供的不是一套解决方案，而是进一步思索的前景”（1997）；大卫·凯洛尔说，理论遭遇的是“未经验的主流批评策略……传统问题中固有的矛盾和复杂性”，它寻求“提出不同的问题或者用不同方式提问”（1990）。迈克尔·佩恩（Michael Payne）说，“理论讲的是我们如何以自我反身的方式来看待事物”（2003）；特里·伊格尔顿说的也差不多：“倘若理论意味着对我们那些指导性假若的一种合理的体系性的思考，它就将永远是不可缺失的”（2003）。在这个意义上，理论是要存在下去的，正如卡勒说的，理论是“无尽的”。[①] 拉曼·塞尔登等人的分析是富有启发性的，它表明了20世纪后期以来西方文学理论在人文价值形态方面的深刻变化：即理论终结时代并非理论的真正终结，而是转向了多元思想取向的建构，它更注重人文性的实践与对合理的体系性的思考，并在一种更宏伟、更负责的层面上，向后现代主义逃避的那些更大的问题敞开胸怀。这些问题包括道德、形而上学、爱情、生物学、宗教与革命、恶、死亡与苦难、本质、普遍性、真理、客观性与无功利性等。其核心是从文化研究与后现代主义控制的时代走出来，重新担当起对文学和文化以及当代的理

---

① 〔英〕拉曼·塞尔登等著，刘象愚译：《当代文学理论导读》，第326—328页。

论化的任务，以便更完整地理解“后理论”转型的深刻意蕴。它意味着20世纪以来西方文论的进展，始终伴随着人文价值取向的显著变化。在中国学人近期的相关研究中，也颇能证明这一点。

有学者认为，从文艺学的思想谱系与知识秩序考察，西方文论的生成从很早时期就呈现出三种明显的人文路径，即神学路径、人学路径与语言学路径。西方文学之思的人学路径与神学路径截然不同，它的开端与延展是以“上帝之死”和“人/神二元世界的解体”为标志的。一般来说，西方文学之思的人学之路发端于文艺复兴，完成于尼采与马克思，在“语言学转向”中受到挑战，又在“文化研究”中走向极端。将文学看做权力意志现象的尼采思路与将文学看做意识形态现象的马克思主义思路在文化研究中结合在一起了。20世纪60年代以来兴起的文化研究是人学路径的极端延伸。表面看，文化研究是一种“由来自文学批评、社会学、历史、媒介研究等观念、方法和关系组成的地地道道的大杂烩”，但细而察之，则可发现，但凡称为“文化研究”的学术现象都有一种或明或暗的“政治旨趣”，正是这一旨趣突破了现代学科界限而将这个大杂烩聚集在一起。文化研究潜藏了这样一种信念：任何一种话语实践都是政治的，都可以对它进行政治分析。正是这种信念与基于这一信念的政治研究旨趣使文化研究成为一种向各个学科领域“入侵”的“研究”，而不归属于任何一个学科。[①] 这就告诉我们，无论是

① 余虹：《理解文学的三大路径》，《文艺研究》2006年第10期。

“人学”路径，还是“文化研究”，它们分别体现了不同时期西方文论的人文价值取向，这种取向及其思想资源事实上对西方文论的发展起到了至关重要的奠基性与规导性的作用。与此相同，当代文论家朱立元在分析20世纪西方文论的走向时，也提出了“两大主潮”与“两个转向”的观点。①他指出，当代西方哲学思潮大致上分为人本主义和科学主义两大主潮。这两大思潮20世纪以来时而对立、冲突，时而共处、交错，时而互相吸收，此长彼消，曲折发展，在纷纭复杂、多元展开的哲学大潮中始终占主导地位。当代文学理论的发展虽有相对独立性，但与这两大哲学主潮有着密切的联系，在思想基础、理论构架、研究方法等许多方面受其深刻影响。诸如表现主义诗论、象征主义与意象派诗论、现象学和存在主义文论、西方马克思主义文论、解释学和接受美学理论等，作为人本主义的文论形态，它在价值取向方面突出显示了以人为核心、出发点和归宿的理念，表现了最深刻、最丰富的人文思想内容，客观构成了20世纪西方文论的重要方面。当代西方文论中的“两个转向”是指“非理性转向”与“语言论转向”。所谓“非理性转向”，主要是人本主义价值的体现，因为19世纪以前的西方古典文论同古典哲学一样，是理性主义占主导地位的。从19世纪起，随着黑格尔为代表的德国古典哲学的终结，理性主义开始衰退，叔本华、尼采非理性主义的唯意志论问世，使传统

---

① 朱立元主编：《当代西方文艺理论》，华东师范大学出版社1997年版，第2—5页。

的人本主义与科学、理性主义之间出现裂痕，为20世纪人本主义与科学主义的对立埋下伏笔。进入20世纪，人本主义哲学和文论中的非理性主义逐渐占据上风。在文论的价值取向方面，它们把目光从传统的理性原则转向长期被忽视或被遗忘的人的非理性方面，并在此基础上构建新的文学理论：如克罗齐、柏格森对直觉的推崇；弗洛伊德、荣格对无意识领域的开拓；卡西尔对“隐喻思维”的重视；苏珊·朗格对作为“前逻辑”方式的情感和“生命形式”的注意；海德格尔对“先行结构”的强调和要用“思”与“诗”把语言从逻辑和语法中“拯救”出来的努力；伽达默尔“合法的前见”的提出；姚斯对“审美期待视野”的解释；德里达要“涂去”概念的逻辑表达方式等；都是从不同角度、不同方面对传统理性主义的挑战与突破，都是对人的本质力量中非理性方面的发现与弘扬。[①]这种“非理性转向”，给当代西方文论带来了重要的变化和更新，取得了重要的突破和拓展，是西方人文主义价值观在文学理论中的现代性体现。

以上说明，中西学者从人文思想（人本主义）方面对西方文论价值取向的阐发是相当一致的。之所以如此，是由作为人文学科的文学理论的学科定位所决定。众所周知，人文学科在西方是人类社会三大学科之一的综合性学科，主要是指以人类的信仰、情感、道德和美感等为研究对象，通常包括文学、语言、艺术、历史、哲学等研究领域。在西方，文学和文学理论

---

① 朱立元主编：《当代西方文艺理论》，第6页。

尽管从文艺复兴以来和科学、哲学、宗教的关系经历过一些变化，但一直是被作为人文学科来看待的。人文学科可以说是文学理论发展中一种基本的学科依据与规定，而人文价值取向则是文学理论发展的内在动因。从西方人文主义的传统及其人文学科的演变看，人文思想与价值无疑是西方文论生成的基础与根源所在。再从研究的对象、方法与目的看，人文学科研究的是关于人类精神、心理、心灵和意义等更为内在的方面；其研究的方法则是价值性评价，有更多的情感体验与理性阐释的特征，是“诗”与“思”的结合；而研究的目的则是为了获得对人性的理解与把握，正像美学、文学理论诸学科存在的意义一样，它所考虑的是人的存在的价值和意义，其最终指归是人文性的。这样看来，西方文论中所体现与蕴涵的人文价值取向是毋庸置疑的，这一思想资源的存在，不仅构成了西方文论知识形态的重要价值根基与思想性背景，而且，它也以其内在的哲理深度、面向社会文化公共领域以及文化诗学建构等方面的价值取向，直接影响和推动了西方文论观念的生产。

二、西方文论中人文价值取向的表现

西方文论与哲学的内在联系由来已久。它不仅存在于从古希腊到德国古典美学这一悠久的文化传统中，而且当代哲学与文化也敏锐察觉到了认识这种关系的重要性。亚里士多德早就讲过：“写诗这种活动比历史更富于哲学意味。”因为诗道出了“有普遍的事”。黑格尔指出：“艺术作品所处的地位是介于直接的感性事物与观念性的思想之间。”“因此，艺术不仅不是空洞的显现（外形），而且比起日常现实世界反而是更高的实在，更真实的客观存在。”[①] 在海德格尔看来，艺术从根本上说就是揭示真理，是一种对此在的昭示和创建。因此，在艺术中，我们逼近了本质，回到了存在的家园。雅斯贝尔斯更加明确地提出了形而上学的命题。他认为，艺术本身就是一种“哲学研究”，是一种对世界的探索。他甚至认为，真理的探索最初是由艺术和宗教的原始直观而实现的，这种直观构成了一种独特的“真理语言”，在历史上先于系统的哲学思维活动，它最早标示出哲学思维的领域。以上文论家的思考显然证明了一个事实：文学与哲学的关系表现为美和真两种价值要素间的相互依存与渗透，而作为更具形而上品质的文学理论活动，不仅需要哲学的观念与精神的支撑，而且也需要哲学思维与方法的指导。只有这样，才能透过扑朔迷离的文艺现象达到对某种深邃的东西的探询与把握，这正是文学理论独特的学科特性所要求的，它表达了一种诗性的智慧及特殊的真理观。作为传统人文价值思想的体现，西方哲学中的理性主义对古典文学理论观念的生产起到了重要的奠基性与规导性作用。而20世纪以后，现代哲学对文论观念生产的影响，虽然表现出多元性与复杂性的状况，但其核心还是围绕“非理性”与“反理性”的哲学意向展开的。

20世纪西方文论中的“非理性转向”是本书认同的一种观点，它的确反映了一种当代性的哲学思潮及其价值取向，是现代西方文论知识构成的一条重要的人文思想来源。但是，客观

---

① 刘小枫主编：《人类困境中的审美精神——诗人、哲人论美文选》，东方出版中心1996年版，第670页。

而论，“非理性转向”并不能代表20世纪人文主义文学理论整体的知识图景，它更多地代表了对于个体精神现象与心理活动复苏的人本主义的价值观。而超越个体存在，进入一种更为广阔的社会境域场后的哲学价值取向，则被排斥在“非理性转向”之外。所以，有论者所提出的“批判理论的转向”，则是值得我们关注的一种重要的人文价值资源。按论者的理解，20世纪西方哲学有三种主流趋势，即以马克思主义为基础的社会—文化批判理论、现象学—存在主义哲学、实证—分析哲学。作为哲学分支的美学，始终和西方现代哲学的发展同步前进。[①] 当然，它也毫无例外地影响了20世纪文论的人文价值取向。狭义的批判理论通常是指法兰克福学派，广义的批判理论则是指20世纪对资本主义社会持批判立场并带有马克思主义倾向的左派理论。无论是早期以法兰克福学派为核心的西方马克思主义文论，还是中后期以哈贝马斯为代表的第二代理论家的思考，或者是20世纪后期对后现代主义的关注，批判理论以其视野广阔的知识系统，以其对现代人的高度关注和对资本与异化现象的深刻批判，以其对审美与艺术现象的分析和对新的理想的可能性探讨等，不仅成为西方哲学、美学以及文学理论的一个重要转向，也带给我们对美学、文艺学问题的深度思考，这是其他理论所无法提供的。这种人文价值取向，既体现了对乌托邦精神的坚持与守护，预见了人类文化面临的深刻转变，批判与否定了非人性的现象，又深入剖析了我们时代的困境与问题，重新厘定

① 周宪：《20世纪西方美学》，高等教育出版社2004年版，第2、3页。

了人文学科不可推卸的职责与使命，其文化立场、跨思想深度与跨学科的综合研究方法均成为我国文论重要的价值借鉴。

“语言学转向”作为西方哲学史上的一个重要现象，它对20世纪西方文论观念的生产，具有十分重要的生成性作用，也给予中国文论的思想价值构建以多方面启示。按照西方某些哲学家的观点，现代哲学中的语言学转向，反映了从古典哲学把观念和内心状态作为哲学思考核心的传统方式转向语言，这实际上是为现代哲学打开了一条通向广阔的现实世界的道路，因为传统的精神哲学和意识研究通常只限于单个的主体及其内心状态。语言学转向对美学来说也具有同样的意义。传统美学关注个体的审美经验，强调趣味的差异和独特性，往往导致美学研究仅限于对主体审美意识和态度的考察，这不但限制了美学的视野，也限制了美学的对象。转向语言，就带有某种程度的革命性，这种革命性的表现是把语言建立在一种基本的本体论基础上，从一种建构性的功能来理解语言的人文价值取向。如海德格尔美学的基本思路，就是把语言和人的存在联系起来，视语言为存在的家园。人生活在语言之中，语言必然和真理发生关系，所以语言也就成为真理的场所。语言的本质是说，而纯真的说是诗，诗通过命名和召唤，把存在呈现出来，使之处于一种澄明的投射和朗照之中，诗人也由此成为这个家园的守护者。以语言为思想建构的基点，视艺术为接近真理的途径，这一思想不仅成为20世纪西方文论中最富有人文性内涵的美学观念，形成存在论的语言观，也开启了对话主义理论的生成，从而对20世纪西方文论的思想建基产生了十分重要的影响。除此之外，当代西方文论中的俄国形式主义、布拉格学派、语义学和新批评、结构主义、符号学以及解构主义等，虽然它们的理论主张与观点大相径庭，但都从不同方面突出了语言论的中心地位，为文学理论与批评的科学化以及回到理论的自觉，提供了值得珍视的借鉴与启示。

面向社会文化公共领域，提出时代发展中与人的存在息息相关的问题性，是当代西方文论人文价值取向的又一突出特征，它由此推动和影响了西方文论新观念的不断生成。美国哲学家提吉拉在20世纪70年代对现代西方美学的发展作过一个概括，他认为，较之于传统美学，现代美学有三个明显的转向，转向艺术，转向人的独创性，转向人类境状。[①] 毫无疑问，这个概括是恰当的，尤其是他所提出的转向人类境况的观点，足以深刻说明和解释20世纪西方文论所发生的深刻变化。本书的一个基本看法是，20世纪西方文论所呈现的强烈的现实感与对公共性的社会问题的关注与参与，正源于它对人类普遍生存境况的高度关怀与自觉，源于对社会现实问题的重视，其核心是以人的生存状况的思考为基石，自觉建构富有时代特征的思想观念与理论形态。如西方马克思主义文论、后现代主义的文化观、文化研究与批评等，无一不显示出这些特征。

按照学术界的一般解释，“批判理论”这个概念，最初是作为法兰克福学派理论家描述自己研究方法论的一个概念，其基本意思是指一种不同于实证的自然科学式的社会研究。它强调

---

① 李普曼编：《当代美学》，光明日报出版社1986年版，第51—57页。

放弃对社会做机械决定论和抽象功能的研究，而转向对社会历史总体性的考查。这种方法被一些西方学者称之为社会理论研究中的“解释的转向”。换言之，社会及其文化研究全然不同于自然物理现象，它涉及意义的理解和解释。更进一步，社会历史的研究根本不可能做到“价值中立”，而必须对社会冲突予以高度关注，尤其要关注社会冲突中人的状态以及体现出来的支配—被支配的关系。这种状态与关系不但体现在社会经济政治上，而且也反映在文化、意识形态甚至艺术上。即是说，批判理论在本质上是一种立场和态度，甚至是一种激进的立场和态度，它关心社会文化中存在的各种不平等现象，关心各种社会文化冲突，并以一种理想的乌托邦来抗拒社会文化中的一切不公平现象。这个特征在法兰克福学派理论家对法西斯主义和文化产业的批判，以及对启蒙运动的反思和科学技术的工具理性的批判中，可以清晰地辨识出来。①它也无疑成为西方马克思主义文论的一种原则和精神。西方马克思主义文论之所以是一种有别于经典马克思主义的思想体系，除了“地缘的”、“政治的”、“理论综合的”及“意识形态批判的”种种特征外，关键还在于它对时代新问题的深入思考与解答。如卢卡奇对资本主义社会的“物化”现实的忧虑和批判；阿多诺守护艺术的自律性和乌托邦性质，批判文化工业，坚持艺术与美学的救赎功能；马尔库塞对单向度社会的批判和致力于审美“新感性”的建立；伊格尔顿对文学的意识形态生产性的强调以及他所提出的“政

---

① 〔英〕拉曼·塞尔登等著，刘象愚译：《当代文学理论导读》，第129页。

治批评”的实践原则；詹姆逊在文化转向视阈下研究后现代文化现实的理论与方法等。其特征诚如拉曼·塞尔登所总结的，“马克思主义的批评将会永远发现自己概念的历史渊源；永远不会让概念僵化，对现实的压力无动于衷。我们永远不能超越主体在时间中的存在，但我们能够打碎我们观念的硬壳，进入对现实本身一个更加生动的领会之中”。①

后现代主义虽然与西方马克思主义有不同的理论基础与知识背景，但在面向社会文化境况、关注人的现实存在方面颇有共同之处。所不同的是后现代的人文取向的价值立场更鲜明，反抗与颠覆的力量更强烈。利奥塔在其《后现代状况》一书中讲道：“19 世纪和 20 世纪已经给了我们如此之多的恐惧。留恋那种整一，那种概念和感觉以及明了的和可传达的经验的和谐一致，我们已经付出了高昂的代价。在宽松和妥协的总要求下，我们可以听见那回归恐惧、实现把握现实之幻想的欲望所发出的低沉语调。对此所作的应答是：让我们发动一场针对总体性的战争；让我们成为不可表征之物的见证人；让我们激励分歧，并维护分歧这个名称的荣誉。”“向总体性宣战”，可以视为利奥塔后现代理论的核心，它也客观影响了后现代主义价值观的形成。作为 20 世纪中叶出现的一种世界性的文化思潮，后现代主义曾引起哲学、社会学、美学、文艺学诸多领域的论争与关注，它所具有的怀疑精神和反文化姿态，以及对传统的决绝态度和

---

① 参见王岳川、尚水主编：《后现代主义文化与美学》，北京大学出版社 1992 年版，第 53 页。

价值消解策略，使其成为一种“极端”的理论，使其对资本主义的批判以彻底虚无主义的否定方式表现出来。后现代理论虽然繁多、庞杂，含混且偏颇，但在精神价值取向上却是颇为清晰的。有学者把后现代主义的文化逻辑归纳为，体现在哲学上是“元话语”的失效和中心性、同一性的消失；体现在美学上则是传统美学趣味和深度的消失，走上没有深度、没有历史感的平面，从而导致“表征紊乱”；体现在文艺上则表现为精神维度的消逝，本能成为一切，人的消亡使冷漠的纯客观的写作成为后现代标志；体现在宗教上，则是关注焦虑、绝望、自杀一类课题，以走向“新宗教”来挽救合法性危机的根源——信仰危机。可以认为，后现代文化逻辑的复杂性，直接显示出这个时代的复杂性。[①] 论者同时指出，后现代主义采取了一种比现代主义更极端的形式对抗晚期资本主义制度，它要打破一切，进行价值重估，以消解一切“深度”为由走向平面，以自己的无价值的毁灭显示世界的荒诞和无价值。透过后现代主义思想的反抗与对抗，可以看到他们力图给沉沦于科技文明造成的非人化境遇中的人们带来震颤，启明在西方异化现象日趋严重的困境中吟痛的心灵，进而叩问个体的有限生命如何寻得自身生存意义的语境，其价值取向虽然过于激烈而充满解构性，但可以给人以深刻的反省、从而使人重新建立更合理的社会形式，重铸更健康的文化品质。所以，我们可以在思维论层面上肯定后现代主义的批判否定精神和异质多样的文化意向，但却必须在

---

① 王岳川著：《后现代主义文化研究》，第405页。

价值论层面上批判其丧失生命精神超越之维的虚无观念和与生活原则同格的“零度”艺术观。

文化研究与批评尽管不属于纯粹的文学理论范畴，但作为目前国际学术界最有活力，最富于创造性的学术思潮之一，它不仅对20世纪中叶后西方多种文学理论的形成产生了重要影响，而且以文化研究与批评取代文学理论的主张，亦成为当下中国文论界颇认同的主张，这就引起我们进一步去思考的必要。拉曼·塞尔登等人在《当代文学理论导读》中指出，在“当代文学理论”的语境中，最近出现了一个更为瞩目的转变，那就是向“文化理论”的发展，“文化理论”成了整个领域中学术研究的一个笼罩一切的术语。特别是关于后现代主义、后殖民主义理论等，都大大超越了“文学的”范畴。这些理论在全球范围内促进了对一切话语形式的重新阐释和调整，成了激进的文化政治的一部分，而“文学的”理论和研究只不过是其中一个多少有点意义的再现形式。应充分认识这种转变，但也要始终注意在广阔多变的文化史进程中保持一个文学的焦点。[①] 美国著名思想史学者理查德·沃林在《文化批评的观念》中，甚至把法兰克福学派、存在主义和后结构主义看做20世纪欧洲大陆三个有影响的文化批评思潮。它们之间虽然互有争议，但这三个思潮在战后北美的思想生活中都受到了相当热烈的欢迎。[②] 谈到三个思潮所贯穿的潜在的主题时，他认为文化批评家的角色

---

① 拉曼·塞尔登等著，刘象愚译：《当代文学理论导读》，第18页。

② 〔美〕理查德·沃林著，张国清译：《文化批评的观念》，商务印书馆2000年版，第18页。

则在于精确地揭示“现实性”和“合理性”之间的差异，暴露事物的突然存在和应该存在之间两相对立的隔阂。因此，除了关注历史现实的诸多失败之外，文化批评还包含某个潜在的乌托邦维度或解放维度。他相信，通过义无反顾地关注现代的诸多缺憾，它将获得导向某个更融洽、更和谐的未来的前提条件。[①] 可见，文化研究的确是一个最富于变化且难以定位的知识领域。迄今为止，虽然没有人为它划出一个清晰的科学界限，更没有人能为它提供一种确切的、普遍接受的定义。但是，文化研究与批评对文学理论的思想辐射与影响力却是不容忽视的。与传统文学研究注重历史经典不同，文化研究注重研究当代文化；与传统文学研究注重精英文化不同，文化研究注重大众文化，尤其是以影响为媒介的大众文化；与传统文学研究注重主流文化不同，文化研究重视边缘文化和亚文化；与传统文学研究将自身封闭在象牙塔中不同，文化研究注意与社会保持密切的联系，关注文化中蕴涵的权力关系及其运作机制。诚如有学者所指出的，在全球化时代，面对文学研究日益萎缩的局面，我们应当弘扬一种新的文学的文化研究。就其当代形态而言，西方的各种文化研究方法论为我们提供了对中国文化和文学进行多种阐释的可能性资源，并且作为我们应用于研究实践的工具。文化研究与文学研究的关系绝非对立，而是一种对话和互动关系：文化研究扩大了文学研究的范围，提出了一些新的理论课题，开阔了文学研究者的视野，而文学研究的扎实的文本

---

① 〔美〕理查德·沃林著，张国清译：《文化批评的观念》，第2页。

知识则使得文化研究者不至于脱离文本实践而空谈大而无当的文化。如果我们能够借助于西方语言的媒介来发出自己的独特的声音，建构自己独特的研究话语，就将对中国的文化思想在全世界的传播和推广起到更为积极的作用。[①] 所以，从人文价值取向的角度看，文化研究与批评，无疑是当今人文社会科学领域富有生命力和积极意义的一种研究路向，也可以说是一种能积极适应现代社会生活状况与文化状况的研究模式。它在思想资源方面所显示的多元整合特征以及注重与社会生活实践的互动，突出的问题意识，高度的政治参与性与公共关怀精神等，使得文化研究真正成为一种具有突出人文价值取向与鲜明方法论特色的学科范式。文学理论不能为文化研究所取代，但文学理论必须借助文化研究提供的新思路来丰富自己。

在对20世纪西方文论多元知识与价值的借鉴中，文化诗学也是一种值得探究的理论。法国当代著名文学批评家让—伊夫·塔迪埃，在《20世纪的文学批评》一书中设专章谈诗学问题。他认为，有学者把诗学定义为“文学理论”；也有学者肯定诗学以构建能够同时捕捉到所有文学作品的同一性和多样性的类型为己任；还有学者考察诗学对象中的“过渡文本”，揭示其中的“跨文本性”，即“所有使该文本与其他文本发生联系的因素”。20世纪的诗学类型有三种。散文体裁的诗学类型包括了卢伯克、福斯特、乔治·布兰、米歇尔·雷蒙、托多罗夫、热拉尔·热奈特、巴赫金等学者；诗的诗学类型有艾略特、燕卜逊、

① 王宁编：《全球化与文化：西方与中国》，第7—9页。

格雷马斯、利法泰尔等；而阅读诗学类型则包括伊泽、克斯、埃科及米歇尔·夏尔等。在诸多诗学理论中，巴赫金将诗学理解为“跨语言学”，他是把言语即文本中所包含的个人陈述放在历史的、社会的和文化的环境中来研究，与“密切的意识形态倾向”和“密切的形式主义倾向”保持同等的距离。[①] 客观而论，作者对20世纪西方诗学理论的把握颇为中肯，分类也更细致，并尽可能使诗学取向回归到与文学文本的关联性上，以突出文学的诗性品质。值得注意的是他对巴赫金的评价，作者所指出的把个人陈述放在历史、社会和文化的环境中来研究，与意识形态和形式主义两种倾向保持同等的距离的观念，在某种程度看，它所揭示的正是文化诗学理论基本的价值取向。

在我国新时期以来的学术研究领域内，以“文化诗学”为视角，着重考察20世纪西方文论的精神基础与理论资源，考察文学批评的跨文化整合等，也成为一条重要的学术研究路径。它对当代文学理论中的诗学建构产生了重要的影响。有学者认为，考察20世纪西方文学批评的轨迹，巴赫金、韦勒克、诺思洛普·弗莱、海登·怀特、厄尔·迈纳、詹姆逊等，是有强烈文化诗学色彩的理论家，在一定意义上代表了西方20世纪文化诗学理论的重要面向。米哈伊尔·巴赫金的狂欢化理论与相对论思想所反映出的新型文化诗学观，雷纳·韦勒克坚持形式探索中的内外统一性与文学整体性以及“透视主义”批评论所透

---

① 蒋述卓主编：《文化诗学：理论与实践》，人民文学出版社2005年版，第2—3页。

露出的整体论观念，诺思罗普·弗莱将原型探索与文化观照的结合，海登·怀特在“新历史主义”视界中对批评观的突破，厄尔·迈纳通过跨文化比较实践对比较诗学理论与范畴的重新框定，以及弗雷特里克·詹姆逊所主张和实践的后工业时代的文化批评理念等，均体现了20世纪西方文论、尤其是批评理论的一条重要发展路向，即从形式探索走向文化批评，并努力将两者完美地结合起来，实践一种“文化诗学”式的理论与批评。几位批评理论家所处时代虽然不同，思想观念也各异，但其内在的文化价值取向与方法却颇为相似。用詹姆逊的观点来讲，随着全球化文化时代的到来，一种与时俱进的文化诗学研究已是不可避免，它的意义和价值，仍需要我们不断去认识和实践。事实上，如上批评家的文化诗学理论是颇具特色的，它既不同于西方传统的文学理论研究中的历史批评或意识形态批评，又不同于后现代主义文化或西方某些学者所建立的第三世界文化理论与文化批评，而是一种具有现代意识，立足文本的文学性或审美性根基，依持与守护文学的诗性品质的理论形态。我们的理解是，与20世纪其他批评类型相比，文化诗学除了具备特定的文化哲学观念与思想，跨文化的视野与背景，对文学本体问题的重视与关注等特征外，其鲜明的诗性价值意向与对文学诗性精神的倡导、弘扬与维护，是一种值得格外珍视的人文价值取向。我们把这种人文价值取向看做是20世纪西方文论中一种极其重要的审美精神资源。

诚然，巴赫金文化诗学所主张的“对话主义”与“狂欢化”理论，在审美的自律与他律之间所保持的均衡张力，以及对作为文学本源性的生命活动特征的充分肯定与认同；形式主义诗学理论对文学本体问题的细致探索，以及回到文学的艺术维度，对文学性的依持与强调；新历史主义文化诗学所提出的对文本实施政治、经济、社会等方面的综合治理，并致力于恢复文学研究的历史维度和意识形态解读，在历史与文学整合场域中重新塑造人类思想的符号系统的主张等，均是20世纪西方文论知识构成中十分重要的审美思想资源，它对中国文论的价值选择有积极的借鉴与启示作用。但是，从作为观念生产的基础层面看，海德格尔诗学观中对诗与思关系的思考，使我们在人文价值取向方面的理解将更为深刻。

众所周知，海德格尔的诗论和艺术论并非一般文艺学学科意义上的诗学和艺术学，而是他整个存在之思哲学的有机组成部分。也正由于他的诗论和艺术论归属于存在论整体，从而使他的诗学理论别开生面且富有新意。从人的存在角度出发，思考诗—思—语言及其与存在的关系，既是其美学语言论的基本思路，也是他的诗学逻辑。在《艺术作品的本源》这一经典文献中，海德格尔有一个重要的关于诗学的判断。“艺术的本质是诗。而诗的本质是真理之创建。……艺术让真理脱颖而出。作为创建者的保存，艺术是使存在者之真理在作品中一跃而出的源泉。艺术作品的本源，同时也就是创作者和保存者的本源，也就是一个民族的历史性此在的本源，乃是艺术。之所以如此，是因为艺术在其本质中就是一具本源；是真理进入存在的突出方式，亦即真理历史性地生成的突出方式。”为什么一切艺术的本质都是诗，或者说都是诗意的、诗性的。海氏对艺术的诗性理解，绝非用艺术的一个狭义品类来规定，他所说的本质，原是那在诗中起本质性作用的东西，使诗作为诗存在的东西，而不是一切诗歌的普遍共相。这种东西就是作为诗的活动方式的语言。由于语言的存在，才使人的历史性存在从根本上成为可能，并使这种存在显现和敞亮起来。所以，诗是一场对话，语言的本质是说，“纯真的说是诗”；诗的语言是一种命名和召唤，诗以语词确立存在，它是对神性尺度的采纳。“在贫困时代作为诗人意味着：吟唱着去摸索远逝诸神之踪迹，因此诗人能在世界暗夜的时代里道说神圣。……在这样的时代里，真正的诗人的本质还在于，诗人总体和诗人之天职出于时代的贫困而首先成为诗人的诗意追问。因此之故，‘贫困时代的诗人’必须特别地诗化诗的本质。做到这一点，就可以说诗人总体顺应了世界时代的命运”[①]诗也是一切事业中最纯真无邪的存在，它不是单纯的兴味娱乐，不是生存的装饰，不是倏忽即逝的热情，而是诗意的守护，是真理与思。“既然艺术活动在语言的辖区之内，就此而论诗也先于艺术的诗性。一切为诗，就其广义而论，也就其诗性这一狭义而论，从根本上都是一种思。思的为诗的本质保藏着存在的真理的威能。”[②] 从诗意的守护，到人的存在的去蔽与澄明，再到真理的建基、创造乃至思的展开，这就是海德格尔诗学观的一种主张或逻辑，它蕴涵着深刻的人文价值意向。

20世纪的理论家普遍重视从“诗性”、“诗化”等概念入

---

① 〔德〕马丁·海德格尔著，孙周兴译：《林中路·诗人何为》，上海译文出版社1997年版，第276页。

② 陈嘉映著：《海德格尔哲学概论》，三联书店1995年版，第320页。

手，思考文艺与美的问题。卡西尔曾强调过“把哲学诗化”或者“把诗哲学化”的问题，海德格尔把诗意之思上升为存在之思，认为传统哲学已经终结，思想成为诗人的使命。思想的诗人与诗意的思想是一致的，是以同一方式面对同一问题。伽达默尔在哲学中首先讨论了“艺术经验中的真理问题”。凡此种种，它表明了从诗性维度守护艺术，从真理内涵理解文艺，是一种符合人类本真存在的价值向度。而诗性文化与诗性精神的重要，正在于它密切关联着人类生命的本真状态，关联着人的生存意义的自由表达和“真理”的“敞开”，关联着人类深层精神领域中的某些深邃的心灵感受和生命体验，因而也具有某种神圣而深刻的特质和品格。诗性品质之所以如此神圣，正在于它能够让人从游戏般的娱乐中提取出一种生命意义，体验和领悟“生命中不可承受之轻”的真实含义；而诗性品质之所以深刻，也正在于它能敞开真理，剥离生存假相，真实展示人类存在的整体图景。由此来看，文学理论所要思考的存在，正是艺术尤其是诗所要追问的生命本体的存在状况。海德格尔之所以努力地使哲学变成诗，其深层意图在于改变近代以来因工具和技术理性的泛化，所造成的存在的真实性与意义被不断遮蔽和悬搁的状况，拯救已不再“思”的形而上学。这恰恰指明了人文学科的当代功能与方向。文学理论作为人文学科，其生产性的体现必须植根于人类存在的深厚背景之中，必须关注和思考与人类生存相关的种种现象，必须追问和透视人类生存的终极根据和内在动机。即海德格尔所坚持的，艺术必须思考存在和敞开真理，这是存在的根基和天命。值得注意的是，当代文学理论的建设中不同程度地放弃或轻视这种根基的倾向已愈来愈突出，文论生产的形式化与语言游戏日渐突出，学科的完整性和意义深度被不断地分解和切割，美的创造与审美价值判断也日渐游离于文学理论的知识系统。客观地说，在当代中国文论的知识生产中，的确存在着公共性丧失，参与社会文化生产的能力下降，以及诗性精神消解等人文性危机的征兆。所以，反思当代中国文论的现状，重建其知识生产的人文向度已到了刻不容缓的地步。

三、人文价值取向对观念生产的意义

鉴于以上状况，我们需要回到观念生产的维度，重新思考借鉴西方文论中的人文思想资源的意义，理解哲学向度给予文学理论生产所提供的思想支撑与方法论的优势。从历史看，西方学术语境下的文学理论与批评，之所以是一门成熟且发达的学科，某种程度上与其知识形态发展的相对自足与完整有很大关系。西方传统的文学理论作为一种特殊的知识类型，除了它始终以成熟而系统的哲学观念与哲学理论为基础，不断同哲学形态的演变保持同步外，还不断呈现出在基本理论构成方面的自主性建构与发展，由此形成了有别于中国传统文论的较稳定的知识范型。西方现代文学理论的发展亦如此，像新批评、形式主义、现象学、阐释学、结构主义、新历史主义以及后来的殖民批评等，其理论范式的形成，从知识形态看均是在特定哲学观念与学科思想的影响下，通过具体的文本分析，并在大量批评实践的基础上不断积累与完善起来的。它既达到了思想取向与理论构成的融合，也达到了哲学观念、学科理论与批评方法的内在统一。

然而，在中国现代学术体制内，文艺学学科的知识形态化始终是一个被遮蔽的、未能获得彻底解决的问题，其原因是多方面的。一种观点认为，“中国现当代文坛，为什么没有自己的理论，没有自己的声音？其基本原因在于我们患上了严重的失语症。我们根本没有一套自己的文论话语，一套自己特有的表达、沟通、解读的学术规则。”① 这种被命名为“失语症”的观点，虽然近年来不断受到国内某些学者的批评，但它确实看到了中国文艺学自现代以来在知识形态方面存在的问题及缺陷，而在学科的自主性与民族价值根基方面存在的问题更为突出和严重。还有一种观点认为，中国文艺学知识形态的现代性生成，在20世纪的历史语境中有三次大的转换。发生于20世纪初期的第一次转换，“使文艺学主动放弃了学科自主位置，成为‘启蒙’、‘救亡’的工具。这虽然是一个极为匆忙又别无选择的过程，但却显现了一种历史必然性，即当政治或民族危机成为时代的中心问题时，文艺学的转换只能以时代的中心问题为根据。”这也是导致本时期中国文艺学在知识构成方面，只能以社会与民族的最大政治需要为价值取向的根本性原因。文艺学的“第二次转换兴起于本世纪中叶，它虽然是一次全方位的、主动自觉的建构与发展，但有明显的政治化倾向和意识形态色彩，尤其是以前苏联季莫菲耶夫的文艺学体系为中国文艺学的体系化或系统化提供了基本依据。”本时期中国文艺学知识形态的形

① 曹顺庆：《文论的失语症与文化病态》，《文艺争鸣》1996年第12期。

成，既带有过分狭窄的本土政治意识形态的背景，又带有异质文化与文论的体系性的输入与移植，因此，其知识形态的生成仍是有缺陷的。尽管中国文艺学的第三次转换，是由工具性向学科主体性的转换，是文艺学由代言向主讲的转换。……并且随着西方文艺学、美学思想的大量引入，一时间文艺学界视野大开，它大大拓展了文艺学知识构成的空间，丰富了文艺学的文化背景。但毋庸讳言，新时期文艺学的第三次转换，由于对西方文学理论的成果吸收过多，转换过频，使用过急，放弃过快，而批判性的研究与分析又过少，客观造成了当代文艺学知识形态过度地飘浮与移动，缺乏沉淀、吸收、转化与积累的过程。而面对全球化时代异质文化的频繁输入及多元理论的快速移植，文艺学学科知识形态的建构屡屡遭到消解和冲击。

如何认识并重构文艺学学科的知识形态，文论界有种种说法。朱立元先生在概括与分析时下流行的“西论中用说”、“古代文化母体说”、“话语重建”和“异质利用”说、“综合创造论”及立足现实的“融合说”五种观点后，着重强调迈向21世纪的中国文论建设应走自己的路，即立足于我国现当代已形成的文论传统的基础上，以开放的胸怀，一手向国外，一手向古代，努力吸收人类文化和文论的一切优秀成果，进行创造性的融合和发展，逐步建构起多元、丰富的适合于说明中国和世界文学艺术发展新现实的、既具当代性又有中国特色的文艺理论开放体系。这一主张极富前瞻性，也无疑抓住了中国文论建设的关键所在。但本文认为，当代中国文艺学的建设，不仅应注重文艺理论形态的完善，更应注重文艺学学科的系统建设，即自觉建构文艺学整体的知识形态。对此，我们的基本理解是，文艺学学科的知识形态是一种动态的文化场，一种依赖于人类哲学观念、审美意识及文学艺术现实经验的特殊的知识范型。作为精神文化系统中的一个子系统，它在人文观念与审美意识的整体定性中获得自己存在与发展的基本规定，如同文化、价值及理论范式的存在一样，文艺学学科的知识形态有其结构与系统方面的规定性。

从场域的观点看，文艺学学科的知识形态包含相互关联的三个层面。即作为知识形态价值取向的人文思想观念层；作为知识形态自主性依据的学科理论范式层；作为知识形态实践性表现的学科批评模式层。三者相互依赖，相互影响，从而共同构成文艺学学科整体的知识系统。

作为标识与主导文艺学学科生存根基的思想观念层，往往由文化系统内最具价值判断力、且最能决定学科发展方向的哲学思想、审美意识等形态所构成，并从最根本的方面为文艺学学科的人文—审美性生产提供思想资源。爱因斯坦曾对科学的知识抱有最大的信心，但后来他清楚地知道科学的界限，他说，“科学只能断言‘是什么’，而不能断言‘应当是什么’，可是在它的范围之外，一切种类的价值判断仍是必要的”。而决定一切种类的价值判断的东西仍是哲学的观念与意识。因为在人类知识领域内，只有哲学在本质上可跨越学科的规定与界域，并以“追问”与“思”的方式进入不同学科的知识领域，以发现和弥补各学科的知识形态对存在的分离。哲学是一种意义的幽灵，它总是追寻方向与境界，并通过对知、行过程的普遍规范，不断在个体与类的层面，引导真善美的统一。从某种程度上讲，文艺学作为具有哲学品质的人文学科，理应站在时代的高度，综合提炼出现时代具有哲学意味的问题，以从根本上解决文学艺术生产的价值取向。纵观全球化时代的文化境况，人文学科普泛的身份焦虑及合法性危机，正源于哲学学科在当代文化系统中的匮乏与缺失，从而造成人文学科的过度知识化及意义危机。文艺学学科也毫无例外地表现为哲学精神的缺席，它过分迷恋学科知识形态的自足性建构，为繁衍庞大的概念体系与抽象的理论原理所包容，而参与、阐释现实问题的能力普遍下降，并且日益失去人文性的智慧与理论的活力。应该说，没有哲学观念的主导，文艺学的知识形态只能是一种无根的状态。而要恢复与建构文艺学学科中这种根基性的东西，就需守持人文学科的基本职能，适应该学科的现代性诉求与实践变革的需要，在真理的探寻与意义的建构方面不断走向更高的境界，把学科发展的立足点转移到价值根基的建构与思想性的生产方面。

就文艺学知识形态的构成而言，学科理论范式层是指那些与该学科的审美性及自律性理论相关联的观念、意识、原理及范畴等因素。按照我们的理解，文艺学作为一种现代学科形态，其学科性的命名与确立，固然需要专业化、制度化的学术认同及建构，需要学科理论与知识的系统化生产与表述。但从哲学的层面分析，作为一种以人文阐释与审美价值判断为特征的学科知识形态，似乎并不完全在于一味追求学科范畴的完整性、原理构成的系统性和理论体系的包容性，而主要在于其所拥有的人文立场和价值向度；在于它所显示的捕捉与提炼问题、阐释与评价对象的能力；在于其在观念与方法论层面上所体现和拥有的科学的审美价值观念、开放的艺术理论及较稳定的知识生产的原则；在于该学科所显示出来的价值取向、理论活力及实践性品格。但以往文艺学知识形态的建构，或者以本质主义的思维方式为核心，不断设定文艺学超历史的、永恒不变的普遍/绝对本质，建构某种力图解释一切文艺现象，即包容型知识形态；或者以自律性理论体系的建构为目标，不断地在核心概念、基本命题、逻辑推理及体系、原则诸方面进行过多的概念探究，力图营造一种逻辑体系严密的自足性系统，凡此种种，不仅使文艺学进入一种对“绝对真理”探险的漫漫之途，而且在大量的重复性生产中耗尽了该学科应有的理论想象力。理论是一项鲜活的智力活动，而不是关于原理的同语反复式的解释，或是返回原典的注释。我们一直设想构造一种元理论的知识范型，试图通过体系的设计创建而能达到理论的极致，实际上，这种“知识范型”并不存在，那些体系的创建不过徒然耗尽了人们的热情，不可能有一种元理论的存在能完整穷尽文学的本质或规律。只有具体的文本批评与阐释，才可能展现出理论的真实意义和品格。以这种理解，当代中国的文艺学要有所作为，尤其是产生原创性的理论观念，还需要努力转换其知识形态构成的重心与理论研究的方向，即从以往注重对学科自身本体构成的阐释与研究，注重对学科内部知识形态的生产与完善，转移到对文本世界的自觉阐释方面，转移到对该学科人文价值意向、美学思想资源的生产及运用的方面来。只有这样，文艺学的知识生产才能有效地介入或者影响文学、艺术活动的实际。

美国人类学者马尔库斯、费彻尔在谈到人文学科的表述危机时指出，“知识的现状，与其说是根据它们本身的情况，还不如说是依其所追随的事物来界定和解释的。”而人文学科“现时代的表述危机是一种理论的转变过程，它产生于一个特定的变幻时代，与范式或总体理论处于支配地位的时期让步于范式失却其合理性和权威性的时期、理论中心论让步于现实细节论这一过程有着密切的关系，其产生的前提在于，人们越来越发现大理论无法解释社会现实的细节。”① 从这一观点看，文艺学学科知识形态的构成，似乎也包含了从新的、不断产生与出现的文学性文本的研究过程中、所提炼和升华出来的新的经验与知识。而这一点对文艺学知识形态的更新与动态发展，乃至打破原有的模式化建制来讲又尤为重要。法国当代思想家利奥塔认为，后现代的知识状态是那种以单一的标准去裁定所有差异也统一所有话语的“元叙事”已被瓦解，“后现代知识不是权威的一种工具，它提炼对于差异性的敏感，并且强化我们容忍那些无共同尺度标准而无法比较的事物的能力。”文艺学所面临的现实的知识景观也是同样的，随着后现代背景下文学性的蔓延，许多民间的、大众的、通俗的、流行的以及形式多样的文学艺术现象与样式，已纷纷进入文艺学的视野，成为一种新的阅读

① 〔美〕乔治·E. 马尔库斯、米开尔·M.J. 费彻尔著，王铭铭、蓝达居译：《作为文化批评的人类学：一个人文学科的实验时代》，三联书店1998年版，第30页。

文本。正像美国学者詹姆逊所分析的，“在它们当中，取消高级文化和所谓大众文化或商业文化之间先前的界限，形成一种新型的文本，并将那种真正文化工业的形式、范畴和内容融入这些文本，尽管从利维斯和美国新批评到阿多尔诺和法兰克福学派所有的现代批评家都强烈地谴责这种文化工业。事实上，后现代主义迷恋的恰恰是这一完整的‘堕落了的’景象……”①作为一种人文阐释与审美价值判断的学科，文艺学如何跨越文学艺术的界限，通过理性的反思与鉴别，从鲜活的生活中获取新的思想及知识，如何通过提高知识生产的能力，使其自觉进入公共文化与社会现实生活领域，从而尽快改变知识构成方面严重脱离实际、僵化教条的现状等，这无疑是文艺学知识形态建构中不容回避而又必须予以解决的重大课题。

在全球化趋势及读图时代到来的文化情境下，面对文学艺术对原有传统边界的超越、视像文化的扩充与蔓延、艺术生产的复制性与泛审美化倾向、新艺术型态的产生与出现、艺术与审美的形式化与生活化趋向等种种新文化现象的挑战，文艺学要科学地阐释并作出有效性的回应，就需要以一种完整、深刻，富有理论指导性的知识形态作为基础和保障。知识形态的重构，无疑是一次恢复文艺学生产能力的基本工程，我们期待中国文艺学真正地走自己的路。

---

① 〔美〕弗雷德里克·詹姆逊著，王逢振等译：《快感：文化与政治》，中国社会科学出版社 1998 年版，第 154 页。

第二节　多元知识构型与文学批评范式的创造

一、知识形态及其西方文论的多元知识构型

20 世纪被称为“批评的世纪”，建立在多元知识构型基础上的文学批评范式的创造，是这一时期西方文论引人注目的特征。

英国学者安纳·杰弗森、戴维·罗比等在 1982 年出版的《西方现代文学理论概述与比较》中强调，现代文学理论的特征是它与实践性的文学批评和文学考证关系密切。其旨在既要阐明又要重新审查包括它自己在内的文学研究这一学科本身。它首先是对于文学研究实践进行思考的一种方法。因此它所要表明的观点会经常向这种实践的诸种既定形式提出挑战。[①] 在该著中，作者较早地研究了作为批评模式的俄国形式主义、现代语言学与文学语言、英美新批评、结构主义及后结构主义、现代精神分析批评、马克思主义文学理论诸流派。无独有偶，也正是在同一时期，伊格尔顿在《二十世纪西方文学理论》中，进一步阐释作为“政治批评”的现象学、诠释学、接受理论、结构主义与符号学、后结构主义、精神分析等流派。所不同的是，作者对现代文学理论的理解更强调它与意识形态的联系，并从

① 〔英〕安纳·杰弗森、戴维·罗比等著，陈昭全等译：《西方现代文学理论概述与比较》，湖南文艺出版社 1986 年版，第 1—3 页。

政治批评的维度看待20世纪林林总总的批评方法。[①] 2005年，英国文论家拉曼·塞尔登等在再版的《当代文学理论导读》中将20世纪西方文学批评的类型归纳为十种，并增加了后现代主义、后殖民主义、男同性恋、女同性恋与酷儿理论等新的批评范型。论者认为，每一个时代都有自己的关于文学本质的一套理论界定，也有一套文学批评与分析的理论原则……然而1985年以后的“文学理论”已经不能够再被看做一个有用的、不断进步地产生的、包含了一系列可以界定的时期或“运动”，也即包含了发送、批评、演进、重构等的著作体。……换言之，“理论转化时期”孵化出了大量的、多样的实践部落，或者说理论化的实践，它们对自己的课题有清醒的自我意识，同时又代表了至少在文化领域中政治行动的激进形式。[②] 毫无疑问，作者所讲的理论转向孵化的大量实践部落，即是指20世纪多样的文学批评。法国当代著名文学批评家让—伊夫·塔迪埃在20世纪80年代末出版的《20世纪的文学批评》中指出，20世纪里文学批评第一次试图与自己的分析对象文学作品平分秋色。艺术家的批评最终囊括了整个文学史。特别是20世纪，各种方法此番较量，各个流派相互对话，说明描述某种文学体裁或某部作品的形式和意义的方式绝不止一种。批评是第二意义上的文学，批

① 〔英〕特雷·伊格尔顿著，伍晓明译：《二十世纪西方文学理论》，第196页。

② 同上书，第2—9页。

评在我们的时代里无限膨胀。[①] 塔迪埃以“批评”命名20世纪的文学理论，并注意到了这种批评活跃强劲、多姿多彩、深刻全面的诸种特征。从世纪初俄罗斯的形式主义到德意志的罗曼文献学、从日内瓦学派的主体意识批评到巴什拉尔及其弟子们的客体意象批评、从精神分析批评到文学社会学和接受美学、从60年代的语言学热潮到结构主义、从文学符号学到文本批评、从修辞学和诗学的全面刷新和深化到蔚为大观的渊源批评，新理论、新思想、新方法层出不穷，各领风骚，其新颖性、趣味性和深刻性令人目不暇接。在这一股股后浪推前浪的批判潮流中，形式、符号、技巧的分析占据了主导地位。这与19世纪以内容为主的文学批评形成了鲜明的对照。[②]

20世纪西方文论的确在多样性的批评实践中彰显了它的意义与作用。文学批评方法的盛行，不仅使理论在一定程度上与具体的文学实践拉开了距离，具有了一定的独立性，在某种程度上成为一种自主性的知识系统。更为重要的是，这些文学批评方法作为西方文论知识构型的体现，经过不断地实践与运用，也具备了某种“范式”创造的示范意义，体现出丰富的可研究性与学理借鉴的积极作用与价值。所以，本节的主旨是，考察20世纪西方文论多元知识构型的基本面貌以及由此所生成的文学批评范式的创造，以发掘有益于我国当代文学批评的发展与建设可资借鉴的价值。

---

① 〔法〕让—伊夫·塔迪埃著，史忠义译：《20世纪的文学批评》，百花文艺出版社1998年版，第2—9页。

② 同上书，第1页。

在进入对西方文论多元知识构型与批评范式创造的具体分析之前，有必要从理论上把握这些重要概念的内涵。按照福柯的理解，在特定知识的下面或背后，存在着一种更加宽广、更为基本的知识关联系统，这就是“知识型”（episteme，或译“认识阈”）。他指出：“认识阈（即知识型）是指能够在既定的时期把产生认识论形态、产生科学、也许还有形式化系统的话语实践联系起来的关系的整体；是指在每一个话语形式中，向认识论化、科学性、形式化的过渡所处位置和进行这些过渡所依据的方式；指这些能够吻合、能够相互从属或者在时间中拉开距离的界限的分配；指能够存在于属于邻近的但却不同的话语实践的认识论形态或者科学之间的双边关联。”① 换言之，“认识阈”是“当我们在话语的规律性的层次上分析科学时，能在某一既定时代的各种科学之间发现的关系的整体。”② 可见，“知识型”是特定时代知识系统所赖以成立的更根本的话语关联总体，正是这种关联总体为特定知识系统的产生提供背景、动因、框架或标准。由此观之，文学理论的知识型就不只是一个学科自足性的概念，而是一种既与学科的知识谱系密切相关，又包含和融汇着其他学科的思想、观念、理论与方法的多元知识系统。这种系统有丰富的思想取向、文化场域与相对稳定的学理基础，既是多种要素的有机结合，又源于文学批评实践活动中的不断积累与建构。依据动态生成的特点，我们称其为“知识

① 〔法〕福柯著，谢强、马月译：《知识考古学》，生活·读书·新知三联书店1998年版，第248—249页。

② 同上书，第249页。

构型”，它是“范式”创造的基础和前提。

关于“范式”的概念，在库恩那里最初被赋予两种含义：一种是在“综合”意义上指“一个科学集体所共有的全部规定”；另一种是在次级意义上指其中被“抽出来”的“特别重要的规定”。[①]从总体上说，“范式”是指“一个科学共同体成员所共有的东西”。“反过来说，也正是由于他们掌握了共有的范式才组成了这个科学共同体，尽管这些成员在其他方面并无任何共同之处。”[②] 在库恩看来，自然科学的“革命”往往不是来自局部的渐进的演变过程，而是由这种“范式”的转换引发的整体转变。如果说，福柯的“知识型”概念突出特定知识系统得以构成的由众多话语实践系统及其关系组成的那种非个人的或无意识的关联性根源的话，那么，库恩的“范式”概念则相当注重建立在上述“知识型”基础上的特定知识系统与特定科学共同体成员的紧密联系。不妨说，“知识型”相当于特定时代的具有话语生产能力的基本话语关联总体，而“范式”则相当于建立在它之上的有助于特定话语系统产生的话语系统模型。打个比方说，“知识型”好比绵延广阔的高原，“范式”则宛如高原上隆起的一座座高地或高峰。以西方20世纪文论的具体状况为例，王一川的解释是，“知识型”是指或明或暗地支配整个长时段的种种文论流派更基本的知识系统总体，“范式”则是受到其支配的具体文论流派或思潮。如果把20世纪初以来以语言

① 〔美〕库恩著，纪树立等译：《必要的张力》，福建人民出版社1981年版，第290页。

② 同上书，第291页。

和语言学为中心的整个人文社会科学知识主流称为"知识型"，那么在它的总体氛围熏陶下成长的俄国形式主义文论、英美"新批评"和结构主义文论等都可称为"范式"。《从结构到解构——法国20世纪思想主潮》的作者多斯就把结构主义思潮称做"结构主义范式"。由此看，"知识型"作为特定时代众多知识系统所赖以构成的更为基本的话语关联总体，将决定知识系统的状况及其演变，并且在特定知识共同体成员的知识创造与传播活动中显示出来。[①]"知识型"所涉及的领域比"范式"更为宽阔而根本，而"范式"则是更多知识共同体的凝结与整合，它包含了理论的概括与提升，源于丰富的学科思想群的支撑与集合，其方法论的指导意义尤为突出。

如果以"知识构型"（或知识型）为参照，我们就会自然梳理出西方文论演进的客观状况，进而划分出不同时期西方文论基本的知识面貌。这种具有学理性的学术研究近年来日渐增多。20世纪90年代末，朱立元曾以两大主流、两次转移与两个转向归纳20世纪西方文论的整体状况，并强调多元发展也是20世纪西方文论的一个显著特点，它表现于批评流派繁多，更迭迅速，流派间冲突、交叉，相互影响和吸收，呈现出"纷纭复杂"的整体面貌。[②] 进入新世纪后，国内学界对西方文论知识面貌的阐释趋于完整而清晰。余虹的看法是，仅就西方文学之思的知识传统而言，有三大路径显然是各行其道而不可一体化的，

---

① 王一川：《西方文论的知识型及其转向——兼谈中国文论的现代性转向》，《当代文坛》2007年第6期。

② 朱立元主编：《当代西方文学理论》，第2—8页。

这便是神学路径、人学路径和语言学路径。20世纪初，什克洛夫斯基写了一篇题为《词语的复活》的文章，这篇文章极有象征意味。在某种意义上，词语的复活同时也意味着人与神的死亡，即语言被人和神操纵的古老信念开始失效。“语言”具有自身生命的独立存在，这一意识催生了一种新的文学研究样式——“文学科学”。[①]它甚至渗透于20世纪多种批评的“范式”之中。王一川认为，从西方整个“知识型”演变历程与西方文论史的关联性看，西方文论经历过大约五次重要的“转向”。即希腊时代的人学转向，中世纪的神学转向，17世纪以笛卡尔为代表的“认识论转向”，19世纪末20世纪初发生的“语言论转向”，20世纪后期的“文化论转向”。这五次转向可以成为我们理解各时期西方文论状况及其演变的宏大的知识背景与方法论基础。[②]王一川对西方文论“知识型”及其五次“转向”的归纳和概括是新颖而富有启发性的。但是，依照我们的判断，理解后三次“转向”对思考20世纪西方文论整体的“知识构型”更为重要。“认识论转向”强调任何知识都与人的理性相关，都需要从理性方面去寻求解释。这种“转向”为文论提供了以“理性宇宙观”为主导的“知识型”。在此影响下产生的文论流派有新古典主义文论、德国古典时期文论、浪漫主义、现实主义、自然主义、实证主义以及象征主义等；而到了20世

① 余虹：《理解文学的三大路径——兼谈中国文艺学知识建构的“一体化”冲动》，《文艺研究》2006年第10期。

② 王一川：《西方文论的知识型及其转向——兼谈中国文论的现代性转向》，《当代文坛》2007年第6期。

纪初的“语言论转向”，就不再是“理性”，而是语言、语言学模型、语言哲学等被视为知识领域中最重要的东西。正如利科尔所分析的那样，“对语言的兴趣，是今日哲学最主要的特征之一。当然，语言在哲学中始终占据着荣耀的地位，因为人对自己及其世界的理解是在语言中形成和表达的。”尤其重要的是，“使我们时代在这方面显得更为突出的特点是，对语言本身的一种理性知识被很多哲学家看做是解决基本哲学问题的必要准备。”正是这种性质的“语言论转向”导致了20世纪形形色色的以语言研究为中心的批评流派的产生，如现代主义、俄国形式主义、英美“新批评”、心理分析、结构主义、解构主义、阐释—接受理论等。至于20世纪后期的“文化论转向”，它在语言学模型的框架中更加专注于对文化及文化政治、文化经济、性别、大众文化、亚文化、视觉文化、网络文化等现象或形态的分析与阐释，为20世纪后期各种批评流派竞相追究文学的文化缘由提供了知识依据。这些批评流派有西方马克思主义、新历史主义、后现代主义、后殖民主义、女性主义和“文化研究”等。

总之，如果从一种更全面、更系统的视角观照西方文论的知识面貌，尤其注意到进入20世纪后，它所携带、所缠绕或者由此所引发的现代文论大量问题性的东西，注意到在漫长的演变历程中促使西方文论转向的决定性要素等，我们便不难发现西方文论知识构型的轨迹：由19世纪更为成熟的认识论转向开始，到20世纪初的“语言论转向”，再到20世纪后期的“文化论转向”，其知识构型的重心分别为：建立理性主义的基础地位；消解或反拨理性、恢复语言的功能与作用；超越语言，在更为广阔的文化系统中重建文论的现实品格，发掘其更大的阐释向度与空间等。与中国文论相对自足而厚重的文化背景相比，所谓“西方”的概念，也许只是一种研究者的假想与预设。由此观之，西方文论的生成既携带了太多的古老文明的因子，又经历了现代多元思想的融合与杂交。多元异质内涵的冲突与碰撞，促使20世纪西方文论不断地超越与变动，从而也显示出一种“求新”、“求变”的文化品格。以上特质与品格，也不同程度地影响了批评“范式”的凝结与形成。

二、20世纪西方文论批评“范式”的创造

依照库恩的理解，如果把“范式”看做是建立在知识型基础之上有助于话语系统产生的话语系统模型，是一种较高程度的科学思想的抽象，或者指一种学科知识的典范的话，那么，我们就可以对20世纪西方文学批评的“范式”创造，作如下尝试性的描述。晚期的维特根斯坦认为，语言的意义就在它的使用之中。在某种意义上，我们也可以说，文学理论的意义也在它的使用之中。换句话说，文学理论只有在对于具体文学作品的批评和对文学现象的阐释中，才能真正彰显它的意义与作用。由此观之，20世纪西方文学理论所走的是一条批评化的道路，从学科属性的定位看，这种批评化实践主要呈现为一种阐释性的话语系统。其特征是把某种具有构型性的观念内容与文本内涵有机结合，在一定思维方式的指导下，通过生成具有范导性的理论话语概念，从而创造出一种具有特定知识系统、方法论意义与阐释空间的话语模式。我们把这种话语模式称之为文学批评的“范式”创造。就其内在构成看，阐释性的话语系统、具有构型性的观念及其与文本内涵的结合，是理解20世纪西方文学批评“范式”创造的最重要的几个方面。

要理解20世纪西方批评“范式”创造所呈现的阐释性品格，需要参照传统理论话语的特征。西方近代以前的文学理论常常是从一定的哲学体系出发对文学艺术进行的理性思辨，柏拉图、康德、黑格尔、克罗齐等莫不如此，文学理论是其哲学体系的一种延伸，谢林、黑格尔、丹纳等人甚至干脆给他们本人的主要文艺理论著作命名为“艺术哲学”。他们的特点是长于从整体思辨的高度看待文艺现象，高屋建瓴，虽然常常能提出引领时代潮流、影响深远的文学观念，但有时又不免脱离文学实际，陷入主观武断，而且其话语系统也往往是宏大叙事，某种程度上代表了一种权威主义的真理观，其职能是证明真理而不是阐释文学的存在与文学现象的意义。西方文论所发生的“非理性转向”与“语言论转向”，正是对传统文学理论学科属性的一次重要反拨与解放。它消解了传统时期自以为是的种种现象，如视理论为至高无上的立法者；制定创作原则与批评标准；指导作家的具体创作；甚至规定人们的趣味，告诫什么应该喜欢什么、否弃什么。文学理论家也往往是文学领域里的权威言说者，一切作家与读者都是在规定的理论话语空间中活动等，这实际上大大窒息了文学理论的生命力。众所周知，在西方19世纪乃至20世纪早期，以实证论为代表的科学主义精神在人文社会科学领域居于主导地位，而几乎同时，也出现了对这种思想倾向的质疑与反叛。到了20世纪中叶后，该领域中的相对主义、怀疑主义倾向日益严重，渐渐成为主流，尤其是在70年代之后形成的后现代语境中，很少有人相信实证论及其形而上学等理论在人文社会科学领域的有效性。尽管20世纪以来，西方的哲学阐释学拒绝承认阐释的绝对客观性，后现代主义更进而摧毁了任何客观阐释的可能性；但是，20世纪西方文学批评中的阐释性却是客观存在的。

语言学的转向，反映了古典哲学把观念和内心状态作为哲学思考核心的传统方式的转变，这实际上是为现代哲学打开了一条通向广阔的现实世界的道路，也形成了新的思想形态，这就是对话的理论。思想的本质在于对话，对话不但是语言（话语）的本质，也是思想的本质。可见，现代哲学思想的功能与阐释性的品格就体现在语言的过程中。伽达默尔也认为，"解释学观点的普遍性是包容一切的。我曾把这个思想概括为：可以被理解的存在就是语言。"① 艺术品也是解释学的一种对象，艺术品以语言的方式向我们诉说，它比其他事物更呈现出广阔的阐释性视域，而阐释学说到底也就是把一种语言转换成另一种语言，即把我们所理解了的意义用其他语言序列重新组织起来。在詹姆逊看来，把本文中包含的解读和分析说成是阐释，把它们作为一种新阐释学建构中的许多品质呈现出来，已是在宣布一整套论战计划，阐释或解释活动已经成为法国当代后结构主义的基本论战目标之一。在《论阐释：文学作为一种社会的象

① 〔德〕伽达默尔著，洪汉鼎译：《真理与方法》，上海译文出版社1999年版，第570页。

征行为》中，作者开宗明义地指出，“本文将论证对文学文本进行政治阐释的优越性。它不把政治视角当做某种补充方法，不将其作为当下流行的其他阐释方法——精神分析的或神话批评的、文体的、伦理的、结构的方法——的选择性辅助，而是作为一切阅读和一切阐释的绝对视域。”① 詹姆逊的论述有两点值得注意，其一，他事实上是从阐释的角度、尤其是政治阐释的角度来理解20世纪西方诸多文学批评流派，并把阐释作为理解文本的社会象征行为的原则，它具有普遍的方法论意义；其二，阐释、尤其是政治性阐释已成为法国当代后结构主义的基本论战目标之一。当然，阐释也是后现代主义思想表达的武器，体现在与此相关的文学批评流派中便是自然而然的过程。这就启示我们，20世纪西方文学批评所呈现的阐释性品质，既是与“理性主义”时期宏大叙事、“绝对真理”等形而上学哲学观及其所构成的权威话语“范式”的告别，也是在重新构建一种新的哲学品质，即一种具有交流意味与可探究性的，并且是在尊重与关注对象存在价值基础上的话语实践范式，这就是文学批评中的阐释。按照詹姆逊的理解，阐释是对某一特定文本已知因素和素材的语义的丰富与拓展，阐释发生在三个同心框架之内，这些框架标志一个文本的社会基础的意义通过下列观念而拓宽：首先是政治历史观，即狭义的定期发生的事件和颇似年代顺序的系统事件；其次是社会观，在现在已经不太具有历时

① 王逢振主编：《詹姆逊文集·批评理论和叙事阐释》（第2卷），中国人民大学出版社2004年版，第143页。

性和时间限制的意义上指的是社会阶级之间的一种构成性张力和斗争；最后是历史观，即现在被认为是最宽泛的意义上的一系列生产方式和各种不同的人类社会构型的接续和命运，从为我们储存的史前生活到不管多么遥远的未来的历史。[①] 由此可见，当代西方文学批评所体现的阐释性原则是多向度的，有其丰富内涵。

在20世纪西方文学批评的“范式”创造中，有两个重要概念是富有构型性作用的，无论是从逻辑起点，还是从阐释空间的拓展看，它们都体现出重要的理论生成效果，起到类似詹姆逊所说的“元批评”的作用，这就是“语言论转向”、与“文化论转向”中的两个核心词：语言与文化。

在文学批评的“范式”创造中，语言的构型力量是多方面的。当然，首先是指“语言”具有自身生命的独立存在价值的恢复，它催生了一种新的文学理论观念及其研究的意识取向。20世纪之所以会形成语言学的转向，原因是多方面的。其中一个重要原因是，传统的探讨意识、精神和观念的哲学，不但不能把哲学的问题加以澄清，反而导致了许多混乱。维特根斯坦坚信，哲学中的许多问题是语言运用的混乱所导致的。语言的误用虚设了许多并不存在的哲学问题。因此，哲学研究说到底也就是一种“语言批评”或清理。这种思考引发了现代人文学科研究的变革。正像挪威哲学家弗洛伊斯塔所指出的，把语言作为一种创造性的力量来建构，是语言哲学和语言学历史的重

① 王逢振主编：《詹姆逊文集·批评理论和叙事阐释》（第2卷），第197页。

要特征。维特根斯坦对语法基础的论述，乔姆斯基对转换生成的语言学原理的说明，奥斯丁和西尔斯关于语言构成规则的论述，伽达默尔关于意识中世界构成的语言现象学观点，以及洛伦兹对语言在逻辑构成中实用方面的强调，都是我们时代著名的语言哲学范例。这些研究都突破了被动的语言工具论，而把语言视为实在和实在构成的一个重要源泉。因此，现代哲学中的语言和语言学，一方面把语言视为与实在密切相关的创造性或构成性因素；另一方面又把这种研究作为现代哲学的永恒课题。[①] 受这种哲学思潮的影响，当代西方文学理论中语言地位的恢复，也生成了与语言构型相关联的两种典型的批评路径。一种是从俄国形式主义、布拉格学派、语义学和新批评，到结构主义、符号学、直至解构主义，它们虽然具体理论、观点各有不同，但都从不同方面突出了语言论的中心地位与构型力量。如俄国形式主义接受、借鉴索绪尔的语言学观点和方法来研究文学，认为文学批评主要应研究文学自身的内部规律，即研究文学作品的语言、风格、结构等形式上的特点和功能；新批评也集中研究作品的"文本"和"肌质"，即其中的语言文字和各种修辞手法；结构主义超越了新批评执著于单部作品语言技巧分析的局限，把具体作品文本看做表面的文学"言语"，而力图透过文本分析，揭示隐藏于深层的文学总体结构即"语言"或"普遍的语法"；后结构主义所强调的作者之死和零度写作，以语言的乌托邦从内部来消解语言的压制性和对主体的统治，

---

① 周宪：《20世纪西方美学》，高等教育出版社2004年版，第10—11页。

以及对中心化的权力话语（理性、逻各斯崇拜、语言中心论）的颠覆等。与语言的建构性相关联的另一种批评路径，是把语言和人的存在相联系思考与阐述文学现象。如海德格尔所提出的语言是存在的家园，诗人是这个家园的守护者，语言必然和真理发生关系的思想；伽达默尔所强调的语言成为我们存在的见证，艺术是接受真理的一种途径，文本有一种对解释的开放性的观点；巴赫金推崇的对话主义，即思想的本质在于对话等相关命题的提出等，均表明了语言转向对话主义与话语理论，是对文学批评空间的进一步拓展。它不仅与后现代主义强调的非中心化、多元和宽容在基本精神上是一致的，更重要的是，话语理论把文学批评引向了一种阐释的开放性和未完成性，其理论的生成性与建构性价值是耐人寻味的。

文化作为20世纪西方文学批评“范式”创造的一个核心要素，其理论的生成作用也是多方面的。依照威廉斯对文化的三种界定，第一种是理想的文化定义。这种定义把文化界定为人类完善的一种状态或过程。在这一项下文化是指我们称之为伟大传统的那些最优秀的思想和艺术经典。第二种是文化的文献式定义，根据这个定义，文化是知性和想象作品的整体。第三种是文化的“社会”定义，文化是一种整体的生活方式。正是这最后一种定义，奠定了文化研究的理论基础。根据这种定义，文化研究的目的不仅仅是阐发某些伟大的思想和艺术作品，而是阐明某种特殊的生活方式的意义和价值，理解某一文化中“共同的重要因素”，“就是去发现作为这些关系复合体的组织的本质。”[①] 威廉斯的文化定义为人文社会科学的研究，从社会、道德领域向人类学与文化意义的转换提供了观念支持，并构成了西方马克思主义、新历史主义、后现代主义及“文化研究”等批评模式的思想基石与理论基础。如文化研究最为关注的意识形态问题，就成为20世纪西方文学批评中的一条主线，它关涉西方文学批评中的许多人物与派别。马克思、葛兰西、阿尔都塞、齐泽克、英伽登、伊格尔顿，甚至如马歇雷、詹姆逊、阿多诺等。意识形态批评是研究文学、文化与社会历史关系的一个重要方面。“所有的文学批评活动总是要由理论来支撑；不论是什么样的理论都代表了一种意识形态的——如果不是明显地政治的——立场。”[②] 其次，文化的构型作用还表现在它所提供的研究语境上。文化研究把文学置入更大的社会文化境遇之中进行考察，为文学与各种社会元素的交叉接合提供了广阔的空间。文化包罗万象的生长性，也赋予了文学存在多种关系以及理论阐释的多种可能性。最后，文化研究的跨学科性也是一种重要的构型力量。作为研究内容的跨学科性，“文化研究一直试图表达被贬低的或曾受压制的人类体验和文化表现。通过文化研究，人们力求发现并了解那些在恶劣的环境中发展起来的文化实践及产物，包括基于种族、阶级、地域、性别或其他可知的劣势标志而产生的种种为我们熟悉的社会歧视形式。为了达到这一目的，人们悄悄地在文化研究工作中糅合了启蒙

---

① 罗钢、刘象愚主编：《文化研究读本》，中国社会科学出版社2000年版，第7—8页。

② 〔英〕拉曼·塞尔登等著，刘象愚译：《当代文学理论导读》，第10页。

运动的基本原则，即所有的生命、所有的社会表现实践都理应受到尊重，理应给予同等的深思和解释。……将人类从冲动、偏私、排斥、强迫和压抑中解放出来。”① 这些内容正是20世纪意识形态批评、社会批判理论、后现代主义及其各种类型的“政治批评”的一个重要主题。作为研究方法所具有的跨学科性，文化研究吸收与整合了哲学、人类学、政治学、社会学、生态学、女性主义、东方学、后殖民主义等人文社会科学的丰富内容，形成多维视野的交叉与融合。这种混杂的身份与泛文化的倾向，尽管也为文学批评带来一定的局限性，但不容否认的是，跨文化、跨学科研究所筑构的“协力关系网”，正在成为20世纪后期以来西方文学批评的主导性趋向。

20世纪西方文学批评的“范式”创造，还表现在以“文本”为对象所提炼与生成的一系列批评的概念与范畴。如作为对作品本体论理解的文学性、陌生化概念；作为对作者理解的非个人化、反意图论、作者之死等概念；作为对文学的语言构成理解的隐喻与换喻、含混、反讽、张力等概念；作为对叙事作品理解的叙事功能、情节与结构、叙事时间、叙事者、作者、隐含的读者、叙述角度、叙述接受者等概念；作为对文学史观念理解的“审美规范与文学史”、文学传统、透视主义与文学史、互文性等概念；作为对文学批评方法理解的声音、节奏批评与音位批评、语境理论与细读、本体论批评、意图谬见、感受谬见、期待视野、隐含的读者、召唤结构等，不一而举。总

① 王逢振主编：《2000年度新译西方文论选》，第301页。

之，批评概念与范畴的大量使用，既使整体的文学批评实践活动建立在一种可操作的层面上，大大增强了其有效程度，具有了一定的范导性，使其方法论的意义更为突出，而且，这些概念与范畴以其较强的概括性与针对性，成为文学批评“范式”的凝结，是“范式”创造带有标识性的符号，承载着十分丰富的文化含量与意义。透过概念与范畴，它所具有的学理价值首先表现为文本中心主义观念的确立。从现代文论的自身发展看，从俄国形式主义“表达具有本体意义”的观点，到兰色姆呼吁“本体论批评”，再到韦勒克和沃伦主张的“作品具有独特的本体论地位”，等等，现代西方文论中一直存在着一条或隐或显的“形式本体论”（或作品中心论）的理论线索，这也影响了其他文论流派的观念生成。正像埃亨鲍乌姆所说的文学研究“唯一应该关注的是探讨文学材料的不同特征”。布鲁克斯说得更清楚，“形式主义批评家主要关注的是作品本身。对作品思想状况的研究会使批评家将注意力从作品本身转向对作者的个人经历和心理的研究。当然，我们没有理由阻止批评家研究作者的经历和心理，这也是很有价值的。但这类研究不应当与研究文学作品混淆起来。”所以形式主义文论家将诸如“直觉”、“想象”、“天才”等说法弃置一边，不去讨论作者或读者的心理，而关注文学作为语言艺术的特殊性。因此托多罗夫说，“形式主义的特殊性在于对象而不在于理论。”① 如果再进一步分析文本

① 托多罗夫著，王东亮、王晨阳译：《批评的批评》，三联书店 1998 年版，第 19 页。

中心论的理论取向，便不难发现，西方文学批评的“范式”创造中关联大量的形式美学问题。不仅包含作品中的语言、材料、结构等因素，也包括符号学、语言学中大量内容，从哲学层面看，形式美学处理的是文学材料与其潜能实现之间的关系，并把这个潜能实现——即形式的获得——看成是文学的特性与秘密，因此它需要进入自足的作品领域，完成对语言形式的感受与体验。无论俄国形式主义、布拉格学派、新批评，还是结构主义、叙事学、神话原型批评等，20世纪西方诸多文学批评流派者都是以现代语言学为学理基础与背景，以文学语言为关注中心，以文学的独异性文本结构的先在性为其批评“范式”创造的理论根据与基础。它给予当代中国文论以深刻的启示。

新时期以来中国文论关于形式美学与作品本体的研究尽管也取得了不错的成绩，如鲁枢元的《超越语言——文学言语学刍议》、王汶成的《文学语言中介论》、赵衡毅的《文学符号学》、申丹的《叙述学与小说文体学研究》、胡亚敏的《叙事学》、童庆炳的《文体与文体的创造》、陶东风的《文体演变及其文化意味》，以及陈平原的《中国小说叙事模式的转变》、杨义的《中国叙事学》等，无论是理论上对文学形式的研究，还是运用西方理论对中国文学本体问题的探究，都不同程度地开拓了中国文论研究的一个新的领域与空间。但是，如果参照当代西方文学批评“范式”创造的经验，并结合中国当代文论发展的基本态势来判断，我国当代文论还存在着诸多值得重视的问题。有研究者指出，建立我国自己本土的形式美学面临诸多问题，有四个问题比较突出：社会学批评模式以及文化研究的语境压力问题；形式概念的重建问题；中西方形式理论或形式美学的关系问题；西方形式美学的重估问题。很长一段时间以来，我国文学研究中重内容轻形式的社会学批评模式几乎一统天下，造成文学研究中比较严重的“范式单一”及“范式滞后”现象。同时社会学批评模式的长盛不衰，还模塑了一代代研究者与读者以现实性衡量文学的思维方式与阅读方式，对本来就运用不多的其他批评范式产生了比较大的语境压力，从而阻碍了其他批评范式的成长与成熟。[①] 这一判断是颇为准确的，如果单就当代中国文论批评“范式单一”这一客观事实看，影响中国文论科学化发展的制约性的因素有两点，一方面是社会学批评模式的一统天下局面，不同程度制约学派间的竞争与研究方法的多样，过多地关注文学外部的问题而过远地疏离文学自身的内部结构。这是长久以来中国文论形成的传统与习惯，从而影响了我们自己的文论“范式”的创造；另一方面，当代中国文论关于作品本体论、关于形式美学、关于文学自足性的研究还很滞后，理论进展较为缓慢，“内容决定形式”的观念可能还有市场，这也大大阻碍了我们对文学作品的深入理解。由此来看，重建中国的形式美学，尤其是转变文学研究疏离作品本体的观念，对中国文论的“范式”创造具有十分重要的意义。这无疑是一项恢复文学诗性品质与审美性，回到文学性根基的基础性工程。

---

① 汪正龙：《西方形式美学问题研究》，黑龙江人民出版社 2007 年版，第 214—215 页。

三、建立中国化的文化阐释的批评模式

总的来看，西方文论多元知识构型与文学批评的“范式”创造，包含了许多值得我们进一步思考的经验。多元知识构型既是文论发展的条件，也是文学批评“范式”创造的前提。如何以文本的深入研究为基础，有机地吸收文化系统中丰富的思想资源、观念与方法，并在文本发掘与思维拓展的结合上凝结一种具有民族文化身份特点的阐释理论，创造我们自己的文学批评的“范式”，应该是较长时期内中国文论建设的基本任务。据此，本文提出应建立一种走向阐释学的文学理论的观念，或者称之为文化阐释的批评模式。

阐释学作为“与本文相关联的理解过程的理论”，它在艺术经验领域的展开，并不是其哲学方法在艺术领域中的简单应用，而是以整个人类经验世界（科学方法无法证明的）为对象的阐释学的必然指涉论域，它所关切的是人类生存世界意义的价值指归及人类心灵精神的真实存在方式。因而，阐释这一概念的直接指向是：生存主体的心灵精神在历史的无限进程和现时的有限生存活动中的显现。20世纪中期后，由于文化研究是人文、社会科学领域中异军突起的显学，作为一种话语形态与观照态度，文化研究关注文本解释的整体性与丰富性，主张对文本的分析应深入到文化的内层，以达到人类学的高度，并在研究方法上突出多维视野的统一与融合，所以受到阐释者的重视，形成文化阐释的方法与原则。

迄今为止，在文学研究领域内，具有典范意义的学术成果大多是不同程度的对文化阐释的运用（尤其是对人类早期的经典作品）。如20世纪初产生于英国的“剑桥学派”对西方文学源头神话的分析；20世纪中期加拿大批评家弗莱对古希腊神话和不同历史时期文学形态的分析；20世纪后半叶西方某些批评家对现代主义作家的分析，诸如美国批评家维里克对叶芝、艾略特、劳伦斯和乔伊斯作品的解读；美国当代马克思主义学者弗·詹姆逊对所谓“后现代主义文化”和艺术文本的分析，均运用“文化阐释”的方法。无独有偶，中国文学研究的进展也表现出大致相同的倾向。20世纪20年代，以周作人、茅盾、苏雪林等为代表，试图用文化阐释（或者是文化人类学）的方法对中国神话进行研究；30年代后闻一多、郑振铎、郭沫若等一批杰出的文史专家，用文化阐释的方法对中国古典文学典籍进行研究；90年代以后，“三重证据法”（或多重证据法）在文学研究过程中的被使用，这一切无不显示出文化阐释在解读文本过程中所展现的独特性与有效性。为此，我们需要对文化阐释的特征与基本原则作出理论上的把握与界定，以便科学地去实践和使用。

依据我们的理解，文化阐释的完整含义既包括文化学的视野、手段与方法，也包括文化学的观念、思想和价值。只有两者的融会贯通，才可能使文学研究在文化背景的分析中把握作品的深层意蕴和生命之根，从而使作品得到根本性的解读。因此，文化阐释不仅只是一种方法和手段的运用，它更多的是指寻求研究的人文价值意向，更多的是指文学研究如何进入广泛的文化背景，接近或者达到人类学的高度，如何反映或体现人类文化精神的真实状况，如何发现或揭示文学作品何以产生、发展与演变的文化学根据。而要达到这种目的，就不能不关注文学作品的深层领域——“文化精神”，这是构成文化阐释的重要特征。

按照美国著名人类学家 P. K. 博克的理解，文化精神是由人类学家阐释的、用以描述价值系统整合性的一般模式和方向。文化精神与价值系统之间的关系是和文化形象与信仰系统之间的关系相同的。[①] 它凝聚着一种文化的价值意向，文学作品的内容牢固地植根于文化的精神领域之中，超越这种领域来理解作品是不可能的。人类学大师 A. L. 克罗伯也认为，“文化精神与弥漫于整个文化的诸特质紧密相联（如风格），与组成其外部特征的诸成分的整合形式相比，文化精神包括文化的发展取向及其所追寻的、珍视的、认可的、终归有些成就的事物”。从这种角度看，以表现人类生命与体验为主要内容的文学，就一定会有许多共同的人类文化的层面，如“悲剧意识”、“死亡意识”、“人道精神”、“乌托邦现象”等。文学作品是表现文化现象最敏锐的部分，文化阐释正是力图深入到文学作品的文化内层，进一步发掘作品所蕴涵的民族文化精神与人类普遍的文化精神，进而揭示作品所承载的文化含量与意义深度。

文化阐释之所以重视和关注作品的文化精神，是由文化精神的重要性决定的。文化精神最深层的东西是价值意向，它是

---

① 〔美〕P. K. 博克：《多元文化与社会进步》，辽宁人民出版社 1988 年，第 293 页。

人类的思维、心理、行为和意识等多种综合要素的体现，是一种较为稳固、较为抽象的形态，直接构成文学作品的主导精神和生命之根，形成作品特殊的文化倾向。中西方文学的差异性主要体现于其文化精神的独特性。而同一民族文学阶段性的划分与区别，也主要体现在文化精神的不断变化方面。从文学接受的具体实践看，人类文学发展的基本趋势已经证明，世界性的文学大师与那些经典性的文学作品，总是对人类共同的文化现状、共同的文化主题以及普遍的文化精神情有独钟。譬如古希腊文学所包含的人类悲剧意识，但丁《神曲》对人类生存状态的象征与隐喻，《红楼梦》对人生迷误与幻灭的文化探寻，《阿Q正传》对民族人格和文化心理的剖析，以及《城堡》、《尤利西斯》、《迷惘》、《蝇王》等作品对20世纪西方社会普遍的文化状况的描写与反映，均深入到文化精神的深层领域，是文化阐释活动对作品内容的重要发现。

与文化阐释特定的价值意向及精神把握相适应，在文学接受的观照视野及方法的运用上，文化阐释侧重于在广阔的文化视野中对文本进行分析。作为一种批评方法，文化阐释要求跳出狭隘的地域限制，以一种俯仰天地、融会中西、贯通古今的宏阔视野审视文学与艺术。在时间上，它注重联系，超越褊狭的学科限制，把民俗、宗教、神话、哲学、历史、文学看成是一个彼此联系的有机整体，而文学正生长在这种整体的文化土壤之中。在空间上，它强调打通，打通即是跨越民族地域的限制，把文学当成人类共同的语言，把文学放置到人类文化的总体格局中去考察。这种方法，其实就是一种多维视野中的文化阐释方法。

所谓多维视野中的文化阐释，是指文学的文化性研究应当融多元文化形态和要素为一体，把文学放置到人类文化的总体格局中去考察。如果说，面对早期的文本，文化阐释需要借助文献经典、考古资料与神话传说、宗教民俗等多重证据来进行考证和解读的话，那么，面对现代以来的文学文本，文化阐释则更需要借助哲学、历史学、心理学、民俗学和现代语言学等多种新的文化手段进行把握和理解。因为前者更多地表现为一种具有历史价值的文化典籍和文本，后者更多地表现为一种人文性的生存境况或状态。所以说，文化阐释是多层面、多向度的，既有共时性的区分，又有历时性的差异。

就历时性的差异来说，文学的文化性研究所倡导的文化阐释，正是依据不同的文化语境和历史观来进行的。如闻一多对《诗经》的解读，其文化语境和历史观的运用就不同于詹姆逊对艾略特和福克纳的分析。前者对文化语境的使用偏重人类学知识和训诂学文献的融合，其历史观更多地借助人类早期的文化精神背景。后者在文化语境的运用上，则更多的是对文化背景的还原性与对应性分析，其历史观的参照，也更多地依持于当代人类的精神背景和共同的文化主题。从共时性角度看，文化阐释有不同方面与层次上的区别。按照现象学家罗曼·英伽登的理解，如果把作品看做是一个复合的、多层次的意向性客体的话。那么，这种文化阐释的方法，也应当是关于作品结构的多层次的意向性阐释和理解。

从20世纪文学批评或研究最普遍的状况看，文化阐释的原则可分为结构性与模式化两大类型。

结构性的文化阐释是指对作品整体的层次性把握与分析，这是一个由表层到深层、由原义到新义、由意义到意味无限扩展和延伸的过程。傅伟勋在《从德法之争谈到儒学现代诠释学课题》一文中，把这种文化阐释的原则归纳为“创造的诠释学模型”，并从一般方法论的角度将这种模型（或原则）分为五个“层次”：

（1）“实谓”层——探问“原作者（或原典）实际上说了什么?”

（2）“意谓”层——“原作者（或原典）想要表达什么，他的真正意思是什么?”

（3）“蕴谓”层——“原作者可能想说什么?”或“原典可能蕴涵哪些意思意义?”

（4）“当谓”层——“原作者（本来）应该指谓什么、意谓什么?”或“我们诠释者应该为原作者说出什么?”

（5）“创谓”层——“为了救活原有的思想，或为了突破性的理路创新，我们必须践行什么，创造性地表达什么?”

这五层的一、二层次，重点在于通过诠释包括校勘、参证、比较、考察、分析、研究等环节，“如实客观地”理解原典的“内在意义”或原作“原原本本的意思”；第三层则要求进一步体现创造性诠释学的开放性，超越“如实客观”的诠释和“意谓”层次可能产生的主观臆断；第四层次要求进一步发掘原作者自己也看不出来的深层意蕴或根本义理；第五层则要救活原典或原有思想并作出创造性的发展与创新，它已突破一般诠释学的范围，进入创造性的思维领域了。[1]“创造性诠释模型”中值得我们重视的合理内核是，既尊重作品的历史真实和客观规定性，又重视主体符合作品逻辑的创造性阐释，这是一种适合传统文学经典作品研究的有效方法，尤其对中国古代典籍和文学作品的研究来说，具有方法上的可操作性。

“创造性的诠释模型”之所以能从“实谓”、“意谓”、“蕴谓”，延伸和过渡到以主体的解释为核心的“当谓”与“创谓”层次，从阐释者的角度看，关键在于主体文化视野的融通性与跨文化性。所谓融通性，是指与主体生存状态及经验的融通，即文本与生存，历史与现实是有机统一的。而跨文化性，则是指接受者的阐释并不受审美性和艺术接受特质的限定，它尽可能借助多学科的思想与方法解读文本。因而，结构性的文化阐释作为一种循序渐进的整体接受过程，其实正是中国文化研究所推崇的“圆览旁通”的方式或原则。其内涵是指在阐释传统作品时有意识地扩展思路，对中外文化、文学现象作对比和辨认，以求新的发现和更全面的理解。它不像批评模式从特殊的理论视点出发，而主要从具体的作品或文学现象出发，援用某些新观念和新材料，经过融会贯通，创生一种新的理解和解释。如王国维研究《红楼梦》融入叔本华的理论，闻一多研究古代诗歌参照神话学的思想，钱锺书的《谈艺录》、《管锥编》中打通古今、融会中西的思维方式，均程度不同地体现了一种圆览

① 关于傅伟勋的“创造的诠释学模型”，可参见《二十一世纪》1993 年 4 月中的文章《从儒法之争谈到儒学现代诠释学课题》。

旁通的文化阐释的原则。这种阐释原则尽管只涉及个别作品，但它要求有异质文化比较的素养，积累多了，就会对系统性、整体性方面产生影响，如中西文学比较、中西文论比较等，没有大量具体文本的探讨，没有双方通过互相阐释达到透彻理解，文化阐释是难于达到相当水准的。①

批评模式也是一种文化阐释的原则与方法。批评模式是批评理论相对成熟的结果，是批评方法的定型化，它的形成往往受其他学科的影响，在汲取一些非文学学科研究成果的基础上建立起来。英国学者安纳·杰弗森和戴维·罗比在《西方现代文学理论概述与比较》一书的绪论中指出："现代文学理论的特征是它与实践性的文学批评和文学考证关系密切。美学对于文学的研究是从哲学角度进行的，是从文学与艺术、美、价值这些一般性概念的关系上进行的，因此尽管批评过去曾时常借助于美学，但美学与实践性的文学研究关系并不大。而现代文学理论与实践性的文学研究之间的关系却广泛和明确得多。其原因是：它的发展和实践性的文学研究是密切相关的，因而它不仅直接关系到文学的特殊性质，而且也直接关系到文学批评和文学考证的特殊对象。"② 20 世纪之所以被称做"批评的世纪"，大抵体现了文学理论发展的基本方向：即理论范型趋于转化成具体的批评模式，批评家在借鉴，吸收其他学科成果的基础上，

---

① "圆览旁通"的概念及其解释，参考张智圆：《跨文化文学阐释的理论与实践》，《求是学刊》1996 年第 5 期。

② 〔英〕安纳·杰弗森、戴维·罗比等：《西方现代文学理论概述与比较》，湖南文艺出版社 1986 年版，第 1—2 页。

结合文学自身的特点建构起某种理论框架与模式，然后以此来解释和演绎具体的作家与文本，这种阐释和演绎的过程表现出较大的文化创造性。美国批评家魏伯·司各特在《西方文艺批评的五种模式》一书中，着重介绍了其中影响较大的五种模式，即道德批评、心理批评、社会批评、形式主义的批评和原型批评；安纳·杰弗森和戴维·罗比在《西方现代文学理论概述与比较》一书中，介绍了较为流行的六种批评模式，即俄国形式主义批评、现代语言学批评、英美新批评、结构主义与后结构主义的批评、现代精神分析批评和马克思主义的文学批评；而新时期以来中国文学批评比较流行的模式有：心理批评、比较批评、科学主义批评、人类学批评、女性主义批评、文本批评、接受批评和社会历史批评八种类型。凡此种种，足以表明批评模式作为文学阐释的具体化，已经在文学接受的实践中得到广泛运用。

批评模式作为文学阐释的类型与方法，其实质是一种定向的理论阐释活动。它依据某种确定的理论法则解释文本，在既成的艺术经验的基础上发现和阐释作品的意义。但它不像传统研究那样以追索作者的原始意图为目的，而是通过理论模式的运用，把存在于作品中未能揭示的内容发掘出来，从而使我们更深入地理解文本中新的思想和形式的价值。所以，从批评模式的构成看，其理论含量与方法使用是统一的，而理论取向及其运用，应当是构成文化阐释最重要的因素和前提。如社会学的批评模式主要是社会学的理论取向在文学阐释中的运用，它一方面强调从社会历史的角度考察文本，重视文本同时代和社会历史环境的联系及文学的社会功能与价值，这种理论与价值性的取向，构成文学阐释的核心和灵魂；而另一方面，社会学的批评模式又融会历史的、哲学的、社会的与政治的分析，从作品所产生的种族、环境、宗教、风俗等一般文化状况出发评判作品，这种适合社会学理论取向的多种方法的融通与综合，使社会学的批评模式更加具有文化阐释的色彩。也正如原型批评模式在理论取向上虽然是对荣格的集体无意识学说的运用，即以神话的眼光从文本中辨认其基本的文化形态，发现反复出现的原型因素，破译文学文本中的文化密码，但在阐释的方法上却是心理学、神话学、宗教学和民俗学等因素的综合性体现。这就意味着，批评模式其实是一种有确定理论取向的文化阐释的原则。晚近以来所产生的新历史主义的批评方法、文学人类学的批评方法等类型，除了确定的理论价值取向外，其中最主要的特点是，在文化的整体网络中广泛吸收诸学科的优势，以丰富和补充自己的思想库。所以，我们的结论是：文化阐释的方法具有包容性与开放性的品性，也特别适合理解作为文化形态的文学。要想深入地理解文学、艺术，没有人类的与文化的视野，便难于进入文学、艺术本体的世界。

但是，对文化阐释方法的运用，需要特别处理好一组矛盾，即如何解决与融通现代诠释与微观考辨的关系，或曰文本意义阐释与微观考辨的关系。中国传统的文学研究高度重视学科史料学依据及微观考辨这一内容，如王国维的《宋元戏曲考》、鲁迅的《中国小说史略》、闻一多的《楚辞校补》等，均重视学科的史料学依据。无论是作为结构性的文化阐释，还是批评模式的运用都有微观考辨的存在。这不仅因为微观考辨是文学阐释的基础与重要组成部分，而且微观考辨也能防止文学阐释中大而无当、凿空而言的弊病，使文化的文学阐释既符合审美体验与情感认同的规律，又不脱离与作者和文本的关系，从而更具理解与把握的完整性与系统性。

第三节　文化转向与文学理论知识的深度整合

一、文化转向与知识整合的时代依据

文化转向视域下西方文学理论和批评呈现的知识面貌是什么？这种知识面貌的内在构成、发展规律、基本走向及表现的问题性何在？这对全球化语境下中国文论的建设来说，是一个值得关注与借鉴的重要问题。本节之所以以这种学理逻辑设定阐释的论域，一方面在于，百余年来中国文论的现代性生成，一直视西方文论为重要的理论资源与价值参照，其本土文论知识形态的形成，已深深融入了西方理论的多种观念、价值与方法。而且，这种从本体基础方面紧紧依赖与移植西方文论的建构方式，在20世纪后期有不断强化之趋势，因此，“密切关注当代西方文学理论和批评的走向，并不意味着简单的‘西化’和‘拿来’，而是开创中国文学理论和批评新局面的动力之一，这早已成为中国学术界的一个基本共识。”[①] 另一方面，以“文

---

① 阎嘉：《21世纪西方文学理论和批评的走向与问题》，《文艺理论研究》2007年第1期。

化转向”指称和概括20世纪后期西方文论变化的整体趋势与文学研究的状况，或许比用“文化研究”来描述更为恰当。按照一些学者的看法，文化研究尽管“是目前国际学术界最有活力，最富于创造性的学术思潮之一，但同时它又是一个最富于变化，最难于定位的知识领域。”[①]“文化研究不是什么统一的流派，也不是一个明确的学科，它不过是正在形成的跨门类的课题……文化研究实际汇聚了哲学、社会学、人类学、精神分析学以及文学批评诸多门类的知识，就文化研究普遍注重文本分析方法而言，它更像是传统文学批评学科的变种。”[②]马克思主义学者詹姆逊讲得更直接，“文化研究是一种愿望，探讨这种愿望也许最好从政治和社会角度入手，把它看做是一项促成‘历史大联合’的事业，而不是理论化地将它视为某种新学科的规划图。”[③]如此看来，文化研究的确为我们提供了一种与传统研究截然不同的学术视野与范式，其理论与方法的借鉴作用是显而易见的。但是，如果从20世纪中叶后西方文论与批评发展的实际出发，并考虑到西方文论在知识建构方面的规导性与价值走向，以及它对新时期以来中国文论与批评所形成的内在影响，应该说，其中最重要的知识资源无疑是继20世纪语言论之后的“文化转向”。

---

① 罗钢、刘象愚：《文化研究读本》，第1页。

② 陈晓明：《文化研究：后—后结构主义时代的来临》，《文化研究》第1辑，天津社会科学出版社2000年版，第34页。

③〔美〕詹姆逊：《论“文化研究”》，《詹姆逊文集》第3卷，中国人民大学出版社2004年版，第1页。

英国学者戴维·钱尼曾以“文化转向”来描述当代社会变化的普遍趋势。他认为，20世纪后半叶，文化成为人文科学学术研究的焦点，并且始终处于核心位置。作为最有效的学术资源，它可以促使我们重新理解当代社会生活。……文化转向同样是社会思潮中的一个重要阶段。[①] 詹姆逊同样以“文化转向”概括晚期资本主义的时代特征。他说，“在这个新阶段中，文化本身的范围扩展了，文化不再局限于它早期的、传统的或实验性的形式，而且在整个日常生活中被消费，在购物，在职业工作，在各种休闲的电视节目形式里，在为市场生产和对这些产品的消费中，甚至在每天生活中最隐秘的皱折和角落里被消费，通过这些途径，文化逐渐与市场和社会相联。”[②] 英国当代文论家拉曼·塞尔登也强调，在“当代文学理论”的语境中，最近出现了一个更为瞩目的转变，那就是向“文化理论”的发展，“文化理论”成了一个整个领域中学术研究的笼罩一切的术语。[③] 国内也有学者指出，从世界范围看，世纪之交的文学研究和文学理论发生了从语言论向文化的转向。这种变化源于当代社会生活的转型。……当然，这一转向不是简单地回到传统的社会—历史批评理论，而将携带着文本中心时代所谓“理论革命”的全部成果，作为“前结构”进入新的批评时代。形式主义的、新批评的、结构主义的、符号学的、叙述学的、后结构主义的

① 〔英〕戴维·钱尼著，戴从容译：《文化转向：当代文化史概览》，江苏人民出版社2004年版，第1—2页。

② 〔美〕詹姆逊：《文化转向》，中国社会科学出版社2000年版，第108页。

③ 〔英〕拉曼·塞尔登等著，刘象愚译：《当代文学理论导读》，第10页。

等，都将作为丰厚的理论资源构成文化转向的一个必要前提。而文化研究、新历史主义、文化诗学、后殖民、女性主义、当代媒介文化则是它由所发生的理论的和现实的基础。[①] 由此可见，“文化转向”不仅昭示了20世纪中叶后，西方社会思潮与文学艺术的显著变化，也代表了这一时期西方文论与批评最为突出的学术走向及发展趋势。作为一种整体的研究视域与知识图景，文化转向包括了跨文化视野下诸多思想与知识的融合，为文学理论的深度整合提供了多方面的价值借鉴，如后现代文化批评，文化研究与消费文化研究等，其理论资源的多样性与知识的汇通性，既为当代西方文论的知识生产提供了重要的思想基础，也为全球化时代中国文论的深入发展提供了重要的参照与借鉴。

二、文化转向的具体表现

后现代主义作为20世纪中期出现的一种文化思潮，不仅对当代世界文化的发展与人文学科的研究产生了重要影响，也为当代西方文论与批评的新的知识图景的形成提供了契机。按詹姆逊的理解，后现代是当代资本主义文化转向的重要表征。“在西方，现实主义、现代主义、后现代主义都分别反映了一种新的心理结构，标志着人的性质的一次改变，或者说革命。”[②] 后现代主义不仅仅是一个时期的风格，而是资本主义社会语境中一个具有特殊意义的主导风格。“后现代主义存在的状况所依赖

① 金元浦：《文艺学的问题意识与文化转向》，《宝鸡文理学院学报》2007年第1期。

② 〔美〕詹姆逊：《后现代主义与文化理论》，第143页。

的前提是某种根本的断裂或中断，这种断裂常常与近百年来的现代运动的衰落或消失的概念相关（或者与对它的意识形态或美学的否定相关）……后现代主义的一个基本特征是，取消高级文化和所谓大众文化或商业文化之间先前的（基本上是高度现代主义的）界限，形成一种新型的文本，并将那种真正文化工业的形式、范畴和内容注入这些文本。尽管从利维斯和美国新批评直到阿多诺和法兰克福学派所有的现代批评家都强烈地谴责这种文化工业。事实上，后现代主义迷恋的恰恰是这一完整的堕落了的景象”。[①] 对詹姆逊来说，后现代主义表示艺术的一种全新的社会定位，后现代主义不是主题问题，也不是题材问题，而是艺术充分进入商品生产世界的问题。这是詹姆逊一贯坚持和强调的思想。在不同阶段，文化的作用、含义和地位是不同的，文化处在一种不断地变动之中，在后现代时期，我们面临着新的“文化文本”的呈现，后现代主义是当前后期资本主义阶段的文化形式。无论人们怎样看待这种文化转向，这是一次与现代主义文化母体彻底的分裂与疏离，或是一种徘徊于西方社会中的文化“幽灵”，还是一种富有建设性向度的思想的生产等，有一点是不可否认的，即后现代表现了一种新的文化转向与思想知识的生产，它充盈于现实世界之中，将现实殖民化，以至它几乎没有外部可言。

正因为后现代主义的出现是文化发展的必然逻辑，才造成

① 〔美〕詹姆逊：《快感：文化与政治》，中国社会科学出版社 1998 年版，第 152—154 页。

美学与文论的封闭性空间向充分文化化的语境开放，后现代主义对原有的“艺术作品的自律性”和“美学的自律性”的观念加以攻击。“从严格的哲学意义上讲，现代的终结也必然导致美学本身或广义的美学的终结：因为后者存在于文化的各个方面，而文化的范围已扩展到所有的东西都以这种或那种文化移入的方式存在的程度，关于美学的传统特色或‘特性’都不可避免地变得模糊或丧失了。”[①] 在现代主义那里，艺术从现实世界退出，进入一个自主的艺术空间，它正是依赖所谓高雅文化和大众文化的区别，以寻求艺术文化的独特性和审美的乌托邦功能，进而达到对商业文化的抵制和对权威与经典的维护目的。而后现代文化，特别是当今的大众文化，则与市场体系和商品形式具有同谋关系，它们把艺术包装成商品，作为纯粹审美消费的实物提供给观众。后现代文化的普遍特征是一种新的浅显性，深度模式的削平，历史意味消失，主体性丧失以及距离感消失等。在理论与批评方面，后现代之所以选择普遍的怀疑精神、反本质主义的文化姿态，以及对传统的否定态度与价值消解策略，从根本上说无不源于其思想转向的逻辑规定。

后现代的这种特殊的知识转向对中国文论的影响是不容忽视的。一方面，它成为当代学者反思中国文学理论危机的一种思想武器。如有学者所分析的，受本质主义思维方式的影响，学科体制化的文学理论知识生产与传授体系，特别是“文学理论”教科书，总是把文学视作一种具有“普遍规律”、“固定本质”的实

---

① 〔美〕詹姆逊：《文化转向》，第108—109页。

体，它不是在特定的语境中提出并讨论文学理论的具体问题，而是先验地假定了“问题”及其“答案”……这个意义上的“文学”与“文学理论”实际上只是一个虚构的神话，这个意义上所谓“规律”实际上也只是人为地虚构的“规律”。①20世纪90年代后，国内学界频繁出现的对文艺学学科的深层反思与批判，无不源于后现代文化转向新的价值取向及思维方式的作用；另一方面，“后现代概念之所以值得珍视，是因为它警惕我们注意一系列重大问题。有助于我们把某些争论当做有待解决的问题。它迫使我们的眼光从狭隘的技术和具体的争论中放开，在更开阔的视野下处理历史变迁问题。”② 后现代也是现代性的一副面孔，从审美现代性始，它所显示的对歧义、多元和差异的肯定，对“反思性”的强调，对批判与否定性价值趋向的推崇，均对中国文论思想观念的更新产生了十分有益的影响。

在文化转向视域内，文化研究的知识学意义是值得探讨的。如果需要用一句话来概括近20多年欧美文学、美学研究所经历的巨大变革，那就是从以经典作品为基础的文学文本批评转向以考察各种形式的文化涉意实践（Signifying Practice）为基础的文化研究和文化批判。③ 作为一种舶来的、含有强烈异质性的研究方法，文化研究自20世纪60年代提出以来，何以能够成为当代西方学术界的主流话语，并在90年代引入中国后，又如此迅

---

① 陶东风主编：《文学理论基本问题》，北京大学出版社2006年版，第5页。

② 〔美〕大卫·莱昂：《后现代性》，吉林人民出版社2004年版，第9页。

③ 朱立元、张德兴等著：《西方美学通史·二十世纪美学》（下），上海文艺出版社1999年版，第651页。

速地占据主导地位，一跃而成为国内文学研究的主潮，这是值得认真思考的。

作为专门术语的文化研究，并不是一般意义上的对于文化的研究，而是一种特定的研究文化的视角与方法。“文化研究的崛起是出于对其他学科的不满，它不仅针对其他学科的内容，而且也针对其他学科的局限性，因此文化研究属于后学科。”文化研究打破了各个学科间的界限，在一种跨学科的自由穿行中，体现出灵活运用各种思想和知识资源进行创造性研究的特色。文化研究还具有实践性、策略性、政治性、高度的参与性与激进的批判立场等品质与特点。① 除了具有广泛包括文学、艺术批评、大众文化、媒体研究、跨文化交流、女性主义、殖民主义、晚期资本主义、全球化研究等包罗万象的开放性主题外，文化研究更注重研究当代文化、大众文化、媒介文化、边缘文化和亚文化，注重与社会保持密切的联系，提倡一种跨学科、超学科甚至是反学科的态度与研究方法。② 文化研究在思想谱系与知识构型方面呈现出不断整合的特点，其理论来源可以直接上溯到后结构主义和当代新马克思主义。包括福柯的知识考古学、知识系谱学、德里达的解构主义、鲍德里亚的文化仿真理论、后弗洛伊德精神分析学，如拉康、德留兹、居塔里等，这些学说共同构成文化研究的理论基础。而当代新马克思主义主要包括法兰克福学派，葛兰西的文化霸权理论，以及威廉姆斯为代

① 陶东风主编：《文学理论基本问题》，第9—10页。

② 罗钢、刘象愚：《文化研究读本》，第1—2页。

表的英国文化唯物论。[1] 文化研究对诸种思想观念与理论知识的综合运用，创造出更具包容性的知识景观，也使其更具非同凡响的理论阐释力与吸引力。文化研究在思想的疆界方面跨越了众多人文学科和社会科学，马克思主义、女性主义、东方主义、多元文化、大众文化、同性恋和全球化等理论，几乎无一例外地和文化研究紧密相关。

20 世纪 90 年代以来，文化研究已极大影响了中国文论的建设与文学研究的现状，跨学科的文化研究发展迅猛，文学的"文化批评"成为重要的趋势。文化研究不仅拓展了文论与文学研究的边界，使文学研究与批评的对象涵盖了各种形式的文化产品，包括文学和非文学。更为重要的是，文化研究对视像文学、媒介文化、大众流行文化、网络文化、性别文化、时尚文化及身体文化等现象密切关注，使这些也越来越多地成为当今文论研究的热点所在。文化研究的流行启示我们，西方文学研究与文论生产所发生的文化转向，既是其社会总体发展的大势所致，更是文学自身内部要素运动的结果。寻找文学理论与批评的思想原创与现实活力，始终是 20 世纪西方文论发展的价值指向，在经历了语言论转向，把文学研究的实践专注于文学内部的种种规约后，其理论与批评的走向必然要向更宽广的社会、历史、政治等层面拓展。文化研究的实质是对文本中心主义理论范式的解构，也是对固定不变的文学疆界的超越。以此审视

---

① 陈晓明：《文化研究：后一后结构主义时代的来临》，《文化研究》第 1 辑，第 34 页。

我国文论长久以来形成的状况，“传统的文艺学研究范式已经难以令人满意地解释 90 年代以来的文化/艺术活动新状况，这个事实恐怕很难否定。文艺学应该正视现实，密切关注日常生活中新出现的文化/艺术活动方式，及时地调整、拓宽自己的研究对象与方法。自主自律的文学与文学研究只是一个历史并不太久的社会文化建构而已，我们没有理由认为它一定是文学理论研究的正宗。”① 文化研究在当代中国学界引起的争议已十分复杂，孰是孰非尚有待学界进一步地辨析与思考。

法国思想家梅耶曾讲过，作为新的部落神话消费已成为当今社会的风尚，它正在摧毁人类的基础，即自古希腊以来欧洲思想在神话之源与逻各斯世界之间所维系的平衡。他颇赞同波德里亚的分析，消费是一种积极的关系方式，一种系统的行为和总体反应的方式，我们的整个文化体系就是建立在这个基础之上的。② 对人文学科尤其是文艺学、美学的研究来说，消费文化的来临无疑意味着一种新的文化语境的产生，也意味着因研究对象的转换所带来的对传统学科体制、规范及边界的重新厘定与思考。消费文化研究范式的形成，既秉承了 20 世纪西方美学与文论的精神资源，又吸收了西方马克思主义与后现代的思想传统，它同样是多重理论范式的综合。法兰克福学派以其鲜明的意识形态与文化批判理论，重新评价和认识进入消费时代后，人类审美观念与文艺实践所发生的重要变化。如阿多诺提

---

① 陶东风：《移动的边界与文学理论的开放性》，《文学评论》，2004 年第 6 期。

② 见〔法〕波德里亚著，刘成富译：《消费社会》一书前言，南京大学出版社 2000 年版。

出，消费文化的产生导致审美观念的自律性消解，审美实践也由独特的精神创造蜕变成一种文化工业的生产活动，文学艺术生产呈现出新的问题性；本雅明认为，机械复制时代的到来，对传统的文艺与审美观念形成巨大挑战，由此导致传统艺术韵味的衰落以及新的审美趣味的生成，人类审美面临的困惑与文化上的复杂性更为突出。与法兰克福学派相比，后现代思想家更注重从理论上系统思考消费时代所引起的文艺观念与审美实践的变化。如法国后现代思想家费瑟斯通、波德里亚都认为，在消费社会，审美观念和艺术进入了一个被广泛扩张或泛化的过程，它不再仅仅局限于传统的艺术领域，而已蔓延于经济、政治、文化和日常生活的各个方面，形成审美生活化趋势与消费意识形态；马克思主义学者詹姆逊也指出，消费社会中人类的审美观念从自律转向感知领域，转向以视觉为核心的生产，美学的封闭性空间也转向开放的实践性空间，导致传统美学的终结，这是文化发展的必然逻辑。由此可见，消费时代的来临以及它所引发的一系列文化悖论，既是这个时代人类生活发展的一种必然，一种人类在其存在维度上别无选择的“命运”，也极为真实地对人类文化的发展与文学研究的价值走向，提出了相当严峻的问题及其挑战。

值得注意的是，面对这些问题与挑战，“在对消费文化的众多研究中，马克思主义、符号学、人类学与社会学构成了三种最重要的路向”，[①] 其理论的阐释与批判给予当代社会以深刻的

---

① 罗钢、王中忱主编：《消费文化读本》，中国社会科学出版社2003年版，第2页。

启示。如马克思对“异化”劳动和“商品拜物教”的批判，构成了20世纪西方马克思主义批评家取用不竭的思想资源；卢卡奇关于“物化”的论述，在消费文化批判中占有重要地位；当代法国著名思想家鲍德里亚试图把马克思主义对资本主义的批判从生产领域扩展到消费领域，从符号学的角度对消费社会和商品的符号价值进行了前所未有的积极思考；还有当代法国著名思想家布尔迪厄，他把文化符号分析与社会等级（阶级）分析结合在一起，并借助“惯习”和“文化资本”等概念，对消费文化特性进行了颇为深入的分析。诸多思想资源的整合，均构成了消费文化理论与消费文化研究的思想基础，也对当代中国文艺学与美学的探索，产生了至关重要的启迪与影响。其中既有研究命题上的重大转换，如“日常生活审美化”命题的提出，文化媒体革命的出现，视觉文化的转向等；也有审美观念与文艺实践层面大量新的矛盾与问题的产生，如视像文化的扩充和蔓延，艺术生产的复制性与泛审美化倾向的日渐突出，媚俗文化与恶俗文化的不断滋生，以及文学创作的愈益萧条与文学市场的空前萎缩等；更为突出的是，消费时代的到来，亦引发了对文艺学学科在身份认同与知识转向方面的深入思考，促使人们更清醒地注意到这种语境的更新，不只是某种研究对象或思想资源的变迁，更重要的还是整个生活形态、精神生态和世界格局的变迁。研究这种变迁，显然是我们能够重新确立文学研究的学理根据和思想基石的前提。

三、中国文论知识构型中的问题

在我们看来，分析文化转向视域下西方文论与批评在知识形态方面的变化，进而提出我国文论在知识形态建构方面值得关注的问题非常必要。从学理的维度看，文学理论作为一种人文性的理论阐释的学科，其知识形态有特定的思想背景与文化场域，并紧紧依赖于人的现实存在与实践方式，依赖与此密切相关的社会文化场域的变化。诚如伊格尔顿所特别强调的，“现代文学理论的历史乃是我们时代的政治和意识形态历史的一部分。……文学理论一直就与种种政治信念和意识形态价值标准密不可分。的确，与其说文学理论本身就有权作为理智探究的一个对象，还不如说它是由以观察我们时代的一个特殊角度”。①

再从现实的状况看，当代中国的文艺学研究之所以有“失语症”的提出，有学科身份的认同性危机，有理论“消亡论”与“终结论”的怀疑，大概与我国文艺学自现代以来，在知识形态方面存在的问题与缺陷有关，与我们始终未能找到真正符合文艺学学科身份规定的本土思想根基有关。如有学者所分析的，当前我国文学理论界出现了一种自我质疑的倾向，许多文学理论专业的学者纷纷以学科反思的形式，对文学理论存在的合法性问题提出种种疑问。论者普遍意识到，以往那种试图为文学活动制定普遍规则的文学理论话语无论如何是不合时宜了，于是有人主张要用“文化研究”取代文学理论；有的则以“文学理论的批评化”作为这门学科未来的发展方向；还有人提出“文化诗学”的研究思路，以扩大文学理论的研究视阈。无论这

---

①〔英〕特雷·伊格尔顿著，伍晓明译：《二十世纪西方文学理论》，第196页。

些主张存在着怎样的草率与片面，至少可以说明一个问题：传统文学理论的言说方式出现了问题，文学理论这门学科正面临着一次重要的知识形态的转型。[①] 正由于此，我们才有必要深入探究当代西方自文化转向以来，文学理论在知识形态方面不断整合与重构的经验，以获得有益于当代中国文学理论建设的借鉴与启示。

文化转向中西方文论多种知识图景不断生成的状况表明，学科是文化的复杂的建构物，其中任何思想观念的提出与某种理论及方法的创生，均依赖于特定的社会情境与时代条件，依赖于特定的文化场域与语境。而作为观念形态的文学理论与批评的形成，以及它对文学的有效解释与研究，也必然依据一定历史条件下某种文化范式的规定性来进行。概而言之，一切文学的实践与对这种实践的阐释，都是在一定的文化视域与文化语境下发生的。只要保持研究场域的开放性，不断提出、解释并回答文学现实情境中生成的问题，而不是固守一成不变的思想与结论，设定某种永恒的命题，都将激活文学理论与批评的生产，带给文学一种理解的开放性。20 世纪之所以被称做批评的世纪，并且能够呈现出如此丰富的知识图景，从根本上源于其学科观念与研究语境的开放，这些理论从不预设一种永恒不变的学科真理，反对建立一种普遍性的学科知识的元话语，强调学科永远处在移动与变化的过程之中，没有固定不变的学科

① 李春青：《在审美与意识形态之间——中国当代文学理论研究反思》，北京大学出版社 2006 年版，第 261 页。

疆界。正因为坚持学科知识的移动与变化，才使得文学理论与文学的现实境况之间，保持了一种密切的关联与互动。现实不断地激活理论，由此产生了学科领域内大量的新问题。20 世纪的西方文论与批评，在经历了文本中心主义与语言论转向后，因其理论范式的种种缺陷，必然要向更宽广的文化维度拓展，必然要经历知识形态上的更新与转换，提出自身的新的问题域，生成新的范畴与概念群。所以说，文化转向也是西方文论自身合乎逻辑的发展结果。

与西方文论知识形态形成的规律相比，我国当代文论在知识形态建构方面存在明显的缺陷与不足。其表现是自现代学术体制形成以来，由于我们在文学理论的观念层面中，长久地奉行本质主义的思维方式与知识生产模式，并先验地设定文学的“普遍规律”与“永恒本质”，很少从特定的现实语境中提出与讨论属于自身的问题，这就不同程度地造成中国文论在知识形态的建构方面，始终未能找到坚实的思想根基与理论立足点。其知识形态总体面貌的构成，基本上是移植性与借鉴性的，而不是生成性与本土化的。无论是 20 世纪前期对前苏联文艺学模式的学习，还是 80 年代对西方文学研究方法的引进，或者是 90 年代后对欧美诸多文论与批评模式大范围的借鉴，其结果是，我们全方位地从西方文论中移植知识形态与学术话语，导致中国文论在存在根基方面长期潜伏着一种隐性的“他者”观念及自我认同性危机，一方面加剧了文学理论与本土生活世界的疏离，与现实的文学经验、文学活动的脱节，以及提问、阐释与评估文学现实问题能力的下降；另一方面，也不同程度导致当代文论在价值取向与思想资源方面与传统文论的日渐疏离甚至断裂，造成20世纪中国文论在知识建构方面的双重缺失。

当代西方文论在向文化转向的知识构型中，理论创新的活跃，思想资源的丰富、多元与开放，以及它们在知识生产中所起到的奠基性与规导性作用，是值得我们认真借鉴的。西方学术语境下的文学理论与批评，之所以是一门成熟且完善的学科，从某种程度看与其知识形态发展的相对自足与完整不无关系，其中占主导地位且具有根基性意义的，是其始终以成熟的哲学观念与系统的理论方法为基础，并不断保持对当代人文思想资源的积极吸收与借鉴。像新批评、形式主义、现象学、阐释学、结构主义、后结构主义、新历史主义、文化批评以及消费文化研究等，其理论范式的形成，从知识形态看均是在特定哲学观念与哲学思想的支配与影响下，通过具体的文本分析，并在大量批评实践的基础上不断积累与完善起来的。我们把文化转向视域下西方文论知识形态构型的特征归结为：人学之思的规导性作用；对差异性的尊重及多元、并存的文化生态格局；面向公共文化空间的政治旨趣。这或许正是文化转向在文学理论的深度整合方面给予我们的经验与启示。

所谓人学之思的规导性作用，是指西方文论的思想生产，从根本上说是立足于人的存在来思考文学艺术的发展路径，它构成了文学理论知识生产的逻辑原点。“西方文学之思的人学路径与神学路径截然不同，它的开拓与延展是以‘上帝之死’和‘人/神二元世界的解体’为标志的。一般来说，西方文学之思的人学之路发端于文艺复兴，完成于尼采与马克思，在‘语言学转向’中受到挑战，又在‘文化研究’中走向极端”。[①]朱立元在总结20世纪西方文学理论的状况时，把人文主义作为一条重要的思想主线，也是强调其人学之思对当代文论知识形态生成的规导性作用。[②] 西方文论思想格局的形成还有一显著特征，那就是各种理论观点和批评方法杂陈，不断有新思想与新观念的提出，形成一种“众声喧哗”的理论阐释与话语表述局面。即使就其中的一个论域或论题而言，其阐释的立场、出发点、依据的理论资源、论述的方式和得出的结论都各有不同。换言之，其思想的生产与对相同问题的看法极为“多元”。有论者甚至把这种状况看做是21世纪西方文学理论和批评的基本走向，并指出，当今西方的各种文学理论和批评不仅呈现出碎片化、杂糅、拼贴的特征，而且各自都力图表现自身与众不同的特色，力图成为“马赛克”中的一种色彩。这种各自为阵的“马赛克”局面，正是极力追求“多元化”的后现代的典型特征，也是当今西方思想和文化的基本面貌。说到底，散漫的、“非中心”的“游牧思想”才是要害所在。[③]

如上分析与理解或许十分深刻，但从另一种角度看，这也的确体现了西方文论在思想取向方面对多元与差异性的尊重，如伊格尔顿的《二十世纪西方文学理论》，拉曼·塞尔登等人的

---

① 余虹：《理解文学的三大路径——兼谈中国文艺学知识建构的“一体化”冲动》，《文艺研究》2006年第10期。

② 朱立元主编：《当代西方文艺理论》，第2页。

③ 阎嘉：《21世纪西方文学理论和批评的走向与问题》，《文艺理论研究》2007年第1期。

《当代文学理论导读》便是最好的范例。后者甚至把男同性恋、女同性恋及酷儿理论与马克思主义并列介绍。事实上，正是这种对多元、差异与对立、冲突的尊重，以及不断地争辩、解构与重构，才形成了西方文论知识秩序的开放性与不断的变异出新。而且这种变异出新并非时髦的思想游戏，它愈来愈强烈地体现出面向公共文化空间的政治旨趣。西方当代诸多类型的文学理论知识都是非常政治化的——尤其是被冠以“文化研究”或“文化批评”的文学批评/理论，比如女性主义批评/理论、少数族裔批评/理论、生态批评/理论等，但是它们的政治化并没有导致西方文学理论知识生产的凋敝，也没有导致类似中国“文革”时期文学理论知识的一元化、封闭化、独白化。相反，这些极为活跃的所谓“政治批评”极大地激活了西方的文学理论生产，使之呈现出空前多元、繁荣、活跃的局面。它们也没有导致西方文学理论知识生产自主性的丧失。[①] 为什么会形成这种有别于中国现状的独特的思想状况与局面？伊格尔顿的回答是，从根本上说所有的文学批评都是政治批评。现代文学理论的历史乃是我们时代的政治和意识形态的历史的一部分，与人的意义、价值、语言、感情和经验有关的任何一种理论，都必然会涉及种种更深广的信念，涉及那些与个体和社会的本质、权力和性的种种问题。……纯文学理论只是一种学术神话。[②]

伊格尔顿的文艺政治观给予我们的启示是相当深刻的，实

---

① 陶东风：《重审文学理论的政治维度》，《文艺研究》2006 年第 10 期。

② 〔英〕特雷·伊格尔顿著，伍晓明译：《二十世纪西方文学理论》，第 196—197 页。

际上，20世纪中后期在西方兴起的文化研究和文化批评，就是非常政治化的文艺学知识生产模式，其政治性的含义是指一种广义的文化建构与思想生产职能的有效发挥，它直接干预和影响了公共生活空间的文化生产状况。如果文学和文学研究内在地包含广义的政治性，如果一种坚持公共关怀的文学和文学理论知识必然具有广义的政治性，那么，笼统地否定文学的政治性，或者人为地鼓励文学理论研究的非政治化，就有使文艺学知识非公共化的危险，使之无法回应现实生活中的重大问题，丧失参与社会文化讨论的能力。[①] 如果以此审视新中国成立以来我国文论的知识生产与政治的关系，其中既有“文化大革命”时期所谓“工具论”的狭义政治观，也有因过度追求知识生产而导致的实用化与媚俗化，它们均体现出对公共政治责任的有意排斥与放弃。当代文艺学的知识生产真正缺乏的是思想创造的活力、锐气与深刻性，更缺乏一种对公共文化活动的批评性参与及反思的精神和能力。文艺学知识生产过度的实用化与功利化，无疑是一种文化危机与人文危机的征兆。

综上所述，文化转向给予我们的借鉴与思考是多方面的，而特别值得珍视与总结的是在文学理论知识的深度整合方面所呈现的有益启示。文学理论的综合化趋势是不言而喻的，这不仅在于文学现象存在的复杂性与多样性，也源于当代社会文化与人文学科研究语境的深刻变化。所谓文学理论的深度整合，既指思维形态与方法论层面的吸收与借鉴，也更多地包含在理

---

① 陶东风：《重审文学理论的政治维度》，《文艺研究》2006年第10期。

论价值根基与思想向度方面的建基与会通。博采各种文论有益的价值资源与成分，在一种新的理论基点上进行创造性构建，是理论创造走向博大精深之境的一个必要环节。所以，文学理论的深度整合首先是指价值取向方面的自觉认同与选择，也就是对文学理论的思想根基与人文内涵的维护与建设。迄今为止，无论人们以何种观念来理解文学理论，但有一点是可以肯定的：即文学理论既是一种研究与阐释文学现象的自主性理论，又是一种广延性极强的人文性学科；它既植根于广泛的文化结构之中，关联着人类思想与文化精神，有普遍的文化品格与人文属性，又依存特定的文学样态与美感形式，关联着文学的情感、心智和形象，有特殊的文学性的规定与审美的属性。文学存在的复杂性与多样性，决定了文学理论的价值不只是对文学现象的认识与描述，其理论生产的重心也不仅仅停留在关于理论体系的逻辑推演上，而应当具有人文阐释的价值立场和思想意向，并且更多地引导文学的研究能够进入广泛的文化背景，接近或者达到人类学的高度，以揭示文学现象所承载的文化含量与意义深度。所以说，当代文学理论的建设需要当代文化结构中丰富的思想资源与人文价值的滋养，只有这样，才能使文学理论的根基牢固地植根于人类文化与人类精神的领域之中，超越或放弃与人类思想共同体的内在联系，文学理论的发展将失去生命力所在，成为技术性的话语系统。

其次，文化转向带给文学理论的深度整合还包括超越单一的学科限定，在多维视野的融合与会通中，重建其知识形态的公共场域。英国文艺理论家阿拉斯泰尔·福勒认为，未来文学理论的特征之一是具有更广阔的视野；美国当代马克思主义文论家詹姆逊提出用一种“协力关系网”来取代“单一作者”的概念。所谓“协力关系网”，正表明了文学理论的知识构型是跨学科的，它需要不断借鉴与吸收与文学理论相关学科的文化养料，自觉融合不同的文化精神，不断突破自身体系的封闭状态，以保持其旺盛的理论生命力，走向理论上的博大与精深。今天我们所处的是一个新的交流与对话的时代，交往理性的提出体现了人类精神视野的不断融合，而文化研究的“间”性品格表现得更为突出。所以，建设并进入合理的对话交往语境，重建知识的公共场域，就成为文学理论深度整合的内在发展逻辑。唯有这样，文学理论才能保持开放性，并与特定时代的文化精神和社会心理息息相通。所以，探寻文学世界中富于生成性的文化精神与价值，解析其中所蕴涵的丰富的文化信息含量，创造与建构有利于当代人生存的文化智慧和文明因子，便成为全球化语境中文学理论及文学研究的基本职能与使命。拉尔夫·科恩的理解是，文学理论应成为一种阐释的指南、贯通性的源泉、分析的基础，以便发现和开拓出生活与意义的某种可能性空间。基于这种考虑，我们所主张的文学理论的深度整合，核心是指它所拥有的文化立场与价值向度，在观念与方法论层面上所体现的现代性、科学精神和开放程度，以及所显示的捕捉与提炼问题、阐释和评估事物的方法与能力。

四、对中国文论知识构型的反思

如果以此来省察当代中国文论在长期发展中所累积的问题及缺陷，其中最为突出的是学科知识构成中过度的移植化与意义危机。有学者指出，跨时空拼凑，以及文学理论知识的历史性与民族性的丧失，是我国文学理论及其教科书的一大弊端，它之所以无法组成一个具有内在联系的知识体系，就在于完全切断了中外古今文学理论的整体性与它得以产生的社会文化语境。它所犯的是知识社会学的大忌：语境抽离。[①] 也有学者认为，中国当代“文艺学”没有单一的理论来源，它实际上只是将全部已接受的西方理论与中国古代文论拼凑起来的“体系”。换句话说，从文艺学的来源看，它是中西结合、汇纳百川的；而从文艺学的结构方式看，它却是力图用一种“主义”将所有的“主义”统一起来，或者干脆将所有的“主义”一锅煮。这种“一体化”冲动能有效地制造融贯中西、会通古今的体系化形象，但它不能有效地整合各路知识来源而建立逻辑自洽的知识秩序。[②] 当代中国文论之所以会形成跨时空拼凑，不能有效建立自己逻辑自洽的知识秩序，其深层原因正在于知识生产取向方面的过度的移植化与意义危机。

文艺学的知识生产对异质思想观念与方法的借鉴十分必要。而我们的不足在于，由于长期受狭义政治意识形态的同化与塑造，以致形成我国现代文论在知识建构方面的封闭性与单一化，在理论与思想构成方面的“身份混杂”状态。于是，大范围的、乐此不疲地移植西方各种文论资源，寻求新的话语方式，便成为新时期以来我国文论在知识建构方面所采取的一种文化策略。

---

① 陶东风主编：《文学理论基本问题》，第 17 页。

② 余虹：《理解文学的三大路径——兼谈中国文艺学知识建构的“一体化”冲动》。

它虽然一度使我国文论的研究现状异常活跃，甚至导致这一领域的空前繁荣，但自进入20世纪90年代后，文学理论则有些惶惶然了——文学理论究竟还能做什么？甚至连这个学科的合法性也受到挑战。由此可见，过度的理论移植对文艺学知识形态的建构而言，确实隐含着不少值得深思的问题。

现在我们必须面对并回答这样一种屡屡增多的提问，当代中国的文艺学为什么会出现学科的合法性危机？为什么会有“身份认同”方面的内在失落，甚至较大范围地产生“失语症”的隐性焦虑？究其原因，症结在于我们的文学理论长期处于一种“无根”的状态。自新时期以来，由于我们对异质文论的过度移植与依赖，由此造成我国文论知识构成的内在性危机。其表征是当代文论的发展越来越多地体现出“知识论”的特征与痕迹，如过分迷恋学科本质问题的探索与原理体系的建构，注重从“知识论”的角度提出问题与设置论域，而缺乏审美判断与人文思想取向的分析。我们虽然学会了移植与引进理论，却没有学会或没有完全学会运用这些理论中所包含的思想向自己的现实提问。当代中国文论如此快捷地把西方较长时期内建构的理论匆忙地逐一演练与使用，是否意味着我国当代文论在知识构成方面，还存在着根基性的缺陷与价值误区，意味着我们的文论只学到了西方文论的形式与表象，它所放弃和遗失的则是某些更为深邃与更为内在的思想取向与文化品格，甚至因过度理论移植而导致的意义危机。

按照我们的理解，在文学理论知识形态的建构中，确立完善而具有明确价值取向的学科的思想与观念异常重要，因为它决定文艺学学科的生存根基与发展方向，构成学科的意义世界，并从根基上为该学科的人文/审美性生产与阐释提供思想资源。有论者指出，文学是一种独特的社会文化现象，蕴涵着人们独特的精神追求与意义空间，这种独特性就使得其他的阐释方式（社会学、哲学之类）根本无法进入到这个意义空间之中——这正是作为阐释的文学理论存在的合法性之所在。所以，作为阐释的文学理论绝不仅仅是一种客观性的描述，而是应参与到意义的建构之中。[①] 然而，我国文论因过度移植所导致的意义危机，不仅表现为缺乏参与意义建构的责任、意识与热情，也表现为我们更多的是从“知识论”的视角接受西方文论，借鉴其方法的作用尤为突出。我们的文论研究热衷于理论与概念的探求，而对公共社会与文艺实践中产生的大量新问题趋于麻木与冷漠，致使文论的文化建构功能正在丧失；我们的文论也越来越多地滋生出许多平庸的、消极的、病态的、浮泛的、媚俗的、极端的、市场化的、商业性的、浅显的、功利实用的以及孤芳自赏的等非生产性取向。较为严重的是，当代文论的意义危机还体现在它与传统文论精神的某种程度的断裂。中国传统的文学批评原本是以“人生论”、“境界论”哲学为基础发展起来的，它更强调文学在理想人格塑造与生存境界实现方面的积极作用。但进入现代学术体制后，尤其是近30年来我们对西方文论的大面积移植，已越来越造成传统文论丰富思想资源的失落，

① 李春青：《在审美与意识形态之间——中国当代文学理论研究反思》，第263页。

这也是导致我国文论无根状态与意义危机现象产生的深层原因之一。

有学者总结得好，“中国的文艺学还需要下大力气研究西方当代理论和批评，真正能把别人优秀成熟的成果吃透，在这个基础上再谈创建中国文艺学不迟。而要搞透西方的理论与批评，并不是浮光掠影式的‘拿来主义’，而是要沉入其中，与其共同创建这种理论学说。”① 应该说，缺乏意义向度与思想观念的主导，缺乏现实的立足点与对现实问题的有效思考与阐释，文艺学的知识形态只能是一种无根的存在。当代中国的文论要想真正有所作为，就理应把自己的学科发展的立足点，尽快转移到价值根基的建构与思想性的生成方面，这才能从根本上告别知识过度飘浮与思想游牧的时代。

① 陈晓明：《历史断裂与接轨之后：对当代文艺学的反思》，《文艺研究》2004 年第 1 期。

第四章　全球化时代文学理论的价值选择与重构

全球化时代对西方文论的多元价值借鉴十分必要。西方文论作为一种较完备的知识系统，已成为一种有益的文化参照。借鉴西方文论既有利于拓展我们的学术视域，又有助于中西方文论间的互补与渗透。但是，如果从保持自己独特的民族文化身份特征考虑，在全球化进程中，中国文学理论如何以积极的对策建立自己的话语体系，如何有效地实现多种文论价值资源的深度整合与重构，以便在国际性的理论争鸣中发出中国理论家的声音，这是当代中国文论研究者所面临的基本任务。对此，我们的观点是，中国文论应当以一种开放的姿态，自觉走向交往与对话的时代，并在此基础上努力解决全球化时代文化身份认同中的诸多问题，从而为价值的选择与重构确立坚实的逻辑基点。提出全球化时代文学理论的价值选择与重构之命题，其重心是对中国经验与传统文论资源的重新认识与有效利用。从某种程度看，我们是否能够从民族文化的思想根基与知识视域中，自觉建立属于中国自己的文学理论形态，这既成为全球化时代文学理论价值重构的核心与难点，也是当代中国文论必须面对并予以努力解答的重要课题。

第一节　走向交往与对话的时代

走向交往与对话，是全球化时代文学理论进行价值选择与重构的必由之路，也是构成当代中国文论观念变革与知识创新的基本前提。而这一文化态度与立场的确立，既源于人类历史发展的必然，体现了当代哲学、人文学科发展的客观趋势与状态，也代表了自20世纪以来，当代文学理论发展的一种内在的价值诉求与在知识形态方面的重要变化，它对中国文学理论的创造性综合及与科学发展有十分重要的意义。

一、人文学科走向交往与对话的必要性

20世纪以来的学术研究对交往与对话理论的关注，受到了来自当代哲学、社会学、心理学、语言学等方面的影响，产生出一批引人瞩目的思想成果，如德国哲学家哈贝马斯的交往理论、伽达默尔的解释学、美国社会心理学家米德的符号互动理论、前苏联思想家巴赫金的对话主义以及语言学家雅各布森的语言交流图式等。这些理论尽管有不同的内涵界定及其差异与所指，但是，其思想的价值取向均体现了从单一、孤立的思考与阐释，转向对多元交流视域的充分肯定，以恢复一种知识图景生成的动态性与完整性。其中，从哲学思想的普适性与方法论的借鉴意义看，哈贝马斯的交往理论更值得关注。

哈贝马斯的交往理论可以从两个方面来理解。从哲学的语言学转向来理解，可以把它看做现代语言哲学的意义理论的一

部分，可以称为语言学的交往行为理论。从社会理论转向来理解，交往理论是社会学行为理论的一部分，可以称为社会学的交往行为理论。语言学的交往行为理论的任务是澄清日常交往中的相互交往的普遍前提，哈贝马斯称之为普遍的或形式的语用学（formal pragmatics）。社会学的交往行为理论则要澄清不同行为类型的合理性原则。这两者是相互依赖的，语言学交往行为理论是社会学交往行为理论的基础，而社会学交往行为理论则是通向社会理论的中介，它直接服务于社会理论的构建，并为文化现代性和社会现代性研究提供新的规范基础。[①] 由此来看，交往行为理论可以视为重建式科学的反思综合，诚如威廉姆·奥斯维特所评价的，交往理论是一种重构型的理论，它在恢复和提出人类交往活动能力问题的意义上，也在重建历史唯物主义和西方马克思主义对资本主义物化进行批判的意义上，都是重建性的理论。……哈贝马斯的思想与那些越来越重视文化和交往活动的理论汇合到一起，交往理论所提供的很可能是一种社会学理论的知识基础。[②]

继《交往行动理论》之后，在20世纪80年代中期出版的《现代性的哲学话语》中，哈贝马斯思考的焦点是如何通过现代哲学思想的演进，达到今日哲学的“对话”。在他看来，现代哲学在人类精神发展史上具有相当重要的地位，对现代性的理解

① 汪行福著：《走出时代的困境——哈贝马斯对现代性的反思》，上海社会科学院出版社2000年版，第165页。

② 〔英〕威廉姆·奥斯维特著，沈亚生译：《哈贝马斯》，黑龙江人民出版社1999年版，第120—134页。

构成对现代人自身的理解，对现代哲学史的讨论，构成一部现代哲学的理解史。因此，从历史的阐释中寻找和理解现代性所面临的诸多困境，从而实现“意识哲学”向“理解哲学”的转化，展示人们在社会实践中的“交往行动理论”，已经成为走向后现代历程中关键的一环。① 按哈贝马斯的理解，交往理性是一种现代性的哲学话语，它是走出主体哲学的另一条路径。“在交往行为理论中，把生活世界和日常交往实践结合在一起的循环过程，占据了马克思和西方马克思主义为社会实践保留的中介位置。在社会实践中，具有历史定位、依赖于肉身并直接面对自然的理性，应该与他者协调起来。”② 哈贝马斯颇为深沉地总结道，理性表现在交往行为中，并与各种自成总体性的传统、社会实践以及切身的复杂经验都保持着紧密的联系，其中介包括文化的自我理解、通过直觉而呈现出来的集体团结以及社会化个体的认知潜能……它们展示出一切生活世界的共同结构。但是，这些共同结构只有通过以理解为取向的行为才能对各种特殊的生活方式产生深刻的影响，因为，通过这种以理解为取向的行为，特殊的生活方式获得了再生产。由此，我们也就不难明白，交往行为为何会成为理性潜能成功释放的关键，同样也是生活世界合理化的关键。③ 毫无疑问，哈贝马斯的“交往理论”对理解全球化时代文学理论的价值重构具有普遍

---

① 王岳川：《后现代主义文化研究》，北京大学出版社 1992 年版，第 171 页。

② 〔德〕于尔根·哈贝马斯著，曹卫东等译：《现代性的哲学话语》，译林出版社 2004 年版，第 369 页。

③ 同上书，第 379 页。

的哲学指导价值。它客观昭示了当代社会人类思想与文化生产的一条必由之路，即任何以权威姿态自居，囿于一隅，墨守成规，排斥对异质文化的吸收与借鉴，或者夜郎自大、抱残守缺，轻视外民族文化优势的心态都无益于新观念的创见与新理论的建设，而只能是相互尊重前提下的“对话”与“交往”，才能使我们真正获得价值重建的基础。所以，“交往”、“对话”理论不仅是对形而上学思维的超越，也是构筑良性文化生态的基础，对全球化时代文学理论的价值选择，无疑具有突出的方法论借鉴的意义。

今天我们提出文学理论的交往与对话问题，不仅有其历史缘由，也是由全球化语境下文学理论所呈现的新的问题性所决定的。“无论是西方还是中国，现代文艺理论发展的特点之一就是对立与冲突多于对话和交流，与此同时，对艺术的认识和批评也是单面性的思维多于整体性的综合。”[①] 20 世纪西方文论所呈现的林林总总的知识面貌，固然是其多样化与丰富性的体现，但不容否认的是，从纵向历史演进的角度看，一种新的批评理论的兴起与转向，便意味着对前者的超越与否定，从而很难形成理论上的有效交往与对话。如果说 19 世纪末 20 世纪初的表现论美学对 19 世纪占主导地位的实证主义文学研究思潮的反驳，是科学主义与人文主义两大思潮相互对峙与纷争的滥觞的话，那么随后继起的各种现代文论与美学流派，基本上都可以归属

① 谭好哲、马龙潜主编：《文艺学前沿理论综论》，山东大学出版社 2001 年版，第 2 页。

于这两种不同的思潮，并且都是在共时性的对立或历时性的否定中，在即此非彼的偏激、偏执、片面中彰显出各自的特色价值。[①] 审视中国现代文艺理论的发展历程，同样存在与西方现代文论大致类似的情形。所不同的是，我们对异质文论的对抗与否定更为突出。从20世纪初叶到70年代末，中国现代文论与批评的每一重要发展阶段，都伴随着占主导地位的文艺观念对先前与同时代的其他文艺观念和文论形态的排斥与否定。非此即彼的价值心态与二元对立的思维定势，在相当长的时期内始终制约着中国文论的研究与发展。即使在新时期30年中，中国文论频繁而又大面积地引进西方文论，其理论话语的输入与移植也未能改变中国文论思想贫乏的状况。究其原因，仍在于固守单一的文化心态与对话意识的欠缺。中国文论的发展不仅需要一个宽广的交往平台，更需要在这种平台上能够积极地发出自己的声音，而这种声音的发出必须依赖理论的自觉与主体价值的确立。不仅如此，全球化时代的到来，也为文学理论的价值选择带来了新的挑战与问题，从而使对话与交往活动的展开与实现显得更为迫切。

美国当代著名学者詹姆逊在谈到全球化与文化时指出，“对我们许多人而言（特别是在文学和文化领域工作的人），这是界定全球化的真正核心：世界文化的标准化；美国的电视，美国的音乐，好莱坞电影，正在取代世界上其他一切东西。现在，这种恐惧确实弥漫在我们后面两个范畴之中：一方面，这明显是经济

① 谭好哲、马龙潜主编：《文艺学前沿理论综论》，第3页。

支配和本地文化工业被美国文化工业取代的后果；同时，这种恐惧更深层的方面在于社会，而文化现在被视为惟一的症候：换言之，这种恐惧是，特定种族—民族的生活方式在这种文化标准化过程中将遭到破坏。”[①] 詹姆逊所强调的正是经济全球化带给文化领域的一个直接后果，即文化上的全球化或趋同现象。它使得西方的文化和价值观念渗透到其他国家，掩盖并日益取代了原有的民族文化的身份和特征，导致文化范畴的日益扩大，研究领域和学科的界限日渐模糊，理论的旅行使得新崛起的学科从西方向东方扩散，从中心渗透到边缘。正如西蒙·杜林所讲的，“全球化意味着文化形成越来越失去固定空前的限制，并很难集合为整体和传统。”在全球化时代我们不断地面对多项选择，而我们作出的选择，却没有坚定的准则和传统价值，没有权威的可资信任的可靠中介。目前我们时代所出现的精英文化与人文学科的边缘化，西方文论的全球性旅行，以及我们对其所采取文化移植态度就是一种明显的例证。我们甚至怀疑，愈演愈烈的全球化浪潮，是否会导致中国文论“殖民化”的出现。

从另一种维度看，全球化带给人文学科研究的新问题是消费文化形态的日趋扩大，它无疑会影响文学理论的价值选择。

众所周知，全球化浪潮使当代世界身不由己地进入消费主义社会。消费既是一种社会总体的价值趋向，又是当代人类在深层心理与潜意识中自觉认同的愿望与行为。正像莱斯理·斯

---

① 〔美〕弗雷德里克·詹姆逊：《论全球化和文化》，见王宁编：《全球化与文化：西方与中国》，第108页。

克莱尔所分析的，资本主义现代化所需要的价值系统就是消费主义的文化意识形态。全球资本主义体系在第三世界以向人们推销消费主义为己任，这种时尚性的消费主义不断生产并“诱导出需求冲动”，化强迫为主动，使得第三世界的人们去“消费”。因而，文化媒体帝国主义正在制造当代世界新的全球化话语，即消费主义文化意识形态无限扩张的强势话语。这种扩张不仅在发达资本主义社会大幅度蔓延，同时也毫无例外地改变着当代中国的命运。随着全球化态势的扩大，中国社会也正蔓延一种消费主义的意识形态，形成一种物质主义和享受主义的倾向。由于消费主义成为当今社会整体的文化语境，由此也导致我们这一时代的文艺生产、审美观念及其理性思考、价值判断等均发生了重大变化甚至倾斜。按照詹姆逊的说法，这是一个视像文化盛行和空间优位的时代。今天的美学生产已经与商品生产普遍结合起来，美的内涵已发生变化，美不再处于自律的状态，而是被定义为快感和满足，是沉浸在灯红酒绿的文化消费和放纵。詹姆逊的观点尽管过于危言耸听，但它确证了一种客观的文化存在及其规律：即消费时代的确已成为人类生存的一种特殊的文化语境，而消费时代的文化生产与文学理论的研究，也正在经历着一次重大的挑战与转变。

面对这种挑战及转变，文学创作与理论生产已表现出诸多的焦虑与困惑，其中最突出的问题，即由消费时代的来临所引发的学科身份的认同性焦虑与危机。如“失语症”的提出，文学边界的移位与消失，以及文学创作的日益萧条，文学市场的日渐萎缩，“纯文学”在整个流行文化面前所受到的空前冷落，还有文学终结论、艺术消亡论及审美生活化等观念的愈演愈烈，文学艺术形态无可奈何地失去昔日在艺术大家族中的主导地位，也不再处于文化的中心地带。正像米勒援引德里达《明信片》中主人公所表述的那样，“……在特定的电信技术王国中（从这个意义上说，政治影响倒在其次），整个的所谓文学的时代（即使不是全部）将不复存在。哲学、精神分析学都在劫难逃，甚至连情书也不能幸免……”① 此论断虽然有些耸人听闻，但无疑体现了在精神生产领域内整个时代所感受和遭遇到的一种衰败的命运，这种衰败的命运也降临于文学的研究之中，它不仅表现在传统意义上的文学理论之范围变得越来越宽泛，并在某种程度上已为含义更广的批评理论所取代；也不仅表现于20世纪后期文化批评的崛起，已对文学批评构成强有力的挑战，使文学批评的传统模式不断受到消解与冲击；尤为突出的是，新时期以来西方形形色色的文论思潮与流派的大量传播与输入，造成中国本土文艺学理论的萎缩与失语，从20世纪80年代理论移植的乐此不疲，到90年代的应接不暇。无穷尽的理论追逐已耗尽了人们对文艺学作基础性和本源性建设的内在热情，亦导致该学科不断处于一种无根的飘浮和转换之中。它似乎印证了米勒的预言，“文学研究的时代已经过去了。再也不会出现这样一个时代——为了文学自身的目的，撇开理论的或者政治方面的思考而单纯去研究文学。那样做不合时宜。我非常怀疑文学研

---

① 〔美〕丁·希利斯·米勒：《全球化电信时代文学研究的命运》，见王宁编：《全球化与文化：西方与中国》，第171页。

究是否还会逢时，或者还会不会有繁荣的时期。”① 当然，米勒的预言的真意并非如此。我们无法驾驭和控制人类“命运”的变化，但我们应为改变“命运”而工作。对文艺学的发展与文学理论的重构来说，其道理大致如此。

二、文学理论的“交往”与“对话”

如何应对并有效解决全球化时代人文学科（包括文艺理论、美学）出现的身份认同危机及观念生产贫乏的症状，并有效解决文学理论的价值选择与重构问题，使其早日进入良性生产及发展轨道，在我们看来，坚持文学理论的“交往”与“对话”是一条必由之路。

所谓文学理论的“交往”与“对话”，是指不同的、甚至完全异质的文论派别与话语之间的交流与沟通，它是理论综合得以进行的必要前提。全球化语境下文学理论的发展，必须置身于这一客观而现实的过程，在人类文化共同的平台上与不同民族文化互渗互动。只有保持“交往”与“对话”，才能建立一种开放的视界，这对全球化时代文论的发展至关重要。英国文艺理论家阿拉斯泰尔·福勒认为，未来文学理论的特征之一是具有更广阔的视野；② 詹姆逊指出，文化研究的崛起是由于对其他学科的不满，它不仅针对其他学科的内容，而且也针对其他学科的局限性。文化研究应该欢迎混杂的“身份”。他提出用

---

① 〔美〕丁·希利斯·米勒：《全球化电信时代文学研究的命运》，见王宁编：《全球化与文化：西方与中国》，第184页。

② 〔英〕拉尔夫·科恩主编：《文学理论的未来》，中国社会科学出版社1993年版，第386页。

一种“协办关系网”来取代“单一作者”的概念;[①] 伽达默尔讲得更为明确，美学是解释学的一部分。理解无疑需要一种视域，而视域这一概念表达了进行理解的人必须要有卓越的宽广视界。获得一个视域，这总是意味着，我们学会了超出近在咫尺的东西去观看，但这不是为了避而不见这种东西，而是为了在一个更大的整体中按照一个更正确的尺度去更好地观看这种东西,[②] 以上观点表明，视界开放无疑是全球化时代人文学科基本的价值取向。这一价值取向所包含的实践性品格、问题取向意识及创造性的综合方法，是文艺理论的“交往”与“对话”活动特别需要的。

马尔库斯与费彻尔在反思人文学科的危机时指出，现代人文学科存在一种表述的危机，其表现是“人文学科中处于支配地位的观念正在被重新评估。这些评估不仅波及人文学，还波及法律、艺术、建筑、哲学、文学乃至自然科学。……过去，尤其在社会科学当中，人们以为自己学科的研究目的在于用抽象、有普遍意义的理论框架来指导自己的经验研究并依此来界说学术研究的宗旨。现在，这种观点正在受到根本性的挑战。”[③] 以上所反思的人文学科的表述危机，在我国以往的文学理论、美学等人文学科领域内根深蒂固，它突出表现在过分坚持学科

① 〔美〕弗雷德里克·詹姆逊:《快感:文化与政治》，中国社会科学出版社1998年版，第6—7页。

② 〔德〕伽达默尔著，洪汉鼎译:《真理与方法》（上卷），上海译文出版社1999年版，第392页。

③ 〔美〕马尔库斯、费彻尔著，王铭铭、蓝达居译:《作为文化批评的人类学:一个人文学科的实验时代》，三联书店1998年版，第23页。

自足性的观念，并以学科普遍而抽象的原理建构为核心，不断生成无所不包的学科知识体系，其研究与解决现实问题的能力却普遍下降，使文学理论成为玄而又玄、仅为理论家自身所理解和熟悉的学科。难怪W. 亨克曼针对当代美学的研究现状会发出这样的感叹，“这个以至于有着上千年历史的领域在最近几十年竟显得什么问题也解决不了。”究其原因，正在于对人类现实的文化实践及鲜活的文艺现象的日渐疏远。因而，文艺理论要达到视界开放的境界，其实践性品格的确立极为重要，它既是对人文学科所出现的危机的有力反驳，也表达了当代人文学科研究的一种新的价值转向。

问题意识与问题取向，也是文学理论在视界开放方面应具备的特征之一。众所周知，哲学不是概念与理论的游戏，它所展现的是思的智慧，而思之过程正是以对问题的捕捉与提炼为前提的。所以，一部哲学史几乎可以看做是人类的问题史与提问史。但问题在于，传统哲学所追根究底的东西，乃是追求形而上学的本体世界，追求事物抽象而永恒的本质，并未回到事物本身，回到具体的、变动不居的现象域探寻与提出问题。这种倾向既导致了古典哲学的终结，也导致了美学的衰落。从柏拉图到黑格尔，传统美学因其在问题取向方面过分迷恋对美的终极本质的理论探讨，由此造成理念论美学步入穷途末路。美学的学科观念越来越封闭，日益成为自律性的艺术；美学的学科理论越来越抽象，日益失去生命活力；美学的学科内容越来越狭窄，日益为抽象的概念框架所包容。这种脱离人类的生存现状与问题的理论美学，虽为近代经验论美学所取代，但因其过多彰显技术化、形式化与心理化的倾向，并未从根本上改变传统美学的命运。海德格尔的一大功绩便是试图把近代方法论的解释学美学转变为本体论的解释学美学，从而开启了解释学美学的现代方向。其中最重要的变化是，美学的问题意识与问题取向，不再是为审美理论提供一整套具体方法和规则，而是从存在的角度来思考艺术哲学问题。美学之思从此便成为从本体论的角度揭示或发现事物所隐蔽于其中、或植根于其中的未出场的东西。因而，所谓问题取向与问题意识，它所强调和关注的正是对象的可开发性与可研究性，是事物丰富的场性效应与意义空间，是事物在其发展、变化的过程中所凸显的、还未被人们所认识的规律。

在当前所面临的全球化趋势及读图时代到来的文化情境下，文艺与审美对原有传统边界的超越，视像文化的扩充与蔓延，艺术生产的复制性与泛审美化倾向，新艺术形态的诞生与发展，艺术与审美的形式化与生活化趋向等，如此众多的问题与现象，迫使我们不得不思考并积极应对这些富于时代性的真问题。然而，无论文艺与审美的问题性如何多样与复杂，其中有一点却是肯定的，那就是文学理论所真正关切的问题域是指人类生存状态中的价值指归及其选择。

与文学理论特定的价值取向、问题意识等特征相适应，该学科在其阐释的视野与方法论的选择上，特别强调应打破涵盖一切的大一统的思维模式，尽可能建立多元对话的知识平台与交往语境，建构一种能充分体现其学科本性的、多维视野中的人文阐释的原则与方法。所谓多维视野中的人文阐释，是指文学理论作为一种集体验、思考、审美与判断为一体的理论性形态，应当跳出狭隘的学科限制，以一种融会中西、贯通古今的宏阔视野审视文艺与审美，并把它所观照的对象放置到全球化人类文化的总体格局中，借助哲学、美学、文艺学、历史学、心理学和现代语言学等多种人文思想资源进行把握和理解。在时间上，它注重联系，主张超越褊狭的学科限制，把文学艺术与人类的审美实践看成是一个彼此关联、相互制约的有机整体，在文艺与历史、社会、文化及人的发展的整体情境中寻找新的问题域。在空间上，它强调打通，即打通不同文化形态以及学科间的人为疆界与壁垒，注意吸收不同民族和借鉴多种学科的思想智慧与资源，建立一种具有合理的文化生态精神，充满学科间性，体现出多元思想融合与共生的知识共同体的阐释模式与原则。强调人文阐释中的多维视野，并非要抛弃学科的本性与特征。多维视野概念的提出，既与文艺与审美这一感性对象的文化全息性与丰富性相适应，又由文学理论这一学科构成的交叉性与复合性所决定，它具有阐释的无限可能性与理论创造的多样性。文学理论作为人文阐释的知识形态，始终具有一种在理解中相互尊重、相互借鉴并不断建构的“对话”关系。全球化语境下的文学理论要保持“交往”与“对话”的关系，除了需要积极地进入视界开放的状态，努力营造开放的知识视野外，更为重要的是如何更好地建立并发挥中国文论的主体地位。

三、“交往”、“对话”与中国文论的主体性建构

全球化语境下中国文论如何有效确立自己的主体性，建立自己的话语系统，这既是进入“交往”与“对话”的前提，也

成为中国文论价值重建的重要根据。事实上，自20世纪90年代以来，探求中国文论的现代发展，呼唤中国文论自己的声音从未停息。其中，既有围绕“失语症”所引发的争论，也有由“中国古代文论的现代转换”产生的价值之思；既有对重建中国文论话语系统的尝试与探索，也有对如何在国际化视野中走“中国化”道路的期待与思考。凡此种种，无一不是对中国文论能够发出自己的声音，并在与西方文论的对话中有所作为的迫切期待与渴望。我们认为，从当代中国普遍的文化—价值情境与中国文论的现代性历程看，在与西方文论“交往”、“对话”的平台上，有效确立中国文论的主体位置，输出属于我们自己文化身份特征的文论话语资源，似乎是一项颇为艰巨的任务。中国文论的价值重构与话语重建，是一个具有复杂关联域的工程。长久以来，中国文论知识形态的形成由于有太多的思想断裂与价值缺席，中国文论的文化生态与主体地位在现代以来被屡屡破坏，也由于20世纪后期我们过多地迷恋西方话语，并愈演愈烈地照搬与移植，致使中国文论的现代性生成便需要一个漫长的过程，甚至需要更为深层、更为基础的文化—价值层面的现代转换与聚合。我们的基本看法是，中国文论主体性的重建，既包括与民族身份认同相关联的民族思想根基与价值系统的构建（这是形成中国文论话语系统的前提和基础）；也包括中国文论知识形态自主性与完整性的确立，其中不仅需要中国传统文论与现代性转换，更需要中国文论的现代性生成与建设。

在对民族思想根基与价值重构的探讨中，有学者认为，立足于“发现东方”是中国学者的使命，但并不意味着不再关注西方。西方是一个强大的他者，是中国学者做学问的一个巨大的语境，只能不断地关注和“拿来”，“拿来”仍是几个世纪之内中国学者的任务之一，但任务的核心是开始自己说话。“发现东方”是发现中国有生命血脉的东西，使其变成我们民族活生生的精神。而且，仅仅“发现”还远远不够，还应当有“发现”生命内核以后的“文化输出”式对话。任何一个民族接受异质文化都奉行文化“拿来”主义，只有自觉的文明形态才会在“拿来”的同时考虑文化输出问题——知识型输出、文化性输出、当代性输出。全球化语境中当代中国的文化传播和输出有三个重要维度：总结中国几千年的文明以及文化精神遗产；更新观念对当代性文化正负面效应加以批评总结；清理当代文化大师的理论与实践。将这些思想成果整合成新的文化成果和艺术形式，输出中国现代思想家学者的思想，从而使世界真正在价值对等的平台上，深度理解和阐释中国文化与思想含蕴。[①]全球化语境下只有不断坚持民族的精神传统与价值取向，打破全球化格局中不平等关系状态，使自身既具有开放的胸襟和气象，又保持民族文化根基和内在精神的发扬光大，不再自我陶醉或自我虚无，而是向世界开放和不断创新，中国文论才能从根本上获得其主体性确立的根基。事实上，在中国文论知识形态的形成中，传统哲学及其思想价值与传统文论有特别的亲缘关系，是构建中国文论内核和精神的重要文化基因与资源。中国

---

① 王岳川：《发现东方——西方中心主义走向终结和中国形象的文化重建》，北京图书馆出版社2003年版，第17—48页。

是一个最富有诗学精神和诗学传统的国度，以诗性为核心的中国古代艺术理论，是中国文化传统及其精神的重要组成部分。在这诗的国度里发展起来的中国古代文论便充满着诗性智慧，是地地道道的诗学。中国古典文论把诗的理论与人的感性生命形态相结合，形成其特有的诗性智慧风貌，即中国古代文论所呈现的感性生命结构形态，从中也渗透与浸淫着中国哲学的精神。中国哲学之所以不以宗教而以审美为最高目标，正是对既具有理性内容又保持感性形式的诗化哲学气质的肯定。正由于中国文论与中国哲学及其思想文化间的密切联系，所以，中国文论在其历史的传承中始终存在一个现代性的转换问题。随着时间的推移，人们会越来越多地把传统文论视作一种珍贵的思想、文化及精神的遗产。由此可见，全球化语境下中国古代文论研究的价值取向，应更多地立足于对传统思想共同体的阐释，立足于对中国文论的观念、精神及价值构成的深度发掘。当然，更为重要的是，应更多地思考与探求中国文论现代性的奠基与生成。

自20世纪90年代开始，文学理论的现代性问题备受学界关注。按照钱中文先生的理解，所谓现代性，就是促进社会进入现代发展阶段，使社会不断走向科学、进步的一种理性精神、启蒙精神，就是高度发展的科学精神与人文精神，就是一种现代意识精神，表现为科学、人道、理性、民主、自由、平等、权利、法制的普遍原则。欧美学术界围绕现代性问题已谈了几百年，它对西方思想的演进与西方文论产生了重要影响。中国文论的现代性发生是一个起步较晚的过程，新时期以来更多地受到现代性的策动，力求新变，不断体现出现代意识与精神。

但文学理论要求的现代性，只能根据现代性的普遍精神，与文学理论自身呈现的现实状态，从合乎发展趋势的要求出发给以确定。我们以为当今文学理论的现代性的要求，主要表现在文学理论自身的科学化，使文学理论走向自身，走向自律，获得自主性；表现在文学理论走向开放、多元与对话；表现在促进文学人文精神化，使文学理论适度地走向文化理论批评，获得新的改造。[①] 应当说，文学理论的现代性生成是传统转换的一个重要延续，它带有根本性与方向性，关乎文学理论现代知识形态的建构与生产性的实现。文学理论的现代性生成，在我们看来，首先应确立的前提是价值取向的转换，即从以往注重对学科自身本体构成的阐释与研究，注重对学科内部知识形态的生产与完善，转移到对该学科人文价值意向、美学思想资源的生产及运用的方面来，即更多地思考该学科的理论阐释与生产，如何发挥和展示其独特的人文价值意向；如何在复杂多变的文化背景下达到思想与审美的高度；如何反映或体现人类文化精神的真实状况；如何发现或揭示文艺活动与人类审美实践的内在规律，进而揭示文艺现象所承载的审美含量与意义深度，并以其独特的思想生产与价值阐释的效果，促进社会审美文化的进步与人的内在提升。探求文艺世界与人的审美实践中富于生成性的文化精神与审美价值，解析其中所蕴涵的文化含量与审美意识，发现和创造有利于当代人生存的文化智慧和文明的因子，应成为文学理论现代性生成的根本所在。伽达默尔在《真

① 钱中文:《新理性精神文学论》，华中师范大学出版社 2000 年版，第 25—34 页。

理与方法》第2版序言中写道："我们一般所探究的不仅是科学及其经验方式的问题——我们所探究的是人的世界经验和生活实践的问题。"哲学解释学的任务与其说是方法论的，毋宁说是本体论的。对于哲学解释学来说，问题并不在于我们做什么或我们应该做什么，而只在于，在我们所意愿和所做的背后发生了什么。因此，只有当我们使自己从充斥于近代思想中的方法意义及其关于人和传统的假定中解放出来，解释学问题的普遍性才能够显现。人类解释学的思想告诉我们，文学理论作为现代人文学科形态，其现代性品质的生成，应特别重视该学科参与与建设审美文化实践能力的建构，重视学科价值的运用，从而使其成为一种人文阐释与审美价值判断的学科。按照我们对现代性的这种理解，决定文学理论人文阐释的价值性及其内在依据的东西，归根结底取决于其思想生产的水平与能力，取决于它所依持的人文性与审美性两大价值观念与尺度。而这一点，正是我们理解文学理论现代性内涵时所应特别强调的。文学理论作为阐释性的学科，之所以应坚持人文性与审美性的观念及尺度，并以此展开其人文性与审美性的创造与生产，是因为它们充分代表了该学科本体构成中最核心的方面。

人文性是人类文艺与审美活动所具有的普遍属性。按照哲学的理解，人文性是由人文学家阐释的、用以描述价值系统整合性的一般模式和方向，它凝聚着一种文化的价值意向，代表了一种文化精神。同文化的存在一样，文艺与审美活动的内容也牢固地植根于人文性的根基之中，超越这种根基来理解艺术和审美是不可能的。从这种角度看，在人类文艺与审美的本体构成中，决定其生命质量及其发展的关键要素，并不在于它们所展示的形式要素以及对外在生活形态的描摹与表现，而在于文艺与审美活动所承载、所揭示的人文深度与意义世界。作为特定时代人类不同生存样态与人生经验的形象化保留与再现，它是构成人类文艺与美学发展的一个十分重要的文化变量。但构成人类文艺与美学主导性价值的东西，却是人文性及人类普遍的文化精神。这些价值既是本民族特定生存境界、人格理想与美学精神的结晶，又为世界各民族所共同崇尚、追求、享用与理解。从人类文艺与审美的发展历程看，表现崇高的生存理想和对真、善、美境界的追求；表现对人类生存苦难的同情和深厚的人道主义精神；高度关注与思索人类共同的精神困境与精神危机；表达人类面临的共同的文化主题和对人类未来生存远景的憧憬与期望，已成为人类文艺与美学所普遍关注的人文性主题。所以说，文学理论作为对人文现象与审美现象进行阐释的学科，其发展、进步与现代性内涵的实现，需要更多地依持人类共同的价值尺度与人文意识，需要站在更高的层面深刻揭示时代发展中共同的文化主题，需要使其人文阐释的价值意向更加紧密地与人类的发展状况、与人的生存本体之间达到内在的统一与契合。

审美性也是文学艺术所特有的一种属性。文学理论作为阐释的学科，也特别强调审美性的重要。但我们对文艺审美性的理解，随着对文艺本质的完整认识，似乎不应再去过多地寻找文艺的自足性，不应继续在所谓形象性、情感性、虚构性及形式化等问题上重复性地讨论与探索，而应高度重视审美价值的创造、阐释及其在社会文化发展中的甄别作用。因为审美价值渗透在艺术与人的生活的各个领域，与其他价值相比，审美价值突出地表现为它是以人自身为最高目的，以人的全面而完整的发展为最高理想，以满足人本身的自由生命创造为最高尺度的价值。从美的价值功能看，人类的审美实践与人类的任何活动一样，都根源于人的需要，根源于人类对自身生命活动形态的观照。正像人类的历史必然趋向文明史一样，人类的文化和艺术也必然趋向美的领域。人类审美史的发展证明，审美实践是对人类整体文化及精神结构发展的有效性补充，它符合人类生活与人的存在的某种本质的必要性，人类产生审美行为的根本动机，也是为了不同程度地满足主体精神发展的需要，是人类力图超越自然生命、追求精神发展而产生的有效性手段。它对人类最直接的意义，表现在能自觉促使个体的不断完善，并使其精神与心理不断地从日常功利性、工具性行为的限定及束缚中解脱出来，升华到一种独立的、更高的人生境界，促进人的内在发展与提升。由此可见，文学理论所倡导的审美性，不仅包含着深刻的人文内容，透露出善与爱的信息，教人不懈地向诗意的生存状态努力，从美的角度建设自己的生活，努力完善存在的意义，而且，它还特别强调应以审美价值为尺度，积极建构完整的艺术观念与意识，从根本上解决艺术生产的价值取向问题。而要适应这种审美价值转向与人文阐释的需要，文学理论工作者也必须努力建构和塑造自己，解决主体自身的审美追求、人格取向及情感态度诸问题，并彻底克服平庸的、消极的、病态的、浮泛的、功利实用的与孤芳自赏的等种种心态。

完善理论生产者与人文阐释者的心理，建设其现代性的主体精神与人格境界，是促进中国文论现代性生成的基础。

第二节　身份认同与价值选择的逻辑基点

一、全球化时代的身份认同

客观而论，全球化语境下当代中国文学理论已面临诸多的困惑与焦虑，其中最突出的表现是由全球化挑战所带来的文化身份的认同危机。正如美国后殖民主义批评的代表人物佳亚特里·斯皮瓦克所描述的，文化身份的模糊是全球化时代的产物，而且实际上，“所有的身份认同都不可还原地呈现混杂状态，这是作为陈述的表演性再现所不可避免地建构而成的。”[①] 这种文化身份的认同性危机也毫无例外地影响到文艺学，它在实际上已形成了文学理论业内人士对该学科的存在依据及合法性的理性反思，对该理论现有的知识生产能力及思想阐释水平的怀疑，以及对多元文化背景下文学理论是否能继续生存的深层担忧。当代中国的文学理论何以有如此强烈的生存性焦虑与身份认同危机，其根源是多重性的。

从全球化背景看，由于经济全球化带来的一个直接后果是文化上的同质化及趋同现象，这就使得西方发达国家的文化取向与价值观念不断输入、渗透到其他国家，从而造成新的文化垄断和霸权，以至掩盖或模糊了民族文化原有的身份特征。

---

① 王宁编：《全球化与文化：西方与中国》，第270页。

"全球化经济活动中，物质商品与文化产品往往是共生的……经济的全球化时时要驱动文化思维、审美趣味的一体化，甚至文艺产品的克隆化。面对异土情调、异样风格的西方消费文化的大举挺进，第三世界往往显得惊慌失措，精神阵地溃不成军，其文化核心阶层大抵最后借助民族主义的政治权威或宗教信仰的道德律令作生硬的限制与抵抗。"[①] 诸多现象的大面积滋生，亦随着全球化的驱动力，在民族文化与价值观层面凸显出一种普遍的身份认同焦虑与危机；加之全球化浪潮向社会生活、政治文化等领域的全面推进，对文学、艺术形态能否继续生存的焦虑与担忧也日渐增多。

从文学创作的世俗化与功利化，文学市场的日渐萎缩，"纯文学"在整个流行文化面前所受到的空前冷落，到文学终结论、艺术消亡论及审美生活化等观念的愈演愈烈，文学形态无可奈何地失去昔日在艺术大家族中的主导地位，也不再处于文化的中心地带。[②] 从广义的民族文化与价值层面表现出普泛的身份认同危机，到精神生产领域内文学、艺术所呈现的时代性焦虑，再到文学研究和文艺理论的困惑与茫然，诸多现象无一例外地表明，文艺学学科所面临的危机和焦虑是多重性的，其本质是对学科身份认同的危机与焦虑，是对该学科的价值根基、存在依据及其生产能力的深层焦虑与质疑。

---

① 胡明：《经济的全球化与文学的现代性——兼谈人的精神家园看守问题》，《文学评论》2000年第5期。

② 〔美〕丁·希利斯·米勒：《全球化电信时代文学研究的命运》，引自《全球化与文化：西方与中国》，第183—184页。

在全球化时代，面对异质文化与价值的广泛传播与渗透，出现民族性的文化身份的认同危机和焦虑是十分正常的。重要的是不能以情绪性的对抗或盲目顺应来面对，而应进行理性的选择与借鉴。我们之所以突出强调全球化语境下文艺学学科身份认同的重要，从学理层面看，其实质是力图解决关于文艺学是什么，文艺学能够做什么和文艺学能否继续存在等这些关乎该学科身份认同的基本问题。在新的文化语境下，文艺学学科的许多问题值得重新思考。

其一，从历时性层面看，中国现代文艺学学科体系的生成不是本土化的，而是移植性的，是从前苏联文艺学模式中借鉴而来的，这实际上在存在根基方面已潜伏了一种隐性的“他者”观念及认同性的危机，加之又长期受到狭义的政治意识形态文化的塑造与同化，我们的文艺学学科存在着基础性的缺陷。在20世纪80年代中期对异质理论的吸收中，我们似乎找到了一些关于文艺学的根基与本体性的东西，如文学的主体性问题、自律性问题、审美意识形态性质问题等，也似乎找到了一点关于中国式学科身份认同的感觉。但这种局面很快被新一轮的西方文学批评模式的持续性引进所湮没，这次是一种从知识背景、知识谱系、学术观念、表述方式到语言规则的大面积的移植。我们全方位地从西方文论的知识系统中寻找智力资源的结果，固然大大拓展了文艺学的学科视野，使该学科传统的知识体系得到现代性改造，但也同时加重了文艺学对其身份认同的深层危机与焦虑。“失语症”的出现就是佐证。其二，从质的状态考察，中国文艺学的发展越来越多地体现出“知识论”的特征和痕迹。无论是对西方文论的移植，还是把这种资源转化为一种可使用与可操作的方法，我们大多是从知识论的角度提出问题与设置论域，而缺乏人文性的思考、阐释及审美性的价值判断和分析。其结果是，一方面造成中国传统文论中“人生论”、“境界论”根基的断裂；另一方面，这种知识形态的大移植，也造成文艺学在实践上与本土生活世界的疏离，与现实的文学经验、文学现状的脱节，以及阐释与评估文学现象的能力的大幅度降低。所以，我们的基本判断是，当代中国的文艺学所以有如此强烈的身份认同危机，源于该学科的价值根基和学理依据还未能完全地建立起来，它依然处在一个不断寻找的过程之中。面对全球化浪潮所造成的强有力的挑战，这一问题有进一步被悬搁与遮蔽的趋势。所以，如何从哲学的价值向度上，对文艺学学科的身份认同做出富有本质性的探索与说明，便显得十分迫切而必要。

二、文艺学学科的身份认同

文艺学学科明确的身份内涵及价值规定到底是什么，这个在传统教科书中似乎早已清楚的问题，在全球化时代仍有继续追问的必要。长久以来，我们一直把文艺学作为一门以文学为对象，以揭示文学基本规律，介绍相关知识为目的的学科，并强调文艺学是一种由若干相互联系但又具有不同科学形态的分支构成的知识体系。[①] 中国传统的文学理论（或广义文艺学）原本是以“人生论”哲学为基础发展起来的，它更强调文学在塑

① 国内目前不同版本的文艺学、文学理论教程，在论述文艺学是什么时均如是说。本论文中的观点主要引自童庆炳主编的《文艺理论教程》第一章中的界定。

造文化人格与建构价值理想方面的积极作用。但进入20世纪后，由于种种原因，传统理论中关于“人生论”、“境界论”的资源并未被继承下来，我们转而从以“知识论”为哲学基础的西方文论中实行文艺学内容的大移植，而这种大移植至20世纪末愈演愈烈。当代中国的文艺学几乎完全处在欧美文艺批评知识谱系的笼罩之下，几乎对欧美的各种文学批评理论进行逐一的操练与演绎，也几乎到了言必论索绪尔、韦勒克、艾伯拉姆斯、阿多诺、巴赫金、福柯、德里达以及詹姆逊等的地步。这种知识性大移植造成的结果是，不同程度地导致文艺学学科在价值取向、学理基础等方面的无根状态。诚如有学者分析的，“中国的文艺学还需要下大气力研究西方当代的理论与批评，真正能把别人优秀成熟的成果吃透，在这个基础上再谈创建中国的文艺学不迟。而要搞透西方的理论与批评，并不是浮光掠影式地‘拿来主义’，而是要沉入其中，与其共同创建这种理论学说。”①

按照我们的理解，文艺学不仅是一门以揭示文学基本规律，介绍相关知识为目的的学科，也是一门以文艺现象为对象，进行审美价值的创造和判断及其艺术观念与人文思想的生产为目的的学科。后一种界定似乎更为重要。伽达默尔在《真理与方法》中指出“我们一般所探究的不仅是科学及其经验方式的问题——我们所探究的是人的世界经验和生活实践的问题”，② 文

① 陈晓明：《历史断裂与接轨之后：对当代文艺学的反思》，《文艺研究》2004年第1期。

② 〔德〕伽达默尔著，洪汉鼎译：《真理与方法》上卷，第6页。

艺学的研究同样如此。因为文学艺术的创造从本源上是面向人的现实生存状况，面向人的感性生活世界，这就决定了文艺学学科在其阐释与生产的价值向度方面，应特别体现人文性与审美性观念的指导，并视其为该学科本体构成中最核心的要素。

人文性的生产作为文艺与审美活动中所具有的重要特性，它凝聚着特定的价值意向，代表一种理想的文化精神。同文化的存在一样，文学、艺术活动不断地生成并存在于人文性的根基之中，超越这种根基来理解文艺和审美是不可能的。从这一规定看，在文艺学的本体构成中，决定其理论价值有效性的关键，并不在于其自身系统性的完整，也不在于其知识形态的不断变化与翻新，而在于这一理论所承载、所蕴涵的人文价值观念与意义向度，在于它是否能体现本民族特定的生存境界、人格理想与美学精神，是否能表达崇高的生存理想和对真、善、美的追求，是否能深切关注人类共同的生存困境与精神危机，思索人类面临的共同的文化主题和对未来生存远景的憧憬与期盼等，这些具有人文价值意向的内容已成为文艺学思想创造与知识生产重要的价值根基与尺度。文艺学作为对文学艺术世界中所表现的人文现象进行阐释的学科，其学科的发展与创造性的实现，更需要以人类普遍的价值及人文意识为尺度，站在较高的人文理想层面，深刻揭示全球化时代的文化主题，并使其人文阐释的价值意向，更为紧密地与人类的发展状况、人的生存本体之间达到内在的契合与统一。尤其是在全球化时代，面对因“物”的挤压所造成的文化的大面积扭曲与变质，人的精神家园渐趋萎缩，以本能与欲望的满足为特征的消费文化的流行，以及文学艺术生产中的市场化与商品化取向，文艺学学科理应坚守其人文学科的品性，积极发挥批判与建构的双重作用，以从本质上维护和保持文艺及审美实践的纯洁性及诗性品质。

审美性作为文艺学生产所特有的一种品性，其作用是通过审美价值判断，把生活或作品中所蕴涵的东西发掘出来，形成新的审美判断与审美价值的选择，审美性能够超越人类的经验和社会生活的具体形态，与人类精神中所具有的爱恋、激情、灵性、想象、悲哀、苦恼与希望等生存性态度相关联。它既是文艺学理论的生存性根基，也是文艺学学科应有的身份特质。文艺学作为人文阐释性的学科，不能脱离审美性的维度。人类审美史的发展证明，审美意识与审美价值是人类文化与精神构成的重要成果，尤其是在文学艺术的本体存在中，审美性是其构成的重要方面。文学作为一种审美意识形态，不仅包含了无功利的内容、形象与情感的表现以及理智与认识的统一，更重要的是它善于把隐秘的社会意图与真理掩藏或渗透在审美诗意世界中，并赋予这种审美诗意世界以多重解读的可能。文艺学或文学理论的活力，在于一种具有审美性的话语活动形态，它包含着深刻的人文内容，透露出善与爱的信息。所以说，文艺学中的审美价值取向是必需的，尤其是面对全球化时代审美的泛化，及文艺生产所滋生的平庸的、消极的、病态的、浮泛的、功利实用与孤芳自赏的等种种现象，坚持文艺学学科的审美特性，突出该学科在审美价值判断与审美知识生产方面的积极作用就显得十分重要。

总之，在全球化背景下，文艺学学科在其理论的阐释与知识的生产方面，应更多地思考如何有效地发挥和展示其独特的人文价值意向；如何在复杂多变的文化背景下达到思想阐释与审美判断的高度；如何反映或体现人类文化精神的真实状况；如何发现或揭示文艺活动与人类审美实践的内在规律，进而揭示文艺现象所承载的审美含量与意义深度，并以其独特的思想生产与价值阐释的效果，促进文学艺术的健康发展。而这种文化效果的实现，必然依赖于当代文艺学价值本体的重建以及与此相关的新的价值主体的确立。

三、身份认同与文艺学的本体论建构

在经历了新时期30年中国文论知识形态的急剧转换与变动，当代文艺学面临着诸多挑战与发展的诉求，期待更为坚实的理论突破与创新之际，重审文艺学的本体论问题已显得尤为重要。时至今日，在终结与解构话语颇为流行的状况下，提出文艺学本体论的建构问题，源于一种从学理分析与价值判断方面科学审视该学科的需要；更为重要的是，依许多学者的看法，哲学与人文学科领域中的本体论问题是无法抹去的。本体论论域的存在以及对它的认同和理解，很大程度上决定了人们思考文艺学学科问题的价值向度，由此亦形成人们对中国文论的存在根基、意义，知识构成与发展方向等基本性问题的根本性理解。从这种立场看，重审文艺学的本体论问题，无疑包含了极为重要的学科思想史的省察与阐释，这或许正是文艺学理论创新所依赖的重要价值根据之一。

在西方哲学领域内，本体的重要与本体论研究的存在是不言而喻的。虽然“本体论”（ontology）这一术语是18世纪由德国哲学家沃尔夫（Christian Wolff）定义的，但是人们一般都把它当做是从柏拉图到黑格尔的西方传统哲学的主干，或“第一哲学”。这意味着它是各个哲学分支的理论基础，是理论中的理论，哲学中的哲学；其他哲学问题都是围绕着建设、运用或怀疑、反对本体论而展开的。现代西方哲学的主要流派大多也是通过对本体论的不同程度的批判而发展起来的。[①] 也有学者强调，现代哲学中仍然存在本体论研究复兴的趋势，按照奎恩的“本体论承诺”的思想，本体论是无法抹去的，只要我们一用语言进行陈述，就会有本体论意义上的承诺。[②] 本体论研究的这种特殊的发展路向，启发人们不得不去思考与此相关的基础性问题：本体论何以能够存在，其确立的价值依据是什么？现代西方哲学又何以解构本体论，它给我们有何启示？文艺学与本体论研究之间的内在联系是什么等。

挪威哲学家希尔贝克与伊耶在描述古希腊时期本体论与知识论的区别时指出，关于存在的基本形式的哲学理论，如理念论和实体与属性，称为本体论（“关于存在［是］的理论”）。[③]《不列颠百科全书》（第 15 版）对本体论研究的学理梳理颇为完整：本体论，探讨存在本身、即一切实在的基本特征的一种学说。这一术语尽管最初是 17 世纪时创造的，但它和公元前 4 世纪时亚里士多德的“第一哲学”和形而上学的含义相同。由于

① 俞宣孟：《本体论研究》，上海人民出版社 2005 年版，第 3 页。

② 俞吾金：《本体论研究的复出与趋势》，《浙江学刊》2002 年第 1 期。

③ ［挪威］G. 希尔贝克、N. 伊耶著，童世骏等译：《西方哲学史——从古希腊到二十世纪》，上海译文出版社 2004 年版，第 79 页。

形而上学研究的对象还涉及其他学科（如哲学的宇宙论和心理学），在探讨存在这一命题时就采用了本体论这一术语。18世纪时，这一术语因德国理性主义者克里斯蒂安·沃尔夫的使用而知名，他把本体论看成是一种导致有关存在本质的必然真理的演绎法。然而，他的伟大的后继者康德却提出过有影响的驳斥，否认本体论为一种演绎法，否认对上帝的必然存在（当做最高最完善的“是”）所作的本体论论证。20世纪时由于形而上学的重新抬头，本体论或本体论的思想再度受到重视（着重点为笔者所加），包括马丁·海德格尔在内的现象学者和存在主义的论述尤其如此。[①] 如上陈述给予我们两点重要启示，其一是对本体论理解的启示，其二是本体论受到挑战与解构从而发生转向的启示。

众所周知，本体论所关注与探究的是存在域中带有本根性的规律与问题，它所确立的价值根据，同样适合文艺学学科的内在属性及其规定。无论人们对本体论的解释有何差异，本体论研究的基本特征是运用以“是”为核心的范畴，逻辑地建构起来的哲学原理系统。本体论作为“是”的哲学，是经过哲学家改造所形成的一个具有最高逻辑规定性的概念，它包容其余种种作为“所是”的逻辑规定性。[②] 西方传统的本体论研究，在历经无数智者之思的理论演绎，极强地显示了对本体问题的高度关注。传统的本体论哲学之所以不断地探寻和思考本体问题，

---

① 转引自俞宣孟著：《本体论研究》，第23页。

② 俞宣孟：《本体论研究》，第27页。

是由于在人类认知与阐释的视域内，本体代表了事物最为内在的方面和最根本的价值向度，表示事物质的规定性和本源，是决定事物何以存在的基本依据。哲学进入现代时期以来尽管不断出现对本体论的解构，但绝不意味着对本体问题的放弃或拒绝，而是对那种形而上学的探究与本体被长期遮蔽的状况的深刻批判和反思。诚如有论者分析的，纵观西方哲学，其本体论的危机虽然在当代爆发出来，但它的根源早已存在于古希腊哲学的理性主义之中，这种理性主义被极端工具化而发育为近代工具理性，其理性主义的方法作用日益凸显出来，遂而形成了当代的本体论危机。在这种理性主义框架中，人们固然可以大谈特谈本体论，但所描述的本体无一不是凌空虚谈的抽象。诸多论述有一个共同之处，这就是作为本体的"自在之物"总是一如既往永恒不变的存在着，也笼罩着一切，推动着一切，而不为之所动。[①] 因而，"本体"概念的实体化、终极化，"本体思想"的逻辑化、体系化和"本体意义"世界的超绝性、普适性，形成了旧形而上学本体论的主要特征，[②] 也是导致现代以来本体论危机的根本所在。

其实，所谓本体与本体论，它所揭示的是人类在自身发展过程中，从观念认知与理性思考层面对自身存在状况等基础性问题，所进行的一种价值探寻与哲学反思的过程。本体性的追问即对本体内涵变化趋向的求索，"作为建立在存在与本质统一

---

① 〔美〕成中英：《本体与阐释》，三联书店2000年版，第126页。

② 旷三平：《马克思哲学：思维方式变革与本体论重建》，《新华文摘》2003年第7期。

基础上的对本质认识的本体论，究极而言是取决于本体论者对人生终极关切的问题、人生价值问题 、对人的生命的看法。可以说，本体从来不是僵死不变的，本体不是已成之物，而是未成之物。”① 本体和本体论都是在历史中展开自己的存在之维的，本体论的建构、转向及解构，所体现的正是哲学的解谜、去蔽与思的过程。以哲学为主导的人文学科的这种功能与作用，必然为文艺学学科所秉承。因为艺术是原初的哲学，哲学是本真的艺术。诚如苏珊·朗格所言，“真正能够使我们直接感受到人类生命的方式便是艺术的方式。”② 由于文学艺术天然地与人的生命状况、生存样态及生存意识息息相关，这就决定了文艺学学科必然要探寻存在的奥秘，必然会进入到对文艺何以存在、艺术之为艺术等本源性问题的思考中，这就是文艺学本体论存在的客观依据。

事实上，自20世纪80年代以来，当代文艺学的本体论研究始终是一种重要的学科研究方向。文艺学之所以有一定的学科创新潜能与理论发展空间，如有的学者总结的，关键在于“从本体论的高度，将艺术看做人把握现实的方式，人的生存方式和灵魂的栖息方式。”③ 并强调文艺学的变革与突破，不能在原有的哲学基础上作局部的调整，或在老规范、老观念下增加新说法，而应“建立更适合文艺实践要求的新的文艺美学，建立

---

① 王岳川：《本体反思与文化批评》，辽宁人民出版社2001年版，第9页。

② 〔美〕苏珊·朗格：《艺术问题》，中国社会科学出版社1983年版，第66—67页。

③ 胡经之：《文艺美学》，北京大学出版社1989年版，第1页。

更符合文艺自身规律同时又更与时代合拍的新的文艺美学，这就是人类本体论的文艺美学。”① 以上观点和主张，无疑代表了新时期以来文艺学建设的一种极其重要的内容：即从更为根本、更加符合文艺活动与人的存在的内在方面，理解文艺学的本体问题，深化文艺学的本体论研究。对当代文艺学而言，“本体问题并没有过时。本体不是玄学理论，而是蕴涵着时代发展的正当合法性要求。”只有进行本体论的探索与创新，把学科发展的立足点转移到价值根基的建构与思想生产的方面来，文艺学的本体论研究才能获得理性的自觉与新的发展。

从西方哲学的发展看，康德是第一位对传统本体论作出深刻批判的人，而海德格尔则是一位自觉探寻本体论转向的思想家。两位哲人的哲学思考发人深省。在康德看来，本体论是完全超出在经验领域之外的。它的概念称为理念。本体论和宇宙论、理性心理学都属于形而上学，不同之处在于，后两方面都是在经验基础上出发，最终超越于经验，而本体论则是一个完全与经验脱离的领域。我们不能把这种纯粹从概念到概念的推论得出的本体论原理当做真理看待。它们都是由先天的分析命题组成的，从中得不出新的知识。康德认为，包括本体论在内的形而上学毕竟是由人的理性的自然倾向所造成的，虽然超经验的目标在认识论的范围内是无法得到确证的，但是在道德和政治生活领域里，却是一个指引方向的目标。这是他认为形而上学不可缺少的理由。他主张，要考虑建设一种可以作为科学

① 杜书瀛：《艺术的哲学思考》，辽宁人民出版社 2001 年版，第 190—191 页。

的未来的形而上学，这种建设必须以对理论的批判审视开始，莫使理性脱离经验的界限。[①] 康德说："人类精神一劳永逸地放弃形而上学研究，这是一种因噎废食的办法，这种办法是不能采取的。世界上无论什么时候都要形而上学；不仅如此，每人，尤其是每个善于思考的人，都要形而上学，而且由于缺少一个公认的标准，每个人都要随心所欲地塑造自己类型的形而上学。至今被叫做形而上学的东西并不能满足一个善于思考的人的要求；然而完全放弃它又办不到。"[②] 这便是康德给予我们的启示，一方面，他彻底地批判那种只能导致形而上学"先验幻相"的本体论，由此预示了传统本体论的危机；另一方面，他又承认形而上学，以其为伦理和社会生活设立了最高的追求目标，而且是不可缺少的。这种理解所包含的思想与方法值得认真借鉴。

海德格尔的哲学并不代表20世纪西方哲学的唯一方向。但他对本体论开宗明义的辨析，以及所作的深入思考却是耐人寻味的。在早期著作《存在与时间》中，他曾把自己关于人的生存状态分析的理论称为"基本本体论"，又强调研究"是"的意义问题的"本体论的优先性"。他把自己关于"是"的意义的理论总称为本体论，并创造了"基本本体论"（fundalmental ontology）这一新概念，其含义是指关于人自身的生存状态分析的理论。根据海德格尔的理解，"是"的意义必须通过对人的生存状态分析去实践，因此，生存状态分析是寻找"是"的意义

---

① 俞宣孟：《本体论研究》，第437— 438页。

② 〔德〕康德著，庞景仁译：《任何一种能够作为科学出现的未来形而上学导论》，商务印书馆1982年版，第163页。

的基础，也即是本体论的基础。[①] 海德格尔对本体论的理解，不仅指出了传统本体论的弊端，也确立了本体论存在与研究的前提性条件，这无疑是一种本原意义上的回归，可看做是本体论的根基性或基础性转向，对理解文艺学的本体问题，即一种文化根性或价值基础问题颇有启示。

海德格尔思想的进展还有一个从对生存状态的分析，转向探寻"是"的意义和"直接思如'是'的真理"的阶段。这个"是"表明就是"天道"或"道"。因此也可以把其后期的思想称为"追寻天道"。它反映了本体论倾覆后，西方人对一种新的哲学形态的探索。海德格尔认为，因为本体论总是只思考在其"是"中的所是。但是，只要"是"的真理不被思及，一切本体论依然是没有根基。因此，《是与时》一书中的"思"（thinking），就试图把思想（thought）以一种初步的方式推进到以"基本本体论"为标榜的"是"的真理中去。他要返回到根本的基地中，让关于"是"的真理的思想涌现出来，这启动了另一种方式的追问，在此，思已经远离了（甚至康德的）形而上学的"本体论"。然而"本体论"不论超验的还是经过批判的，之所以受批判，不是因为它思考着是者之是，并因而将"是"归结为一个概念，而是它不思考"是"的真理，因而它就认识不到，有一种思比概念的思想思得更严格。[②] 这一见解的确立，对"本体论"的现代性转向十分重要。它不仅使"真理"与

---

① 俞宣孟：《本体论研究》，第492页。

② 转引自俞宣孟：《本体论研究》，第513页。

“思想”的范畴进入“本体论”，使“本体论”建立在一个牢固的基石上。这里的思或者思想，不再是概念式的思考，也不是脱离了实际活动的纯粹的意识活动，而是一种对天道的追寻。更为重要的是，在追思天道即本体论实现的过程中，艺术活动与人类特有的诗性之思，承担了极为重要的职责与功能。在海德格尔看来，艺术（诗）乃是“存在之真理”之发生的原始性的（本源性）方式之一，而且是一种“解蔽”（“揭示”）活动，作为创造性活动，它是促进历史和文化进步的重要力量。海德格尔对艺术（诗）的理解是耐人寻味的，它启示我们，在人类本体论的思考与重建中，诗性的活动与诗化的探寻具有不可代替的功能与作用。

如上对本体论研究所做的学理考察与梳理，目的在于真实还原本体论研究在西方哲学史上的客观存在，揭示在不同历史语境下其内涵的变化与新的问题性，以及在现代哲学视域中的变革与转向，从而为文艺学本体论研究，寻找一种科学的学理依据与普遍的方法论前提。然而，对本体论的问题更为深入的省察，还依赖于一种价值视野中的辨析。

从价值论的层面看，重申文艺学的本体论，包含了对该研究领域中某些本根性、基础性问题的思考。如解构之后，在后现代语境下重建本体论有何价值依据；文艺学学科的发展与创新是否需要本体论的研究，它所赖以守护与依持的思想根基是什么；在多元思想背景下，如何科学理解文艺学本体论的基本内涵与价值规定等。对如上问题的科学回答，无疑是中国文论进入理论自觉时代的重要前提。

在后现代知识视域中，解构并非是一种彻底的颠覆与终结，它不同程度地蕴涵了建设性的价值意向。所谓“解构”，按照德里达的界定，就是一种“双重写作”和“双重阅读”。德里达往往在人们认为是统一的文本中，读出不一致和混乱。[①] 在德里达看来，只要颠覆语言中的等级观，就可以逐步达到解拆“在场”的目的。他的理论基点是以解除“在场”为理论的思维起点，以符号的统一性的破裂，能指与所指的永难弥合、结构中心性颠覆为“差异性”的意义链为自己的理论的推衍展开。[②] 由此来看，在德里达的解构策略中，他所提出的分延、播撒、踪迹及替代等概念，同样蕴涵了对不在场的与不确定的东西的探寻，这种探寻其实是一种具有建设性意向，或者是说是一种建构性的哲学思考。格里芬讲得更明确，他说至少有两种完全不同的哲学类型被称为是“后现代的”。一种偏重的是解构；而另一种尽管也实施了很多解构，但偏重的是建构。后一种类型的后现代主义一直被正式的称为“重构性的”，以便更清楚地表明预设了一种解构性的要素。总之，这两种后现代哲学的区别不在于必须解构那些对现代（而且有时是前现代的）世界观来说至关重要的概念，而在于建构一种新的宇宙论（它可能成为未来几代人的世界观）的必要性和可能性。[③] 后现代主义的这种建

① 〔美〕大卫·雷·格里芬编，王成兵译：《后现代精神》，中央编译出版社1998年版，第6—7页。

② 王岳川：《后现代主义文化研究》，第77页。

③ 〔美〕大卫·雷·格里芬等著，鲍世斌等译：《超越解构；建设性后现代哲学的奠基者》，中央编译出版社2002年版，第1页。

设性意向，最值得珍视的是其独特、新颖的思想创造，多元、开放的思维方法，对人类多种关系的尊重与关爱，以及对人类生存状态与新的意义世界的高度重视。

由此可见，西方哲学从现代向后现代知识图景的转换，虽然终结了传统的哲学与本体论，但它终结的是植根于西方超验传统之中的形而上学，开启的是从抽象的历史向人的实践的历史的转变，它不再仅仅是纯粹理论的建构，而是关于历史活动的存在论建构；后现代主义虽然消解了实体，但没有消解掉意义，因为实体已经转化为意义；虽然否定了形而上学，但并没有取消形而上学提出的问题。形而上学的存在，根源于人类对终极意义的追求。在现代视野下，形而上学的终极实在物——实体被否定了，实体论的本质主义被推翻了，但人类对存在意义和终极价值的追求并不随之消失，相反，它将永远伴随人类的历史。因此也将永远存在一个超越性的领域，如此才有哲学、美学与宗教的存在。后现代主义没有也不可能消解形而上学的问题和超越的领域，没有也不可能消解超越性的本质问题。[①] 这正是解构之后，包括哲学在内的人文学科重建本体论研究的重要依据。它源于后现代建设性的价值向度，源于时代主题的深刻变化，也源于当代哲学对人类生存问题的高度关注。这一价值趋向，甚至在20世纪的西方哲学中表现得颇为普遍。“从孔德、马赫的实证论到逻辑实证主义思潮，从狄尔泰、齐美尔到

---

① 杨春时：《后现代主义与文学本质言说之可能》，《文艺理论研究》2007年第1期。

柏森的生命哲学，从摩尔、亚历山大到怀特的实证主义思潮，从罗素、维特根斯坦到奎恩的分析哲学理论，从波普尔、库恩到费耶阿本德的科学哲学理论等，无不贯穿着当代哲学家对存在问题的新思索。……在当代人的生活世界，包括精神世界中发生的重大事件促使哲学家们重新去反思传统哲学，特别是作为传统哲学的基础和核心的本体论，以‘追问存在’为标志的本体论研究的复兴，就成了当代哲学中的一种时尚。”[①] 它也必然影响文艺学、美学等人文性学科的理论思考与探究。

推而论之，当代文艺学本体论问题的确立，既有其作为人文学科在哲学功能与方法论层面所存在的必要性，又有该学科内在的特质与属性所显现的理论规定性。在西方哲学发展史上，诗与思的“合一”关系颇耐人寻味，诗、审美与哲学之间客观地存在着共同的价值趋向及功能互补效应。所以，历史上重要的哲学家在思考人类的本体问题时，十分注重诗与审美功能的积极发挥，如康德以美学来整合本体论和认识论的分离，从此开启大陆人文主义以美学来解决本体论问题的先河。其三大批判的最终意图就在于解决认识与伦理、感性与理性，也即现象与本体、必然与自由的对立。康德把解决这种对立的途径落实到人的一种特殊心理功能即“判断力”。从此，美学参预了本体论问题的解决。[②] 海德格尔对存在本体论的思考也高度重视艺术功能的发挥。在他看来，“存在之真理”的发生与人的“存在之

① 俞吾金：《本体论研究的复兴和趋势》，《浙江学刊》2002 年第 1 期。

② 于蒂：《关于文艺美学领域的本体论问题》，《文艺研究》1993 年第 2 期。

澄清”境界的实现，也要依赖并落实于“艺术”或“诗”。因为“艺术”(“诗”）乃是“存在之真理”之发生的原始性的（本源性）方式之一，而且是一种根本性的、突出的方式。美（或“艺术”）是真理（“无蔽”）的现身方式，是真理的显现和发生。“艺术让真理脱颖而出。作为创建着的保存，艺术是使存在者之真理在作品中一跃而出的源泉。艺术作品的本源，同时也就是创作者和保存者的本源，也就是一个民族的历史性此在的本源，乃是艺术。之所以如此，是因为艺术在其本质中就是一个本源：是真理进入存在的突出方式，亦即真理历史性地生成的突出方式。”① 这是海德格尔由他的存在之思而得出的独特的“诗学”观，它显现了艺术与美学在“存在本体论”追问中的位置，也构成我们理解当代文艺学本体论问题的重要根据：即传统本体论终结后，哲学与艺术面临着共同的存在问题，艺术同哲学一样也承担着追问人类本体存在的基本任务。

本体与方法的结合，“本体论”作为方法论在艺术与美学领域中的存在，也是我们理解文艺学本体论问题之合理性的又一根据。依伽达默尔的观点，对于哲学解释学来说，问题并不在于我们做什么或我们应该做什么，而只在于，在我们所意愿和所做的背后发生了什么。因此只有当我们使自己从充斥于近代思想中的方法意义及其关于人和传统的假定中解放出来，解释学问题的普遍性才能够显现。② 文艺学作为现代人文学科形态，

---

① 〔德〕海德格尔著，孙周兴译：《林中路》，上海译文出版社 1997 年版，第 61—62 页。

② 〔德〕伽达默尔著，夏镇平、宋建平译：《哲学解释学》，第 1 页。

作为哲学与艺术学、思与诗相融合的理论性学科，同样保持了较强的哲学反思与人文阐释的方法论品性。长久以来，我国文艺学研究的方法论缺陷是显而易见的，如本质主义的立场、二元对立思维、对形而上学超验问题的过度迷恋等，它程度不同地造成文艺学学科的表述危机，导致该学科为繁衍庞杂的概念体系与过多的思想移植所包围，而解决与思考当代中国文艺实践的现实能力却不断降低。有论者指出，海德格尔本体论变革的意义，不仅在于他建立了一种理解本体论，而且主要还不在于此，对我们更有启迪意义的，是这一变革把传统的那种封闭的、寂然故我的本体转变成开放的、不断变化生生不已的本体。只有这样的本体，才能与方法一时俱进、深化完善。探索一种流动变化、能彻底实现辩证法之创造精神的本体，乃是建立新的本体论的路向。[①] 如上观点表明，本体与方法的同一，既决定了本体论作为方法论在文艺学研究中的客观存在，即文艺学同样具有思的功能与追问意义实现的作用。另一方面，文艺学本体论的实现，还应当注重方法论的革新与转向。面向人的现实生存，面向人的感性生活，探寻与此相关的意义世界中的真理性的问题，是文艺学学科在人文阐释的向度方面，更加接近或达到本体论视域的基本前提。感性是一切科学的基础，也是人的实践本体论的第一个不可动摇的出发点。文艺学的本体论转向，也表现为对人的感性生命活动及人的现实生存实践的关注与思考。走向本体论的文艺学，不再是指对实在的绝对

① 〔美〕成中英主编：《本体与诠释》，三联书店2000年版，第125—126页。

本体的探求，而是指对进入动态生成过程中的感性个体的生存实践与意义的追问与反思。诚如马克思所讲，“我们的出发点是从事实际活动的人，而且从他们的现实生活过程中还可以揭示出这一生活过程在意识形态上的反射和回声的发展。”文艺学作为人文阐释的学科，其本体论的确定，归根结底取决于我们对艺术存在的真理性及意义世界理解的程度，也取决于我们在价值与文化根基方面，如何奠基我们关于文艺学学科的观念与思想。

现在该阐释我们对当代文艺学本体论问题的基本理解。新时期以来，当代文艺学的发展中一条最为重要的路向就是对本体论的探讨。有论者认为，当代中国的文艺学本体论生发于审美文论对文艺主体性内在规律的探讨；成熟于本体论文艺学对于文艺作品、形式及语言本体意味的追问；最终又在解构文论的逻各斯中心主义即形而上学意义消解中被颠覆和拆除，作为中国20世纪后20年文艺学发展的主导走向，它的建构与解构过程昭示出当代中国文艺学的整体演进和文化背景的转换以及它所依持的哲学观念的变化。然而，从理论的创造、生成及深化的角度看，解构主义文论在中国学界所得到的实质性拓展并不令人乐观，它完全消除了理论发展的原创意向，无法完成“破”中有“立”的理论革新任务，因而也无力引导中国当代文论走向未来。[①] 如果从事实的还原看，把当代文艺学描述为本体论建

① 张婷婷：《文艺学本体论的建构与解构》，《中国社会科学院研究生院学报》2006年第4期。

构与解构之过程不无道理。但这一观点所引出的问题值得深思，即当代文艺学的本体论研究为何如此快速被解构，造成文艺学领域本体论危机的根源是什么，在我国现代文论的知识构成中，在本体论问题上是否存在着某些被遮蔽的东西等，诸多问题是值得深入分析与思考的。

本文以为，新时期以来中国文论频繁的理论移植与话语输入，形成了学科思想与知识形态过度的漂浮及变换，文艺学领域诸多的基础命题被搁置与遮蔽。本体论研究是被遮蔽的问题之一。这种被遮蔽的状况有两点突出表现，一是研究视界的含混与模糊，二是本体论存在的被解构。本体论被引入文艺学领域后，我们很少从理论上甄别作为文艺学的本体论与哲学话语的区别。在20世纪90年代，有研究者曾指出，我国当前文艺领域有一种“泛本体倾向”。在很多人那里本体论被做了“平民化”处理。本体论不再是关于世界本原或“第一原因”的本体论，而是关于具体事物的“本体论”。或者把本体与本质等同，造成概念上的误用；或者把“本体”这一关于世界本原的终极范畴，降低为关于具体事物本原的具体范畴，形成“本体论泛化”。[①]本文赞同这一分析，文艺学论域中本体论问题的存在是有限度的，决非哲学本体论的简单移植，它更多的是基于一种“思想范式”的转换与“方法论意义”的启迪。作为“思想范式”的转换，文艺学需要从生存本体出发将文艺作为本体的承诺，进而从价值层面阐释“文艺应当何为”的问题，从而为该

① 于茀：《关于文艺美学领域的本体论问题》，《文艺研究》1993年第2期。

学科的知识生产提供生存论的理论建构；而作为“方法论意义”的启迪，“本体论”内涵的变化会不断影响文艺学的研究，促使其扬弃先验的观念与抽象原理的建构，回到最基本、最真实、最确定的事实的出发点，这就是人类真实而生动的文学艺术现实及其实践。

当代文艺学研究中的学科反思取向，通过对本质主义思维方式的批判，扬弃所谓“普遍规律”与“永恒本质”的假定，达到对传统本体论形而上学本质的解构，这是一种值得肯定的变化。它不断地拓展了文艺学研究的新视野，打破了传统文学研究的模式，特别是形而上学的本质主义模式，从而与当代西方的各种文学理论形态接轨，推动了我国文学理论的现代建设；但它也使文学本质的言说失去了合法性，文学理论的建构被取消，代之以历史的陈述，从而可能导致绝对的历史主义甚至虚无主义。[①] 20 世纪 90 年代后，当代文艺学的发展面临着一系列悖论与困境，一方面是思想的游牧与话语的过剩，另一方面却是理论的缺失与原创性的贫乏；一方面是研究方法的变幻莫测与众声喧哗，另一方面却是文艺与现实实践的格格不入与不断疏离。凡此种种，无一不是与本体与本体论研究的空场有关。在中国新时期文艺学学科的发展中，传统本体论解构后，大量西方文论话语的频繁输入，使中国文论面临一种思想性根基缺失的危机和本土化的理论原创的困境。后现代文论的倡导

① 杨春时：《后现代主义与文学本质言说之可能》，《文艺理论研究》2007 年第 1 期。

者为中国当代文论所提供的，主要是一种文本策略和阐释方式，并没有提出知识和真理的要求，他们虽然找到了一条走出文学形而上学传统的超越之途，却未能找到重建文艺学本体根基的价值之路。所以，本文坚持的基本观点是：后现代语境下有重设文艺学本体论问题之必要，正像一切知识的问题，以及哲学问题根源于人们对世界意义的追问一样，文艺学的本体论问题也根源于人们对文学存在意义的追问，这种追问本身是不能被解构的。随着现代哲学本体论的转向，我们越来越自觉地认同于从生存本体论视域，不断探求和建构当代文艺学的本体论问题，以便从中找到中国文艺学存在与发展的内在动因与价值根基。

第三节　中国经验与传统文论资源的再发现

一、历史语境中的中国经验

进入全球化时代，人们感受到了中国传统文论与西方文论愈来愈多的差异性，以及中国文论话语在新的语境下表现出的不同程度的“失语症”。阿瑞夫·德里克在《现代主义与反现代主义》中指出：“20 世纪上半叶的几十年间，中国人跨入了一个广阔的文化和知识空间，这个空间是由欧洲两个世纪的现代化所开拓的；同时又把中国的文化局面抛入了动荡的漩涡中。当时中国人正试图寻找一种与他们选择的现代性范式相应的文化。”[①] “普天

① 萧延中等编：《在历史的天平上》，工人出版社 1997 年版，第 127 页。

之下，莫非王土；率土之滨，莫非王臣”的古典体验、传统认知范式被剧烈地摇撼了。从“天下”到“全球”，从古典到现代，中国人的生存状态与价值观念发生了历史性的转型。全球化问题实际是现代性问题，它从出场伊始就以霸权的形式诉诸西方资本主义的经济全球化扩张，中国文化内部的现代性发展因经济滞后尚未充分成熟。面对滚滚袭来的全球化大潮，中国的传统经验与文学理论的知识状况有诸多不适应。诚如有学者所思考和分析的，西方现代性代表着欧美国家由弱到强的上升，而中国现代性则既代表着中国这个“老大帝国”的衰败，又同时昭示着新的转型或复兴，因此把中国现代性与西方现代性割裂或者完全同一，都是行不通的。刘小枫提出的思路是：“带着中国问题进入西方问题再返回中国问题。”① 因此，全球化时代如何科学地对待中国经验，并重新发现中国文论资源的价值性，使其在当代中国文论的建设中发挥应有作用，已成为一个十分重大且相当迫切的问题。

从历史的发展看，中国经验也有自己的“全球化”历程，中国文明与中华文化始终保持着勃勃生命力，体现出推动社会发展的有效性。如果忽略“全球化”概念特定的时代性与现代性诉求，仅从全球各个国家、各种文化的实际碰撞、交流看，更多的是东西方的互相影响，其中既有西方影响东方的当代情境，也有东方影响西方的历史情境。中国文学的巨大成就和数千年累积传承下来的文学理论知识形态，也曾经影响到世界其

① 刘小枫：《现代性社会理论绪论·前言》，上海三联书店1998年版，第3页。

他文化，而且这种影响一直持续到当代。

中国文学与希腊文学、阿拉伯文学、印度文学一样，是世界上历史最悠久的文学，它在世界文学发展史上占有重要的地位，并在世界范围内产生过很大的影响。同样，中国文论也必然在世界文论史上占有重要的地位。

中国文学和文论的对外影响，可以划分为三个阶段：第一阶段是唐代。唐朝由于政治经济的发展，中外文化交流十分广泛频繁，当时与唐帝国发生经济、政治、文化交流的国家有日本、高丽、天竺、大食以及东南亚、中亚等地的40多个国家。以诗歌为主的中国文学当时主要影响范围是邻近的日本、高丽及东南亚各国，特别是日本。隋唐主要作家的诗文集，也大部分相继传入邻国。李白、杜甫、白居易、元稹等诗人的诗作大都为日本人所喜爱，白居易的《长恨歌》、《琵琶行》在日本几乎家喻户晓。平安时代的诗集与《和汉朝咏集》共收录了589首诗，其中白居易的诗就有137首之多。在宫廷女官紫式部所著的长篇小说《源氏物语》中，也明显有白诗的影响。文学理论方面如南朝梁太子萧统所编辑的《昭明文选》，在文艺思想和编选体例上也给日本的诗歌总集《万叶集》以影响。第二阶段是18世纪开始对欧洲的影响时期。《诗经》的译本在西方报刊上刊登是在18世纪，元代纪君祥的杂剧《赵氏孤儿》18世纪也先后在英国、德国、俄国等翻译出版。法国启蒙思想家伏尔泰还将它改编成一个新的剧本《中国孤儿》。德国诗人歌德在读到《好逑传》等几部中国文学作品后，提出了“世界文学时代已快到来”的观点。第三阶段是20世纪对世界各国的影响。20世纪随着对外交流的逐渐频繁，留洋学者的大量增加，中国古典文学被大量翻译引介到国外，对国外作家和学者产生了更广泛的影响。中国诗的含蓄、凝练、意象鲜明和情景交融使被称为“美国现代诗歌之父”的庞德倾倒，他写道：“上个世纪是重新发现中世纪的世纪，而这个世纪也许是在中国重新发现希腊文化魅力的时代……毫无疑问，当我们对中国有足够了解的时候，就会发现中国诗歌中有纯净的颜色。”① 庞德认为，美国文学所受到的外来影响中“中国是根本性的”。庞德的长诗《诗篇》中有 12 章是以中国为题材的。另外，现代作家如鲁迅、郭沫若、茅盾、老舍等人的作品，也被世界各国大量地翻译。仅鲁迅的著作，就被 40 多个国家翻译成 70 多种文字。《阿 Q 正传》传到西方，得到法国作家罗曼·罗兰的高度评价。

除了这种明确的影响外，中国文学和文论对世界各国的影响也值得关注。中国传统文论思想中所谓“大象无形”的观念，表达了一种超越形迹的美学理想。从各国文论的发展历史来看，和异质文化的交流作为一种在空间中的扩展，目的并不在于扩大和异文化的隔阂，而是化解消融距离，在化解中滋生新知，创造新知。从这种意义说，关注不同文化无形迹的交融更有意味。例如，叔本华对东方文化和中国文化的吸收。他说：“人类最古老的智慧不会因伽利略所发生的事故而被挤掉。相反的是印度的智慧反过来流入欧洲而将在我们的知识和思想中产生一

---

① 殷国明：《20 世纪中西文艺理论交流史》，华东师范大学出版社 1999 年版，第 134 页。

个根本的变化。”① 他在著作中还多次引述中国的《易经》，如他谈论意志的客体性和事物的类似性关系时说：“……从上古以来，在中国阴阳对立的学说中已经流行着这种见解了。”② 叔本华甚至认为，除非我们回到东方的艺术体验中，否则就无法证实美的生命能够真正存在。显然，叔本华对中国古代文艺思想的了解是肤浅的，但叔本华的学说首先是从关注人的生命欲望开始的，这在一定程度上超越了西方单纯的理性化、逻辑化的思维。王国维注意到了叔本华、尼采的学说与东方文化的内在联系，他在《叔本华像赞》（1904）中认为，叔本华的思想不是“纯粹西方”的，而是“天眼所观，万物一身；搜源去欲，倾海量仁”，是东方与西方、古典与现代等多方面的融会贯通。再如中国古老的“象”与西方象征主义的内在关联，钱锺书在其著作中多次提到波德莱尔、魏尔伦、马拉美、莫雷亚克等人的创作观念与中国诗学的惊人相同：“盖弘纲细节，不约而同，亦中西文学之奇缘佳遇也哉。”③ 而这些作家也确实非常喜欢中国古典诗歌，有人甚至亲自翻译了许多。

在唯西方马首是瞻的时代，我们不妨思考，既然像叔本华、尼采这样的大思想家、像歌德、庞德这样的大作家都没有放弃中国，都能够从中国文化中得到滋养，那么中国的学者就更有理由去发掘中国文学及文论资源存在的价值与意义，以促使中

① 〔德〕叔本华著，石冲白译：《作为意志和表象的世界》，商务印书馆 1982 年版，第 489 页。

② 同上书，第 208 页。

③ 钱锺书：《谈艺录》，中华书局 1984 年版，第 276 页。

国文学与文论对整个人类的文学艺术事业作出更大的贡献。

二、中国文论的现代性转向

中国文化与文论的“全球化”历程，只能说明历史场域中不同民族文化与思想间的互相依存与借鉴。重要的是在进入全球化时代，传统文论资源的再发现有一种现代性的要求。

1840年鸦片战争以来，中国国门被西方列强打开，“对于中国来说，这场战争是一块界碑。它铭刻了中世纪古老的社会在炮口逼迫下走入近代的最初一步。……在此之前，中国是庞然大物，亚洲最大一个封建制度的堡垒。但是，英国兵轮鼓浪而来，由沿海入长江，撞倒了堡垒的一壁。……鸦片战争不仅是英国对中国的胜利，而且是先进的西方对古老东方的最后胜利。从此，中国同周围国家的传统关系日渐改变。”[①] 中国从世界政治文化的“中心”走向了“边缘”。可以说，中国“近代”社会的开始、中国的现代性是以中国被迫向西方开放并且参照西方现代性为鲜明标志的。面对“中国三千年来未有之大变局”，面对中国历史上前所未有的意义危机和秩序危机，中国古典文化似乎不堪一击，急剧衰败，这就使得中国社会不论从器物、制度还是从话语、文学、文化等层面都迅速地、全方位地向西方现代性这种中心“范式”看齐。中国从此进入了复杂的现代化历程中。现代性的期待，成为20世纪支配中国社会变革、经济建设和人文社科研究的主导价值取向，现代性理论在方法论上持传统与现代的线性二分法，即传统的是落后的，现代的是

① 陈旭麓：《近代中国社会的新陈代谢》，上海人民出版社1992年版，第53页。

先进的，现代的确立必然以推翻传统为前提，而现代化的参照系实际上只有西方，因此现代化就等于西方化，亦即资本主义化，只能在西方文化中寻找现代性。关于中国“落后”的种种探索其前提和问题就是西方现代化是“进步”的。从而，反传统是中国现代化的必由之路。

传统文学理论也不能例外。一般将梁启超《小说与群治之关系》(1902) 和王国维《论哲学家和美术家之天职》(1905) 视为中国文学理论现代性转型的一种标志。[①] 从那时起整个20世纪，中国文学理论基本上一直处于迫切的现代性追寻之中。

中国文学理论的现代性转向从时间上大致分为三个阶段。第一阶段是20世纪初至20年代，中国文学理论初次受到西方理论的影响，以梁启超、王国维为代表的文学理论形态开现代性之风。梁启超倡导诗界革命、小说革命，将文学的功能从为“君”变成为“民”(群治)。王国维则受19世纪德国哲学的影响，主张文艺为人生，间接地改变“民质”。重视“民”、“民主”正是现代性思想的精髓。第二阶段是20世纪20年代至70年代末，马克思主义文学理论成为这一时期我国文论的主导内容。当时影响最大的是“五四”新文学运动，鲁迅、胡适、陈独秀等对人的觉醒的重视，对文学革命的倡导，对白话文的推动等，与马克思主义文学理论对文学与社会、文学与生活、文学与时代、文学的阶级性等问题的关注有内在的一致性，成为

① 童庆炳：《二十世纪中国文论经典·序言》，北京师范大学出版社2004年版，第1页。

我国文学理论研究的主要问题。俄国革命民主主义理论家别林斯基、杜勃洛留波夫、车尔尼雪夫斯基也成为影响中国半个世纪的文学理论家，他们关于“文学是社会生活的反映”的思想20世纪30年代传入中国，40年代成为中国文艺的指导思想，迄今为止国内大部分文学理论教科书仍然将其作为文学的本质来理解，影响极为深远。第三阶段是20世纪70年代末至今，我国文学理论界大规模引进西方文艺观念与思想。西方近百年来的各种文论，以前所未有的速度和数量进入中国，并且迅速获得接受与认同，成为我国新时期以来文学理论知识形态构成的重要来源。西方文论思想空前活跃，呈现出“西风压倒东风”的态势，以致中国文论界有“失语症”的焦虑，并且催生了“中国古代文论的现代转换”等重大命题的提出与争论。

在对传统文论资源的研究中，“中国古代文论的现代转换”在文论界引起普遍关注。这场持续已久的大讨论，实际上基于一个有目共睹的现象或症状——季羡林先生不无伤感地指出：“反观我们东方国家，在文艺理论方面噤若寒蝉，在近现代没有一个人创造出什么比较有影响的文论体系，王国维也许是一个例外。没有一本文艺理论著作传入西方，起了影响，引起轰动。”曹顺庆用“失语症”来概括这种现象。[①] 因为“失语”所以要转换，但“能否转换”却是一个至今争论不休的问题。认为不能转换的学者，其理由是古代文论有自身不能克服的弱点，如概念术语使用的随意性、分体文论不平衡、理论创新动力不

① 曹顺庆：《文论的失语症与文化病态》，《文艺争鸣》1996年第2期。

足、主流理论发展不明显等，它从根本上妨碍了转换为现代意义的文论话语系统。坚持转换论的学者认为没有绝对完整的体系和理论，每一时代有每一时代的文论，从传统文论的原有范畴等总能寻找到脉络和突破口。

一个民族的文化特性总是在历史中生成和展现的。在我们谈论“中国经验”、“民族性”等概念时，必须要清楚讨论问题的历史语境。我们是在全球化时代谈论一个现代的、与世界各民族处于“共同体”中的、充满生机的民族的文化资源，因此这个“民族性”是仍然活着的。从时间域看，它有古老的民族历史传统；从空间域看，它既是在中华多民族大家庭中形成的民族性，也包含了对其他国家与民族文化有益价值的汲取。因此，中国经验与民族性不是孤立的、一成不变的形式与存在，而是一种既有相对于过去的历时性的继承与发展，又有相对汉民族之外的共时性的借鉴与吸收。由此来看，传统延续始终是一个开放、动态的无限过程，各种思想与观念的产生与积累，形成民族文化丰富的价值性。当然，任何历史都是当代史，任何传统思想都具有当代意义，传统文论也必然要适应当代社会的现实需要。从这种角度看，现代转换是中国传统文论古为今用，并有效发挥其价值作用的必由之路。但怎样转换、转换成什么样的现代性则是可以充分讨论和不断实践的。所以，“中国古代文论的现代转换”命题涉及中国传统文论的未来走向和价值呈现问题。

作为事物的一体两面，如何在现代化的历程中同时保持“中国”的传统，“民族性”问题自然凸显出来。从理性的维度辨析，“中国特色”是必然会长期存在的，还是我们刻意的要求？如果仅仅是我们刻意的要求，则“民族性”问题可能是假问题。而如果“民族性”是必然会长期存在的，则这一问题就是一个科学的和有价值的重大问题，我们的民族性要求才是理性的。中国多元一体民族国家文化的历史形成，为我们认识东西文化的碰撞融合、判断民族性问题提供了有益的借鉴。中国文化是一个复杂的大系统，这个大系统是由汉族文化和少数民族文化两个系统构成的，历史上长达两千余年的“夷夏之辨”，抛开其目的与动机，它在客观上是对两种文化之相异与相同、冲突与整合的深刻论述。在夷夏的冲突融合中，尽管有一些文化因素已经融汇为一，但不同民族间的差异仍然长远存在。现代著名思想家梁漱溟的一段话值得深思：“我家祖先同元朝皇帝同宗室，姓‘也先贴木耳’，蒙古族。元亡，末代皇帝顺帝携皇室亲属逃回北方，即现在的内蒙古，而我们这一家未走，留在河南汝阳，改汉姓梁。……说到种族血统，自元亡以后经过明清两代，历时500余年，不但旁人早不晓得我们是蒙古族，即自家人如不是有家谱记载也无从知道了。但几百年来与汉族通婚，不断融合两种不同的血统，自然是具有中间的气质。”① 可见即使被汉化了500余年的少数民族，也还必然地保留着自己民族的部分“气质”。“夷夏之辨”在某种意义上和中国文化与西方文化的当代冲突一样，仍然是中心范式与边缘文化的冲突，只不过中心与边缘的所指都发生了变化。那么，我们是否可以

① 王佑夫：《应当开展民汉比较诗学研究》，《民族文学研究》2001年第2期。

认为，即使在西方文化的全面携裹下，中国文化仍然必然会保留自己的部分“气质”？

而且，“民族性”的要求也是当代人文学者理性的追求。全球化时代的现代性诉求，作为现代世界发展的大趋势，其趋同效应是非常明显的。中国古人预言的“天下大同”理想，随着“同”的负面作用的逐渐凸显，它不再是人类的一种美好愿望。换言之，当“天下大同”因野蛮的笼罩而是一种乌托邦想象时，没有人会意识到“同”的不良作用。而随着教育的普及、交流的便利，“同”的不利后果一步步暴露时，人们会更加自觉地认识到“异”的可贵。一个值得思考的现象是，当“东方”的、“原始”的、“落后”的民族正努力追赶西方现代化时，而发现“原始”、发现“东方”却恰恰由西方学者提出。英国文化人类学家吉尔兹从田野经验出发提出了“地方性知识”（local knowledge），哲学家波兰尼从认识论出发提出了“体验性知识”（tacit knowledge），呼吁用种种“异”来对抗世界一体化进程中的“同”的单调性、枯燥性，保留人类智慧和知识的多样性，从而由生物领域的基因多样性，到人类文化领域的文化多样性，都被作为人类存在与可持续发展的必要保障。依据西方发达社会现代性的经验与教训，以及世界不同民族文化发展的事实，人类已深刻认识到，对异文化的尊重、理解与借鉴，是人类文明之所以延绵至今的基础。文化多样性的观念，正在成为许多国家和社会组织制定政策的纲领与方向。正是基于这种认识，身处全球化过程中的中国文化，需要清醒地辨别并加以有效的价值选择，不能让全球化的趋“同”取向淹没文化的民族特性，否则这种可怕的后果既是中国文化的灾难，也是世界文化的灾难。

那么，文化在现代转换过程中如何保留“民族性”？或曰什么样的“民族性”在全球化浪潮中能更为长久地生存下来？这似乎是传统资源再发现的一个关键。从柯仲平较早发表的《谈中国气派》、《论文艺上的中国民族形式》（1939年），到20世纪60年代《文艺报》和《文史哲》编辑部组织的“批判地继承中国文艺理论遗产”的讨论，到新时期后关于“中国特色”文艺理论的学术讨论，再到世纪之交，钱中文、童庆炳在《新时期文艺学建设丛书》中明确提出的关于“中国特色”的理性思考等，诸多的实践不同程度地强调：第一，用中国人自己的眼光、观点与理解，而非外国人的眼光、观点与理解，来阐释中外文学现象；第二，必须连接六七十年来被忽视甚至中断了的古代文学理论传统，从古代文论中吸取丰富的营养，摄取那些具有生命力的观念，激活那些并未死去的东西，使之成为新的文论的血肉；第三，与当代中外文学实践相结合，用以阐释我国与外国的新文学现象，形成我国新的文论；第四，中国特色的文学理论应是多种多样的。建设这样一种具有“中国特色”的文学理论的标志是，在吸收中外古今文论的基础上，形成自己的一套不断确立着的规范、术语与观念系统，并且具有我们自己的理论独创性，用我们自己的话语表述，从而在世界多元化的文论格局中，有我们文论的一定地位。[①] 由此可见，民族

① 陶东风：《社会理论视野中的文学与文化·丛书总序》，暨南大学出版社2002年版。

性、中国特色等提法实际上都是指一种新的民族特色，是在世界文化格局中确认中国身份的文化特质。这种新的民族特色只能是民族的现代性，或现代民族性。“明清以降的闭关锁国政策已经使中华民族大大落后于世界列强，现代化转型的课题对中国人来说已经不是一般的文化问题，而是关系到能否自立于世界民族之林的生死存亡的问题。……在严峻的生存竞争中，中华民族的现代化转型进则生，退则亡，不容稍有回转余地。……在这样的语境中，如果我们不愿空洞、抽象地谈论问题，那么，中华民族的‘民族性’问题的具体内容就只能是民族的现代性，或现代民族性。”①

现代民族性要求我们对于传统文论资源要进行再发现，使民族性融入到现代性转型的必然历程中。或者说，在现代性转型的必然历程中应该有意识地、并且有效地彰显民族性，确立中国文论的声音和地位。

三、传统文论资源的价值发展

以上论述分别从“全球化”历程与“现代性”诉求揭示重新认识中国经验之必然性，本节的核心是阐释传统文论资源的价值发现，这是一个关乎当代文论形态的根基问题。

鲁迅先生认为，中国古代文论与西方文论都是世界文论的典范：“篇章既富，评骘自生，东则有刘彦和之《文心》，西则有亚里士多德之《诗学》，解析神质，包举洪纤，开源发流，为

---

① 曹顺庆：《全球化与边缘话语的重建》，《跨文化比较诗学论稿》，广西师范大学出版社2004年版，第297页。

世楷式。”季羡林先生也指出：“世界讲文艺理论只有三个地方能言之成理，自成体系，那就是中国、印度和欧洲。”[①]“中国古代文论……在数千年的文学艺术实践中，形成了一整套行之有效，韵味独特的理论话语系统。那意境高妙，至今仍脍炙人口的唐诗宋词等抒情文学；那引人入胜，令世界叹为观止的《三国演义》、《红楼梦》等叙事文学；那龙飞凤舞，空灵悠远的书法绘画艺术，既是中国文艺理论体系的丰厚土壤，又是中国文论话语长期实践的产物。在古代文论中不仅有卷帙浩瀚的诗话词话，也有体大虑周的《文心雕龙》。这一套文论体系，这一套话语系统，与任何国家文论相比较，都毫不逊色。”[②]

毫无疑问，中国文论大有可利用、可发掘、可阐释的价值。但是，如何挖掘其价值则值得深究。在当代研究中，西方文论往往反客为主，中国传统文论在很大程度上成为论证西方文论真理性的材料，中国文论的文化个性被淹没、阉割，甚至得出南辕北辙的结论。抱持“欧洲中心主义”的中国学者自不待言，力图保持“中国中心”的“中国学派”的主张的“实质也就是借西方的理论与方法为工具，去剪裁和重组中国文学的材料。简言之，则是以他山之石攻此山之玉……把用西方理论方法阐释中国文学材料作为中国学派基点的学者们，无意识中认可了一个前提，即中国传统的研究方法已经不能有效地阐释中国的作品，需借西人的方法替代之……它只是在研究范围和对象方

① 《论诗题记》，《鲁迅全集》第8卷，人民文学出版社1981年版，第332页。
② 曹顺庆：《文论失语症与文化病态》，《跨文化比较诗学论稿》，广西师范大学出版社2004年版，第185—186页。

面避免了欧洲中心主义，却又在理论方法方面陷入欧洲中心主义。"① 鉴于对本命题思考与探究的学理需要，我们选择有关中国传统文论中较重要的几个问题予以讨论。

传统文论的价值观

传统文论之所以"失语"有主客两方面原因。客观原因我们已经谈到较多，主观原因在于行使话语权的学者们较少运用传统文论来讨论文学及其作品，没有将传统文论真正作为有价值的理论资源予以阐释和研究，以扬弃其他理论。在主客两方面原因中，主观原因尤其需要重视，因为研究者所持有的文化立场、思维范式、研究视野等，决定了怎么认识、理解和对待中国传统文论。文化立场是进行文化选择的前提。

如此丰富的、历史悠久的传统文论，在西方逻各斯中心主义文化立场下，就是无体系的、概念术语随意的、分体文论不平衡的……充斥了无数个"不"的失去了许多价值的老去的遗产。因此，孔子的《论语》虽然享有"半部《论语》治天下"的美誉，但却可悲地处于被"误读"的状态。中国社科院文学研究所主编的《中国文学史》中写道："《论语》和《孟子》虽然都是语录体，作为论说文，形式大都还不完备，但无损于它的文学价值。"② 袁行霈主编的《中国文学史》将《论语》编入先秦说理散文一节，并指出"作为说理文，《论语》还很幼

① 叶舒宪：《比较文学"中国学派"的根基》，《中外文化与文论》第一辑，四川大学出版社 1996 年版，第 109 页。

② 中国社科院文学研究编：《中国文学史》，人民文学出版社 1979 年版，第 71 页。

稚。……语录体是《论语》文体的基本特征……《先进》篇中'子路、曾皙、冉有、公西华侍坐'，详细记载孔门师生间的一场谈话，叙述清楚，有一定描写，表现了人物的不同个性，作为叙事记言文字，比较成功，但与说理文显然还有一定距离。……但语录体并不是《论语》文学价值的主要方面……"① 两种《中国文学史》评价《论语》"形式不完备"或"很幼稚"，所依据的是西方文体分类中散文的分类。其实孔子时代根本没有散文的概念和相应的文体意识，孔子处在书写文化取代口头传统的过渡时期，坚持口传文化的价值观，并通过自己的对话式教学，成功地为后世留下了口传文化范例以及对话式教育方式的精髓——通过口耳之间的不断重复的经久训练熏陶，达到身心统一的至高人格修养境界。如果让中国文学史回到中国自己的文论观念中，结论就不一样了——"为什么不能说它的文学价值就体现在口语文学特征上呢？只因为新的'散文'偏见与老的'经书'偏见都全然缺乏口传文学的概念和意识，把《论语》当成'书'或者'文'的书写文化误区"。②

依此立场继续追问我们会发现，研究传统文论的学者经常谈到儒家文论的人格主义，但很少将其置于中国文论的原初发生情境中理解，这就掩盖了一个具有实践性质的问题：孔子为什么说"兴于诗，立于礼，成于乐"？儒家文论何以能够塑造"完全的人格"？如果与孔子对口传文化传统的重视联系起来思

① 袁行霈：《中国文学史》，高等教育出版社1999年版，第108—109页。

② 叶舒宪：《"学而时习之"新释》，《国际文学人类学研究》，百花文艺出版社2006年版，第48页。

考便豁然开朗。孔子对口传文化精髓的领会和实践使其诗学具有实践理性特征，即在日常生活中注重开掘其内在理性与道德思想的火花，这种关注日常生活的方式本身具有感兴特点。《论语·子罕》中颜渊喟然叹曰："仰之弥高，钻之弥坚，瞻之在前，忽焉在后！夫子循循然善诱人，博我以文，约我以礼。欲罢不能。既竭吾才，如有所立卓尔。虽欲从之，末由也已！"这里的"循循善诱"已经成为人们熟悉的成语，"循循善诱"的实践方式就是根据对象特点有针对性地不断讲，属于启发式教学，不同于古希腊柏拉图《文艺对话录》中的理性思辨。也有中国学者却像黑格尔一样批评孔子和中国传统文论没有体系："孔子只是一个实际的世间智者，在他那里的思辨的哲学是一点也没有的——只有一些善良的、老练的、道德的教训，从里面我们不能获得什么特殊的东西。"[①] 令我们没有想到的是，在黑格尔离世两百多年后，他的故乡德国却兴起了一股反对惟理论，倡导现象学与当下性的思想潮流。影响到文艺批评，就是在一定程度上返回到东方的孔子式的语录体语境中。

出现上述现象，是由于我们不能正确地认识传统文论的价值。传统文论的价值在某种程度上是中国传统文化价值的体现。牟宗三先生如此评价中国文化的价值：中国文化生命之特色是"理性之运用表现"，"而这种运用表现中的'理性'当然是指实践理性，然而却不是抽象地说，而是在生活中具体地说。所

① 〔德〕黑格尔：《哲学史讲演录》第一卷，商务印书馆 1997 年版，第 119 页。

以这个所谓理性该当就是人格中的德性，而其运用表现就是此德性之感召，或德性之智慧妙用。说感召或智慧妙用就表示一种作用，必然牵连着事。所以是运用表现。中国人讲情理或事理，是活的，所讲的都在人情中；理是与情或事浑融在一起的。所讲的是如此，而从能讲方面说，则其理性也是浑融的，不破裂的，所以其表现是运用的表现，不讲干枯的抽象的理性。所讲的如是抽象的理性，则能讲方面之理性也是支解破裂的，所以其表现也不是运用的表现。……理性之运用表现是生活，是智慧，亦是德性。"① 这些所有的表现在中国文化中就叫"道"。

"道"是中国文化价值理性的总命名。道不离人，人行道上。道字中的"首"最初代表神，无论是后来的敬神之王还是体道传道之士，都强调主体要体会天道和践行天道。因此对帝王而言，要奉天承运，以德配天；对士而言，要澄怀观道，持道论政，去政存道；对普通人而言，道成肉身，日常生活行事处处都遵循着以"道理"、"礼仪"等各种名义化成的"道"。所以"道"是给中国人和中国社会提供超越性的根据和价值意义的根据，也标志着中国文化的终极关怀特点无不在"人间世"，所以它关怀的对象遍及人世的一切，小到可以将其视为"实用主义"、"世俗化"，大到对社会对天下对政治的关怀；具体到对一人一花一草的同情性理解，抽象到对"人文"（包括文学）的终极要求。就成就"人"而言，一方面它以人自身为原

① 郑家栋编：《道德理想主义的重建——牟宗三新儒学论著辑要》，中央广播电视出版社 1992 年版，第 155—156 页。

则要求介入现实以现实的行动在日常生活中来呈现、践行这种“道”；一方面它内在地期待要求个人成为“大我”而“浑然与天地同体”。就成就“文”而言，它要求文在完成技术性、艺术性的“小文”，“一枝一叶总关情”的同时，要“止乎礼义”，“技进乎道”，“文应弘道”，成为显现终极价值的“大文”。“观乎天文，以察时变；观乎人文，以化成天下”（《易传》），“文”和“人”在中国文化中有着天然的密切关系，甚至可以说，文的价值高下不是以距离文之“道”（技），更是以距离人之“道”（天下）的远近而判断的。因此教化说、美刺说、诗可以怨、诗言志、发乎情、止乎礼义等，诸观念和观点才能够占据传统文论的显赫位置。古代文论中的教化说等观念亦不同程度背离价值理性，被作为工具理性而运用于人的规训与塑造过程之中，但与此同时又有无数远见卓识的思想家、文学家依然提倡、实践教化说，显示出价值理性与教化等诸观念的二位一体。

传统文论以儒家文论为正统，道家和后来传入的佛教为补充，儒、道、释三水分流亦三川汇一，共同体现着传统文论的价值观。“儒”，上古象人沐浴之形，人沐浴是为了参加祭祀活动，许慎《说文解字》：“儒，术士之称”。孔子年轻时就是以“儒”为业的。《汉书·艺文志·诸子略》说儒家是“助人君、顺阴阳、明教化者也。游文于六经之中，留意于仁义之际，祖述尧舜，宪章文武，宗师仲尼，以重其言，于道最为高。”儒家重视“礼乐”、“仁义”、“忠恕”、“王道”，重视道德伦理教育和个体人格的自我修炼及完善，重视文艺的伦理教化功能、哀怨讽谏作用。孔儒文论的核心是“教化论”，文学的性质和功能首先被界定在社会政治和伦理道德层面，文学的创作、接受和传播，是为了达于政事，使于四方，迩之事父，远之事君，因此，儒家强调三不朽：立德、立功、立言。“言”要从“道”中流出，成为可以被后世万代瞻仰信奉、不朽的“经”，所以儒家文论家遵循原道、宗经、征圣的治学方式，“载道论”伴随着儒家文化的正统地位千百年来一直灌注于古代文论之中。可见儒家文论的价值观是人格主义的，儒家认为文学应该服务于塑造“完全的人格”。对于孔子最为赞赏的曾点，历代注家解释的最为精当的要数朱熹：“曾点之学，盖有以见夫人欲尽处，天理流行，随处充满，无少欠缺。故其动静之际，从容如此。而其言志，则又不过即其所居之位，乐其日用之常，初无舍己为人之意。而其胸次悠然，直与天地万物上下同流，各得其所之妙，隐然自见于言外。视三子之规规于事为之末者，其气象不侔矣。故夫子叹息而深许之。”（《集注》）原因在于其他三子“规于事”而不是在“人欲”（人格）中呈现“天理”（道）。所以，直到王国维《文学小语》中依然要说“无高尚伟大之人格，而有高尚伟大文章者，殆未之有也。”

道家文论表面上是超越世俗人生的、无为的。道家在社会政治领域主张无为而治，在人生哲学方面，主张虚静其心，主张摆脱声色名利、礼教人伦的种种世俗约束，而在精神世界倡导逍遥之“游”。道家文论主张“得意而忘言”，追求本来如此、“自然而然”的“自然”，认为“强哭”、“强怒”或“强亲”都失却自然，主张“法天贵真”（《庄子·渔父》）。刘勰以“自然之道”作文学本体之论，司空图以“自然之境”品评诗歌，苏轼以“自然之物”比兴审美意境，王国维则喟叹“古今之大文学，无不以自然胜”。

值得深思的是，刘勰的《文心雕龙》中同时有《原道》章，苏轼则入仕极深，受儒家文化影响也极深，王国维也是既推崇“高尚伟大之人格”与“高尚伟大文章”的统一，又赞赏文学之“自然”。其实儒家、道家在“道”上既分道扬镳又经脉相连。儒家之道重在大道一端，即通过个人修炼、文艺承载，到达修身、治国、平天下之大道，修身、治国、平天下是阶梯形的系统工程。道家之道走向个人内心，强调在“心斋”的“守静笃”，要“坐忘”外界，从而“致虚静”，“上与造物者游”，达到“独与天地精神相往来”，与宇宙、自然之道相融合的人生境界。可见，儒道两者都将立足点系于人生的价值和有意义上，只不过一个向外寻找在群体的、事功的人生中的价值从而“不朽”，一个向内努力在个体的、无为的、想象的宇宙中摆脱肉身的有限而“超越”。“不朽”和“超越”在某种意义上不正是统一的吗？

也正是在对“不朽”和“超越”的暗合上，我们需要关注从佛家文化中生出的一个文论范畴：“境界”。“境界”指称物我两忘、心物一体的世界，它既圆融于意境之中，又超然于意境之外。王国维说：“然沧浪所谓兴趣，阮亭所谓神韵，犹不过道其面目，不若鄙人拈出‘境界’二字，为探其本也。”所以优秀的文学作品是“言有尽而意无穷”的，需要“立象以尽意”，是“余音绕梁三日不绝于耳”，是“闻韶乐三月不知肉味”。这样，儒释道三家文论在中国式的为人生上达成了某种一致，这种中国式的为人生仍然不出“道”的内涵：孔子说：“人能宏道，非道宏人”，庄子要“以（人之）天合（自然之）天”，禅宗讲“（人）心即是佛”。中国文论为人生的价值观使其葆有永远的生命力。

传统文论的美学精神

徐复观认为中国艺术的精神穷究到底，“只有孔子与庄子所显出的两个典型。由孔子所显出的仁与音乐合一的典型，这是道德与艺术在穷极之地的统一，可以作万古的标程，但在现实中，乃旷千载而一遇。而在文学方面，则常是儒道两家，尔后又加入了佛教，三者相融相即的共同活动之场。……由庄子所显出的典型，彻底是纯艺术精神的性格，而主要又是结实在绘画上面。”① 也就是说，孔子所显出的是一种理想的艺术精神，庄子所代表的则是中国艺术精神的现实历史。而“庄子之所谓道，落实于人生之上，乃是崇高的艺术精神；而他由心斋的工夫所把握到的心，实际乃是艺术精神的主体。由老学、庄学所演变出来的魏晋玄学，它的真实内容与结果，乃是艺术性的生活和艺术上的成就。”②

实际上，艺术性的生活并不只是指老庄和魏晋玄学所显现的内容，也是指孔子学说中所揭示的人生理想，只不过由于后来难以践行而未有丰富的结果。孔子是希望通过礼乐教化达到理想的人生境界，“兴于诗，立于礼，成于乐”，诗教即乐教，

---

① 徐复观：《中国艺术精神·自序》，广西师范大学出版社 2007 年版，第 4 页。

② 同上书，自序，第 2 页。

之所以能“成于乐”是因为“乐本由心发，就一般而言，本多偏于情欲一方面。但情欲一面因顺着乐的中和而外发，这在消极方面便解消了情欲与道德良心的冲突性。同时，由心所发的乐，在其所自发的根源之地，已把道德与情欲融合在一起，情欲因此而得到了安顿，道德也因此而得到了支持。此时道德与情欲圆融不分，于是道德便以情绪的形态而流出。……而这种圆融，是向良心上升的‘和顺积中，而英华外发’的圆融，不是今日向‘意识流’的沉淀。这是儒家‘为人生而艺术’的真正意义。”① 即使后世儒家是“为人生而艺术”，艺术是为了功利性的目的，在孔子那里毋宁说是“艺术化的人生”，只不过包括孔子自己亲自教导的学生也很少能够体会孔子的良苦用心和真正的理想。《论语·先进》中的四个孔门弟子，只有曾点一个人真正领会了老师的人生理想和教育目标，那就是：“暮春者，春服既成，冠者五六人，童子六七人，浴乎沂，风乎舞雩，咏而归。”这不正是艺术化的人生么？但是随着人类知性逐渐发达，乐的陶冶人心作用降低，音乐地位也逐渐低于礼，孔子试图通过乐教达成的仁与乐统一、道德与美统一、美与人生统一的理想便不容易实现了。

所以，艺术化的人生正是中国艺术的精神。然而对普通人生而言，“天生人而使有贪有欲”，这绝不是艺术化的人生。人作为宇宙精华，万物灵长，超越于万物之上，“莫不缘于有情。欲有情，情有节。圣人修节以止欲，故不过行其情也……圣人

---

① 徐复观：《中国艺术精神》，第22—23页。

之所以异者，得其情也。"[①] 情欲人人皆有，但圣人能节情，使淫逸骄奢之情归于正，从而"得其情"。"古人知情不可恣，欲不可极，因其所用，每为之节，使哀不至伤，乐不至淫"。[②]礼乐对情感的节制就是防止情感泛滥，防止人们纵情肆志、放辟邪奢，使情感永不偏离中正平和的轨道。

在为人生的总体价值观规约下，中国文论也把中和看做世间一切事物的最高准则："中者，天之所始终也；而和者，天地之所生成也。夫德莫大于和，而道莫大于中。"[③] 中国文学、文论从总体上都自觉追求中和之美，把中和之美当成艺术的极致。

从先秦"诗言志"这一中国文学的"开山纲领"定下中国古代文论重抒情的基调始，六朝的"缘情说"，明代的"童心说"、"性灵说"，近代的"意境说"等都延续了中国古代文论重抒情的特色。闻一多先生说："《三百篇》的时代，确乎是一个伟大时代，我们的文化大体上是从这一刚开端的时期就定型了。文化定型，文学也定型了。从此以后两千年间，诗——抒情诗，始终是我国文学的类型，甚至除散文外，它是唯一的类型。"[④] 中华民族是吟唱的民族，抒情的民族，抒情文学是中国文学的主流。即使被有些学者看做中国现代性文学起源的古典小说《红楼梦》，小说诗化的抒情的风格也迥异于西方小说的叙

---

① 《吕氏春秋·仲春纪·贵生》，中华书局 1954 年版，第 561 页。

② 嵇康：《声无哀乐论》，中华书局 1980 年版，第 145 页。

③ 董仲舒：《春秋繁露·循天之道》，上海古籍出版社 1986 年版，第 120 页。

④ 闻一多：《文学的历史动向》，《闻一多全集》，三联书店 1982 年版，第 202 页。

事，不同于印度和希腊“在歌中讲着故事”。在《红楼梦》中，诗词歌赋随处可见，中国“味道”极其醇厚：“《红楼梦》……创造了一种具有中国民族特点的诗体小说。抒情与叙事的结合，像盐溶于水一样，无间无痕地遍及全书。它表现在情节结构的安排里，也渗透在人物性格和环境细节的描写之中。冷雨敲窗、青灯照壁、良宵花解语、静日玉生香、戏彩蝶、泣残红、菊花诗、螃蟹咏，处处是生活的真实描绘，处处是情味的挹之不尽。如果把《红楼梦》放在世界文学的范围来考察，即使在以戏剧、小说擅长的西方文学里，这样抒发内在感情与反映外在生活的统一，也只是作家们不可企及的理想，还没有一部别的小说达到这样完备的高度。”①

但中国文学艺术的重抒情表现却始终未能像文学西方一样走上浪漫抒情之旅，原因在于中国文论在重抒情的同时又强调“发乎情，止乎礼义”，反对情感的过分宣泄，将“中和之美”作为衡量文学艺术的最高美学理想。钱锺书先生对此作了精辟概括：“和西洋诗相形之下，中国旧诗大体上显得情感不奔放，说话不唠叨，嗓门儿不提得那么高，力气不使得那么狠，颜色不着得那么浓。在中国诗里算是‘浪漫’的，和西洋诗相形之下，仍然是‘古典’的；在中国诗里算是痛快的，比起西洋诗，仍然不失为含蓄的。我们认为‘直恁响喉咙’了，听惯大声高唱的他们只觉得是低言软语。同样，束缚在中国旧诗传统里的

① 王文生：《二十世纪中国文学研究的回顾与前瞻（上）》，《文艺理论研究》2007年第2期。

读者看来，西洋诗里空灵的终嫌着痕迹、费力气，淡远的终嫌有烟火气、荤腥味，简洁的终嫌不够惜墨如金。”①

所谓“中和”，“喜怒哀乐之未发，谓之中；发而皆中节，谓之和。中也者，天下之大本也；和也者，天下之达道也。致中和，天地位焉，万物育焉。”（《中庸》）所谓“发而皆中节”的“和”与“达道”，也就是怎样“发礼节情”、“以道制欲”，达到“发于情，止乎礼义”的境界，也就是强调抒情不能过分，不能突破礼的樊篱，表达忧愤规讽之情也要选择委婉的言词，不能直言君主过失，要恪守“主文而谲谏”的原则。在文学抒情问题上，最完美的原则是“发乎情，止乎礼义”。诗既缘情，却又应该持人性情。由于“喜怒哀乐”等生命原欲是“天下之大本”，所以不应该使之堵塞。但“人之道，声音动静，性术之变尽是矣。故人不能不乐，乐则不能无形，形而不为道，则不能无乱。先王恶其乱也，故制《雅》《颂》之声以道之，使其声足以乐而不流，使其文足以辨而不諰，使其曲直繁省，廉肉节奏，足以感动人之善心。”（《荀子·乐论》）顺着情绪的满足、生命原欲的自相鼓荡下去，就会走向“淫”、“流”、“乱”，因此孔子要求“乐而不淫”，并因为郑声淫而主张加以废弃。儒家一方面以诗与乐来作为疏导人性的渠道；另一方面则试图使这种渠道规范化，使之“思无邪”、“温柔敦厚”而不再有任何破坏性。

---

① 钱锺书：《中国诗与中国画》，《七缀集》，三联书店 2002 年版，第 16—17 页。

对中和之美的追求形成了中国文论中两组重要的命题：一是追求“温柔敦厚”的价值美，一是追求“虚实相生”的意境美。前者指向中国文学及文论为人生的总体价值观，强调文学之“善”，文学对人的理想人格形态的养成；后者指向中国文学的艺术自律特征，重视“道”对“器”的指导，观念论、技术论与价值论浑然不分，推崇“道”与“器”的互相鼓荡生发新知的方法论。因而不将精神与具象割裂开来看待，而是认为有与无、本与末、一与多等涉及精神本体与具体事物的范畴是对立的统一。“形而上者谓之道，形而下者谓之器”，道是形而上的精神价值，而形而下者则指具体运用，技术的层面被视为器用范畴，道与器的体用关系十分明了。在中国古代文论中，“立象以尽意”、“窥意象而运斤”等有形的范畴、观念，都是建构在道器体用论基础之上的。有学者认为，中国古代文论就其精神价值的特点与属性，更接近于哲学文论而不是文学文论。文学文论是其表层的形而下之器、技，而哲学文论才是其深层的灵、奥、道。对“温柔敦厚”的价值美和“虚实相生”的意境美的共同追求，其路径是一致的，即从心物关联中用主体符合中和之美礼乐之道的情感涵融外在的景象，使“象”变成“意境”、“境界”而具有无限的审美蕴涵。

传统文论的话语形态

传统文论话语的外在形态是文论历史上数量巨大的诗话、词话。中国古代文化建立在古人对世界的特殊感受方式之上，古人的精神活动特点是体验而非思辨，这与中国人将精神泛自然化的观念是一致的。人们多用“诗性智慧”的概念说明中国古人融合物我、主客的体验方式和“天人合一”的思维方式，这种方式本质上是审美的，而非思辨的。因此，中国文论发展出了以可以直观体验的“意象”为起点的理论体系，它完全区别于以“概念”为起点的逻辑体系。西方以“概念”为起点的逻辑体系，在西方哲学中则属认识论的演绎层次，西方文论因而是按从审美到艺术再到文学的演化样式逻辑地成型和展开，牟宗三总结为“由下往上透”的过程。中国文化则是“由上往下贯”的过程。“往下贯”是“道德主体”的实践理性精神，“往上透”是“知性主体”的认识论展开。这就是中国诗学为何与西方诗学完全不同的根本原因。因此中国没有西方化的、逻辑化的诗学、美学体系，却有丰富而浩瀚的诗话、词话、文论、画论等各种具体的文学批评文本的存在，即中国传统文论研究的指向重在对形而下的具体作品的批评和研究。

在中国传统文论中，诗话、词话是其主要内容，有着极其重要的地位。张葆全在《历代诗话选注》中说：“诗话是一种漫话诗坛轶事，品评诗人诗作，谈论诗歌作法，探讨诗歌源流的随笔，是宋元以来我国文学批评的主要样式。”① 中国古代诗歌理论最突出的特色，在于并不刻意追求完整、系统、全面而深入的论述，而大多采取断想式、灵感式的“类语录体”结构，形成“诗话”这种独特的体裁方式。中国“诗话”更注重审美鉴赏的精细入微，更突出主体的体验与感悟，虽然缺乏系统的逻辑思辨，但它独有的自由活泼的形式，正贴合文学的审美特

---

① 张葆全：《历代诗话选注》，陕西人民出版社 1984 年版，第 2 页。

质，使其在诗歌鉴赏与批评领域中形成了自身鲜明的特点。

诗话、词话形态的传统文论不是逻辑性理论的呆板直陈，其意义常常在与外在逻辑联系的“断裂”之处飞跃性地呈现，呈现为诗意之形上境界的贯通，要求读者充分调动其生命体验“参悟”发现。中国传统文论其实就是在这种个人化的言谈和体悟中完成它由“上至下”的、道德化的、实践的精神。历代文论中各种关于文、关于诗的论说、观点仿佛总是在一个平面上黏连、会聚，各种观点之间常常无逻辑的递归关系，而是以类似的方式聚散成形，此处我们不妨将之归纳为携旧发新，主流贯通，即遵循原道、宗经、征圣的治学方式而形成的特殊知识生产方式。形上之域与具体的经验知识之间常常没有明确的过渡性、推论性，因而呈现为观点的突显和跳跃，中国文论思路演进的自由和顿悟鲜明体现于这些特征之中。因此，中国文论的言说、表述方式也近于诗，以诗论诗的诗话、词话就显得非常自然贴切。

传统文论的内在话语形态则是对话。对话体的文论包含着独特的文论思想。孔子生活的时代是口传文化与书面文化的交汇时期，孔子深刻地认识到口传文化的精髓，并且身体力行。孔子“循循善诱”的教育方式与“述而不作”的解读经典方式，早就建立起中国文人的文化解读和交流方式，即“以尊经为尚、读经为本、解经为事、依经立义”的弥漫着浓郁的复古主义气息的解读模式和意义建构方式，并由此产生了“微言大义”、“诗无达诂”、“婉言谲谏”、“比兴互陈”等话语表述方式，对中华数千年文化及文论产生了巨大的、决定性的和极为深远的影响。[①]

口传文学和文论是面对面的话语交流，有很强的现场感与亲切感，是一般的平面的文本叙述所不具备的。作者或言者与听者往往处于平等的关系中，具有“对话”性质。相对于文字文学而言，具有对话性质的口传文学更重视文艺的审美效果，创作者、表演者十分重视听者、观者、接受者在聆听、观赏时候的反响，看重作品所产生的现实效果和价值。这种文学传播方式便于彰显审美人生，营造精神境界，在方法上则直观形象、富有当下情趣。早期的文本生产，大多受到国家意识形态的严格制约，接受者没有可供选择的其他话语，因此唯一的话语被认为是普遍的具有真理性的话语，话语权力和权威由是而生，话语倾向于复制、独白。中国传统文化所谓“依经立义”、“尊经征圣”正是文字、话语权威化的表现。但口传文学不离形象与感性色彩，使人在接受时有丰富的感受与开放的阐释性，在文字霸权时代部分地远离了国家阶级意识形态，更具民间性的、人性的、审美的性质。

美国杜克大学心理学系教授大卫·鲁宾指出，口头传统的记忆是一种在语言行动中的记忆：“关于一首歌的内容的问题只能在唱出这首歌之后才得以解答！”[②] 现代传播学大师麦克卢汉

---

① 曹顺庆：《中外比较文论史·上古时期》，山东教育出版社1998年版，第455页。

② Rubin，David C.，*Memory in Oral Traditions.* Oxford University Press，1995，p. 192.

说，如果“学”是口传性质的，那么“教”就更是如此了。①这意味着口头传统中的知识贮备需要演唱、表演过程所提供的连续暗示，也就是对对话交流、记忆力、举一反三的领悟力的看重。在对口传文化这些特征的发现上，我们才能够更深刻的领会孔子为什么要强调“温故而知新”、“告诸往而知来者”，也才能理解子贡对颜回的自叹弗如：

> 子谓子贡曰：“女与回也孰愈？”对曰：“赐也何敢望回？回也闻一以知十，赐也问一以知二。”子曰：“弗如也！吾与女弗如也。”（《论语·公冶长》）

传说孔子自己学艺，也善于与老师对话与切磋，从而得以提高。《史记·孔子世家》记录了这么一段故事：

> 孔子学鼓琴师襄子，十日不进。师襄子曰：“可以益矣。”孔子曰：“丘已习其曲矣，未得其数也。”有间，曰：“已习其数，可以益矣。”孔子曰：“丘未得其志也。”有间，曰：“已习其志，可以益矣。”孔子曰：“丘未得其为人也。”有间，有所穆然深思焉，有所怡然高望而远志焉。曰：“丘得其为人，黯然而黑，几然而长，眼如望羊，如王四国，非文王其谁能为此也！”师襄子辟席再拜，曰：“师

---

① Eric Mcluhan and Frank Zingrone, eds., *Essential Mcluhan*. Toronto: Anansi Press, 1995, p. 306.

盖云文王操也。”

孔子学习鼓琴，开始不得其进，后来通过与老师的对话与交流，在老师的启示下，进入到体验的境界，终于使琴艺大进，从而对于音乐有了深刻的理解与体会。孔子与弟子论《诗》，也首先是从感兴的方式出发，启发学生，让学生通过自己体验、欣赏的方式来举一反三，也就是所谓“引譬连类”，从而从对个别作品的鉴赏升华到对含有普遍性的宇宙人生哲理的把握。

> 子夏问曰：“‘巧笑倩兮，美目盼兮，素以为绚兮。’何谓也？”子曰：“绘事后素。”曰：“礼后乎？”子曰：“起予者商也！始可与言诗已矣。”

孔子与子夏讨论的是诗经中一段描写美女的诗句，子夏的感悟经过孔子的再点拨，终于有了新的感受与联想，上升到礼义修养的层面上。

在对话中，不同场景对不同人的激发，会引发双方内心的隐秘情结，这些隐秘的东西没有对话带来的激发很难自我发现。因此孔子虽为老师，却强调“教学相长”，他的这个观念绝不是一种谦虚，而是有自己深切的体会。《论语·先进》中，子路、曾皙、冉有、公西华侍坐。孔子分别询问他们每一个人的理想，在最后听到曾点的理想后喟然叹曰：“吾与点也！”如果没有不同性格的学生的言语的现场激发，孔子内心深处的这种艺术化人生的理想也许就永远被其教化论遮蔽了，我们也就不太容易发现孔子形象的丰富性，孔子内心世界的艺术性。

孔子《论语》包含的推崇对话的思想学说，重视与对象的沟通、互相兴发，部分消除了崇经尊圣文化特征带来的绝对权威，奠定了中国思想文化的世俗性，使中国文论具有神圣性与世俗性的双重特点，排除了宗教精神对于中国传统文化的统治。因为任何宗教都有一个基本出发点，即依据信仰来建构。精神信仰由一些绝对性的律令与教条构成，它是神圣不可逾越的，由此而造成它的原教旨，往往杜绝对话与沟通，崇拜绝对真理而忽略当下性。孔子的思想虽然也带有精神信仰的色彩，如他强调“志士仁人，无求生以害仁，有杀身以成仁”，但是更注重其现实品格与实用性的一面，孔子所倡导的“己所不欲，勿施于人”的恕道与中庸之道，更是奠定了中国古代思想文化重视对话的人性基础与现实品格。

四、关于当代中国文论的重建问题

现在该谈论关于当代中国文论重建的话题。全球化时代的中国文论，处在一种矛盾的焦虑之中。第一，中国社会的现代转型有近百年之历程，而中国传统文论却生成于前现代社会，社会文化背景、知识形态都存在巨大的差异性甚至不可通约性。第二，中国社会的现代化进程尚处于初期，虽然西方知识已经一股脑涌入进来，但社会政治权力对中国文学的影响仍然异常巨大，中国文论的自主性的知识状态尚未成熟，这和西方文论知识的自律性尚有较大距离。第三，全盘移植西方文论不能解决中国文学的内在问题，完全因袭中国传统文论更不能说明中国文学的当下性。中国传统的文化资源面临纷纭复杂的文化情境，如何促使其有效地转化，中国当代文论建设应该选择什么样的立足点，便成为文论界普遍关注的问题。

20世纪以来中国文论存在的诸多困惑，从文论内部剖析可归纳为两大问题。一是无根化的横向移植。中国文论界在接受、吸纳西方文论思想时，完全忽略了本民族的文化土壤，也完全忽略了西方文论的社会文化根基。目前中国文学界及文论界活跃的知识生产者是18、19世纪欧美文化与文学，准确地说是其中译本所"喂养"而成的。"它不仅是当代中国文学极为重要、然而始终隐形的文化资源，而且它事实上构造了出生于20世纪50年代前后的当代作家的知识谱系与写作规范。因此，整个80年代文学与文化，始终萦回在不断告别、又无法告别的'19世纪'的话语结构之中，而90年代，在后现代的声浪中，尽管它突然被时尚中人弃若敝屣，却依然是横亘于写作者与'现实'间的巨大的文化'幽灵'。"[①]也就是说，当前的文论研究从话语生产者的角度看，存在缺少中国文化根基，并固守18、19世纪的欧美文化的倾向。这种实际上脱离了任何一种现实情境的知识话语，即便是强行拼贴某个现实问题，也似乎说出了一些东西，仍终究是"隔"了。这当是特殊时代特殊文化氛围造成的先天不足。因此，四大名著之类所谓文学史的事实，其实是今天西化的文学理论对文学史的一种建构。西方近世文学观把小说、戏剧看成是具有统治地位的文类，把文学价值与对社会主

① 戴锦华：《智者戏谑——阅读王小波》，《中国现代当代文学研究》1998年第5期。

流话语的某种反叛联系在一起，这种文学观使得我们很少能够尽量还原这些作品当时的创作动机、读者接受、社会影响，不能从历史上主流文学观的视角来观照。也就是说，我们用今天的文学观将这些作品经典化的同时也将其非历史化了，这是否犯了知识社会学“语境抽离”之忌？如此建构的文学观可能制造了许多误读。比如，由于《西厢记》、《西游记》、《水浒传》、《红楼梦》等当时属于离经叛道的异端文学在当代被经典化，当代人往往会以这些文学的标准去解读当时载道言志的正统文学，很可能夸大儒家文化的弊端，夸大道家佛家文化对儒家文化的批判性，而忽略其更为内在的同为上层文化的同谋性，忽略儒家文化对中国文明悠久历史形成的重大作用。我们对陶渊明、李白、王维、苏轼等的推重与此有关；对儒家人格的诗人如杜甫的推重也是强调其批判现实，这常常让我们忘记了这些诗人在艺术上的更大成就。

另外，缺少创新的机械式照搬，也是20世纪以来中国文论存在的一大问题，即把西方文论引入后不能结合中国文学的实际情况予以生发性的活化使用，而是直接套用，生硬理解，不能做到像庞德那样对中国文论“意象”的吸纳然后创造出西方化的意象派诗歌。20世纪末以来，中国文论界终于发现了无根化横向移植造成的恶果，发现了全盘西化阐释中国文学现象时屡屡闹出笑话，由此恍然大悟发现了中国文论已经“失语”多时。西方文学理论（包括俄苏）输入我国后最常见的有两个用途，一是“阐发”，即用西方的文论来阐释中国的作品和文学现象。这种阐发带来了许多意想不到的乐趣，但无视中西文化的巨大差异，简单地以西释中，也很容易造成误解误释。台大外文系学者颜元叔在《西方文论批评》中用现代西方文论来阐发中国古代文学，叶嘉莹教授就其中用精神分析理论来解释唐诗的做法提出了异议：按照弗洛伊德的理论，蜡烛这样的长形物体是男性生殖器官的隐喻，那李商隐的名句“春蚕到死丝方尽，蜡炬成灰泪始干”该如何解释？黄维梁又进一步提出，若上面的解释可以成立，那另一句名诗“何当共剪西窗烛，却话巴山夜雨时”又该做何解？所以，“忽视了文化差异的生搬硬套，难免会错漏百出甚至成为笑谈。”[①] 二是“比较”，即中西文论比较研究。这种研究最表相的多是以西方的某种文论逻辑重新切割和阐释中国古代文论，如刘若愚著《中国的文学理论》就是以美国文论家艾布拉姆斯的文学四要素理论来生硬砍削中国文论，在有一点点新发现的同时，更是买椟还珠，把最宝贵最本质最重要的东西丢掉了。这种以西释中的研究并不止于表相的比较研究，甚至影响到对中国整个传统文论资源价值的评价取舍，这似乎更为关键。如《文心雕龙》成为显学正是由于其符合西方重体系的学术传统，而将数量远为巨大的诗话、词话等更贴合中国文学史、具有中国特色的传统文论旁置。再如中国古代对文艺本质的探索，我们往往以西方文论为标准，寻找中国文论中类似于“模仿说”和“表现说”的命题，然后各归其类。还有将李白归到浪漫主义，杜甫归到现实主义等。而实际情况是，绝大多数中国古代文论，并没有西方倾向于物我对峙、

① 曹顺庆：《中国文论话语》，《世界文学评论》2007 年第 1 期。

两极化的这两种理论，而是再现与抒情相结合，心物交融，物我合一，“外师造化，中得心源”。然而这样的问题比比皆是，充斥在各种文学史和文论著作中，误导着不计其数的学生和读者。

众所周知，经济强势必然带来文化扩张，对西方文化的学习是必然的。但是，正如厄尔·迈纳在《比较诗学：文学理论的跨文化研究随笔》一书中指出的，非西方批评家认为西方的标准具有普遍性，表达了他们所渴望的现代性，因此，他们用西方标准来论证他们自身文化的文学实践，实际上所有这些努力都建立在一种不稳定的前提之上。事实也正如此，资本主义发展到当代出现了很多问题，中国等第三世界文化被作为解决其现代性危机的一种文化资源而首先被西方重视起来。现在我们基本上是跟随西方来重视自身文化，这样的重视便缺少足够的内驱力，因而显得被动、盲目。同时，20 世纪 90 年代后，现代化发展的弊端在我国也逐渐暴露出来，“现代性反思”在迅速成为我国人文社会学界的重大话题。由于现代性与西方的密切关联，“现代性反思”在某种意义上就是对西方文化的反思，对多元文化的寻找。在这样的背景下，中国文学理论重新审视自身的价值和独特个性就成为一种内在的必然。

假如说中国古代文论尚以其鲜明的特点、有效的阐释力自立于世界文论之林，那么中国当代有自己的文学理论吗？传统文论还有生命力吗？“选择传统”理论认为，“这一时期文化的残存物不是受这个时期本身所支配，而是受逐渐构成一个传统的新时期所支配。……在理论上，一个时期被记录下来；在实践上，这个记录融入了一个有选择的传统之中；两者都不同于以前的活生生的文化。”这种选择传统使得“在理论上以及在实践的有限范围内，这些在形式上关系到保持传统生命力的制度（尤其是教育和学术制度）是致力于总体传统的，而非致力于根据当代的利益而作出的某种选择。”[①] 那么，我们可以断言中国文学理论是能够继续存在的，真正的问题是如何发现能够活下来的“选择的传统”，这个“传统”便是中国文学理论知识形态中最具规定性和生命力的价值存在，它构成中国文学理论之所以是中国的内在根据。

中国传统文论中最有生命力的东西是什么？若探究西方文论生机勃勃的缘由，除了经济强势等外在因素外，其中最重要的也恰恰被我们所忽视的一点是，西方文论具有从切实的现实问题中生成其理论的内在品质。实际上在对文本、创作的重视上，西方当代文论与中国古代文论拥有共同的活力源泉。中国传统文论中大量的诗话、词话正是针对具体作品、具体创作而生发的最贴近读者体验、也最具有现实品格的文论话语，“诗无达诂”指的就是不同读者因不同体验而对文本做出的不同理解。但时至今日，中国当代文论仍沉迷于繁衍庞大的西方概念体系与抽象的理论原理中，方法论的游戏愈演愈烈，阐释与解决中国现实问题、分析驾驭文学作品的能力却普遍降低，日益丧失了现实性品格和人文精神。在对具体文本进行分析时，也少见

---

① 〔法〕雷蒙·威廉斯：《悠久的传统》，转引自〔英〕拉曼·塞尔登编，刘象愚等译：《文学批评理论：从柏拉图到现在》，北京大学出版社 2003 年版，第 418—419 页。

继承中国传统文论从人生出发、重视生命体验的民族性，而是效仿西方文论的科学分析精神充当解剖作品的手术刀。就像西方医学的各种仪器无法测出中医轻而易举就能摸到的人体穴位一样，中国传统文论自有其优长。例如《论语·子罕》中孔子与弟子讨论《诗经》中的一段诗句："唐棣之华，偏其反而。岂不尔思？室是远而。"这句话的意思是，并不是不想远方的人，而是因为路途太远，但孔子的理解却是："未之思也，夫何远之有？"意思是因为没有思念，所以才感到太遥远。这样的理解多么生动真切又富于启迪！

中国文学理论只能在现实的文化场域中找出自己的道路来。童庆炳认为，中国文学理论的现代转型有四个维度：文学观念的转变，文体观念的转变，批判意识的勃兴，文论话语转型。[①]在这四个维度中，文学观念、文体观念、批判意识都可以商榷究竟如何有选择地转变，但文论话语转型实为真知灼见。如上文所论，当代中国文论重建的方向是现代民族性。民族性要求的是当代文论的中国精神特质、文化品格，阐释中国文学作品时的贴切精到，传达中国文学美感时的"不隔"、令人心领神会的惬意，鉴赏西方文学作品时"他者"的眼光带来的新奇以及对审美经验的提升和对心灵的丰富。如果文学观念、文体观念、批判意识等都现代转型，民族性应该从何体现呢？即便希望像盐溶于水一样地将民族性化进当代文论中，也需要有意识地、科学地分析出传统文论的"民族性"是什么，现在能够活下来

---

① 童庆炳：《二十世纪中国文论经典·序言》，北京师范大学出版社2004年版。

的“民族性”又是什么。借用内容形式二分法，我们看到，在话语、文体等形式上寻找、保持传统文论的民族性显然已经不可能，按照中国器与道的关系理论，也不需要刻意保留文体形式等，那么只有在道、在内容中寻找有生命力的民族性。这样“现代民族性”中的“现代”要求只有先交给话语形态了。当然，有生命力的民族性也不是一个僵化的存在，而是不断汇入新质的、不断发展的、历史的民族性，它也可以现代化，只是目前我们的当务之急还是应该从简易处入手。

建设现代文论话语形态要做的第一步工作是，用现代汉语清理传统文论的概念和范畴；第二步是在以现代眼光重新审视、清理传统文论概念范畴时，对能够部分地阐释当代问题的术语进行发挥，并有意识建立与此相关的新的术语；第三步是运用我们的传统文论和新发展的文论阐释作品，并在对新作品的阐释中再生发出新质，再用生发了新质的文论去解决文学问题。这三步走是不能截然划分阶段的，清理传统文论时，以什么样的学术视野清理，很可能就意味着能否有所发现和发挥，使旧貌换新颜。女权主义和黑人理论家在建设他们的话语时，也是以术语建设为突破口的。黑人理论家小亨利·路易斯·盖茨明确提出了用黑人习语建立黑人文学理论的奋斗目标。他说：“我们以谁的声音讲话？难道我们只是重新命名从白人那一方接受过来的术语吗？……作为批评家的我们也必须求助于我们自己思想和感情的特殊黑人结构以发展我们自己的批评语言。我们必须通过黑人土语——当没有白人在场时，我们相互间讲的语言——来做到这一点。我的中心论点是：黑人用黑人土语使他们的艺术和生活理论化。除非我们求助于土语，以使我们的阅读理论和模式具有坚实的基础，否则我们必将淹没在内拉·拉森的流沙中……”①

建设中国文论的现代话语形态这一工作早在20世纪初就已经开始，梁启超、王国维、鲁迅等都是开路先锋。童庆炳主编的《二十世纪中国文论经典》中收入了众多现代文论家的精辟论断，是20世纪中国文论家用现代话语形态表达文论思想的一份浓缩的成果。但由于历史的原因，建设中国文论现代话语形态的自觉性仍显不足，许多研究仍然是对俄苏的、西方的文论观念术语的应用，很少有人依赖中国古代文论推衍出有影响的新理论。但是这其中以王国维为代表的部分文论家，真正发挥了中国传统文论的某些概念或命题，并提出与此相关的新概念新命题，使中国现代形态的文论园地不至于荒芜一片。如王国维借鉴叔本华哲学美学，发挥中国传统文论的理论内涵和表述方式，提出“境界”说，使“境界”说成为成熟的现代理论形态。王国维的理论创化实践应该引起当代文论学者的深思。当代文论界可谓任重而道远。

① 〔英〕拉尔夫·科恩主编：《文学理论的未来》，中国社会科学出版社1993年版，第230页。

结 语

在较为全面地思考和研究了全球化时代文学理论应有的价值取向，和为实现这一价值取向，文学理论家必须科学地借鉴、选择与重构其理论路径之后，我们理应有一个清晰的结语。特别是，全球经济危机的蔓延，“重新思考全球化”成为国际理论界的一个重大课题，我们的“结语”就不能只考虑自己论证的内在逻辑的需求，还应从“人类面临的最危险的不足”——“在全球范围内开展有效的共同行动的需要与国际社会满足这一需要的能力之间的差距”①——这样的角度作出属于精神境界层面上的回应。因此，这个“结语”不是要为文学理论的发展做出某种强性规范，而是要激励一种新的治学精神，以便我们在今后的文学理论研究中始终保持一种发展、创新的意向。

新的治学精神旨在发展“人的文学”②，其核心理念是“以

① 〔美〕莫伊塞斯·纳伊姆：《重新思考全球化》，美国《外交政策》双月刊3—4月号，《参考消息》2009年3月14日。

② “人的文学”是“五四”新文化运动中提出的一个口号，今天我们沿用它，是为了在全球化语境下更好地继承健康的“五四”新文化精神，而不是简单地搬用旧口号。“人的文学”是对“人民的文学”在精神上的集中和凝练，它期望文学能真正走进人的心灵。

人为本”。中国是一个非常推崇政治权威的国家，要讲“以人为本”就必须先从国家权力运作的根本目的来认识。在我们看来，政治上的“以人为本”，就是要实现人的富有、幸福、进步和社会的和谐发展。一个不容否认的事实是，“以人为本”与“执政为民”的完美结合，具有强大的潜在力量，它召唤着人们据此来重新认识国家权力机构存在的价值和意义。执政者应是人民的公仆，其执政地位也只是做好公仆的一种特定的、国家上层权力结构的一个关键的负责角色，它绝无高于、大于或优于人民的地方，而且，其真正“为民”的状态如何，在健全的法制社会，还应由有法律程序保障的人民来评说。这是一个具有现代意义的、关于历史的认识论原则，它的价值就在于，改变以往以执政者的视觉为社会的视觉这一传统习惯，激活的是实际的，不是话语中的，人民当家做主的社会意识。中国的学人（包括文学理论家）摆脱“附属”后的自主、自觉精神，之所以会稳步高扬，就是由于有这一认识论原则所激发的社会整体精神境界的提高，并为其构成新的发展语境的结果。从文学人的实践看，“以人为本”就需要文学人继续高扬自主、自觉的精神，并将其转化为踏实认真的“人的文学”的实践。当年鲁迅和许寿裳在弘文学院思考过的“大问题”：“一、怎样才是最理想的人性？二、中国国民性中最缺乏的是什么？三、它的病根何在？”[①] 从文学人对当代人的本真生命的体察和对其文学性表达的经典性来看，都没有过时，它依然是“人的文学”不能忽视的大问题。

① 许寿裳：《亡友鲁迅印象记》，人民文学出版社1977年版，第19页。

新的治学精神要求文学理论家的高度自觉。首先，自觉地对历史、现在和未来负责。这是要明确地与维护党派狭隘政治利益的文学理论划清界限。在一个时期里，“从属于政治”的文学及其理论，面对重大历史题材，是必须严格地站在党性和党的政策的立场上写作和评价的。在这种情况下，历史不再是客观的存在，而是人们手中的面团，可以根据政治的需要，任其随意捏弄。呈现在不少文学作品和文学评论中的，是真相被掩盖，事实遭歪曲，人物的品格、命运任涂改的“历史”。“人的文学”与其理论要直面历史的本真，为了让真相大白于天下，还人民一个公正的说法，敢于挑战这种颠倒真、善、美，混淆假、丑、恶的“文学”及其“文学评论”。其次，自觉地对文学负责。文学是具有自己的生命力的，“男女有所怨恨，相从而歌。饥者歌其食，劳者歌其事。”[①] 文学的天性就是反虚假的、反矫情的，在文学领域里，凡是逆人性而动的，凡是不尊重文学性的写作，都是对文学不负责任的，终究要为时代所淘汰。“人的文学”理论要对文学的生命和命运负责，它决不玷污文学的真实性。面对人性的美好展示和人性受戕害、人权被剥夺的事件，出自真诚地赞美和批判，伴随着对其表达的文学性的有益探索，便是其最基本的原则。最后，自觉地对自身的价值负责。文学理论的价值在于其对人的文学生存的审美评价和说明所具有的普遍性。组成共同体的人群，其意义世界往往具有某种相应的同质性。强调文学服务性

---

① 何休：《春秋公羊传宣公十五年解诂》，《春秋公羊传注疏》，卷十六，四库备要本。

的文学理论走向极端，就只承认同质性，不承认差异性，甚至把同质性缩小到具体的政策或领袖的某些言论，于是，个体文学人的最高信仰就是把一切献给它，重要的不是对人的文学生存负责，而是对政策和领袖负责。这样的文学理论的政治宣传性压制甚至否定自身的学科性，常是伴随着时代的发展而成为被冷落或遗忘的对象。"人的文学"理论在尊重共同体存在的价值和意义的同时，强调人的文学生存的个体意义，强调文学人自己意义世界的地位和作用的重要性，强调文学活动中主体的文学比较、文学选择所应承担的历史责任，认为能够勇于对自己意义世界负责的文学人才是真正可信赖的。实践已经证明，在人的文学生存中，越是认真关注和研究个体文学人的创造和创新，文学理论的学理越有可能具有相应的普遍性。

新的治学精神要求文学理论家的学术生存能够进入一种从容状态。"人的文学"理论应是从容的研究成果。从容，是深谙文学和学术规律的学者从事其学理研究和思考的基本心态，也是其信念坚定的一种表现。"人的文学"理论不急功近利，它希望研究主体具有健康的学术生命。在文学理论的研究和创造中立志追求自己独到的理论发现者，其学术行为是从容的。他懂得，从容了，就易于细致观察和思考，就有可能超越"一般"的束缚，于变化万千的历史或现实的文学现象之中，发现有价值的"特殊"，并在体察、品味、探究"特殊"的过程中，独具慧眼地捕捉到点燃自己心灵理论火花的东西。与听命于"他者"的那种"先挂起一个题目，做起文章来"，以便在规定的有效时间抛出，发挥其不同一般的“宣传、鼓吹、煽动”①作用的文学理论研究的区别，在于它始终不渝地坚守着这样的原则：作为有价值的研究成果，一定要有属于研究者的真知灼见。在文学理论研究和创造中立志追求其表达的普遍性者，其学术行为是从容的。追求理论表达的普遍性，这是极不易实现的奋斗目标。没有对中国的经验与传统文学理论资源的再发现，并在新的理论思维层面上将这种发现加以科学概括，则是不可想象的事。它需要研究主体在诸多方面，付出几乎是不间断的、极辛勤的劳动以及才能和智慧，而且没有终点。立志于此的学人，实际上就是把自己生命对象化于文学理论的创新之中，他们大都明白，不在从容的学术生命历程中积累、探索、精益求精，想接近这样的目标是不可能的。与这两种人精神上有所相通的，是能够在不同程度上超越世俗功利的学人，他们的学术行为往往也是从容的。他们相信，说到底，一个人的学术生命是由其学术成果的质量创造的、维护的、延长的，抱着狭隘的功利目的从事文学理论研究和创造的人，凭着某种非学术性力量的支持、炒作，或许会有机会得到某些“好处”，甚至某种“优势”，但其最终的归宿却是学术的弃儿。

新的治学精神要求文学理论家具有学术交往的品性和技能。没有交往就没有人的进步和发展，学术上的交往、对话，是学人的精神生活得以丰富和学术视野得以扩大的重要途径。在文学理论研究和创造领域中，人们的一个重要期待，就是与异质

① 鲁迅：《革命时代的文学》，《鲁迅全集》第3卷，人民文学出版社1963年版，第313页。

文化中的文学理论的交往和对话，这是“地域性的个人为世界历史性的、经验上普遍的个人所代替”的必然要求。而“人的文学”理论也正是要在多元的学术交往中求得自身的发展的。为了顺利进入学术交往领域，“人的文学”理论强调自身的时代、民族和文学性的特色（中国经验），因为事物的差异性与其优质的结合，是其进入人际精神交往的先决条件。20 世纪西方不少杰出的文学理论家都为自己创造了一个理论世界，人类不同文化圈中的学人，在从那里看到了、感受到了文学理论多元发展的可能性与必要性的同时，也深刻地意识到了新的学术主体间性务必在多元学术交往和对话中确立并发展。这是人类的学术研究迈上新的历史进程的需要，它向人类表明，真正能为人提供认知、感受和理解展示了人生和人性纷繁变异的复杂性、多样性的文学作品的文学理论和文学评论，其学术交往性最为有效。文学理论的学术交往和对话最大的忌讳是强加，它的一个基本的文明要求，就是创造互学、并进基础上的各自趋优发展的机遇。违背这一要求的、具有强加意味的作为，都不是在增强自身的可交往性，而是在强化其排他性。具有交往性的文学理论，大都具有人类意识，它需要文学人在面对“‘存在’与‘行动’之间的矛盾”时，能够“翱翔于地球之上”，“尽力将事物正确地恢复原状，尽力将过去与虚构、传统分开来。”① “人的文学”理论一定要努力增强自己的可交往性。

---

① 〔美〕契斯拉夫·米什沃：《获奖演说》，《20 世纪诺贝尔文学奖颁奖演说辞全编》，毛信德等译，百花文艺出版社 2001 年版，第 704、709、710 页，米什沃认为，“翱翔于地球之上”“是诗人职业的一种隐喻”。

新的治学精神是改革开放30年来中国的文学人告别“附属”，走向自主、自觉的一个显著特征，作为中国人整体精神进程向前推进的一个重要标志，已经显示出了其应有的力量。它还在不断发展、进步中。要看到其应有的前景，还有待文学人的不断奋进。“天行健，君子以自强不息”；“地势坤，君子以厚德载物”①。人们期待着，殷切地期待着。

① 《周易》，吴枫、宋一夫主编：《中华儒学通典》，南海出版公司1992年版，第4、5页。

参考文献

1.〔美〕布鲁斯·罗宾斯：《全球化中的知识左派》，中国社会科学出版社2001年版。

2.〔英〕阿兰·鲁格曼：《全球化的终结》，三联书店2001年版。

3.〔德〕赫尔穆特·施密特：《全球化与道德重建》，社会科学文献出版社2001年版。

4.〔德〕汉斯—彼得·马丁、哈拉尔特·舒曼：《全球化陷阱》，中央编译出版社1998年版。

5.〔美〕伊曼纽尔·沃勒斯坦：《全球化与现代性批判》，广西师范大学出版社2003年版。

6. 俞可平、黄卫平主编：《全球化的悖论》，中央编译出版社1998年版。

7. 俞可平主编：《全球化时代的"马克思主义"》，中央编译出版社1998年版。

8. 俞可平主编：《全球化时代的"社会主义"》，中央编译出版社1998年版。

9. 张世鹏、殷叙彝编译：《全球化时代的资本主义》，中央编译出版社 1998 年版。

10. 王宁编:《全球化与文化:西方与中国》,北京大学出版社 2002 年版。

11. 丰自义、杨学功:《马克思“世界历史”理论与全球化》,人民出版社 2002 年版。

12. 杨雪冬:《全球化:西方理论前沿》,社会科学文献出版社 2002 年版。

13.〔德〕黑格尔:《哲学历史演讲录》第一卷,商务印书馆 1997 年版。

14.〔德〕康德著、庞景仁译:《任何一种能够作为科学出现的未来形而上学导论》,商务印书馆 1982 年版。

15.〔德〕叔本华著,石冲白译:《作为意志和表象的世界》,商务印书馆 1982 年版。

16.〔美〕苏珊·朗格:《艺术问题》,中国社会科学出版社 1983 年版。

17.〔英〕霍布斯鲍姆:《极端的年代》(下),江苏人民出版社 1998 年版。

18.〔法〕阿芒·马特拉:《世界传播与文化霸权》,中央编译出版社 2001 年版。

19.〔英〕艾瑞克·霍布斯鲍姆、〔意〕安东尼奥·波立陶:《霍布斯鲍姆新千年访谈录》,新华出版社 2001 年版。

20.〔美〕詹明信:《晚期资本主义的文化逻辑》,三联书店 1997 年版。

21.〔英〕迈克尔·H. 莱斯诺夫:《二十世纪的政治哲学

家》，商务印书馆 2002 年版。

22. 〔荷〕C. A. 冯·皮尔森：《文化战略》，中国社会科学出版社 1992 年版。

23. 〔美〕爱德华·萨义德：《知识分子论》，三联书店 2002 年版。

24. 〔英〕汤因比：《历史研究》（上），上海人民出版社 1986 年版。

25. 〔美〕丹尼尔·贝尔：《意识形态的终结》，江苏人民出版社 2001 年版。

26. 〔美〕伊曼纽尔·沃勒斯坦：《现代世界体系》，高等教育出版社 1998 年版。

27. 〔美〕伊曼纽尔·沃勒斯坦：《自由主义的终结》，社会科学文献出版社 2002 年版。

28. 〔法〕雅克·德里达：《马克思的幽灵》，中国人民大学出版社 1999 年版。

29. 〔美〕罗伯特·戈尔曼：《"新马克思主义"传记词典》，重庆出版社 1990 年版。

30. 〔苏〕马雅可夫斯基：《列宁》，人民文学出版社 1958 年版。

31. 〔苏〕日丹诺夫：《论文学和艺术》，人民文学出版社 1962 年版。

32. 〔匈〕卢卡奇：《审美特性》（一），中国社会科学出版社 1986 年版。

33. 《卢卡奇文学论文集》（一），中国社会科学出版社

1980 年版。

34.〔美〕赫·马尔库塞:《现代美学析疑》，文化艺术出版社 1987 年版。

35.〔英〕特雷·伊格尔顿著，伍晓明译:《二十世纪西方文学理论》，北京大学出版社 2007 年版。

36.〔英〕拉曼·塞尔登等著，刘象愚译:《当代文学理论导读》，北京大学出版社 2006 年版。

37.〔英〕拉曼·塞尔登编，刘象愚等译:《文学批评理论：从柏拉图到现在》，北京大学出版社 2003 年版。

38.〔美〕理查德·沃林著，张国清译：《文化批评的观念》，商务印书馆 2000 年版。

39.〔法〕让—伊夫·塔迪埃著，史忠义译:《20 世纪的文学批评》，百花文艺出版社 1998 年版。

40.〔德〕马丁·海德格尔著，孙周兴译:《林中路·艺术作品的本源》，上海译文出版社 1993 年版。

41.〔英〕安纳·杰弗森、戴维·罗比等著，陈昭全等译:《西方现代文学理论概述与比较》，湖南文艺出版社 1986 年版。

42.〔法〕福柯著，谢强、马月译:《知识考古学》，生活·读书·新知三联书店 1998 年版。

43.〔美〕库恩著，纪树立等译:《必要的张力》，福建人民出版社 1981 年版。

44.〔德〕伽达默尔著，洪汉鼎等译:《真理与方法》，上海译文出版社 1999 年版。

45.〔法〕托多罗夫著，王东亮、王晨阳译：《批评的批评》，三联书店 1998 年版。

46.〔美〕P. K. 博克：《多元文化与社会进步》，辽宁人民出版社 1988 年版。

47.〔美〕弗雷德里克·詹姆逊：《文化转向》，中国社会科学出版社 2000 年版。

48.〔美〕弗雷德里克·詹姆逊：《后现代主义与文化理论》，陕西师范大学出版社 1986 年版。

49.〔美〕弗雷德里克·詹姆逊：《快感：文化与政治》，中国社会科学出版社 1998 年版。

50.〔英〕戴维·钱尼著，戴从容译：《文化转向：当代文化史概览》，江苏人民出版社 2004 年版。

51.〔美〕大卫·莱昂：《后现代性》，吉林人民出版社 2004 年版。

52.〔法〕波德里亚著，刘成富译：《消费社会》，南京大学出版社 2000 年版。

53.〔英〕威廉姆·奥斯维特著，沈亚生译：《哈贝马斯》，黑龙江人民出版社 1999 年版。

54.〔德〕于尔根·哈贝马斯著，曹卫东等译：《现代性的哲学话语》，译林出版社 2004 年版。

55.〔英〕拉夫尔·科恩主编：《文学理论的未来》，中国社会科学出版社 1993 年版。

56.〔美〕马尔库斯、费彻尔著，王铭铭、蓝达居译：《作为文化批评的人类学：一个人文学科的实验时代》，三联书店 1998 年版。

57. 〔美〕成中英著：《本体与阐释》，三联书店 2000 年版。

58. 〔美〕大卫·雷·格里芬编，王成兵译：《后现代精神》，中央编译出版社 1998 年版。

59. 〔美〕大卫·雷·格里芬编，鲍世斌等译：《超越解构：建设性后现代哲学的奠基者》，中央编译出版社 2002 年版。

60. 〔德〕伽达默尔著、夏镇平、宋建平译：《哲学解释学》，上海译文出版社 1994 年版。

61. 《马克思恩格斯全集》第 1 卷，人民出版社 1956 年版。

62. 《马克思恩格斯全集》第 3 卷，人民出版社 1960 年版。

63. 《马克思恩格斯全集》第 26 卷，人民出版社 1972 年版。

64. 《马克思恩格斯全集》第 42 卷，人民出版社 1979 年版。

65. 《马克思恩格斯全集》第 40 卷，人民出版社 1982 年版。

66. 《马克思恩格斯选集》第 1 卷、第 3 卷、第 4 卷，人民出版社 1995 年版。

67. 《马克思恩格斯论艺术》（二），人民文学出版社 1963 年版。

68. 《马克思恩格斯论艺术》（四），人民文学出版社 1966 年版。

69. 《马克思主义经典作家论历史科学》，人民出版社 1964 年版。

70. 苏联科学院哲学研究所、艺术史研究所：《马克思列宁主义美学原理》下册，三联书店 1962 年版。

71. 《列宁论文学与艺术》（二），人民文学出版社 1960 年版。

72. 《列宁选集》第 1 卷，人民出版社 1995 年版。

73. 《毛泽东选集》，人民出版社 1966 年版。

74. 《毛泽东论文艺》，人民文学出版社 1983 年版。

75. 《邓小平文选》第 2 卷，人民出版社 1983 年版。

76. 《邓小平文选》第 3 卷，人民出版社 1993 年版。

77. 《吕氏春秋·仲春纪·贵生》，中华书局 1954 年版。

78. 《春秋公羊传注疏》卷十六，四库备要本。

79. 《论语·里仁》、《论语·阳货》、《论语·泰伯》。

80. 《孟子·尽心下》。

81. 《荀子·荣辱》。

82. 《汉书·礼乐志》。

83. 董仲舒：《春秋繁露·循天之道》，上海古籍出版社 1986 年版。

84. 刘安：《淮南子·齐俗训》。

85. 嵇康：《声无哀乐论》，中华书局 1980 年版。

86. 白居易：《与元九书》、《伤唐衢二首·其二》。

87. 魏源：《海国图志》。

88. 《盐铁论·利议》。

89. 朱熹：《四书集注》。

90. 李渔《闲情偶寄》。

91. 《唐宋八大家文钞》，《东坡文钞》（上），高海夫主编，三秦出版社 1998 年版。

92.《鲁迅全集》，人民文学出版社 1963 年版。

93.《鲁迅全集》第 8 卷，人民文学出版社 1981 年版。

94. 冯友兰:《中国哲学史》，人民出版社 1964 年版。

95.《闻一多全集》，生活·读书·新知三联书店 1982 年版。

96. 钱锺书:《七缀集》，生活·读书·新知三联书店 2002 年版。

97. 钱锺书:《谈艺录》，中华书局 1984 年版。

98. 李泽厚:《论语今读》，安徽文艺出版社 1998 年版。

99. 陈学明、马拥军:《走近马克思》，东方出版社 2002 年版。

100. 陈立旭:《都市文化与都市精神》，东南大学出版社 2002 年版。

101. 胡经之:《文艺美学》，北京大学出版社 1989 年版。

102. 赵毅衡:《礼教下延之后中国文化批判诸问题》，上海文艺出版社 2001 年版。

103. 马驰:《"新马克思主义"文论》，山东教育出版社 1998 年版。

104. 孟登迎:《意识形态与主体建构》，中国社会科学出版社 2002 年版。

105. 王岳川:《后现代主义文化研究》，北京大学出版社 1992 年版。

106. 汪正龙:《西方形式美学问题研究》，黑龙江人民出版社 2007 年版。

107. 李春青:《在审美与意识形态之间——中国当代文学理论研究反思》,北京大学出版社 2006 年版。

108. 汪行福:《走出时代的困境——哈贝马斯对现代性的反思》,上海社会科学院出版社 2000 年版。

109. 王岳川:《发现东方——西方中心主义走向终结和中国形象的文化重建》,北京图书馆出版社 2003 年版。

110. 钱中文:《新理性精神文学论》,华中师范大学出版社 2000 年版。

111. 俞宣孟:《本体论研究》,上海人民出版社 2005 年版。

112. 王岳川:《本体反思与文化批评》,辽宁人民出版社 2001 年版。

113. 杜书瀛:《艺术的哲学思考》,辽宁人民出版社 2001 年版。

114. 刘小枫:《现代性社会理论绪论》,三联书店 1998 年版。

115. 陈旭麓:《近代中国社会的新陈代谢》,上海人民出版社 1992 年版。

116. 陶东风:《社会理论视野中的文学与文化》,暨南大学出版社 2002 年版。

117. 曹顺庆:《跨文化比较诗学论稿》,广西师范大学出版社 2004 年版。

118. 徐复观:《中国艺术精神》,广西师范大学出版社 2007 年版。

119. 许寿裳：《亡友鲁迅印象记》，人民文学出版社 1977 年版。

120.《苏联文学艺术问题》，人民文学出版社 1959 年版。

121.《苏联人民的文学》上册，人民文学出版社 1955 年版。

122. 中国社科院文学研究所编：《中国文学史》，人民文学出版社 1979 年版。

123. 袁行霈：《中国文学史》，高等教育出版社 1999 年版。

124. 陶东风主编：《文学理论基本问题》，北京大学出版社 2006 年版。

125. 谭好哲、马龙潜主编：《文艺学前沿理论综述》，山东大学出版社 2001 年版。

126. 畅广元主编、李西建副主编：《文学文化学》，辽宁人民出版社 2000 年版。

127. 曹顺庆：《中外比较文论史·上古时期》，山东教育出版社 1998 年版。

128. 蒋述卓主编：《文化诗学：理论与实践》，人民文学出版社 2005 年版。

129. 中国社会科学院文学研究所文艺理论研究室编译小组：《现代外国文艺理论译丛：美国作家论文学》，三联书店 1984 年版。

130. 王逢振主编：《詹姆逊文集》，中国人民大学出版社 2004 年版。

131. 何兆武、柳卸林主编：《中国印象——世界名人论中国文化》，广西师范大学出版社 2001 年版。

132. 刘小枫主编：《人类困境中的审美精神——诗人、哲人论美文选》，东方出版中心 1996 年版。

133. 王岳川、尚水主编：《后现代主义文化与美学》，北京大学出版社 1992 年版。

134. 尹继佐主编：《文化发展与国际大都市建设》，上海社会科学院出版社 2002 年版。

135. 陈越主编：《哲学与政治——阿尔都塞读本》，吉林人民出版社 2003 年版。

136. 吴枫、宋一夫主编：《中华儒学通典》，南海出版公司 1992 年版。

137. 郑家栋编：《道德理想主义的重建——牟宗三新儒学论著辑要》，中央广播电视出版社 1992 年版。

138. 陈哲夫等：《二十世纪中国思想史》下，山东人民出版社 2002 年版。

139. 伍蠡甫主编：《西方文论选》（上卷），上海文艺出版社 1963 年版。

140. 《西方古今文论选》，复旦大学出版社 1984 年版。

141. 殷国明：《20 世纪中西文艺理论交流史》，华东师范大学出版社 1999 年版。

142. 王逢振主编：《2000 年度新译西方文论选》，漓江出版社 2001 年版。

143. 童庆炳：《二十世纪中国文论经典》，北京师范大学出版社 2004 年版。

144. 季羡林：《东方文论选》，四川人民出版社 1996 年版。

145. 朱立元主编：《当代西方文学理论》，华东师范大学出版社 1997 年版。

146. 朱立元、张德兴等著：《西方美学通史·二十世纪美学（下）》，上海文艺出版社 1999 年版。

147. 周宪：《20 世纪西方美学》，高等教育出版社 2004 年版。

148. 陆梅林选编：《西方马克思主义美学文选》，漓江出版社 1988 年版。

149. 李普曼编：《当代美学》，光明日报出版社 1986 年版。

150. 董学文、荣伟编：《现代美学新维度》，北京大学出版社 1990 年版。

151. 罗钢、刘象愚主编：《文化研究读本》，中国社会科学出版社 2000 年版。

152. 罗钢、王中忱主编：《消费文化读本》，中国社会科学出版社 2003 年版。

153. 萧延中等编：《在历史的天平上》，工人出版社 1997 年版。

154. Rubin, David C. *Memory in Oral Traditiaons.* Oxford University Press, 1995.

155. Eric Mcluhan and Frank Zingrone eds. *Essential Mcluhan.* Toronto: Anansi Press, 1995.

156. 〔英〕约翰·汤林森：《文化全球化与文化帝国主义》，《大众文化研究》，上海三联书店 2001 年版。

157.〔美〕K. 怀尔都:《文化的普遍原则是否存在》,《哲学译丛》1999 年第 3 期。

158. 胡明:《经济的全球化与文学的现代性——兼谈人的精神家园看守问题》,《文学评论》2000 年第 5 期。

159. 石定寰、柳卸林:《建设我国国家创新体系的构想》,《中国科技论坛》1998 年第 5 期。

160.《人才缺口拖累中国竞争力排名》,《国际先驱导报》2004 年 4 月 9 日。

161. 陈文化:《技术创新是实现"两个转变"的根本途径》,《中国科技论坛》1998 年第 2 期。

162.《谁赢得了 20 世纪哲学大战的胜利》(《美国哲学季刊》,1999 年第 2 期社论),《哲学译丛》2000 年第 1 期。

163. 钱中文:《文学理论面临"合法性危机"》,《社会科学报》2004 年 2 月 26 日。

164. 余虹:《理解文学的三大路径——兼谈中国文艺学知识构建的"一体化"冲动》,《文艺研究》2006 年第 10 期。

165. 王一川:《西方文论的知识型及其转向——兼谈中国文论的现代性转向》,《当代文坛》2007 年第 6 期。

166. 阎嘉:《21 世纪西方文学理论和批评的走向与问题》,《文艺理论研究》2007 年第 1 期。

167. 金元浦:《文艺学的问题意识与文化转向》,《宝鸡文理学院学报》2007 年第 1 期。

168. 陶东风:《移动的边界与文学理论的开放性》,《文学评论》2004 年第 6 期。

169. 陶东风：《重审文学理论的政治维度》，《文艺研究》2006 年第 10 期。

170. 陈晓明：《历史断裂与接轨之后：对当代文艺学的反思》，《文艺研究》2004 年第 1 期。

171. 旷三平：《马克思哲学：思维方式变革与本体论重建》，《新华文摘》2003 年第 7 期。

172. 杨春时：《后现代主义与文学本质言说之可能》，《文艺理论研究》2007 年第 1 期。

173. 俞吾金：《本体论研究的复兴和趋势》，《浙江学刊》2002 年第 1 期。

174. 于茀：《关于文艺美学领域的本体论问题》，《文艺研究》1993 年第 2 期。

175. 张婷婷：《文艺学本体论的建构与解构》，《中国社会科学院研究生院学报》2006 年第 4 期。

176. 曹顺庆：《文论的失语症与文化病态》，《文艺争鸣》1996 年第 2 期。

177. 陈洪等：《也谈中国文论的"失语"与"话语重建"》，《文学评论》1997 年第 3 期。

178. 王佑夫：《应当开展民汉比较诗学研究》，《民族文学研究》2001 年第 2 期。

179. 王文生：《二十世纪中国文学研究的回顾与前瞻（上）》，《文艺理论研究》2007 年第 2 期。

180. 陈晓明：《文化研究：后—后结构主义时代的到来》，《文化研究》第 1 辑，天津社会科学出版社 2000 年版。

后　记

进入新世纪后随着新千年的开始，人类社会形态与人的生活方式正在发生着巨大的变化，与此相关的人文社科研究领域中的新问题亦层出不穷，全球化研究便是其中的热点之一。2002年由我主持的《全球化时代文学理论的价值取向研究》，获得了教育部人文社科规划基金的立项资助。从时年起，我的学术思考与研究一直沿着这一思路展开。本书的基本设想是，新时期以来的中国文论经历了太多的知识选择与变化，但在价值取向上，我们是否找到了最科学、最有效的知识形态，找到了适合中国国情并且具有我们自身文化根基的价值选择，这是需要深入思考的。在六年之多的时光中，经过艰难的读书、思考与写作，终于顺利结项，完成了这部书稿的撰写。其中的艰辛与快乐，都一一记载在墨香的文字中了。

衷心感谢我的导师畅广元教授，是他不图回报的提携，为我减轻了许多负担，也促成了该书稿的最终完成。畅先生不仅给我一一指点，撰写第一、二章和结语的内容，而且在著作的署名上坚持要我居首。他常说给我的一句话是，我已退休，你们年轻人还要往前走，应该为你们的教学、科研创造条件。每当想起先生持之以恒地扶植后学与宽容、自律的精神，我内心尤为感动与震撼。

该书写作中的阶段性成果，先后在《文学评论》、《文艺争鸣》、《文艺理论研究》、《学术月刊》及《陕西师范大学学报》等刊物上陆续发表，有些文章还获得较好的社会反响。应该说，没有诸多刊物的厚爱与支持，该项目也很难顺利完成。本书第四章第三节的初稿是由权雅宁博士撰写的，本书的顺利出版也得到了陕西师范大学出版基金的资助，并凝结着商务印书馆总经理助理常绍民和陕西师范大学社科处同志的大量心血，在此一并表示最真挚的感谢。

李西建

2010年春于古城西安